ULLSTEIN

ÜBER DAS BUCH

Durch einen englischen Ägyptologen und seinen Fund von Schriftrollen erfahren das alte Ägypten und seine legendären Pharaonen eine ungewöhnliche Auferstehung: Was zunächst nach trockener und mühsamer Übersetzungsarbeit aussah, entpuppt sich schon bald als fesselnder Stoff eines historischen Politthrillers. Der Großwesir Eje verfaßte die Schriften, nachdem er von seinem Enkel, dem Pharao Tutanchamun, einen ungewöhnlichen Auftrag erhalten hatte: Wer hatte vor acht Jahren Tuts Vater, den Pharao Echnaton, umgebracht?

Es beginnt ein Wettlauf mit der Zeit, denn Eje bleiben nur sieben Tage, um die Wahrheit herauszufinden. Fieberhaft tastet er sich voran. Wer hatte die meisten Vorteile aus Echnatons Tod ziehen können? Ejes Tochter, die Pharaonengattin Nofretete, oder jemand aus seinem Hofstaat?

ÜBER DEN AUTOR

Lee Levin, der mit diesem historischen Politthriller seinen ersten Roman vorlegt, lebt in Prairie Village, Kansas.

Lee Levin

Die sieben Tage des Pharao

Roman

Aus dem Amerikanischen
von Gabriele-Sabine Gugetzer

Ullstein Gelbe Reihe

Ullstein Buchverlage GmbH,
Berlin
Taschenbuchnummer: 24198
Titel der amerikanischen Originalausgabe:
King Tut's Private Eye

Deutsche Erstausgabe
August 1997

Umschlagentwurf:
Vera Bauer

Printed in Germany 1997
Gesamtherstellung:
Ebner Ulm
ISBN 3 548 24198 0

Gedruckt auf alterungs-
beständigem Papier mit
chlorfrei gebleichtem Zellstoff

Die Deutsche Bibliothek –
CIP-Einheitsaufnahme

Levin, Lee:
Die sieben Tage des Pharao: Roman/
Lee Levin. Aus dem Amerikan. von
Gabriele-Sabine Gugetzer. – Dt. Erstausg. –
Berlin: Ullstein, 1997
(Ullstein-Buch; Nr. 24198)
Einheitssacht.: King Tit's private eye <dt.>
ISBN 3-548-24198-0

Für meine wunderbare Frau Sunie,
die jahrlang darauf gedrängt hat,
daß ich mich hinsetze und schreibe.

Einleitung

Sie werden gleich die erste Detektivgeschichte der Welt lesen. Wie es dazu kam, ist recht kurios. Ich werde versuchen, mich kurz zu fassen, auch wenn mir das als Collegeprofessor nicht leichtfällt. Fast meine gesamte berufliche Laufbahn habe ich als Professor für Ägyptologie am Crown College der Yardley University verbracht, will sagen, ich habe eigentlich nie wirklich für meinen Lebensunterhalt gearbeitet.

Die Vorkommnisse, von denen ich berichten will, passierten im Februar 1996. Ich befand mich auf meiner letzten archäologischen Forschungsreise ins Tal der Könige, die zugleich meine letzte Exkursion vor der Pensionierung war. Selbstverständlich hatte ich sie für den Winter geplant, ich bin ja kein Narr. Wer verbringt schon freiwillig den Februar in England, wenn man es anders einrichten kann, vor allem auf Staatskosten? Aber ob es nun Februar ist oder nicht, das Tal der Könige ist ein scheußlicher Ort. Fliegen, Stechmücken und geflügelte Kreaturen rätselhafter Herkunft mit unbekannten Neigungen machen es zu einem ungemütlichen Reiseziel, allerdings auch zu einem warmen und – in meinem Falle – zu einem kostenlosen.

Es war mir gelungen, der Universität einen letzten Zuschuß aus der Tasche zu ziehen, und ich geizte mit diesem, so gut es ging, ausgenommen natürlich, was meinen eigenen Komfort betraf. Die Summe, die sie mir zugestanden hatten, war, mit früheren Zuwendungen verglichen, knauserig – tja, Sie wissen schon, die Zeiten haben sich geändert –, aber ich konnte mir damit trotzdem die Dienste von ungefähr tausend Fellachen für fast drei volle Monate leisten. Eigentlich bin ich ja ein glühender Liberaler, aber es war schließlich *mein* Zuschuß, den ich da ausgab. Normalerweise hätte ich mich also

– und das höchst eloquent – über die Ausbeutung dieser erbärmlichen ägyptischen Tagelöhner aufgeregt, die für die paar Pfennige, die ich ihnen zahlte, unter der grausam sengenden Sonne schufteten, doch ich hatte nach vernünftiger Betrachtung des Problems fröhlich befunden, daß dies alles dem Wohl der Menschheit diente. Ich brauchte jeden einzelnen dieser kräftigen Arbeiter, um überhaupt die Chance auf einen bedeutenden Fund zu haben. Außerdem, hätte ich einigen von ihnen einen ordentlichen Lohn gezahlt, hätte ich anderen gar nichts zahlen können. Das wäre doch auch nicht gerecht gewesen. Ich kann mich bei aller Sympathie für diese Leute dennoch glücklich schätzen, daß die Gewerkschaftsidee dort unten noch nicht recht gegriffen hat.

Es wäre ein leichtes gewesen, sich vor dieser letzten Exkursion zu drücken. Ich gehe schließlich bald in den Ruhestand, und genau das ist übrigens auch der Grund, warum ich so offen sein kann. Nachdem meine Schnauze während dieser ganzen Jahre so tief im Trog der öffentlichen Gelder gesteckt hatte, brachte mich jedoch ein Gefühl der Scham, das mich in letzter Minute überfiel, zu der Überzeugung, den Steuerzahlern für das ganze Geld, was sie mir während der ungefähr vierzig Jahre in die Taschen gestopft hatten, wenigstens einmal etwas bieten zu müssen.

Und ich hatte auch noch ein anderes Motiv. Vielleicht würde ich ja diesmal etwas wirklich Bedeutendes finden. Es wäre doch nett, nach vier Jahrzehnten wenigstens einmal in dem kleinen akademischen Tümpel, in dem ich mich suhlte, für ordentlichen Wellengang zu sorgen.

Meine früheren Ausgrabungen waren ein ziemlicher Betrug gewesen, und das würde mit dieser vielleicht nicht anders sein. Mal fand ich eine Scherbe oder zwei, mal vielleicht eine Mauer mit ein paar Hieroglyphen und machte daraus stets sofort ein Buch. Mit einem Maximum an Spekulation und einem Minimum an Fakten blies ich meine Funde so auf, als hätte ich dabei die aufregendste Entdeckung gemacht, seit dieser Italiener auf seinem Weg nach China an jener Landmasse gestrandet war, die vermutlich auch ein Blinder nicht verfehlt hätte. Mittels dieser Technik veröffentlichte ich das Minimum an nicht gelesenen und unlesbaren Büchern, das die Verwaltung brauchte, um glücklich zu sein, und sparte mir für diese Wälzer meine lähmendste Schreibe auf – gelesen werden sie sowieso nur von meinen Kollegen, und denen geschieht das ganz recht.

So unternahm ich also diese letzte, völlig überflüssige Forschungsreise. Meine Arbeiter gammelten herum und taten so, als würden sie arbeiten, während ich so tat, als würde ich sie dafür bezahlen; sowjetische Arbeiter pflegten so ihre Situation zu beschreiben, als es noch eine Sowjetunion gab. Sie können sich meine Überraschung vorstellen, als einer meiner Arbeiter – ich weiß noch nicht einmal seinen Namen – gleichgültig mit seiner Schaufel im Boden eines Mastaba-Grabs der achtzehnten Dynastie stocherte, in das ich gerade lethargisch hineinsah und seine Schaufel plötzlich ein dumpfes Geräusch verursachte. Nun passierte so etwas ständig, und ich war daher nicht weiter gespannt, doch diesmal förderte er eine wunderschöne, mit Intarsien verzierte Kiste zutage, die ungefähr ein Meter zwanzig lang und sechzig Zentimeter breit war. Ich will Sie nicht mit einer Beschreibung langweilen, wie wunderbar diese Kiste gearbeitet war, nur soviel sei gesagt: Allein die Kiste, könnte ich sie denn auf irgendeine Weise an den ägyptischen Behörden vorbeischmuggeln, würde es mir erlauben, mich mit einer solchen Menge von Wertpapieren einzudecken, daß ich von deren Zinsen für den Rest meines Lebens Callgirls, Restaurantbesuche und Taxifahrten begleichen könnte. Ich habe es geschafft, ein Single zu bleiben, und da heutzutage die weiblichen Lebewesen nicht mehr bereit zu sein scheinen, für uns zu kochen, putzen oder nähen, ist es mir zusehends ein Rätsel, wieso einem Mann daran gelegen sein könnte, eine Frau zu heiraten.

Jedenfalls war besagte Kiste so raffiniert konstruiert und zusammengefügt, daß man kaum merkte, daß sie nicht aus einem einzigen Stück gefertigt war. Das wächserne Siegel war steinhart geworden, aber ich erkannte es sofort als das von Eje, dem Großwesir des Pharaos Tutanchamun. Ich bin kein kompletter Betrüger – wenigstens meine Hieroglyphen kenne ich.

Die Arbeiter wissen, daß sie dazu verpflichtet sind, Fundstücke den zuständigen Behörden zu melden, doch mit Hilfe einer kleinen umsichtigen Bestechung brachte ich die Kiste in meinen Besitz. Die Summe, die ich dem Mann dafür zahlte, war allerdings nicht gerade ein Pappenstiel – diese Typen wissen genau, was das Zeug auf dem europäischen Markt wert ist. Es war mir schon früher gelegentlich gelungen, Funde in meiner Ausrüstung verschwinden zu lassen und sie dann an eines der schicken Antiquitätengeschäfte am Grosvenor Square zu verhökern. Nun regen Sie sich bloß nicht auf. Die Rente von Yardley ist lächerlich, und außerdem, werter Moralist, wie peinlich genau sind *Sie* denn beispielsweise bei Ihrer Steuererklärung?

Ich überlasse es Ihrer Vorstellungskraft, sich meine Aufregung vorzustellen, als ich den Fund mit zitternden Händen in mein Zelt brachte und das Siegel erbrach. Ich erlaubte es mir nicht, über den Inhalt zu spekulieren, dennoch blitzte, wie ich zugeben muß, ungebeten der Gedanke in mir auf, in dieser Kiste könnte vielleicht, nur vielleicht, etwas ruhen, das es mir ermöglichen würde, meine völlig mittelmäßige Karriere mit einem Feuerwerk zu beenden. Ein paar Minuten lang so berühmt zu sein wie ein Rockstar. In meinen Kreisen zumindest. Und genauso war es dann auch.

Ich hob den Deckel ab und blickte auf sperrige, mit Leinen umwickelte Teile. Mit, wie ich Ihnen versichern kann, größter Vorsicht hob ich sie heraus. Wie sich herausstellte, waren es Schriftrollen. Sehr große sogar, und in fast perfektem Zustand, besonders, wenn man berücksichtigt, daß sie wohl mehr als dreieinhalbtausend Jahre herumgelegen hatten. Es dauerte einen Moment, bis mir klar wurde, daß vor mir das Tagebuch von Eje lag, von ihm selbst geschrieben.

Im Verlauf der Übersetzung entwickelte ich zu diesem Eje eine Verwandtschaft. Ich wußte alles über ihn. Er war der Vater von Tutanchamuns Mutter und der Großvater von Tutanchamun selbst. Damit war er ein überaus mächtiger Mann seiner Zeit, und nur ich war im Besitz seines Tagebuchs. Was für ein Fund! Mein Beruf hatte also doch einen Sinn! Dieser Mann war zynisch, übersättigt und mit Sicherheit kein Heuchler – er war vollkommen ehrlich und unternahm keinen Versuch, seine Begierden, seinen Eigennutz und seine unorthodoxen sexuellen Praktiken durch Sophisterei zu beschönigen. Für einen Ägypter der damaligen Zeit hatte er einen frischen und legeren Stil, und ich habe jeden Versuch unternommen, diesen in der nun folgenden Übersetzung zu bewahren. Ich fürchte gar, daß, da ich während meiner Arbeit an den Schriftrollen eine solche geistige Nähe zu diesem Mann spürte, seine Stimme zu einem gewissen Grad zu meiner wurde. Aber Eje war natürlich dennoch ein Mann seiner Zeit und konnte sich deren Konventionen nicht völlig entledigen. So führte er beispielsweise jedes Mal, wenn er den Namen eines Würdenträgers nannte, dessen gesamte Titel und Ränge auf, gleichgültig, wie oft dieser Name auftaucht. Würde ich für meine Kollegen schreiben, dann ständen diese in gleicher Ausführlichkeit auch in der Übersetzung, aber Sie haben etwas Besseres verdient. Eje schrieb in einem unbekümmerten und idiomatischen Stil – es handelt sich ja schließlich um sein privates Tagebuch –, und ich habe versucht, es ähnlich zu halten, wobei ich versichern kann, daß ich Fakten niemals verzerre. Beim Lesen dieser erstaunlichen Papyrusrollen wurde mir sehr schnell klar, daß das, was sich vor mir ausbreitete, die erste Detektivgeschichte der Welt war. Zugegeben, es gab davor schon diese unerfreuliche Sache mit den Jungs von Adam und Eva, aber in der steckte nichts Mysteriöses – ganz im Gegensatz zu dieser.

Crown College
Yardley University
Juni 1996

Die persönlichen Schriftrollen des Großwesirs Eje

I Erster Tag – Der Anfang

Ich schreibe diese Zeilen mit eigener Hand. Es wäre unmöglich, diese Aufgabe meinem Privatsekretär oder auch einer anderen Person anzuvertrauen, denn der Palast des Pharaos ist von unzähligen Intrigen durchdrungen. Man kann niemandem trauen. Ich schreibe diese Rollen in großer Hast, denn ich weiß nicht, wieviel Zeit mir noch bleibt. Obwohl ich den Grund dafür nicht kenne, habe ich den Pharao zutiefst beleidigt, und wenn er es wünscht, erwartet mich dafür eine Strafe von zweihundert Stockschlägen sowie eine Verstümmelung von Ohren und Nase.

Mein Herz klopft so stark, daß es sich anfühlt, als würde ein Hammer gegen meine Rippen schlagen. Vielleicht wäre es am besten, wenn es auf der Stelle zerspringt. Auf diese Weise wäre mir zumindest ein ehrenvoller – und zudem schneller – Tod sicher.

Der Pharao ist bekannt dafür, bei groben Verstößen häufiger befohlen zu haben, Männer ihres intimsten Körperteils zu berauben. Obwohl ich bereits siebenundfünfzig Jahre alt bin, könnte ich mich jedoch nur schweren Herzens von meiner Manneskraft trennen. Es wäre sogar möglich, daß ein Todesurteil gegen mich ausgesprochen wird, sollte dem Pharao danach sein. Ein schneller Tod würde mich nicht allzu sehr beunruhigen, doch ein langsamer, qualvoller Tod, wie ihn der Pharao so sehr schätzt, ist eine ganz andere Sache. Aber jeder Mann muß für sich selbst entscheiden, welche Strafe für ihn schlimmer ist, der Verlust seines kostbarsten Körperteils oder der Tod.

Ich kann einfach nicht glauben, daß es so kommen konnte, nach all den Jahren treuen Dienstes für Ägypten. Nicht nach all dem, was ich für mein Land getan habe. Und erst recht nicht wegen etwas so Seltsamem und Bizarrem wie einem Mord, der höchstwahrscheinlich nie geschehen ist.

Mein Name ist Eje, Großwesir Beider Länder, Königlicher Schreiber, General der Streitwagen, Göttlicher Vater, Königlicher Wedelträger *(Anmerkung des Übersetzers: usw., usw., usw.)*. Diese Posten habe ich unter der Herrschaft des Gott-Pharaos Tutanchamun bekleidet wie auch unter der Herrschaft seines Vaters, des Pharaos Echnaton, mögen die Götter sein Andenken verfluchen, mögen seine Denkmäler und Inschriften zerstört und ausgelöscht werden und möge Osiris, Herrscher der Unterwelt, ihn in völlige Dunkelheit verbannen. Ich spucke auf die Erinnerung an Echnaton, der mich nach all diesen Jahren aus seinem Grab in meines bringen könnte.

Echnaton war ein böser und niederträchtiger Mensch, der meinem geliebten Ägypten sehr viel Leid zufügte. Trotz größter Anstrengungen ist es mir bisher noch nicht gelungen, Ägypten davon wieder völlig zu befreien. Ich hatte geglaubt, mit ihm fertig zu sein. Doch acht Jahre nach seinem Tod kehrt er nun zurück, um mich heimzusuchen. Beim Malen dieser Hieroglyphen bricht mir der Schweiß aus, und die Galle steigt mir hoch. Ich habe wenig Hoffnung, die nächsten Tage zu überleben. Es ist meine sehnlichste Hoffnung, daß dieses Vermächtnis im Falle meines Todes überlebt, damit zukünftige Generationen die Wahrheit über mich und das mir zugedachte Schicksal erfahren.

Bei den Göttern Re-Harachte, Hathor, Osiris und Amun und bei allen Gottheiten Ägyptens, seien sie groß oder klein, schwöre ich, daß die Ereignisse, die ich in diesen Schriftrollen wiedergebe, wahr sind. Möge Osiris mir die mir zustehenden Freuden im Jenseits versagen, sollte ich auch nur in den geringfügigsten Details von der Wahrheit abweichen.

Aus Sicherheitsgründen bin ich gezwungen, diese Worte selbst zu Papier zu bringen. Ich bin, nebenbei bemerkt, mit

Vetternwirtschaft geschlagen. Alle meine Bediensteten sind Verwandte, und deshalb kann ich sie nicht entlassen. Mein Schreiber ist unter ihnen der Schlimmste, doch er ist mein Neffe. Wenn ich könnte, würde ich ihn mit einem bloßen Händeklatschen entlassen, denn für Grammatik und Rechtschreibung fehlt ihm jegliches Verständnis. Es ist einfach entsetzlich, wie das Unterrichtsniveau an unseren Schulen gesunken ist, seit ich ein kleiner Junge war. Vom Plusquamperfekt hat er noch nie etwas gehört, und was das Partizip Perfekt angeht ... Über mein Grabmal werden sich die Ägypter noch in Millionen von Jahren totlachen. Jedes Mal, wenn ich die Inschriften lese, die dieser völlig unfähige Neffe da hineinmeißelt, schrecke ich zusammen. Meine einzige Hoffnung ist, den Ruhestand noch zu erleben. Dann kann ich vielleicht die Arbeit neu anfertigen lassen, ohne meine gesamte Familie gegen mich aufzubringen. Aber im Moment scheint diese Hoffnung vergeblich.

Ich tröste mich mit dem Gedanken, daß Grabmäler und Inschriften oft von späteren Generationen entweiht werden und daß die Namen abgeschlagen und mit anderen überdeckt werden. Vielleicht werden diese Schriftrollen überleben, auch wenn mein in Granit gehauener Name vergeht; vielleicht werden sie überleben, auch wenn mein Haus der Ewigkeit für immer aus dem Wissensschatz der menschlichen Kultur verschwunden sein wird.

Ich bin erfolgreich gewesen und in Ägypten zu großer Macht gekommen. Es liegt mir fern zu prahlen, doch das ist die reine Wahrheit. Deshalb ist es auch äußerst ärgerlich, gerade zum jetzigen Zeitpunkt in meiner Karriere einer solchen Furcht ausgesetzt zu sein, jetzt, wo ich einen solchen Aufsteig genommen und so viele Schwierigkeiten gemeistert habe. Ich wurde nicht in die königliche Familie hineingeboren, sondern habe aus eigener Kraft Ruhm und Macht erlangt. Daß ich der Vater Nofretetes bin, der Hauptfrau des verwünschten Echnatons, war natürlich durchaus von Vorteil. Jedenfalls gelang es mir, während dieser stürmischen Jahre, in denen viele von höherer Geburt und Rang ein schmachvolles Schicksal ereilte, am Leben zu bleiben. Ich gebe bereitwillig zu, daß mir nicht nur mein eigener Erfolg Freude bereitet, sondern auch der Mißerfolg vieler meiner Freunde. Liegt das nicht in der Natur des Menschen?

Der Tag begann so harmlos, dieser Tag, an dem der Lauf der furchtbaren Ereignisse, von denen ich nun berichten werde, seinen Anfang nahm. Für diesen Tag war eine der öden Audienzen im königlichen Palast angekündigt worden. Früher hatte ich diese Audienzen genossen, doch mit der Zeit begann ich sie überaus ermüdend zu finden. Daß ich älter werde, mag ein Grund dafür sein. Als Siebenundfünfzigjähriger eine ganze Audienz auf den Knien zu verbringen, die Stirn an den Boden gedrückt, den Allerwertesten in die Luft gereckt, nun, das ist nicht nur entwürdigend, sondern auch anstrengend. Der Nacken wird beansprucht, die Augäpfel sind großem Druck ausgesetzt. Es ist eigentlich fast nicht auszuhalten. Und dieser schreckliche Kind-König Tut ist einfach unmöglich, auch wenn er mein Enkel ist. Als Tuts Vater, der schwachsinnige Echnaton, starb, wurde ich Ägyptens Regent, Ko-Regent, genauer gesagt, zusammen mit General Haremhab. Tut war damals ja erst zehn Jahre alt. Wir hatten geglaubt, nun lange ohne Einmischung regieren zu können, doch diese kleine Schlange trickste uns aus. Schon im Alter von fünfzehn Jahren war es ihm gelungen, uns einen beachtlichen Teil der Macht zu entreißen, und er behauptete sich immer stärker, je älter er wurde. Es ist ganz klar, wohin dieser Prozeß führen wird. Jetzt, mit achtzehn, ist er einfach unmöglich. Ein Zusammenstoß wird unvermeidlich sein. Die Frage ist nur, wann er stattfinden wird.

Ich kann Ihnen versichern, daß es nichts Anstrengenderes

gibt, als sich mit einem Halbwüchsigen auseinanderzusetzen, besonders, wenn es sich dabei um einen Gott handelt. Anfangs hatte ich gehofft, aufgrund der Dienste, die ich seinem Vater erwiesen hatte und auch, weil ich der Großvater dieses undankbaren Menschen bin, mich ihm nicht zu Füßen werfen zu müssen. Meine Knochen sind einfach zu alt dafür. Doch seit ungefähr einem Jahr besteht dieses kleine Wiesel darauf, daß jeder vor ihm in die Knie geht. Haremhab, seine Frau, jeder. Kein gutes Zeichen!

Auf der anderen Seite muß ich zugeben, daß diese Sitte durchaus Sinn hat. Wer sich in Gegenwart des göttlichen Königs den Ritualen nicht vollständig unterwirft, kann je nach Laune des Pharao dafür mit der Todesstrafe belegt werden. Es gibt kein Land, dessen königlicher Hof nicht korrupt ist, und viele Staatsbeamte, die den ständig fließenden Bestechungsgeldern nicht widerstehen konnten, verharrten länger auf ihren Knien, als sie ertragen konnten. Eine saubere und glatte Trennung von Kopf und Reichtum war die Folge. Bescheidenere Höflinge hingegen ziehen sich vom Leben am Hof zurück, wenn ihre Kisten einmal gefüllt sind.

Ich habe schon oft gedacht, daß das wohl der Grund dafür sein muß, warum Ägypten überdauert hat, während so viele andere Königreiche verschwunden sind. Die Gefahr, die uns hier in Ägypten bei Nichtbeachtung des höfischen Protokolls blüht, ist so groß, daß viele Staatsbeamte sich schon relativ jung in Pension begeben und damit neuen Ideen und jüngeren Nachfolgern Platz machen.

So wäge ich diese Gefahr jedesmal, wenn ich zu einer Audienz bei Hofe erwartet werde, für mich sorgfältig ab. Die Entscheidung, die getroffen werden muß, ist eine heikle Gratwanderung – für einen weiteren Tag im Zentrum der Macht setze ich mich der Gefahr aus, vielleicht plötzlich nicht mehr in der Lage zu sein, mich ohne fremde Hilfe zu erheben und damit von genau diesen Sorgen auf einen Schlag befreit zu werden.

Ich bin General der Streitwagen, also Befehlshaber der königlichen Kavallerie. Diesen Posten nehme ich sehr ernst und sehe ihn nicht als bloßen zeremoniellen Ehrendienst. Ich habe im Dienste Ägyptens viele Schlachten geschlagen, und die vielen Narben, die ich heute noch am Körper habe, können dies bezeugen. Meine Schlachtwagen habe ich selbst entworfen, und auf den, in dem ich heute zu meiner Audienz mit Tutanchamun fahre, bin ich besondes stolz. Ich habe viel zur Weiterentwicklung und Verbesserung dieser Kriegsfahrzeuge beigetragen. Ich habe hitzeverformtes Holz und verbindene Stangen benutzt, die zusammen mit zerbrechlich wirkenden, doch sehr robusten, sechsspeichigen Rädern und einem nach hinten offenen Wagen ein Kriegsgerät ergaben, das leicht ist und dennoch viel aushalten kann. Indem ich die Räder in größerem Abstand plazieren ließ, wurde das Gefährt so stabil, daß es bei einem Angriff oder bei Unebenheiten im Boden nicht mehr so leicht umkippen kann. Warum ich Ihnen das alles berichte? Damit Sie sehen, daß ich kein Dummkopf bin. Und auch wenn das wenige Haupthaar, das mir noch verblieben ist, schon grau ist und ich nicht mehr so schlank bin wie in meiner Jugend, so ist mein Verstand doch nach wie vor scharf und beweglich. Ihm verdanke ich, daß ich noch immer am Leben bin.

Jedenfalls hätte ich lieber einen prachtvolleren Streitwagen benutzt – auf den ich bei meinem Rang auch einen Anspruch hätte –, doch nach sorgfältiger Taxierung unseres kindlichen Pharaos ist mir nicht verborgen geblieben, daß er bei Statussymbolen immer empfindlicher wird. Ich bin, das gebe ich offen zu, genauso eitel wie jeder andere, und da ich erst relativ spät diese hohe Stellung erlangt habe, sind mir diese äußeren Symbole meiner Macht immer noch wichtig.

Sie sehen also, daß ich kein Heuchler bin. Ich beschreibe die Dinge so, wie sie sind. Natürlich bin ich bei Hofe so schmeichlerisch und kriecherisch wie irgend möglich. Welcher Höfling ist das nicht? Aber in diesen privaten Aufzeichnungen werde ich nicht den Versuch unternehmen, jemanden zu schützen, am wenigsten mich selbst. Andere werden Fehler bei mir entdecken, spätestens, wenn sie diese Schriftrollen lesen. Aber ich darf Ihnen versichern, daß, so viele Fehler andere auch entdecken mögen, ich selbst immer noch mehr Fehler feststelle. Gleichzeitig neige ich keineswegs zu falscher Bescheidenheit. Trotz schwerwiegender Fehler besitze ich doch auch Tugenden. Ich verfüge über einen scharfen Verstand und ein scharfes Auge. Mir entgeht wenig. Ich verehre unsere antiken Götter und vertraue ihnen. Ich habe Mut, wie ich in jungen Jahren in vielen Schlachten gegen die vielen Feinde unseres Landes unter Beweis gestellt habe. Und ich bin nicht dumm.

Den Pharao verdrießt der Pomp bei Hofe immer mehr – der der anderen, wohlgemerkt, nicht sein eigener. Aus diesem Grund beschränke ich mich auf einen einfachen Feldstreitwagen und lasse den verzierten Prunkstreitwagen in meinem eigenen Palast zurück. Nur, weil ich immer wachsam war, konnte ich so alt werden, wie ich bin. Ich habe stets versucht, so umfassend wie möglich den Charakter der Menschen zu ergründen, die mächtig genug waren, mir Böses zuzufügen. Und genau deswegen bin ich heute noch am Leben, während, wie ich schon andeutete, andere, die von viel höherer Geburt und höherem Rang waren, mir bereits ins Jenseits vorangegangen sind.

Ich erreichte den Palast des Gott-Pharaos bei Sonnenuntergang. Es war mir gelungen, Tut dazu zu überreden, seine Audienzen abends abzuhalten, weil es dann kühler war. Wenigstens soviel konnte ich nach wie vor erreichen.

»Seid gegrüßt, General!« rief mir der Kapitän der Garde entgegen und salutierte dabei elegant. Ich mag Houy – er ist ein guter Mann. Er ist herrlich muskulös und verfügt über diese kaum zu definierende Präsenz, die einen geborenen Führer auszeichnet. Er wird es beim Militär weit bringen – ich behalte ihn im Auge. Houy macht alles mit und hat mir bereits gute Dienste geleistet. An seiner persönlichen Loyalität mir gegenüber zweifle ich keine Sekunde. Natürlich untermauere ich die Loyalität meiner Wachregimenter zusätzlich durch eine Aufstockung ihres Soldes aus meiner Privatschatulle, aber in Houys Fall glaube ich, mir den Respekt verdient und nicht erkauft zu haben.

»Sei auch du gegrüßt, Houy«, erwiderte ich. »Ist alles in Ordnung?«

»Kein Grund zur Klage, General«, erwiderte er grinsend. »Es gibt schlechtere Posten in der Kavallerie, als Palastwache zu sein!«

Er lenkte seinen prachtvollen Streitwagen zur Seite, und einige Wachen saßen ab, um die Tore des Palastes zu öffnen. Die Wagen der Palastwachen waren tatsächlich ein unglaublicher Anblick. An jedem Tor standen zwölf von ihnen, alle aus 18karätigem Gold. *(Anmerkung des Übersetzers: Er meint Elektrum, eine Legierung aus ungefähr 75 % Gold, 22 % Silber und 3 % Kupfer.)* Sie sind so schwer, daß sie von dem sonst üblichen Zweigespann nie gezogen werden könnten, und ich mußte die Konstruktion dahingehend verändern, daß nun vier Pferde eingespannt werden können. Aber selbst vier Pferde müssen sich sehr anstrengen, um überhaupt auf Schrittgeschwindigkeit zu kommen. Auf dem Schlachtfeld sind diese Dinge natürlich völlig überflüssig, aber um den Feind zu beeindrucken, einfach herrlich.

Vergeben Sie mir, wenn ich jetzt etwas abschweife, aber es ist für Ihr Verständnis der Sachlage notwendig. General Haremhab und ich waren während sämtlicher Verrücktheiten, die von Tuts geistig beschränktem Vater Echnaton erdacht wurden, Weggefährten. Seine Verachtung unseren altägyptischen Gottheiten gegenüber brachte nichts als Unheil und

Unruhe über das Land. Und obwohl ich ihn für einen schlechten Menschen hielt, war Echnaton dennoch mein göttlicher Pharao, an den ich durch meinen Eid gebunden war, und diesen Eid hielt ich in Ehren. In jenen Tagen kämpfte ich auf dem Schlachtfeld in erster Reihe, wehrte feindliche Eindringlinge ab und unterdrückte Aufstände in den Regionen. Haremhab und ich waren wie Brüder.

Doch Haremhab ist genauso ehrgeizig wie ich. Als der zehnjährige Tut göttlicher Pharao wurde, herrschten wir gemeinsam in seinem Namen über Ägypten. Doch diese Allianz stand bestenfalls auf wackligen Füßen. Haremhab befahl die Infanterie, ich kommandierte die Kavallerie. Wobei Infanterie besser ist. Größer. Ich lebte in ständiger Angst vor einem Putsch.

Deshalb brachte ich Tut eines Tages, als Haremhab mit seiner Infanterie beim Manöver war, einen dieser prächtigen Streitwagen, einen dieser mit Elektrum überzogenen Prunkwagen, der aufs feinste verziert war, dessen Oberfläche golden glänzte und dessen Räder speziell so konstruiert waren, daß sie das enorme Gewicht des Wagens tragen konnten. Zusätzlich enthüllte ich vor ihm Wagenlenker und berittene Wachsoldaten in Uniformen aus Goldbrokat, bewaffnet mit goldenen Schwertern und goldenen Speeren und gekrönt mit kunstvoll gearbeiteten Helmen. Ihre gesamte Aufmachung war perfekt aufeinander abgestimmt. Kurz gesagt, ich eröffnete ihm eine atemberaubende Pracht, die die unersättliche Eitelkeit dieses Kind-Königs erfreuen würde und sollte. Ich muß wohl nicht hinzufügen, daß ich damit eine bestimmte Absicht verfolgte.

Tut geriet, ganz wie ich es erwartet hatte, beim Anblick dieser Spielzeugsoldaten in große Erregung, sobald ich ihm eröffnete, daß sie für seinen Palast und nicht für meinen bestimmt waren. »Großvater!« rief er aus, und in seiner Stimme klang eine für ihn seltene Zuneigung. »Großvater, sie sind einfach wunderbar! Herrlich! Und die sind wirklich für mich, für meinen Palast?«

»Natürlich, mein Pharao (Leben! Gesundheit! Kraft!). Du bist der Pharao – sie stehen dir zu Befehl.«

»Dann werde ich persönlich ihre Ausbildung überwachen. Gleich heute fange ich damit an. Und ich werde sie mit genauso ausstaffierten Pferden ausstatten, damit alles noch beeindruckender wirkt.«

Das war ein Detail, an das ich nicht gedacht hatte. Tut besaß eine äußerst schnelle Auffassungsgabe, obschon er naturgemäß auch extrem verwöhnt war. Wenn man so jung schon zum Gott wird – er war damals ja erst zehn Jahre alt –, verändert sich die Persönlichkeit, und das selten zum Guten.

Wie Sie sehen, brauchte ich keinerlei Anstrengungen zu unternehmen, ihn davon zu überzeugen, daß Regimenter dieser berittenen Soldaten als königliche Garde viel stärker imponieren als die Infanterie, die plötzlich im Vergleich so ohne jeden Schick wirkte. Die Kostenfrage war dabei natürlich völlig nebensächlich; sie wurde durch eine noch höhere Besteuerung der Bauern gelöst.

Und so waren bei Haremhabs Rückkehr aus dem Manöver seine Infanteristen durch meine berittenen Wachen ersetzt worden, insgesamt durch vier Regimenter. Haremhab war natürlich aufgebracht, doch er konnte nichts daran ändern. Das Blatt hatte sich zu meinen Gunsten gewendet. Bei Palastrevolten hat der die Macht über das Land in der Hand, der die Palastwachen auf seiner Seite hat. Und nun hatte ich also vier Regimenter innerhalb des Palastes untergebracht, Regimenter, die mir treu ergeben waren, denn, wie ich bereits erwähnte, sorge ich dafür, daß sie reich entlohnt werden. Eine geschickte Vorgehensweise, dachte ich bei mir.

Allerdings mußte ich für diesen Erfolg einen Preis zahlen. Haremhab, mein früherer Wegefährte, war nun mein erbitterter Feind. Und mit Haremhab ist nicht zu spaßen. Seine

Statur erinnert an einen Stier und sein Mut ebenfalls. Er ist, einfach gesagt, der geborene Krieger, aber genau darin liegt für mich ein gewisser Vorteil, denn Palastintrigen sind nicht seine Art. Dafür ist er viel zu direkt. Trotzdem würde ich nie auf die Idee kommen, ihn für einen Dummkopf zu halten. Zwar habe ich jetzt die Kontrolle über die Palastwachen, doch er hält nach wie vor die Kontrolle über die Infanterie, und wie lange er oder ich Kontrolle über Tut haben werden, steht völlig in den Sternen. Haremhab und ich mögen zwar die Militärstreitkräfte auf unserer Seite haben, doch ein Gott kennt auch so seine Mittel und Wege.

Ich bedeutete dem Fahrer mit einem Kopfnicken, die Fahrt fortzusetzen, und er trieb die Pferde mit einem Peitschenschlag durch die geöffneten Palasttore. Obwohl ich diese königlichen Audienzen zum Einschlafen langweilig finde, gerate ich beim Anblick des Palastes selbst jedes Mal wieder in Entzücken. Die äußeren Mauern bestehen aus einfachen, ungebrannten Ziegelsteinen, doch das Innere ist überaus verschwenderisch eingerichtet. Ich bin stolz auf meinen guten Geschmack – ich bin Kunstliebhaber –, aber ich muß zugeben, ich hätte diesen Palast selbst kaum anders eingerichtet. Tatsächlich habe ich sogar das eine oder andere Stück persönlich ausgewählt, doch dürfte ich mich nie damit brüsten, ihn eingerichtet zu haben. Soll ich ihn beschreiben? Ich denke nein. Es wäre unmöglich, in Ihrer Vorstellung ein wahrheitsgetreues Bild eines Weltwunders aus Gold und Silber zu erwekken, eines Weltwunders, bestehend aus Statuen, Wandgemälden, eleganten Säulen und anmutigen Zierbrunnen, aus aufwendigen Böden und verzierten Decken, aus Kostbarkeiten, die das Auge erfreuen, wohin es auch blicken mag. Ich kann mir kaum vorstellen, daß die Götter selbst in ihren Häusern in der Jenseitswelt von mehr Schönheit umgeben sind, als man im Palast des Pharaos vorfindet.

Ich erreichte die Audienzhalle im Inneren und stieg ab, da

der Streitwagen nicht durch das Tor paßte. Festen Schrittes ging ich meinem König entgegen. Die Decke der Halle war unglaublich hoch – mindestens zehnmal so hoch wie ein ausgewachsener Mann – und sollte jeden, der den Raum betrat, beeindrucken und vor Ehrfurcht erschauern lassen. Dieser Zweck wurde zwar erreicht, doch hatte das Ganze noch einen Nebeneffekt. Der göttliche Pharao, wer immer er auch ist, ist nämlich auch nicht größer als ein normaler Sterblicher, und die Höhe des Raumes läßt ihn genauso zwergenhaft erscheinen wie alle anderen.

Ein Teilbereich des Korridors, den ich nun in Richtung des Audienzzimmers entlangschritt, war verspiegelt, und ich nahm die Gelegenheit wahr, mich kurz darin zu betrachten. Gegen meinen fast kahlen Schädel kann ich nichts unternehmen, außer eine Perücke zu tragen, und ich weigere mich, eine solche Affektiertheit überhaupt in Betracht zu ziehen. Doch als Ausgleich trage ich einen prächtigen Bart, vom Eisen meines Barbiers sorgfältig gelockt, geformt und gekämmt. Die völlig symmetrisch gedrehten Locken, die zu einem viereckigen Bart in Form eines Spatens gestutzt sind, bieten ein herrlich beeindruckendes Bild und lenken, wie ich hoffe, etwas von meiner riesigen Nase ab, die mir nie sonderlich gefallen hat.

Meine Schneider haben sich förmlich übertroffen, die Roben lose und fließend zu entwerfen, um so gut wie möglich meinen recht beträchtlichen Umfang zu überspielen. Nun gut, ich esse viel. Ich bin der Großwesir. Warum sollte ich also nicht? Es ist sogar recht passend, daß ich von üppiger Statur bin. Denn ein Mann in meiner Position sollte eine gewisse *gravitas* besitzen, einen Körperbau, der die Bedeutung seiner Position zusätzlich betont. Ich konnte es mir immer leisten, meinem Bedürfnis nach kalorienreichen, außergewöhnlichen und exotischen Speisen zu frönen, obwohl ich dadurch in letzter Zeit manchmal Verdauungsprobleme habe.

Schlafstörungen ebenso. Selbst meine Träume sind davon betroffen.

Ich warf mir einen letzten Blick zu. Nachdem ich ein paar Barthaare zurechtgezwirbelt hatte, war ich zufrieden mit meiner Erscheinung und ging weiter. Als sich meine Augen nach dem gleißenden Sonnenlicht draußen an das Dämmerlicht gewöhnt hatten, erstarrte ich für einen Moment. Ein eingelegtes Band aus dunklem Granit markiert im Boden den Punkt, ab dem ich niederknien, mit meiner Stirn den Boden berühren und dann in dieser lächerlichen Stellung so lange nach vorne rutschen muß, bis ich den Thron des Königs erreicht habe. Doch eine gewisse Entfernung konnte ich noch aufrecht zurücklegen, und dabei entdeckte ich etwas, das mich vom Scheitel bis zur Sohle erschaudern ließ.

Meine berittenen Soldaten waren nirgendwo zu sehen. An ihrer Stelle stand eine Truppenphalanx, die ich noch nie zuvor gesehen hatte. Sie trugen prächtige silberne und scharlachrote Uniformen. Mächtige Federbüsche aus Pferdehaar ragten wie steife Borsten aus ihren riesigen, silbernen Helmen, die wunderschön verziert und glänzend poliert waren. Bewaffnet waren sie mit glänzenden Speeren und Schwertern aus purem Silber. Sofort wußte ich genau, was passiert war, doch ich zwang mich unter höchster Willensanstrengung dazu, mir weder durch ein Anzeichen von Furcht noch durch ein Zögern in meinem Gang anmerken zu lassen, daß ich etwas bemerkt hatte. Ich steckte in ernsthaften Schwierigkeiten.

2 Erster Tag – Am späten Nachmittag

Ich kam als letzter. Der König saß auf seinem sagenhaften Thron und präsentierte seine Insignien: die verzierte Doppelkrone von Ober- und Unterägypten sowie Krummstab und Geißel, die er als Zeichen seiner Autorität vor seiner Brust gekreuzt hielt. Büschel pechschwarzen Haares lugten im Nakken unter der Krone hervor. Seine Hände waren lang und feingliedrig, wie Mädchenhände, und die Finger schienen von juwelenbesetzten, massiven Ringen fast zermalmt zu werden. Königin Anchesenamun saß neben ihm. Wie atemberaubend schön sie in ihrem langen, mit Edelsteinen besetzten höfischen Gewand war. Auch wenn ich nicht ihr Großvater wäre, würde ich ihre Schönheit als überragend bezeichnen. Von allen meinen Enkeltöchtern ist mir Anchesenamun immer die liebste gewesen, vielleicht, weil sie die Erstgeborene ist. Damit ist sie natürlich um viele Jahre älter als ihr Bruder, der Pharao, mit dem sie verheiratet ist. Von allen meinen Enkelkindern, Tut selbstverständlich eingeschlossen, ist sie diejenige, zu der ich schon immer das engste Verhältnis hatte.

Direkt neben Tut stand Aanen, der Hohepriester des Amuntempels in Karnak. Abgesehen von der Königin ist Aanen der einzige, der nicht das zeremonielle Kriechen zu Füßen des Pharaos vollführen muß. Seine Anwesenheit bei diesen Audienzen ist vorgeschrieben, denn er muß dieser höfischen Veranstaltung das Siegel des Einverständnisses von Amun aufdrücken. Bei meinem Eintritt in den Palast stimmte der große Priesterchor mir zu Ehren eine klangvolle Hymne an. Als ich sie vor all diesen Jahren zum ersten Mal hörte, war ich zutiefst bewegt, und ich gebe zu, daß sie auch heute noch diese Wirkung auf mich hat. Alle diese wohlklingenden Stimmen, die mir eine Hymne des Lobes und der Dankbarkeit darbringen, mir, Eje, der von so einfacher Herkunft so hoch aufgestiegen ist! Es ist einfach berauschend. Gut, die Hymne ist nicht direkt meiner Person bestimmt, sondern gilt dem Amt des Großwesirs, aber das ist ja mehr oder weniger das gleiche. Aanen ist übrigens ein griesgrämig dreinblickender, unsympathischer Mann mittleren Alters. Sein verkniffener Mund und sein Gesichtsausdruck lassen vermuten, er hätte gerade etwas Ekliges gegessen, sei jedoch zu vornehm, um es wieder auszuspucken. Die meisten Priester sehen genauso aus. Ich habe nie begriffen, wieso.

General Haremhab stand ebenfalls neben dem Thron. Offensichtlich hatte Tut ihm die Erlaubnis erteilt sich zu erheben, doch ihm außerdem zu gestatten, direkt neben dem Thron zu stehen, war eine ungewöhnliche Ehre. Diese ganze Szenerie ließ mir die Haare zu Berge stehen, und zwar nicht die Haare auf meinen Kopf, die, wie Sie bereits wissen, so gut wie nicht mehr vorhanden sind, sondern meine Nackenhaare.

Auch Tuts Mutter, meine Tochter Nofretete, stand neben dem Thron. Und auch sie hatte sich prunkvoll gekleidet und trug die ihr zustehende Tracht der Königinmutter. Nofretete ist immer noch eine phantastische Frau mit wohlgeformten Brüsten. Ich weiß das so genau aus jenen Tagen, als dieser blasphemische Echnaton anordnete, alle Frauen seines Hofes, Nofretete eingeschlossen, hätten durchscheinende Kleider zu tragen. Sie waren fast schon transparent. Das war eine der wenigen radikalen Neuerungen Echnatons, die auch ich befürwortete.

Nofretete ist eine Frau von unstillbarem Appetit und unersättlichem Ehrgeiz. Als sie einmal versuchte, mich zu verführen, wäre ich ihr beinahe erlegen. Eine so fesselnde und gutaussehende Frau ist eigentlich unwiderstehlich, selbst, wenn es die eigene Tochter ist, aber ich wußte, daß ihr Interesse an mir vor allem mit den Intrigen zu tun hatte, die sie zu spinnen pflegt. Sie können mir glauben, daß ich mich in den Gesetzen des Hofes gut genug auskannte, um diese Falle zu vermeiden, denn welches Spiel sie auch immer spielte, der Gewinn daraus würde ohne Zweifel ihrer sein, nicht meiner. *(Anmerkung des Übersetzers: Inzest war am königlichen Hof von Ägypten durchaus üblich, doch im Regelfall eher zwischen Bruder und Schwester. Mehr darüber später.)*

Yuti, der Leibarzt des Königs, war ebenfalls anwesend. Er allerdings stand nicht. Ich erkannte ihn nur an seinem riesigen Hinterteil, das in der Luft zappelte. Da seine Stirn fest an den Boden gepreßt war, waren seine Gesichtszüge nicht zu sehen.

Ich erreichte die Markierung im Boden und warf, bevor ich meinem Pharao die erwartete absurde Ehrerbietung erwies, einen Blick auf Haremhab. Er blickte finster auf mich herab und verzog dann seinen Mund zu einem unverschämten Grinsen.

Ich rutschte vorwärts, bis ich des Königs Füße erreicht hatte, denen ich sodann den zeremoniellen Kuß aufdrückte. Nach einer kurzen Pause signalisierte er mir, mich zu erheben. Zumindest das war ein gutes Zeichen. Wäre ich gezwungen gewesen, weiter niederzuknien, während Haremhab stand, hätte ich gewußt, daß ich verloren war. Ich erhob mich langsam mit Hilfe des Hirtenstabs, den ich als Symbol für mein Amt entworfen hatte. Ich muß zugeben, daß ich ziemlich stolz bin, darauf gekommen zu sein. Als Großwesir stehen mir einige Sonderrechte zu, und dieser stabile, sehr schön verzierte und vergoldete, hölzerne Stab hat mein Amt um mindestens zehn Jahre verlängert. Mit seiner Hilfe konnte ich mich stets aus meiner knienden Position erheben, ohne dabei befürchten zu müssen, ich könnte stolpern und damit möglicherweise die Würde des Königs verletzen, was ihm wiederum je nach Laune Grund genug für eine Entlassung oder eine Exekution war. Viele Männer unseres Landes ruhen einzig und allein deshalb in ihren Häusern der Ewigkeit, weil der König an dem Tag, an dem sie stolperten, an leichten Verdauungsproblemen litt.

»Ah, Eje. Wir sind entzückt, dich wieder einmal begrüßen zu dürfen«, intonierte Tut das Begrüßungsritual. Seine Stimme klang immer etwas ölig, selbst wenn er ernsthaft versuchte, freundlich zu sein. Ich glaube, Sie haben schon gemerkt, daß ich diesen kleinen Rotzlöffel schlichtweg nicht ausstehen kann. Und klein war er wirklich – im Vergleich zu anderen seines Alters. Er war nicht größer als dreieinhalb Ellen und schmächtig gebaut. *(Anmerkung des Übersetzers: Eine Elle entspricht ungefähr 52 Zentimeter; Tut war also ungefähr 1 Meter sechzig groß.)* Er hatte ein durchaus ansprechendes Gesicht, ein ziemlich kräftiges Kinn und eine gerade, gutgeschnittene Nase. Um diese Nase beneidete ich ihn am meisten. Meine gleicht eher einer Adlernase und nimmt mehr Platz in meinem Gesicht ein, als mir lieb ist. Angeblich verleiht sie mir einen Ausdruck von Macht und Präsenz, aber diejenigen, die das behaupten, haben allen Grund, mir zu schmeicheln.

Es sind Tuts Augen, die mich beunruhigen. Sie wirken glasig und unbeteiligt, als sei er nie wirklich richtig anwesend, als sei er ein Zuschauer, der außerhalb seines Körpers dem Geschehen beiwohnt, als würde er nie wirklich einen Kontakt zu einem anderen Menschen herstellen, sondern sie nur aus der Entfernung beobachten. Und in diesen Augen liegt noch etwas anderes. Sein Vater Echnaton hatte übrigens genau den gleichen Blick. Es ist schwer zu beschreiben, aber diese Augen wirken falsch. Sie wirken unerbittlich. Hinterlistig. Irgendwie unheimlich. Was immer es auch sein mag, aber dieser Blick weckt immer ein Gefühl des Unbehagens in mir, vor allem jetzt, wo alles darauf hindeutet, daß er die Regentschaft anderer abschütteln und selbst die Macht übernehmen will. Natürlich ist eine Heirat zwischen Brüdern und Schwestern der einzige Weg, die Blutlinie rein zu halten, doch manchmal frage ich mich dennoch, ob Jahrhunderte der Bruderehe nicht vielleicht auch das eine oder andere seltsame Exemplar hervorbringen.

Als ich mich langsam erhob, schwenkte Tut begeistert seinen Arm und deutete auf seine neuen Truppen. »Meine neue Wache, Eje! Sind sie nicht prächtig? Es war eine Überraschung von Haremhab, zu meinem achten Jahr als Pharao. Die Uniformen hat er selbst entworfen. Ich bin mehr als entzückt!«

»In der Tat eine wundervolle Überraschung, o mächtiger, göttlicher König (Leben! Gesundheit! Kraft!)«, erwiderte ich, so ruhig ich konnte, biß dabei die Zähne zusammen und warf Haremhab einen weiteren Blick zu. Das war ein Fehler, denn damit gab ich ihm die Gelegenheit, mich erneut triumphierend anzugrinsen. »Und mit wie vielen dieser wunderbaren Wachsoldaten hat Euch Haremhab ausgestattet, o Allmächtiger (Leben! Gesundheit! Kraft!)?« fragte ich höflich, obwohl ich mir die Antwort schon denken konnte.

»Es sind insgesamt vier Regimenter«, erwiderte Tut stolz. »Und du solltest nur sehen, wie perfekt sie ausgebildet sind! Das ganze Regiment marschiert wie ein Mann, und selbst in der Größe stimmen sie exakt überein. Sie sind die Elite der Armee. Sie sind weitaus besser gedrillt als deine Kavallerie, Eje. Weitaus besser.«

Nun gut, ich hatte Haremhab also unterschätzt, und meine Feinde zu unterschätzen passiert mir selten. Vielleicht ist es wirklich an der Zeit, mich aus all diesem zurückzuziehen. Meine Hauptfrau Tej drängt mich schon seit Jahren dazu. »Was brauchen wir denn noch?« fragt sie immer. »Was willst du denn noch alles haben? Es kann uns doch gar nicht mehr besser gehen.« Sie wissen ja, wie Ehefrauen sind. Vielleicht hat sie recht. Brauche ich das alles denn wirklich?

Haremhab hatte mir Schach geboten und nahm nun jede Möglichkeit wahr, sich in dieser Position zu sonnen. Doch eigentlich war ihm nicht mehr gelungen, als mit mir gleichzuziehen, denn meine berittene Wache bemannte noch immer das äußere Gelände des Palastes. Innerhalb des Palastes war er mit mir also gleichgezogen. Da seine Infanterie meiner Kavallerie jedoch zahlenmäßig weit überlegen war, hatte sich die Waage, gesamt gesehen, wieder zu seiner Seite geneigt.

Ich gab mir größtmögliche Mühe, mein Gesicht zu wahren. Würde, Stolz, na ja, Sie wissen schon. Darin hatte ich jahrelange Übung, und ich sah nun überhaupt nicht ein, warum ich Haremhab die Freude machen sollte, auch nur im Ansatz niedergeschlagen zu wirken.

Unerschüttert öffnete ich die Schriftrolle, auf der die Tagesordnungspunkte für die königliche Audienz verzeichnet waren. Nichts Neues. Kriminelle, die exekutiert werden sollten. Laxe Verwaltungsbeamte, die ausgepeitscht werden sollten. Güter und Besitztümer, die konfisziert werden sollten. Neue Steuern, die aus den Bauern herausgepreßt werden sollten. Strenge, neue Erlasse, die verkündet und deren Nichtbeachtung mit höheren Strafen geahndet werden sollten. Das Übliche halt.

Ich begann zu lesen, doch Tut winkte ab. »Nicht heute abend, Eje. Das kann warten. Ich habe eine wichtigere Aufgabe für dich und erwarte, daß du dich ihr mit all deiner Zeit und Energie widmest. Für diesen Auftrag wirst du jede Minute brauchen.«

Ich seufzte leise. Was würde nun kommen?

Tut kam ohne jede weitere Einleitung zur Sache. »Eje«, sagte er, und dabei blickte er mich ohne den Hauch eines Lächelns an, während seine Augen wieder diesen seltsamen, weltentrückten Glanz annahmen, »ich möchte, daß du den Mörder meines Vaters findest.«

Hätte mich Tut gebeten, ein fliegendes Schwein aufzutreiben, ich wäre nicht minder überrascht gewesen. »Den

Mörder Eures Vaters?« wiederholte ich dümmlich, viel zu überrascht, um irgend etwas anderes zu sagen.

»Ja, Dickerchen, den Mörder meines Vaters«, wiederholte Tut, meinen Tonfall nachäffend. Das mit dem Dickerchen war wirklich stark. Gut, ich hatte so etwas wie einen Bauch. Aber Dickerchen? Ich nahm es als Indiz dafür, daß ich nicht länger uneingeschränkt in seiner Gunst stand.

Um meine fünf Sinne wieder zusammenzukriegen, täuschte ich einen Hustenanfall vor. »Euer Lob sei gepriesen«, sagte ich dann, »Euer Vater ist doch schon acht Jahre tot!« Als ich seinen Gesichtsausdruck sah, änderte ich sofort meine Taktik. »Aber selbstverständlich werde ich den Schuldigen für Euch finden.« Als ich meine Gedanken wieder etwas beisammen hatte, ließ meine Anspannung ein wenig nach. Das war doch keine große Sache. Ich mußte lediglich paar Sklaven foltern, einen Namen aus ihnen herauspressen, denjenigen foltern, den sie mir nennen würden, ein Geständnis erzwingen und schon wäre der kapriziöse Kind-König glücklich.

Tut sah mich mit strenger Miene an. Noch nicht einmal der Anflug eines Lächelns umspielte sein Gesicht. »Glaub nicht, du könntest einfach nur ein paar Sklaven foltern, einen Namen aus ihnen herauspressen, denjenigen foltern, den sie dir nennen und mich damit glücklich machen. Dieses Spielchen kenne ich. *Folter ist nicht erlaubt!*«

Ich starrte ihn an, vermutlich mit vor Verblüffung offenstehendem Mund.

»Es ist keine Kunst, auf diese Weise ein Geständnis zu bekommen. Ich will den wahren Mörder. Und das bedeutet, daß unter keinen Umständen gefoltert werden darf. Niemand darf gefoltert werden. Verstanden?«

»Aber heiliger Pharao (Leben! Gesundheit! Kraft!)«, wandte ich ein. »Wie soll ich dieses schlimme Verbrechen denn ohne Folter aufklären? Das machen wir doch immer so.

Wir haben doch immer schon gefoltert, Folter ist die Grundlage unseres Rechtssystems. Warum sollte sich jemand eines Verbrechens bekennen, wenn er nicht die Folter fürchten müßte?« Jetzt war ich wirklich entrüstet, mußte aber selbstverständlich versuchen, mir das nicht anmerken zu lassen. Ich hatte bisher noch jeden zu einem Geständnis gebracht, und darauf war ich sehr stolz. Was sollte das hier alles?

»Ich will den wahren Mörder meines Vaters«, fuhr Tut fort, als hätte er meine Worte nicht gehört. »Den Drahtzieher.«

Du bist hier der Gott. Finde ihn doch selbst, dachte ich wütend. Aber ich hütete mich, diese Gedanken auszusprechen, statt dessen sagte ich: »Ohne Folter ist die Aufklärung eines Verbrechens, das nunmehr acht Jahre zurückliegt, schier unmöglich. Außerdem, mein mächtiger Souverän (Leben! Gesundheit! Kraft!), können wir denn überhaupt sicher sein, daß Euer Vater, der göttliche Pharao Echnaton, tatsächlich ermordet wurde? Wenn ich mich recht erinnere – bitte korrigiert mich, wenn mich die Erinnerung trügt –, dann wurde der göttliche Pharao Echnaton ganz einfach krank und verstarb. Ich kann mich nicht erinnern, daß damals von Mord gesprochen wurde.« Und außerdem, dachte ich gereizt, wieso interessiert dich das denn so plötzlich nach dieser langen Zeit? Selbst wenn er ermordet wurde – für mich ein absurder Gedanke –, dann hat dir der Mörder einen großen Gefallen damit getan, du Narr. Er hat dich zum Pharao gemacht. Außerdem kann ich mich nicht erinnern, daß du deinen Vater je besonders gemocht hast. Oder daß ihn überhaupt irgend jemand besonders gemocht hat. Sollte ich tatsächlich den Mörder finden, müßtest du ihm eigentlich einen Palast schenken. Oder zumindest ein Bankett zu seinen Ehren geben.

»Mein Vater war völlig gesund«, schnappte Tut. »Er ist in seinem ganzen Leben keinen Tag krank gewesen. Und dann ist er plötzlich, binnen zweier Tage, gestorben. Es war Gift.

Oder Schwarze Magie. Was immer es auch war, ich will den Schuldigen.«

Gut, irgendwie fängt es immer an, überlegte ich. Menschen sterben. In zwei Tagen. Aus irgendwelchen Gründen. Wenn ich die mutmaßlichen Mörder jedes Menschen dingfest machen wollte, der in Ägypten binnen zweier Tage krank geworden und gestorben war, bräuchte ich dafür eine ganze Armee an Folterknechten – vorausgesetzt, ich dürfte sie einsetzen. Eines war jedenfalls sicher. Hinter dieser Sache steckte mehr, als ich im Moment zu begreifen imstande war. »O transzendentaler Gott (Leben! Gesundheit! Kraft!)«, fuhr ich so gelassen wie möglich fort. »Natürlich werde ich alles tun, was Ihr sagt. Doch ohne die Anwendung der Folter wird es bestimmt sehr lange dauern.«

»Ihr habt sieben Tage.«

Sieben Tage. Ich war entgeistert. »Bei allem Respekt, mein mächtigster Herrscher, ich werde sicherlich mehr Zeit brauchen.«

»Sieben Tage«, beharrte er.

»Mein allermächtigster Herrscher, bitte gebt mir zumindest eine Woche«, bettelte ich. *(Anmerkung des Übersetzers: Eje meinte das nicht sarkastisch. Die ägyptische Woche bestand aus zehn Tagen. Jeder Monat hatte dreißig Tage, und am Ende des Jahres feierte man an fünf weiteren Tagen die Geburtstage der Götter des Osiriszyklus. Dieser Kalender ist viel logischer als der, den wir heute verwenden.)*

»Sieben Tage.« Tut war unerbittlich. »Und solltest du Folter anwenden, dann wird mir das zu Ohren kommen.«

Ich war einfach sprachlos. Läppische sieben Tage, um ein Wunder zu vollbringen. Soweit ich wußte, war noch kein einziges Verbrechen in Ägypten ohne die Folter aufgeklärt worden. Und außerdem bezweifle ich sehr stark, daß es sich hier überhaupt um ein Verbrechen handelte. Echnaton war ganz einfach gestorben. Und für Ägypten war das kein Schaden gewesen. Fieberhaft überlegte ich. Worum ging es hier wirklich? Sicherlich nicht um Respekt gegenüber den Eltern. Dafür kannte ich das kleine Monster zu gut. Aber was führte er im Schilde? Was sollte das alles?

Jedenfalls hatte er in einem Punkt völlig recht. Wenn ich versuchen würde, Geständnisse unter der Folter zu erpressen, würde er davon erfahren. Diese Audienz würde in Theben bereits Tagesgespräch sein, noch bevor ich das Audienzzimmer verlassen hatte. Und es gab viele, die nichts lieber sehen würden als meinen Sturz. Egal, wie schlau ich es auch anstellen würde, jede Art der Folter würde dem König sofort zu Ohren kommen. Nein, ich mußte diese Aufgabe streng nach Befehl ausführen.

»Wie Ihr es wünscht, mein Pharao (Leben! Gesundheit! Kraft!)«, leierte ich die Formel herunter. »Ich werde diesen Mörder finden. In sieben Tagen, wie es Euer Befehl ist. Vielleicht sogar noch eher. Und ohne die Folter anzuwenden. Das schwöre ich. Und ich lade alle hier versammelten Adeligen ein, in genau sieben Tagen in meinem Palast einem großen Fest beizuwohnen. Dann wede ich Euch alles enthüllen.«

Das war nun mehr als gewagt, doch bei weitem nicht so verrückt, wie es den Anschein haben könnte. Ich hatte ja nichts zu verlieren. Sollte mir dieses Wunder tatsächlich gelingen, würde mein Stern nur noch steigen, und ich würde Tuts Plänen, welche er auch haben mochte, so lange Einhalt gebieten können, bis ich wußte, wie darauf zu reagieren ist. Ich bin selbst ein listiger Mensch. Und sollte mir kein Wunder gelingen, dann müßte ich die Situation erst recht mit Bravour meistern und Tuts nächsten Schachzug abwarten, von dem ich bereits jetzt eines wußte – er würde unangenehme Folgen haben.

Ich gestaltete meinen Abgang so, als ginge ich die Aufgabe völlig sorglos an, und rutschte wieder zurück zum Granitstreifen am Ausgang, wo ich mich an meinem Stab hochzog. Am liebsten wäre ich noch geblieben, denn ich verabscheute den Gedanken, Haremhab nun mit Tut allein zu lassen, besonders, da ihm die Auszeichnung zuteil geworden war, neben dem Thron zu stehen. Doch Tut hatte mich entlassen, nachdem er meine Einladung lediglich mit einem winzigen Kopfnicken zur Kenntnis genommen hatte. Gleichzeitig hatte er mir spitz zu verstehen gegeben, daß ich jede Sekunde der Zeitspanne, die er mir zugestanden hatte, brauchen würde.

Es war eine merkwürdige Audienz gewesen, sehr kurz, und dieses eine Mal alles andere als langweilig. Kein einziger meiner Tagesordnungspunkte war angesprochen worden. Man mußte kein Pyramidenbauer sein, um zu verstehen, daß mir das Wasser bis zum Hals stand. Was bezweckte er bloß?

Meine Gedanken rasten. Wenn man sein ganzes Leben mit Palastintrigen beschäftigt ist, hat das unter anderem den Nachteil, daß nichts mehr sicher scheint. Mir blieb nur zu spekulieren und zu hoffen, daß mich meine Schlußfolgerungen in die richtige Richtung weisen würden. Was sollte diese verrückte Forderung von Tut? Wie konnte man es von mir erwarten, acht Jahre danach einen nichtexistenten Mörder zu finden? Den nichtexistenten Mörder eines Pharaos, der es mehr als jeder andere verdient hatte zu sterben? Und dann kam mir ein anderer Gedanke. Vielleicht glaubte Tut wirklich, jemand hätte seinen Vater ermordet und daß dieser Jemand ich sei. Das würde auf einen Schlag fast alles erklären. Daß ich ganz offensichtlich plötzlich in Ungnade gefallen war. Daß er mir nicht erlaubte, Folter einzusetzen, da ich ohne Folter auch keine Geständnisse kriegen würde. Und dann diese offensichtlichen Gunstbezeugungen Haremhab gegenüber. Könnte . . . wäre es möglich, daß diese neuen Wachen eigentlich Tuts Idee waren und nicht Haremhabs? Vielleicht war Tut derjenige, den ich unterschätzte. Was sollte ich bloß tun?

Und dann kam mir ein weiterer gräßlicher Gedanke. Ich

würde nun in meinen Palast zurückkehren und meiner Hauptfrau Tej beichten müssen, daß ich uns ein komplettes Staatsbankett aufgehalst hatte, für dessen Vorbereitung nicht mehr als sieben Tage Zeit war.

3 Erster Tag – Am Abend

Es ging mir schon mal besser. Auf dem Weg zurück zu meinem Palast versuchte ich, meine Gedanken zu ordnen, doch es fiel mir schwer. Da die Audienz so kurz gewesen war, klapperte mein Streitwagen noch durch das letzte Abendrot über die mit Sandstein gepflasterte Straße. Wir mußten einem riesigen Obelisk ausweichen, der auf Rollen an der Straße lag, neben ihm ungefähr zweitausend Bauern, die nach ihrem Tagwerk völlig erschöpft in den Straßengraben gesunken waren. In zwei Wochen hatte man diesen riesengroßen Granitmonolith, der zahllose Tonnen wog, vielleicht zwei Kilometer weit bewegt.

Einmal mehr dachte ich daran, wieviel Glück uns hier in Ägypten doch beschert ist. Die jährliche Überschwemmung des Nils ist wahrlich ein Geschenk der Götter. Denn während dieser Zeit stehen Ägypten jedes Jahr Zehntausende unbeschäftiger Menschen zur Verfügung, die nichts zu tun haben, bis der Nil sich wieder in sein Bett zurückzieht. Jemand, der nichts zu tun hat, stiftet Unruhe. Was also gäbe es Besseres, als diese Menschen zum Staatsdienst zu verpflichten? Mit ihrer Hilfe konnte der Pharao all diese Weltwunder erbauen – die Tempel, Paläste, Grabmäler und Pyramiden. Die Bauern erhielten naturgemäß keine Gegenleistung dafür. Es steht mir jedoch nicht zu, die göttliche Ordnung zu hinterfragen, denn ich persönlich habe mit Sicherheit kein Recht dazu, mich zu beklagen. Ich bin derjenige, der einen Wagen zur Verfügung hat; sie schlafen auf dem nackten Boden. Ich bin derjenige, der in einem Palast residiert. Und mag das Leben eines Bauern auch hart sein, so ist es doch als Ausgleich wenigstens kurz.

Praktischerweise liegt mein Palast nicht weit von dem des

Königs entfernt, und so dauerte die Heimfahrt nicht lange. Meine Dienerschaft begrüßte mich mit gespielter Freude, und ich antwortete mit einem ebenfalls gespielten Lächeln. Den heutigen Abend wollte ich mit Tej verbringen. Auf Nebenfrauen oder Konkubinen verspürte ich nicht die geringste Lust. Es war wirklich nicht ganz fair, sie hauptsächlich dann zu besuchen, wenn ich ernsthafte Probleme hatte, doch im Lauf der Zeit hatte ich mich daran gewöhnt, mich auf ihr gutes Urteilsvermögen zu verlassen. Sie war überdies die einzige Person, der ich mich wirklich anvertrauen konnte, ohne befürchten zu müssen, daß meine Geheimnisse sofort die Runde machten. Tej liebte mich, und auf meine Art liebte ich sie auch – was immer das bedeuten mag. Vierzig Jahre Ehe müssen schließlich zu irgend etwas gut sein.

Ich betrat ihre Schlafgemächer, und sie sah zu mir auf. »Einen schlechten Tag im Palast erwischt?« fragte sie. Sie merkte so etwas immer.

Ich versuchte erst gar nicht, ihr etwas vorzuspielen. Es hatte ohnehin keinen Sinn. Und außerdem wollte ich ihre Meinung hören. Also erzählte ich ihr alles, von der Audienz, von meinen Befürchtungen, meinen Sorgen, von dem Verdacht, den ich hegte, und sie hörte schweigend und aufmerksam zu.

Als ich geendet hatte, blickte sie mich ungläubig an.

»Dickerchen?« rief sie. »Tuttilein hat dich wirklich *Dickerchen* genannt?«

Ich hasse es, wenn sie ihn so nennt. Aber wahrscheinlich sind Großmütter alle so.

Wortlos schüttelte ich den Kopf. Ich konnte es einfach nicht fassen. Da hatte ich ihr gerade erzählt, daß ich möglicherweise bald als Ko-Regent entlassen oder sogar dem Scharfrichter übergeben werden würde, und alles, worüber sie sich Gedanken machte, war, daß mich ihr Enkel Dickerchen genannt hatte.

»Das meinte er bestimmt nicht so«, versuchte sie mich zu beruhigen. »Ich weiß wirklich nicht, was in den Jungen gefahren ist. Das ist doch gar nicht typisch für ihn.«

»Mach dir keine Sorgen, Tej. Es ist nicht so wichtig.« Leise seufzend warf ich ihr einen liebevollen Blick zu. Mit den Jahren war auch sie dicker geworden, doch hatte sie nicht soviel zugenommen wie ich. Frauen achten in der Beziehung ja mehr auf sich als Männer, dennoch war sie natürlich nicht mehr die zierliche Sechzehnjährige, die ich einmal geheiratet hatte. Ihr dunkles Haar hatte graue Strähnen, die sie mit einer Art Tönung überdeckte, doch ich wußte natürlich, daß ihr Haar langsam grau wurde. Ihre dunkelbraunen Augen sahen etwas müde aus, aber sie wirkten ehrlich. Tej war eine durch und durch anständige Frau ohne jede Falschheit. Sie war eine gute Frau. Ich weiß zwar nicht, ob eine Frau das als Kompliment auffassen würde, aber wenn ich an sie denke oder über sie spreche, fällt mir als erstes diese Charakterisierung ein. Für eine Frau ihres Alters ist ihr Gesicht bemerkenswert faltenlos. Und sie hat einen klugen Kopf, einen wachen Verstand und große Menschenkenntnis. Mag sie selbst auch völlig unverdorben sein, so gibt sie sich doch, was die Mehrheit der Menschen angeht, keinerlei Illusionen hin.

»Laß uns die ganze Sache mal logisch durchdenken«, sagte sie schließlich, legte dabei die Stirn in Falten und rieb sich mit ihren kurzen Fingern die Schläfen. »Und zwar Stück für Stück. Ich kann mir einfach nicht vorstellen, daß er sich plötzlich gegen dich stellt, nach dem, was du die ganzen Jahre über für ihn getan hast, aber das muß ich wohl, oder? Jedenfalls, wir wissen, daß er entweder wirklich der Meinung ist, sein Vater sei ermordet worden, oder eben nicht. Nehmen wir zunächst mal an, er glaubt es nicht. Was folgt daraus?«

»Wenn er es nicht glaubt, dann ist es ganz offensichtlich eine List.«

»Mit der er was bezwecken will?«

»Mich loszuwerden.«

»Das könnte er sowieso tun. Mit Haremhabs Unterstützung kann er dich doch jederzeit einfach entlassen.«

»Das mag schon stimmen. Aber scheinbar hat er eine ganze Menge gelernt, nachdem er sein ganzes bisheriges Leben im Palast zugebracht hat. Ein Tyrann kann tun, was ihm beliebt, aber wenn man ihn irgendwann einmal für zu launisch und kapriziös hält, dann hat jeder in seiner Umgebung Angst um sein Leben, und eines Morgens wacht dieser Tyrann schließlich mit einem Dolch in den Eingeweiden auf. Ein weiser Herrscher hingegen wird immer vernünftig erscheinen wollen. Er findet erklärbare Gründe für sein Verhalten, mag es nun gerecht sein oder nicht. Solange seine Handlungen niemals willkürlich erscheinen, fühlt sich auch der Hofstaat nicht bedroht. Sollte es mir in diesem speziellen Fall nicht gelingen, einen Mörder zu finden, den es überhaupt nicht gibt, dann kann er seine Zuneigung für seinen verstorbenen Vater groß herausstellen und gleichzeitig behaupten, er würde mich wegen Unfähigkeit entlassen und nicht, weil er meine Macht als Ko-Regent brechen will. Mir war klar, daß er irgendwann einmal gewisse Schritte unternehmen würde. Ich hatte nur nicht erwartet, daß es so bald passiert.«

»Wenn er genau das tatsächlich vorhat, was kannst du dann tun?«

»Das frage ich ja dich gerade. Bislang ist mir nur Bestechung eingefallen.«

Sie warf mir einen mißbilligenden Blick zu. »Warum denn nicht?« versuchte ich mich zu rechtfertigen. »Das ist hier ein besonderer Fall. Wenn er mir nicht gestattet, die Folter anzuwenden, was bleibt mir dann schon noch?«

Sie schüttelte nachdrücklich den Kopf. »Nein, das wäre nicht gut.«

Erst dachte ich, sie wäre aus moralischen Gründen dagegen. Doch das war es nicht. »Nein«, sagte sie noch einmal.

»Normalerweise würde das funktionieren, aber nicht in diesem Fall. Sicherlich könntest du eine Person bestechen, damit sie dann eine andere Person beschuldigt. Aber obwohl du selbst keine Folter anwenden darfst, möchte ich bezweifeln, daß Tuttilein selbst sich genauso streng daran hält. Ich kann immer noch kaum glauben, daß er uns das antut. Mal sehen, vielleicht kann ich ja mal ein kleines Gespräch unter vier Augen mit ihm führen. Aber wie auch immer, wenn er weiß, daß sein Vater nicht ermordet wurde, dann wird er auch wissen, daß deine Beweise fingiert sind.«

Tej hatte ganz offensichtlich recht.

»Also«, fuhr sie fort, und in ihren Augen war Stolz zu lesen, daß sie die Sache so schnell durchschaut hatte, »ein kleiner Aufenthalt in der Folterkammer des Palastes, und nach spätestens fünf Minuten weiß er, daß du es warst, der die Leute bestochen hat.«

Ich dachte nach. »Was bleibt uns dann?«

Nach einer ganzen Weile seufzte sie tief auf. »Der Rücktritt.«

»Das geht auch nicht.« Diesmal war ich es, der die Problematik instinktiv erfaßt hatte.

»Warum denn nicht? Seit Jahren bitte und bettele ich, daß du endlich einen Schlußstrich ziehst. Wir haben mehr, als wir je brauchen werden – viel mehr. Mehr, als wir in diesem Leben überhaupt noch ausgeben können. Wie viele Mahlzeiten sollen wir am Tag denn noch zu uns nehmen? Und du kannst auch immer nur in *einem* Streitwagen herumfahren. Willst du noch mehr Bedienstete einstellen? Warum das alles?« Sie können mir glauben, daß ich diese Abhandlung nicht zum ersten Mal hörte.

»Der Grund, Tej, ist etwas, das ich dir noch nie erzählt habe, weil ich nicht wollte, daß du dir Sorgen machst, und weil ich deine Gefühle deinem Enkel gegenüber kenne. Ich arbeite ständig mit ihm zusammen, und, glaube mir, meine Gefühle für ihn sind ganz andere. Und wenn ich nun, aus welchen Gründen auch immer, als Großwesir zurücktrete, wird Tut darauf bestehen, daß ich auch den Posten als General der Streitwagen aufgebe. Und von dem Augenblick an bin ich von der Gnade meiner Feinde abhängig. Denn ich habe mir Feinde gemacht. Niemand steigt so weit auf, ohne sich Feinde zu machen, manchmal auch solche, derer man sich gar nicht bewußt ist. Und Tut hat es nun ganz eindeutig auf mich abgesehen.«

»Das kann ich einfach nicht glauben!« protestierte sie und machte ein so wütendes Gesicht, daß ich es schon bereute, diese Unterhaltung je begonnen zu haben. Ich hätte mich statt dessen auch genauso gut mit Tia oder Gilupkhipa oder irgendeiner der Dutzenden anderen Konkubinen vergnügen können, die mir rund um die Uhr zur Verfügung stehen.

»Nein, das glaube ich einfach nicht«, sagte Tej erneut. »Wir sind doch alle eine Familie! Und wieso sollte Tut dir Böses wollen? Nach all dem, was du für ihn getan hast? Du hast ihn doch schließlich zum Pharao gemacht!«

»Ja, sicherlich, das war ich. Und Haremhab. Natürlich könnte ich mich dessen brüsten, doch da er Echnatons einziger Sohn ist, war die Auswahl nun einmal nicht gerade riesig. Zumindest ohne Bürgerkrieg, und davon hatten wir ja nun schon mehr als genug unter Echnaton.«

»Aber wir sind doch alle eine Familie!« protestierte sie wieder.

»Natürlich sind wir das. *Jeder* im königlichen Palast gehört der gleichen Familie an. Oder beinahe jeder. Nicht wenige der Pharaonen, die in ihren Gräbern und Pyramiden liegen, wurden von ihren Familienmitgliedern umgebracht. Und über ganz Ägypten verstreut liegen noch mehr solcher Familienangehörigen in ihren Gräbern, die wiederum von den Pharaonen umgebracht wurden. Familiensinn hilft hier nicht weiter, Tej, zumindest nicht, wenn es um Macht geht. Und hier geht es um nichts anderes als Macht.

Tut strebt schon lange danach und jetzt, wo er achtzehn ist, kann man ihn nicht mehr kontrollieren. Ich kann ihm das noch nicht einmal vorwerfen. Schließlich ist er mit sechzehn zum Mann geworden. Und er ist klug genug, um das System zu durchschauen. Er hat Ressentiments gegen mich und weiß, daß er mich loswerden muß, wenn er selbst Pharao werden will. Tut ist ein Mann, der nie etwas vergißt, und jedes Mal, wenn ich ihm einen Strich durch die Rechnung gemacht habe, bin ich mir sicher, daß er das in seinem Gedächtnis abgespeichert hat. Und zwar unter *R* wie Rache.

Einige Pharaonen begnügen sich damit, bloße Galionsfiguren zu sein. Das sind die, die es genau richtig machen. Sie erreichen ein hohes Alter. Einer von ihnen regierte 91 Jahre. Ich bezweifle, daß jemand diesen Rekord je brechen wird. Aber Tut ist jemand, der Macht will, richtige Macht. Kein einziger Kopf im Palast ruht sicher auf seinen Schultern, wenn auf dem Thron ein Pharao sitzt, der wahre Macht besitzt. Tut ist bloß noch zu jung, um zu begreifen, daß auch sein eigener Kopf nicht mehr sicher ist.«

»Und Haremhab?«

»Seine Zeit wird kommen. Nach meiner. Es sei denn, er schlägt als erster zu. Diese neuen Regimenter von Fußsoldaten zu schaffen, war schon ein brillanter Schachzug. Egal, ob es nun Haremhabs Idee war oder Tuts; ein Putsch zu meinen Gunsten innerhalb der Palastmauern ist nun unmöglich geworden. Aber so etwas hatte ich ohnehin nie ernsthaft vor. Und nun spielt es sowieso keine Rolle mehr, denn Haremhab hat die Lage zu seinen Gunsten ausgeglichen.«

»Also was nun?«

»Das überlege ich gerade.«

»Dann laß uns erst einmal überlegen, was man in dem Fall tun könnte, daß Tut recht hat und sein Vater tatsächlich umgebracht wurde.«

»Das ist nicht sehr wahrscheinlich.«

»Denk trotzdem darüber nach, Eje.« Sie warf mir einen eindringlichen Blick zu. Tej ist eine Person, die sehr in der Gegenwart lebt. Sie verliert die wesentlichen Fakten nie aus den Augen. »Der arme Tut, er war erst zehn Jahre alt, als das alles passierte. Aber Zehnjährige sehen viel. In dem Alter nehmen sie alles in sich auf. Ihnen entgeht nichts. Vielleicht hat er ja irgend etwas gesehen oder erahnt. Zumindest hat er insofern recht, daß Echnaton völlig gesund war und dann innerhalb von weniger als zwei Tagen plötzlich starb. Was immer ihn umbrachte, wirkte furchtbar schnell.«

»Ich habe sogar einmal gesehen, wie ein Mann hinfiel und in weniger als einer Minute starb.«

»Das stimmt schon. Doch normalerweise wissen die Ärzte, was einen solchen Tod verursacht. Der Leibarzt des Pharaos jedoch war völlig ratlos. Bis heute weiß er nicht, woran Echnaton gestorben ist.«

»Es ist eine Schande, daß man den Leichnam nicht untersucht hat. Vielleicht hätte Tut dann erfahren, daß sein Vater eines natürlichen Todes gestorben war. Aber als Pharao wurde Echnatons Leiche natürlich direkt zum königlichen Einbalsamierer gebracht. Yuti hatte keinerlei Gelegenheit mehr zu einer Untersuchung, sobald bei Echnaton der Tod eingetreten war.«

»Na schön, aber jedenfalls ist Yuti der beste Arzt in ganz Ägypten, und wenn er schon nicht sicher war, was den Tod des Pharaos verursacht hatte, kann ich verstehen, warum Tut heute noch darüber grübelt. Nach all dem, was du mir erzählt hast, bleibt dir, sollte Echnaton nicht ermordet worden sein, ohnehin nichts weiter übrig, als zu warten, was geschieht. Also kannst du genauso gut so tun, als hätte ein Mord stattgefunden, und entsprechend handeln. Das erste, was du machen solltest, wäre meiner Meinung nach die Namen derjenigen aufzulisten, die Echnatons Tod gewünscht haben könnten.«

»Das ist einfach. Das wäre schlichtweg jeder hier in Ägypten.«

»Sei nicht albern!«

»Ich meine das durchaus ernst. Dieser Mann war ein Alptraum. Eine Katastrophe. Ich habe damals nicht viel mit dir darüber geredet. Immerhin hat er ja unsere Tochter Nofretete geheiratet und uns damit aus dem niederen Adelsrang fast auf die gleiche Stufe mit ihm selbst erhoben. Du darfst mir glauben, ich war mir durchaus bewußt, wem ich das zu verdanken hatte. Aber trotzdem war er ein Verrückter. Wir mögen davon profitiert haben, daß er statt – wie erwartet – eine seiner Schwestern Nofretete als Hauptfrau nahm, doch für das Land war es ein großer Schock.«

»Du hast die Situation damals sehr gut im Griff gehabt«, sagte Tej und warf mir einen Blick zu, in dem viel Stolz lag. »Die meisten Männer wären schon glücklich gewesen, wenn ihre Tochter eine Konkubine des Pharaos geworden wäre, doch du hast darauf bestanden, daß sie seine Hauptfrau wird.«

Tej hatte offenbar gespürt, daß ich etwas ärgerlich auf sie war, und so versuchte sie, mich mit ein wenig Schmeichelei wieder versöhnlich zu stimmen. Mit Erfolg übrigens. Aber sie hatte recht, daß von allen Geschäften, die ich in meinem Leben abgeschlossen hatte, dieses mit Abstand das erfolgreichste gewesen war. Echnaton war völlig vernarrt in Nofretete gewesen, und ich wußte, daß er jeden Preis bezahlen würde, um sie zu besitzen. Das Seltsame an der ganzen Sache war, daß es so einfach gewesen war. Er schien nicht den geringsten Gedanken an den Skandal zu verschwenden, den eine Heirat außerhalb der Gotteslinie verursachen würde. Vielleicht wußte er, daß seine geplante Einführung des Aton-Kultes die Heirat mit Nofretete völlig belanglos erscheinen lassen würde, so wie der Mond bei Tag von der Sonne überstrahlt wird. Wenn er das geglaubt hatte . . . nun, dann hatte er völlig recht behalten.

Was dieser Mann sich dabei gedacht hatte, als er den Gott

Aton, der nur einen unbedeutenden Teil des Sonnengottes Re-Harachte darstellte, als alleinige Gottheit, neben der keine anderen Gottheiten mehr existieren, einführte, werde ich wohl nie erfahren. Das war völliger Irrsinn. Unglaubliche Ketzerei. Ein Sakrileg. Unter vier Augen machte ich ihm deswegen immer wieder Vorhaltungen, doch es half nichts. Er war entschlossen, seinen Willen durchzusetzen.

Mir blieb keine andere Wahl, als ihn zu unterstützen, denn mein Schicksal und das meiner Familie lagen in seiner Hand. Seine kostspieligen neuen Tempel zu Ehren Atons hätten das Land um ein Haar in den Bankrott geführt. Bald folgte der Widerstand der Priesterschaft und das blanke Entsetzen der einfachen Bauern, die sich plötzlich ihrer antiken Götter beraubt sahen. Es grenzt an ein Wunder, daß Ägypten diese Zeit überlebt hat, und wenn Echnaton tatsächlich ermordet wurde, gebührt dem Mörder der Dank des ganzes Landes.

Und ich wußte auch, daß Tej recht hatte. Mir blieb keine andere Wahl, als so zu tun, als sei Echnaton tatsächlich umgebracht worden. Aber von wem?

Tej las meine Gedanken. Das war nicht weiter ungewöhnlich, denn sie schien diese außergewöhnliche Gabe bei jedem zu besitzen. Die Kinder hatte es allerdings fast zur Verzweiflung getrieben, als sie noch jünger waren. »Also«, sagte sie, »du hast gar keine Wahl. Wenn Echnaton nicht umgebracht wurde und du nicht von deinem Amt zurücktreten kannst und du Tut nicht mehr unter Kontrolle hast, dann bleibt dir nichts weiter übrig, als abzuwarten, was passiert. Also kannst du genauso gut versuchen, einen Mörder zu finden. Du verlierst doch nichts dabei. Und vielleicht gibt es ihn ja wirklich.«

»Und vielleicht kann ich es sogar beweisen«, sagte ich ziemlich sarkastisch. »Und dafür sorgen, daß der Nil rückwärts fließt. Und daß die Sonne im Westen aufgeht. Und ohne Folter ein Geständnis erzwingen. ›O ja, Herr, ich gestehen, ich habe ihn umgebracht. Mir gebührt der schlimmste

Tod, der Euch in den Sinn kommt!‹« Ich sagte das nur, um sie zu ärgern, doch leider war es im Grunde die reine Wahrheit. Soweit ich wußte, hatte bisher noch niemand versucht, einen Mörder ohne Folter zu fangen.

Tej wußte, daß ich nur meiner Frustration freien Lauf ließ. Wie ich schon sagte, sie konnte fast immer meine Gedanken lesen. »Du hast keine Wahl, Eje«, sagte sie müde und schüttelte ihren Kopf. »Du mußt es ganz einfach versuchen, denn das ist das einzige, was du tun kannst.«

Ich wartete, und sie fuhr fort: »Laß es uns noch mal durchdenken.« Sie hielt inne. Ihre Stirn war in Falten gelegt, und sie rieb gedankenverloren ihre Nasenflügel, wie immer, wenn sie sich konzentrierte. »Also jeder Ägypter hätte den König am liebsten tot gesehen. Gut. Bloß hilft das nicht viel. Aber wie viele von ihnen hatten denn eine Position, die es tatsächlich erlaubt hätte, ihn umzubringen?«

Natürlich hatte sie recht. Diese Überlegung schränkte die Anzahl der Verdächtigen erheblich ein. Ich hatte selbstverständlich auch schon daran gedacht, wollte aber so nett sein, ihr den Vortritt zu lassen.

»Du hast völlig recht!« rief ich mit gespielter Begeisterung, und sie strahlte erfreut. »Wie viele Menschen hatten tatsächlich Zugang zum Pharao?«

Das war eine rhetorische Frage. Natürlich wußte ich die Antwort. Immerhin war ich ja Echnatons Großwesir gewesen.

»Also, laß mich nachdenken«, grübelte ich laut nach. »Es ist schwieig, sich nach so langer Zeit noch an alles zu erinnern. Unterbrich mich, wenn dir irgend etwas einfällt. Aber du hast recht, viele Personen hatten Zugang zu ihm, doch nur wenige hätten ihn vergiften können. Ich gehe mal davon aus, daß er vergiftet wurde. Wenn Schwarze Magie mit im Spiel war, hätten Tausende von Priestern ihn mit einem Fluch belegen können. In einem solchen Fall wären meine Bemühungen völlig aussichtslos. Ich muß also einfach von der Annahme ausgehen, daß er vergiftet wurde. Und sollte das zutreffen, muß es jemand im Palast gewesen sein. Jemand, dem Echnaton blind vertraut hat.«

»Hätte ihn nicht auch ein Sklave auf irgend jemandes Befehl hin vergiften können?«

»Sehr unwahrscheinlich. Echnaton fürchtete mit der Zeit immer mehr um sein Leben. Und das aus gutem Grund, sollte ich hinzufügen. Mehr als einmal hätte sogar ich ihn am liebsten mit bloßen Händen erwürgt. Und je ängstlicher er wurde, desto mehr Sicherheitsvorkehrungen traf er. Er ging nirgendwohin ohne mindestens eine Korporalschaft von Wachen. Und glaube mir, ich meine wirklich *nirgendwohin*. Selbst wenn er seine körperlichen Bedürfnisse befriedigte. Selbst im königlichen Schlafgemach. Und er aß nichts ohne einen Vorkoster. Da war er sogar besonders penibel. Nein, es gab nur eine Handvoll Leute, denen er wirklich traute.«

»Wem?«

»Die Liste ist nicht lang. Nofretete, natürlich.«

»Unsere Tochter? Nein«, sagte Tej sofort. In ihrer Stimme lag Nachdruck. Ich verdrehte die Augen, beschloß jedoch, das Thema nicht weiter zu diskutieren. Tej war sehr empfindlich, wenn es um ihre eigene Familie ging.

»Gut. Dann Yuti, sein Leibarzt. Dem mußte er notgedrungen vertrauen. Und der Hohepriester Aanen.«

»Du meinst Aanen, den Hohepriester des Armuntempels?«

»Ja. Er gehörte zu den ersten, die Echnaton zum Atonkult bekehrte. Und zu den ersten, die nach seinem Tod wieder konvertierten. Aanens Prinzipien mögen etwas flexibel sein, doch er weiß genau, wer sein Pharao ist. Und Echnaton hielt sehr viel von ihm. Aanen wurden Audienzen gewährt, wann immer er es wünschte.«

»Das sind alle?«

»Ich glaube, ja.« Ich überlegte noch. »Vielleicht Haremhab.«

»Echnaton vertraute *Haremhab*?«

»Nicht völlig. Doch als Befehlshaber der Infanterie wurde ihm zu Echnaton Zugang gewährt. Er hat Stunden bei ihm verbracht, um Schlachtpläne oder Pläne zur Niederschlagung von Bauernrevolten mit ihm durchzusprechen. Meistens waren Wachen dabei, doch vielleicht wurde Echnaton mit der Zeit etwas nachlässig. Es ist zumindest eine Möglichkeit.«

»Noch jemand?«

Ich zögerte. »Nun, Tut selbst hätte es auch sein können.«

Tej blickte mich ungläubig an. »Tuttilein? Tuttilein? Er war doch damals erst zehn Jahre alt! Und Echnaton war sein Vater. Wie kannst du so etwas überhaupt nur denken?«

»Du kennst Tut nicht so gut wie ich«, erwiderte ich etwas verärgert. »Der Junge hatte schon immer etwas Seltsames an sich. Vielleicht war er erst zehn Jahre alt, und natürlich stimme ich dir zu, daß normalerweise kein Zehnjähriger planen würde, einen Pharao zu töten, doch bei Tut bin ich mir da einfach nicht so sicher.«

»Das ist absurd, und das weißt du auch! Selbst unter der lächerlichen Voraussetzung, daß ein Zehnjähriger so etwas tun könnte, und er es tatsächlich war, warum sollte er dich dann mit der Lösung eines Mordfalls beauftragen, hinter dem er selbst steckt?«

Das war eine gute Frage, die ich im Moment nicht beantworten konnte. Vielleicht gab es darauf eine Antwort, aber sie fiel mir jetzt beim besten Willen nicht ein.

»Noch jemand?« Sie blieb hartnäckig.

Ich überlegte. Natürlich, ich selbst würde auch in Frage kommen. Ich hatte uneingeschränkten Zugang zu Echnaton besessen. Aber es war überflüssig, Tej darauf hinzuweisen. Wenn Tut ernsthaft der Meinung war, sein Vater sei ermordet worden, stand es völlig außer Zweifel, daß ich sein Hauptverdächtiger war. Denn wenn das Schicksal nicht so unvorhersehbar agieren würde, hätte ich ja durchaus Regent sein können, ohne die Macht mit Haremhab zu teilen, was im Klartext bedeutet, daß ich nach allen Regeln der Wahrscheinlichkeit nach Echnatons Tod die Macht des Pharaos allein in Händen gehalten hätte. Motiv genug für einen Mord. Aber mit Tej darüber zu sprechen war völlig nutzlos. Also seufzte ich nur leise und antwortete: »Nein, im Moment fällt mir niemand sonst ein.«

»Also haben wir die Zahl der Verdächtigen auf drei begrenzt«, stellte Tej triumphierend fest. Sie wirkte zufrieden mit sich. »Drei oder ›ganz Ägypten‹ ist doch ein kleiner Unterschied, oder?«

Ich konnte es nicht leiden, wenn sie so selbstgefällig blickte. Auch wenn sie sich im Recht befand. Aber ich hatte meine kleine Genugtuung, denn meine eigene Liste belief sich auf sechs Personen. Nofretete konnte ich als Verdächtige nicht einfach abhaken. Ich kannte meine Tochter, ich kannte ihren Ehrgeiz, kannte ihre Begierden. Mit Tej konnte ich darüber nicht sprechen, doch warum auch? Es war schließlich *meine* Liste. Und der mußte ich noch einen weiteren Namen hinzufügen. Den von Anchesenamun, meiner Enkelin, Tuts Ehefrau. Sie war der Liebling des Königs gewesen. Sie war damals siebzehn, also alt genug, um jemanden zu vergiften. Aber selbst wenn sie es gekonnt hätte, hätte sie es getan? Das bezweifelte ich stark. Aber immerhin hatte sie mehr Möglichkeiten dazu gehabt als jeder andere. Sie mußte auf der Liste verbleiben, obwohl ich hoffte, daß Tej recht behalten würde und es sich nur um drei Verdächtige handelte. Doch Fakten sind Fakten. Es blieb erst einmal bei sechs.

Ich warf ihr einen Blick zu, und dabei fiel mir ein, daß ich ihr noch gar nicht gesagt hatte, daß sie innerhalb von sieben Tagen ein Staatsbankett würde organisieren müssen. Ich beschloß jedoch, das auf morgen zu verschieben, denn jetzt brauchte ich dringend meinen Schlaf. Und als ich länger darüber nachdachte, wurde mir klar, daß das Bankett tatsächlich bereits in sechs Tagen stattfinden mußte. Denn Tut rechnete den heutigen bereits als den ersten Tag.

4 Zweiter Tag – Am Morgen

In jener Nacht tat ich kaum ein Auge zu. Tausend Gedanken wirbelten mir durch den Kopf, und jeder einzelne war völig unbrauchbar. Als der Morgen endlich graute, war ich mit meinen Überlegungen nicht weiter, als ich es gewesen war, als ich meinen Kopf am Abend zuvor auf das Kissen gebettet hatte.

Natürlich hatte ich jede Menge Ideen, doch bei näherer Betrachtung hielt keine von ihnen stand.

Na ja, eine einzige konnte vielleicht einen gewissen Wert haben. Vielleicht. Sie war zumindest ziemlich naheliegend. Ich hatte Stunden damit verbracht, den Kreis der Personen, die Zugang zu Echnaton hatten, durchzugehen und zu überlegen, wie der potentielle Mörder denn die Vorsichtsmaßnahmen, die Echnaton mit großem Aufwand zu seiner eigenen Sicherheit getroffen hatte, umgehen konnte. Dann war ich auf die Idee gekommen, daß, wenn ich zumindest eine Ahnung davon bekam, *warum* jemand den Pharao tot sehen wollte, ich vielleicht den Kreis der Verdächtigen weiter einschränken konnte. Ursprünglich hatte ich einfach angenommen, daß jeder seinen Tod wünschte – er war wirklich der schrecklichste Pharao, den Ägypten je hatte –, doch dann wurde mir klar, daß das als Grund nicht ausreichte. Ihn tot sehen zu wollen war eine Sache, doch ausreichend motiviert zu sein, um die Tat auch tatsächlich auszuführen, war eine andere. Wenn er ermordet wurde – wobei das »wenn« dick zu unterstreichen war –, dann mußte der Täter mehr als eine nur allgemeine Abneigung ihm gegenüber empfunden haben. Pharaonenmord ist eine heikle und gefährliche Angelegenheit. Unsere Geschichte verzeichnet mehr hingerichtete Verschwörer als ermordete Könige. Wer immer ein solches Verbrechen plante, mußte also handfeste Gründe dafür haben.

Wahrscheinlich überlegen Sie gerade, ob ich denn tatsächlich so klug bin, wie ich es von mir behaupte. Doch bitte halten Sie sich vor Augen, daß meines Wissens noch kein Mensch vor mir mit diesem Problem konfrontiert wurde, ganz zu schweigen von der kurzen Zeit, die mir zur Lösung desselben bleibt. Was Ihnen also möglicherweise offensichtlich erscheint, mußte ich mir hart erarbeiten.

Nachdem ich zu diesem vorläufigen Schluß gelangt war, wußte ich, was als nächstes zu tun war. Ich mußte ein Gespräch mit meiner Tochter Nofretete führen. Immerhin war sie die Frau des Königs gewesen, und wenn überhaupt jemand meinen jetzigen Wissensstand erweitern konnte, dann sie. Außerdem war sie meine Tochter, und vielleicht würde sie ein – wenn auch spärlicher – Respekt vor ihren Eltern dazu verleiten, mir gegenüber hilfsbereiter zu sein als üblich. Nofretete war trotz ihrer Schönheit und ihres Charmes im Grunde ihres Herzens kalt. Ob sie mir wirklich etwas Nützliches sagen würde – oder konnte –, war also eine ganz andere Frage.

Ich stand wesentlich früher auf als gewöhnlich, denn es hatte keinen Sinn, im Bett zu bleiben, und rief nach meiner Dienerschaft. Sie konnten ihre Mißbilligung darüber, mir so früh am Morgen dienen zu müssen, kaum verhehlen. Aber das war nicht mein Problem. Dafür hatte ich sie schließlich gekauft.

Nun denken Sie vielleicht, daß ich mich unter den gegebenen Umständen sehr hastig für den neuen Tag zurechtmachte. Weit gefehlt. Ich weiß genau, wie lange ich als Mann brauche, um mich zurechtzumachen; Nofretete, eine Frau, braucht noch viel, viel länger. Also gab es keinen Grund, sich zu beeilen. Im Gegenteil: da ich mich zu so früher Stunde erhoben hatte, konnte ich sogar noch mehr Zeit als üblich auf meine Morgentoilette verwenden.

Da ich Nofretete im Palast besuchen würde, war es meine

Pflicht, mich ihr mit allen, meinem Rang als Großwesir entsprechenden Insignien zu zeigen. Ich ließ Oudah kommen – ein niedliches kleines Ding und zudem sehr lebhaft – und stieg in den Zuber, damit sie mir bei meinem täglichen Bad helfen konnte. Sie hob einen großen und ziemlich schweren Krug so hoch wie möglich über meinen Körper und ließ dann angenehm duftendes, heißes Wasser über mich laufen. Das Badewasser enthielt Zusätze aus Natron und Spezialsand, die das Wasser leicht schäumen ließen. Es wurde kräftig in den Körper eingerieben und befreite ihn von Schmutz und Schweißgeruch.

Nach dieser ersten Waschung bereitete Oudah eine feste Paste aus Fullererde zu, deren Schaum die Poren wunderbar reinigte.

Dann rieb sie kichernd süß duftenden Weihrauch, der zu Puder zerstoßen war, unter meine Achseln und auf meine Leisten, damit ich mich den ganzen Tag frisch fühlen konnte. Ich weiß nicht, ob sie diese Handlung genauso erfreut wie mich. Offen gestanden habe ich dieses allmorgendliche Ritual noch erfreulicher gestaltet, indem ich veranlaßt habe, daß diese Tätigkeit nackt verrichtet wird. Ich meine natürlich, Oudah ist nackt dabei. Ich bin es ja ohnehin. Runzeln Sie jetzt nicht mißbilligend die Stirn! Wenn Sie die Macht eines Großwesirs besäßen, würden Sie das gleiche tun.

Wenn Sie Oudahs kecken Gesichtsausdruck sehen könnten, wüßten Sie, warum ich gerne etwas länger als nötig im Badezuber verweile. Aber auch angenehme Dinge muß man irgendwann beenden, also half sie mir, den Lendenschutz und die leinenen Unterkleider anzulegen, bevor ich sie dann mit einem Seufzer des Bedauerns entließ. Ein kurzes Händeklatschen, und die Dienerschaft, die für den Morgen eingeteilt war, eilte herbei. Bis jetzt hatte ich meine Privilegien, die ich als Besitzer von Oudah hatte, noch nicht ausgenutzt. Ich hob sie mir noch ein wenig auf, um sie zu einem späteren Zeitpunkt um so mehr zu genießen. Außerdem ist der frühe Morgen für so etwas ohnehin nicht der beste Zeitpunkt.

Die Tür öffnete sich, und mein Barbier, mein Fußpfleger, mein Handpfleger und meine Kosmetikerin betraten das Zimmer. Sie sammelten sich um mich wie die Jungen an den Zitzen der Mutter und schnatterten unaufhörlich, während sie ondulierten, parfümierten, feilten, cremten, rasierten und glätteten. Ihre Geschicklichkeit richtete sich auf ein einziges Ziel: ein dickliches Etwas mit einer Hakennase zu einem wahren Kunstwerk zu machen. Leider war das ein hoffnungsloses Unterfangen, doch sie gaben ihr Bestes, und so sah ich danach zumindest besser aus als vorher.

Als letzte begann die Kosmetikerin mit ihrem Werk. Vorsichtig rieb sie mein Gesicht mit einer Paste aus getrockneten Samen des Bockshornklees, Getreidespelzen und Ölen ein, die die bemerkenswerte Eigenschaft besaß, Falten vorübergehend fast völlig verschwinden zu lassen. Das Zeug war höllisch teuer und seine Herstellung ein wohlbehütetes Geheimnis, aber die Hauptsache war, daß es funktionierte. Danach betonte sie meine Augen mit grünem und schwarzem Puder (*Anmerkung des Übersetzers: Dieses bestand aus Malachit, Galenit und Kupfer- beziehungsweise Bleierzen*) und schuf so die mandelförmige Form der Augen, die bei uns so in Mode ist.

Jetzt mußte ich nur noch meine Gewänder und Juwelen anlegen. Ich griff nach dem glänzenden Bronzespiegel und warf einen Blick auf mein Konterfei. Wie immer hatten sie auch heute ihre Aufgabe aufs beste gemeistert. Mit einem Seufzer der Befriedigung verharrte ich noch einen Moment vor dem Spiegel. Eje, dachte ich ohne jegliche Scham und Bescheidenheit, Eje, du siehst prächtig aus.

Mit einer Natronsalbe, die mit etwas Weihrauch versetzt war, rieb ich Zähne und Zahnfleisch ein, gurgelte dann mit Rosenwasser, um meinen Atem frisch zu halten, und war endlich bereit für meinen Besuch im königlichen Palast.

Die Sonne hatte fast ihren höchsten Stand erreicht, als ich die Gemächer Nofretetes betrat. Glauben Sie bitte nicht, ich hätte den ganzen Morgen mit dem Ankleiden verbracht! Aber wie bereits erwähnt, wußte ich, daß Nofretete dies tun würde und es deshalb völlig überflüssig war, ihr schon zu einer früheren Uhrzeit einen Besuch abzustatten. Ich hatte deshalb in der Zwischenzeit noch ein paar Dinge erledigt.

Ihr Diener geleitete mich herein und ein einziger Blick auf meine Tochter genügte, um zu wissen, daß ich völlig recht gehabt hatte. Sie war tatsächlich den ganzen Morgen mit ihrer Toilette beschäftigt gewesen. Aber der Anblick war es wert. Obwohl sie die Mutter mehrerer Kinder war und bald vierzig Jahre alt wurde, war sie doch immer noch eine atemberaubende Schönheit. Sie trug ein Gewand aus durchscheinendem, genauer gesagt durchsichtigem Material, und anerkennend konnte ich feststellen, daß die Jahre und die Geburten ihrer Attraktivität nicht den geringsten Abbruch getan hatten.

Nicht nur, daß sie fast noch die Figur eines jungen Mädchens besitzt, auch ihr Gesicht mit seinen hohen Wangenknochen, über die sich eine perfekte Haut ohne jegliches Fältchen spannt, ist nach wie vor jung und wunderbar. Sicherlich verwendet auch ihre morgendliche Dienerschaft meine oder eine ähnliche Spezialcreme, doch in ihrem Falle glaube ich nicht, daß sie viele Fältchen hat, die abgedeckt werden müssen. Ihre Haltung ist elegant und königlich, und sie war es schon, lange bevor sie Echnaton heiratete und damit Königin wurde. Ihre dunklen Augen leuchten verführerisch, doch die rücksichtslose Intelligenz dahinter kenne ich nur zu gut.

Nofretete ist einfach eine höchst beeindruckende Frau. Sie verfügt über Präsenz, und die Selbstsicherheit, die sie ausstrahlt, wirkt vollkommen natürlich. Mit völliger Selbstverständlichkeit nimmt sie an, daß ihr jeder Wunsch umgehend erfüllt wird. So war sie auch schon als Kind. Ich kann mich noch erinnern, daß sie schon als Dreijährige unsere damals noch in bescheidenen Verhältnissen lebende Familie herumkommandierte und den wenigen Dienern mit einer gebieterischen Bewegung ihrer kleinen Kinderfaust Befehle erteilte. Mehr als einmal hörte ich leise Beschwerden der Diener, die sich über das herrische kleine Mädchen beklagten. Dennoch ist es nicht so, daß sie ganz ohne Fehler wäre. So gehört sie zum Beispiel zu den Menschen, die glauben, daß ein wenig Parfüm gut und deshalb viel Parfüm besser ist. Und sie ist so kalt wie eine Wüste um Mitternacht.

Mit einem durchdringenden kurzen Klatschen ihrer Hände entließ sie, ganz Königin, ihre Diener.

»Vielen Dank, daß du dir trotz der kurzfristigen Anmeldung Zeit für mich genommen hast«, begann ich das Gespräch.

»Ich war mir sicher, daß du kommen würdest«, erwiderte sie ruhig. »Nimm Platz, Eje«, fuhr sie fort und deutete auf eine mit Kissen bedeckte Bank. Ich kam der Aufforderung gerne nach. Ist Ihnen aufgefallen, daß sie mich »Eje« nannte und nicht »Vater« oder vielleicht »Wesir«? Sie ist sich eben ihrer Position als Königsmutter sehr bewußt.

Ich machte es mir bequem. »Wieso wußtest du so genau, daß ich dich heute besuchen würde?« Ich sagte Ihnen ja bereits, sie ist ein kluges Köpfchen.

»Um diesen lächerlichen Botengang, den man dir aufgetragen hat, beneide ich dich nicht«, sagte sie und ignorierte meine Frage völlig. »Ich bin sicher, du hast die halbe Nacht wachgelegen. Oder eher noch die ganze Nacht. Und hast versucht herauszufinden, was du als nächstes tun sollst. Und das einzige, was dir eingefallen ist, ist, zu mir zu kommen. Zu Nofretete.«

Sie hatte recht. Natürlich. Sie hat eigentlich immer recht.

»Du brauchst mich. Also bist du hier. Man muß kein Genie sein, um darauf zu kommen. Wenn dir am Hof überhaupt einer helfen kann, dann ich. Obwohl ich ehrlich bezweifle, daß dir überhaupt noch jemand helfen kann, Eje. Weder hier am Hof noch sonst irgendwo. Vielleicht allenfalls die Götter. Doch auf keinen Fall wir Sterblichen.«

»Trotzdem nehme ich jede Art von Hilfe sehr gerne entgegen.« Ich ertappte mich dabei, daß ich zu dieser Tochter sprach, als flösse nicht das gleiche Blut in unseren Adern. Das ist zwar äußerst ärgerlich, aber es ist eben so. »Ganz offensichtlich will Tut mich loswerden, und ich glaube sogar zu wissen, warum. Überraschend ist dabei nicht, daß er es überhaupt will, sondern, daß er es zum jetzigen Zeitpunkt will. Aber sage mir, Tochter, gibt es irgend etwas, das du weißt, das mir nützlich sein könnte? Hat Tut etwas Besonderes vor? Gibt es einen besonderen Grund, warum er gerade jetzt gegen mich aktiv wird?«

Ist Ihnen aufgefallen, daß ich mich nicht im geringsten schämte, das Wort »Tochter« zu verwenden? Viel erwartete ich nicht davon, und das, was nun darauf folgte, erst recht nicht.

Nofretete blickte mir tief in die Augen, glitt neben mir auf die Sitzbank und schenkte mir ihr typisches, schmachtendes Lächeln. Sie nahm meine Hand in die ihre und legte die andere auf mein Knie. Langsam schob sie sie nach oben. Das Gefühl war durchaus nicht unangenehm. Nofretete gehört zu der Art von Frauen, die es genießen, eine solche Situation auszunutzen. Doch im Moment war ich zu sehr mit anderen Dingen beschäftigt.

»Bitte, Nofretete«, protestierte ich und versuchte ihre Finger daran zu hindern, weiter aufwärts zu wandern. »Ich bin alt genug, um dein Vater zu sein.«

»Du bist mein Vater.«

»Genau.«

»Und? Was willst du damit sagen?«

»Tochter, ich glaube, du bist schon so lange im Palast und

du bist schon so lange Königin, daß du vergessen hast, wo du herstammst. Würde das Blut der Götter durch deine Adern fließen, wäre diese Situation nicht verfänglich. Aber das ist nicht der Fall. Inzucht ist nur denen gestattet, die der Gotteslinie angehören, nicht uns. Das weißt du genau. Du hast es nur vergessen. Wobei ich nicht verhehlen kann«, fügte ich hastig hinzu, denn ich brauchte ihre Hilfe um jeden Preis, »daß das Ganze äußerst verführerisch ist. Es ist eigentlich eher eine Zeitfrage. Mir bleiben nur noch sechs Tage, und ich werde jede Minute davon brauchen. Vielleicht, wenn das hier alles vorüber ist.«

Sie lachte auf, und ich muß gestehen, daß ihr silbrig-melodisches Lachen sie tatsächlich unwiderstehlich macht. »O je, Eje«, schmunzelte sie. »Ich kann einfach nicht glauben, was du da gerade gesagt hast. Das Blut der Götter! Also wirklich!«

Ich schaute sie verblüfft an.

»Du wirst mir doch nicht erzählen wollen, daß du nach all den Jahren als Großwesir noch an die Gotteslinie glaubst? Und du brauchst mich wirklich nicht zu beschützen. Ich bin schon längst eine erwachsene Frau. Ich bin nicht mehr dein kleines Mädchen. Du mußt die böse Welt nicht länger von mir fernhalten. Glaub mir, ich kenne die Welt. Zumindest die böse.«

Ich wußte noch immer nicht, worauf sie hinauswollte.

Sie warf mir einen Blick zu, der andeutete, daß ihre Geduld bald erschöpft sein würde. »Komm schon, Eje, du weißt genau, was ich meine. Ich war mit Echnaton verheiratet, jahrelang. Und dieser Mann hatte nichts von einem Gott, gar nichts. Überhaupt nichts, um es ganz direkt zu sagen. Wäre er in irgendeiner Weise ein Gott gewesen, hätte er doch wenigstens irgend etwas beherrschen müssen, was ein normaler Sterblicher nicht kann. Doch Echnaton war so normal und durchschnittlich wie die meisten seiner Untertanen. Eher unter dem Durchschnitt, was einige Dinge anbelangt. Einige wichtige Dinge. Beispielsweise war er ein grauenhafter Liebhaber. Man sollte doch annehmen, daß ein Pharao, wenn er wirklich ein Gott ist, zumindest in diesem Bereich seinen Mann steht. Doch er hatte nicht die geringste Ausdauer. Noch nicht einmal zu Beginn unserer Ehe. Kannst du dir einen Gott vorstellen, der noch nicht mal seinen Mann stehen kann?«

Ich muß zugeben, daß mich ihre Worte reichlich schockierten.

»Wirklich, Eje«, fuhr sie ungerührt fort, »dieser Mythos vom göttlichen Pharao, das ist eine schöne Legende für die armen Bauern. Sie erfüllt ihren Zweck, sie ist wichtig für die innere Sicherheit des Landes. Die Bauern bekommen den Pharao ja nie zu Gesicht. Aber du, du hast Echnaton doch jahrelang gekannt. Und Tut kennst du ebenfalls gut. Er ist mein Sohn, na gut, aber ein Gott? Das wäre zwar schön, aber glauben kann ich es nicht. Ich kenne ihn einfach zu gut dafür. Er ist kein Gott. Du weißt das, ich weiß das. Also, wenn Echnatons Blutlinie es mit den eigenen Verwandten treiben kann, warum nicht auch ich?«

»Wenn meine Informationen stimmen, hast du das bereits«, erwiderte ich trocken.

»Natürlich, keine Frage. Ich gebe es offen zu. Ehrlich gesagt, bist du von allen Verwandten sogar fast der einzige, der das Lager noch nicht mit mir geteilt hat.«

»Selbst die Frauen?« fragte ich und war wirklich neugierig auf die Antwort.

Nofretete lächelte ihr vielsagendes Lächeln, zuckte mit den Schultern, doch antwortete nicht.

»Ich kann einfach nicht glauben, daß Echnaton dich für deine Seitensprünge nicht hat köpfen lassen.« Und das meinte ich ernst. Nofretetes Affären waren berüchtigt. »Über Jahre waren sie ein offenes Geheimnis. Und wenn ich den Berichten glauben darf, die mein Ohr erreichten, könnte ich ein

Regiment an Fußsoldaten und zwei berittene Regimenter mit deinen Liebhabern bestücken.«

Nofretete lächelte wieder. »Du unterschätzt mich«, schnurrte sie.

»Also, wie hast du es geschafft, damit durchzukommen?« Darauf war ich wirklich neugierig. Selbst ein Pharao, der so wahnsinnig war wie Echnaton, würde den Ehebruch seiner Königin nicht wissentlich tolerieren.

»Ich würde dir ja gerne eine schlaue Erklärung geben, doch es gibt keine.« Ihr geschmeidiger Körper wand sich auf dem Sofa, als sei sie eine läufige Tigerin. Diese Frau verkörperte einfach die Lust. »In den ersten paar Jahren konnte Echnaton gar nicht genug von mir bekommen, doch als er dann diese fixe Idee entwickelte, daß Aton der einzige Gott im Universum sei, verlor er jegliches Interesse an mir. Ich schwöre, ich hätte mit Echnaton auf der einen Seite des Bettes und mit einem Liebhaber auf der anderen schlafen können; es wäre diesem Mann nicht aufgefallen – und interessiert hätte es ihn ohnehin nicht. Er war von seiner neuen Gottesidee völlig besessen. Er war vollauf mit den Komplexitäten der nächsten Welt beschäftigt. Ich hingegen konzentriere mich auf die Freuden dieser Welt.«

Daran zweifelte ich nicht im geringsten. Selbst als Kind war Nofretete außergewöhnlich frühreif gewesen und hatte auf erstaunliche Weise immer ihren Kopf durchsetzen können. Ein Gedanke schoß mir durch den Kopf, den ich schon oft gedacht hatte, doch bisher hatte sich nie eine passende Gelegenheit geboten, Nofretete danach zu fragen. »Dann sage mir, Tochter, ist Tut wirklich Echnatons Sohn?«

Wieder dieses beredte, geschmeidige Schulterzucken. »Vielleicht. Vielleicht auch nicht. Ich weiß es tatsächlich nicht.«

»Und deine Älteste, Anchesenamun?«

Sie überlegte einen Moment. »Wahrscheinlich schon.

Nein, mit ziemlicher Sicherheit. Sie wurde ja ein knappes Jahr nach unserer Eheschließung geboren.«

Aus irgendeinem Grund freute mich das. Obwohl ich den verstorbenen Echnaton keineswegs schätzte, war ich doch erleichtert, daß meine Lieblingsenkelin ehelich war.

»Tut hat aber keine Ahnung, daß er vielleicht gar nicht Echnatons Sohn ist, oder?«

»Nicht die geringste. Niemand hätte es gewagt, ihm dieses zu Echnatons Lebzeiten anzudeuten, und jetzt, wo Tut selbst die Doppelkrone trägt, würde es erst recht niemand wagen.«

»Glaubst du denn, daß diese Farce, die gestern abend aufgeführt wurde, wenigstens etwas Gehalt hat? Stand Tut seinem Vater so nahe, daß er wirklich und ernsthaft die Wahrheit über dessen Tod in Erfahrung bringen will? Oder ist das alles nur eine List? Wenn er überhaupt jemanden ins Vertrauen zieht, dann doch dich.«

Ihre Lippen öffneten sich, und ihre Augen tauchten wieder in meine ein. Ihre Finger begannen sich erneut ihren Weg entlang meiner Schenkel zu suchen.

Ich schob sie weg, doch ich gab mir Mühe, meine steigende Verärgerung zu verbergen. »Vielleicht ein anderes Mal, Nofretete, wenn all das vorbei ist. Ich habe heute einfach keine Zeit dafür.«

Sie dachte darüber nach. »Nun gut«, sagte sie nach einer längeren Pause, »vielleicht hast du recht. Wenn man bedenkt, daß du in sechs Tagen – oder sogar noch weniger – vielleicht schon in einem Zustand sein wirst, in dem dir gar nichts mehr möglich sein wird, dann kann ich verstehen, daß dir jetzt nicht der Sinn danach steht. Aber sieh es doch mal so: Wie lange wird das schon dauern? Und solltest du tatsächlich – wie soll ich mich ausdrücken – zur Unfähigkeit verdammt werden, nun, dann ist dies doch eine Gelegenheit, die du nicht verpassen solltest. Denn letztlich hast du doch kaum Chancen, das Problem zu Tuts Zufriedenheit zu lösen, wenn man bedenkt, wie viele Beschränkungen er dir auferlegt hat.«

Nofretete hatte nicht unrecht. Trotzdem konnte ich mir eine Ablenkung einfach nicht leisten. Jedenfalls nicht jetzt. »Ich fürchte, ersteres stimmt«, sagte ich. »Ich bin schlicht und einfach nicht in der Stimmung. Ich bin sicher, du verstehst das. Aber wenn du mir jetzt hilfst und ich das alles erfolgreich hinter mich bringe, wäre das natürlich eine völlig veränderte Sachlage.« (*Anmerkung des Übersetzers: Die laxe Art, mit der Eje und Nofretete mit dem Thema Inzest umgehen, zu verurteilen, wäre ein leichtes. Doch beide waren Geschöpfe ihrer Zeit, nicht unserer. Und es liegt durchaus eine gewisse Logik in der Akzeptanz von Inzest innerhalb der königlichen Familie. Die einzige Möglichkeit der Bewahrung der Gottesblutlinie besteht nämlich in Verbindungen innerhalb der Familie. Deshalb heirateten die Pharaonen fast immer ihre eigenen Schwestern. Und unter dieser Voraussetzung wurden aller Wahrscheinlichkeit nach auch andere Formen des Inzests innerhalb der königlichen Familie weniger streng gehandhabt, auch wenn historische Beweise in dieser Richtung nur bruchstückhaft existieren.*)

»Also was willst du dann von mir?« fragte Nofretete verärgert. »Ganz offensichtlich ja nicht meinen Körper!« Dabei umspielte ein verächtlich-amüsiertes Lächeln ihre Lippen. »Zumindest jetzt nicht. Ich erfahre höchst selten eine solche Ablehnung, und wenn man meine Kooperation will, würde ich diesen Weg durchaus nicht empfehlen.«

Trotzdem blieb ich hartnäckig. »Tochter, laß uns bitte noch mal zu der Ausgangsfrage zurückkehren.«

Sicherlich ist Ihnen aufgefallen, daß ich erneut das Wort »Tochter« eingesetzt habe. Ich kann nur hoffen, daß etwas Respekt den Eltern gegenüber auch in meiner Tochter wohnt und sie ein wenig hilfsbereiter werden läßt. »Dient das alles nur dem Zweck, mich loszuwerden?«

Sie dachte lange über die Frage nach und legte dabei ihre perfekt manikürten Fingernägel an ihre Wangen, selbstverständlich nur ganz sanft, um das kunstvolle Make-up nicht zu zerstören. »Direkt weiß ich nichts«, sagte sie dann geradeheraus. »Tut hat mir bezüglich dieser Sache nichts erzählt. Du hast gefragt, ob Tut seinem Vater nahestand, oder besser gesagt, dem Mann, den er für seinen Vater hält – nun, das ist schwer zu sagen. Er war erst zehn, als Echnaton starb. Das ist ein sehr schwieriges Alter, vor allem für Jungen. Tut war zudem immer ein launisches Kind. Manchmal zog er sich völlig zurück. Auf der andern Seite zeigte er plötzlich immer wieder Familiengefühl. Anläßlich des Jahrestags von Echnatons Krönung, kurz vor dessen Tod, hatte er zum Beispiel Echnatons Lieblingsdiener Narmer über das Große Grün (*Anmerkung des Übersetzers: Das Mittelmeer*) geschickt, um von dort als Überraschung für das Festmahl besondere Delikatessen zu besorgen. Ich habe Tut damals geholfen, Echnatons Einwilligung zu dieser Reise zu bekommen, die natürlich bedeutete, daß Narmer eine Zeitlang nicht im Palast sein würde. Du weißt ja selbst, was für ein Gourmet Echnaton war, und wieviel Aufmerksamkeit er noch den kleinsten Details seiner Mahlzeiten beimaß. Jedenfalls war Narmer fast einen Monat lang unterwegs und brachte von seiner Reise krügeweise wundervollen Wein mit, viel lieblicheren Wein, als wir hier in Ägypten kennen. Und Pilze, denn die aß er besonders gern. Narmer hatte sie in Erde transportiert, damit sie frisch blieben. Diese besondere Pilzsorte wächst nicht in Ägypten. Und außerdem brachte er Hühner mit.«

»Hühner?« fragte ich verwundert.

»Ja, Hühner. Hier in Ägypten gibt es ja keine, was wirklich schade ist, denn bei richtiger Zubereitung schmecken sie hervorragend. Selbst jenseits des Großen Grüns findet man sie nur selten. Narmer brachte auch eine besondere Knoblauchsorte mit, du weißt ja, Echnaton liebte den Geschmack von Knochlauch an allen seinen Gerichten.«

Ich überdachte diese Informationen. Etwas hatte mich hellhörig gemacht. »Erzähl mir noch etwas über diese Pilze. Ist Narmer ein Pilzkenner? Oder könnte es sein, daß er aus Versehen Giftpilze mitgebracht hat? Könnte Echnaton nicht versehentlich damit vergiftet worden sein?«

»Unmöglich. Die Pilze waren eßbar, ganz sicher. Du weißt doch, wie Echnaton war. Er liebte nicht nur gutes Essen, sondern war zugleich auch völlig besessen von der Vorstellung, Opfer eines Mordanschlags zu werden. Und er hatte auch allen Grund dazu. Er hat deshalb Stunden in der Küche verbracht und persönlich die Zubereitung seiner Speisen überwacht. Tuts Überraschung hatte ihn so gefreut, daß er die Pilze höchstpersönlich zubereitete. Und Tut half ihm dabei.«

»Tut hat ihm geholfen?« fragte ich. Das überraschte mich. Es klang so gar nicht nach dem Tut, den ich kannte.

»Was ist daran so ungewöhnlich? Es war schließlich seine Überraschung für seinen Vater. Denn, Eje, wenn du mal darüber nachdenkst, was soll man einem Pharao schon schenken? Er hat doch alles. Für einen Zehnjährigen hatte Tut sehr viel Phantasie.«

»Klingt nach einem netten Familienabend. War Echnaton an diesem Abend vielleicht etwas entspannter? Und deshalb ein bißchen unvorsichtig, ein bißchen unaufmerksam?«

Sie schnaubte verächtlich. »Echnaton? Niemals. Der doch nicht. Nichts war anders. Obwohl er bei der Zubereitung des Mahles ja ununterbrochen anwesend gewesen war, mit Tut an seiner Seite, ließ er trotzdem alles durch den Vorkoster probieren. Und Narmer starb bekanntlich nicht, wurde noch nicht mal krank. Du weißt ja, was für feine Geschmacksnerven er hat. Wenn etwas nur ein bißchen verdorben gewesen wäre, hätte Narmer es sofort entdeckt. Schließlich hängt sein Leben davon ab. Nein, wenn Echnaton aus Versehen vergiftet wurde, dann zumindest nicht durch die Delikatessen, die Tut für ihn besorgt hatte.«

Ich wußte nicht, ob das eine gute oder eine schlechte Nachricht war. Wenn die Pilze tatsächlich giftig gewesen wären, hätte Tut diese Hypothese überhaupt akzeptiert? Wohl kaum, zumal man sie auf keinen Fall würde beweisen können. Man würde ihn mit der Vermutung, er selbst hätte unabsichtlich den Tod seines Vaters herbeigeführt, lediglich äußerst verärgern oder gar Schlimmeres bewirken. Ich war also nicht weiter als in der vergangenen Nacht.

5 Zweiter Tag – Am Nachmittag

Nofretete lud mich noch zu einem kleinen Mittagessen ein, eigentlich eine im Protokoll vorgesehene Selbstverständlichkeit, doch bei Nofretete konnte man sich nie sicher sein. Sie hatte sich noch nie viel um die Sitten geschert, selbst um solche nicht, die allein deshalb heilig sind, weil sie eine tausendjährige Geschichte haben. Doch obwohl sie eine Königinnenmutter im königlichen Palast war, waren ihre Tage mehr oder weniger eintönig. Mit dem Tod ihres Pharaonengatten Echnaton waren ihr sämtliche Möglichkeiten der Machtausübung aus dem Hintergrund heraus abrupt aus den Händen gerissen worden. Mit Ausnahme der verschiedenen Zeremonien waren ihre Tage nun mit nichts mehr gefüllt. Zweifellos war sie neugierig auf das, was immer ich ihr zu sagen hatte. Frauen sind eben so. Sie wollen immer alles wissen, und nachdem von Tuts Auftritt gestern abend mittlerweile sicher auch der letzte Winkel Thebens erfahren hatte, mußte die Chance, meine Reaktion darauf als erste kennenlernen zu können, eigentlich mehr als verlockend für sie sein.

Ihr Diener setzte ein Tablett vor mir ab und reichte mir ein Weinglas. Der Teller sah aus, als hätte ihn ein Künstler angerichtet, so dekorativ waren die einzelnen Speisen arrangiert worden. Ich war eben im Palast des Pharaos.

Mit dem Rücken zu ihr gewandt, schob ich Nofretetes und mein Tablett einige Male hin und her und drehte mich wieder zu ihr um: »Such dir eines der Tabletts aus.«

Nofretete lachte, und dieses Mal klang es fröhlich und natürlich. Sie schien wirklich amüsiert zu sein. »Glaubst du wirklich, ich würde meinen eigenen Vater vergiften wollen?«

»Ich bin so alt geworden, weil ich nichts als selbstverständlich vorausetze.«

Sie kicherte wieder, nahm einen Schluck Wein und griff mit einer eleganten Handbewegung nach einem Happen, den sie mit vorsichtigen Bissen knabberte. »Siehst du? Jetzt bist du dran!«

Beruhigt griff nun auch ich zu.

»Tochter, wie du dir vorstellen kannst, habe ich an nichts anderes mehr gedacht als an dieses Problem, seitdem ich diesen Palast gestern abend verließ. Glaube mir, ich weiß genau, was du meinst, wenn du sagst, daß Echnaton ständig in der Angst vor einem Mordanschlag lebte. Vielleicht kannst du mir helfen. Mir fallen nur sechs Leute ein, die überhaupt die Möglichkeit hatten, ihn zu vergiften – wenn er überhaupt ermordet wurde, was ich, ganz ehrlich gesagt, sehr bezweifle. Dennoch bleibt mir keine andere Wahl, als von dieser Annahme auszugehen.«

Sie hob ihre dunkel nachgezogenen und auffällig ausgemalten Augenbrauen und bewies damit wirkliches Interesse. Für mich ging es hier um Leben und Tod. Für sie ging es um Klatsch und Tratsch, die den Müßiggang des Tages belebten. Ich war darüber nicht verärgert. Wäre ich in ihrer Lage gewesen, hätte ich genauso reagiert.

»Sechs?« fragte sie sinnierend. »Das ist eine überschaubare Anzahl.«

»Ja. Und falls einer der sechs einen besonders triftigen Grund hatte, ihn umzubringen – außer dem, daß er für ganz Ägypten ein Unglück war –, dann könnte ich die Zahl vielleicht noch weiter eingrenzen. Ich brauche in dieser Angelegenheit wirklich deine Hilfe. Du warst jeden Tag im königlichen Palast. Du warst über alles im Bilde. Und mehr noch, du hast Talent für solche Sachen. Du kannst in Menschen lesen wie in einem Buch, besser als jeder andere, den ich kenne. Dir entgeht so gut wie nichts. Ich brauche deine Hilfe, sowohl was die Möglichkeiten angeht als auch die Wahrscheinlichkeiten.«

»Wer sind denn die sechs auf deiner Liste?«

»Ich nehme an, du kannst es dir bereits denken. Haremhab natürlich. Dieser schleimige Priester Aanen. Der königliche Leibarzt Yuti. Und wenn ich es nur unter dem Gesichtspunkt betrachte, wer die Möglichkeit dazu hatte, muß ich auch Anchesenamun dazurechnen.«

»Anchesenamun?« Sie lächelte mit gespielter Skepsis. »Deine Enkelin?«

»Ich sagte ja, es geht bei ihr nur darum, daß sie theoretisch die Möglichkeit zu einem Mord hatte, zumindest vom jetzigen Standpunkt aus.«

»Und –«

»Tut selbst«, antwortete ich ziemlich verlegen. Nofretete lächelte, zog amüsiert eine Braue hoch, erwiderte jedoch nichts.

Es blieb mir keine andere Wahl, ich mußte es sagen. »Und Nofretete.« Diesmal reagierte sie weder mit einem Lachen noch mit einem Lächeln.

»Natürlich«, meinte sie trocken. »Wäre ich an deiner Stelle, würde ich Nofretete sogar an Nummer eins der Liste setzen.«

Ich wartete einfach und hörte aufmerksam zu, als sie weiterredete. »Ich hätte diesen Idioten zu jeder Tages- und Nachtzeit umbringen können. Er vertraute mir völlig. Das Komische ist, ich war tatsächlich kurz davor, es zu tun.«

Diese Enthüllung überraschte mich vollends. Wieso sagte sie mir so etwas? Auf der anderen Seite, warum nicht? Sie liebte große theatralische Auftritte. Und dieser gehörte mit Sicherheit zu ihren besseren.

Ohne Frage konnte man die Überraschung in meinem Gesicht lesen. »Warum um alles in der Welt erzählst du mir das?« fragte ich und sprach damit meinen Gedanken aus. »Selbst für dich, Nofretete, ist das schon eine eher seltsame Sache.«

»Wir sind unter uns. Und was könntest du schon tun?« erwiderte sie. Nun wölbten sich beide Augenbrauen in einer eleganten Geste der Verachtung. »Vielleicht zu Tut gehen und ihm erzählen, seine Mutter hätte den Plan gehabt, seinen Vater umzubringen? Und das ohne jegliche Beweise?« Sie führte sich einen weiteren Happen an den Mund und kaute ihn langsam und mit großer Konzentration, so, als gelte ihr Interesse einzig und allein dem Geschmack der Delikatesse. Dann fuhr sie fort.

»Echnatons Tod hat mich sehr verärgert. Der Zeitpunkt war schrecklich ungünstig. Zumindest für mich. Denn drei Wochen später hätte ich ihn selbst umgebracht und in Tuts Namen zusammen mit Antef den Thron bestiegen.«

Antef!

Der Kommandant der Palastgarde. Und zweifellos ihr Liebhaber – einer ihrer unzähligen Liebhaber.

»Antef!« rief ich empört. »Du hast wirklich geglaubt, zusammen mit Antef einen Staatsstreich durchführen zu können? Antef! Antef! Der Mann ist doch völlig meschugge!« (*Anmerkung des Übersetzers: Die Hebräer, von denen Eje später in der Schriftrolle berichten wird, waren damals bereits seit mehreren Jahrhunderten in Ägypten ansässig. Ohne Zweifel waren viele ihrer sehr lebendigen Wörter bereits in das Ägyptische eingeflossen und mit großer Wahrscheinlichkeit enthält das Hebräische in der Bibel umgekehrt auch Worte, die aus dem Ägyptischen abgeleitet sind, selbst wenn wir sie nicht immer als solche erkennen.*)

Nofretetes Augen verengten sich zu Schlitzen, und mir wurde sofort klar, daß meine Wortwahl ziemlich unglücklich gewesen war. Ich hätte es besser wissen müssen. Niemand mag es, als Narr bezeichnet zu werden, vor allem nicht, wenn er den schneidenden Verstand einer Nofretete besitzt. »Antef hatte das Oberkommando«, erwiderte sie mit eisiger Stimme, »und unsere Pläne waren sorgfältig durchdacht. Haremhab wäre zu dem Zeitpunkt mit den Truppen an der Grenze gewesen und dort gegen die Hyksos zu Felde gezogen. Wenn ihn dort die Nachricht schließlich erreicht hätte, wäre Tuts Krönung in Karnak schon längst über die Bühne gebracht worden, und die wichtigen Regierungsvertreter hätten ihm als neuem Pharao und Antef und mir als Regenten längst die Treue geschworen. Und wenn uns dann noch das Glück gnädig gewesen wäre, hätte die Schlacht ohnehin schon begonnen und Haremhab wäre gar nicht in der Lage gewesen, das Feld zu verlassen. Unterschätz mich nicht, Eje. Niemals.«

»Aber«, protestierte ich, wie ich meine, leicht stotternd, »warum hättest du so etwas tun sollen? Du warst doch schon Königin von Ägypten! Was hättest du noch gewinnen können?«

»Ich wollte es für Ägypten tun. Natürlich auch für mich, doch ich war mir dabei weniger wichtig, als du jetzt denken magst. Zunächst einmal konnte ich Echnaton nicht ausstehen. Er hat mich zwar nicht sehr belästigt, aber der Punkt war, daß ich ihn nicht beeinflussen konnte. Es gibt Leute, die sind wirklich der Meinung, er hätte alles getan, was ich wollte, er sei meine Marionette gewesen. Andere glauben, das ganze Konzept mit dem einen Gott Aton sei meine Idee gewesen. Falsch. Grundfalsch. Es war tatsächlich diese Atonsache, die mich überhaupt dazu brachte, an so etwas zu denken. Der Mann war drauf und dran, Ägypten zu zerstören, und er war so blind, daß er noch nicht einmal bemerkte, was er anrichtete. Unruhe im ganzen Land und wirtschaftlicher Ruin waren die Folge. Allein die Tempel, die er für Aton in Amarna baute, reichten schon aus, die Staatskasse bis auf die letzte Unze Gold zu leeren. Wenn man ihn nicht aufgehalten hätte, hätte es eine Revolution gegeben. Und was wäre dann aus mir geworden? Und aus Tut? Jetzt mal unabhängig davon, was ich sonst noch alles sein mag, ich bin eine Mutter. Und ich war nicht bereit zuzulassen, daß dieser Mann uns alle ins Verderben führt. Vor allem nicht, wenn es so einfach war, ihm Einhalt zu gebieten. Ich muß sagen, Vater, daß ich lange Zeit sehr wütend auf dich war. Du hast die Dinge in die Hand genommen, bevor Antef und ich zuschlagen konnten. Es war ein kluger Schachzug von dir, die Macht mit Haremhab zu teilen, als er nach Theben zurückkehrte. So wurde ein Bürgerkrieg vermieden. Das rechne ich dir hoch an. Aber du hast alle meine sorgfältig geschmiedeten Pläne durchkreuzt, und ich bin mir nicht sicher, ob ich dir bis zum heutigen Tag dafür vergeben habe.«

»Gut«, gab ich zurück und fühlte mich wirklich etwas vor den Kopf gestoßen, »hättest du mich ins Vertrauen gezogen, hätte ich euch vielleicht den Vorrang gelassen. Vielleicht hätte ich sogar bei euch mitgemacht, und so wäre dann die Macht allein in die Hände unserer Familie übergegangen, und wir hätten sie nicht mit Haremhab teilen müssen. Und du sagst, du hast das alles zum Wohle Ägyptens und Tuts geplant? Wieso glaube ich das nicht so ganz? Weil Antefs hervorragendes Aussehen angeblich so gar nichts damit zu tun hat?«

»Hatte es natürlich schon. Aber ich hatte sowieso ein Verhältnis mit ihm. Dafür hätte ich keinen König umbringen müssen.«

Sie warf mir einen nachdenklichen Blick zu. »Und es gab noch einen anderen Grund. Echnaton war ein Betrüger. Ein Schwindler. Je länger ich mit ihm zusammen war, desto weniger konnte ich das ertragen.«

Ich sagte nichts, denn ich wußte, daß sie fortfahren würde, und so war es dann auch.

»Er wußte, daß er kein Gott war. Wenn ich es schon wußte, muß er es auch gewußt haben. Aber er tat so, als ob er es ernsthaft glaubte. Meinetwegen lache, aber ich bin ein zutiefst religiöser Mensch.« Ich mußte tatsächlich lächeln, und sie hielt warnend eine Hand hoch. »Die alten Götter Ägyptens gaben uns unsere Macht. Durch sie wurden wir stark, zum stärksten und mächtigsten Land der Welt. Und dieser Mann brachte sie alle zu Fall, jeden Gott außer Aton, und gleichzeitig erklärte er sich selbst zum Gott. Abgesehen von allen seinen anderen Eigenheiten – ich war seine Ehefrau, wie du weißt, und du kannst mir glauben, daß deine Zeit nicht ausreicht für eine Schilderung seiner abstoßenden Angewohnheiten –, verärgerte er die Götter, die Ägypten erst zu dem gemacht haben, was es heute ist, und ich zittere noch immer bei der Vorstellung, was die Götter gemacht hätten, wenn man ihm nicht Einhalt geboten hätte.«

»Aber du hast ihn nicht ermordet?«

»Nein. Aber wenn ich es getan hätte, würde ich es zugeben?«

So viel zu Nofretete. Ihr Name stand also immer noch auf der Liste. Wieviel an ihrem Märchen war Wahrheit? Sie liebte diese Spielchen. Sie war wirklich in ihrem Element. Aber ich, nun, ich stand kurz davor, dem Henker überantwortet zu werden. Sie hingegen sah nur den Unterhaltungswert dieser Angelegenheit.

Ich seufzte. »Na gut, laß uns fortfahren, wenn es dir recht ist. Was ist mit Yuti? Die Gelegenheit dazu hatte er, keine Frage. Er war schließlich der Leibarzt des Königs. Welche Medizin er auch verschrieb, Echnaton blieb nichts anderes übrig, als sie einzunehmen. Die Sache ist nur die, der Mann ist ein Hase. Er mag ja der beste Arzt von ganz Ägypten sein, aber seine Ausstrahlung ist die eines toten Karpfens. Irgendwie kann ich mir ihn nicht dabei vorstellen. Ich habe noch nicht mal eine Idee, *warum* er es hätte tun sollen. Trotzdem ist er der einzige Mensch, bei dem Echnaton einfach nichts anderes übrig blieb, als ihm zu trauen.«

»O ja, Yuti. Aber er ist kein Hase. Eher ein Eichhörnchen, mit diesen dicken Wangen und diesen klitzekleinen Augen. Ein Eichhörnchen mit einem fetten Hintern. Und er hatte sehr wohl einen Grund, Echnaton zu hassen. Einen wirklichen, wichtigen Grund.«

Fragend zog ich die Augenbrauen hoch.

»Es ging um etwas, worüber selbst du als Großwesir nicht Bescheid wußtest. Als die Zeit für Yutis Sohn kam, in der Armee zu dienen, bat sein Vater den Pharao, ihn vom Militärdienst zu befreien. Die Männer in dieser Familie sind alle eher ängstlich, und Yuti fand den Gedanken unerträglich, sein Sohn könne möglicherweise Schande über die Familie bringen. Echnaton schenkte ihm seine Aufmerksamkeit, wann immer er es wünschte, und so bettelte und bat er, seinen Sohn freizustellen. Doch davon wollte Echnaton nichts hören, und so kam es, wie es kommen mußte. Schon vor der ersten kriegerischen Auseinandersetzung schreckte Yutis Sohn zurück und lief davon. Gut, man muß ihm zugute halten, daß er nicht der einzige war. Seine Einheit war zahlenmäßig weit unterlegen. Doch trotzdem haben sie ihn, zusammen mit all den anderen, derer sie habhaft werden konnten, dafür exekutiert. Er war Yutis einziger Sohn. Das machte die Dinge schwierig, wie du dir vorstellen kannst, doch Echnaton hatte völliges Vertrauen zu Yuti und wollte keinen anderen Arzt.«

»Meinst du, er könnte es wirklich fertiggebracht haben, ihn zu vergiften?«

»Die Frage kannst du dir besser selbst beantworten. Wenn dein einziger Sohn unter solchen Umständen gestorben wäre, was hättest du gemacht?«

»Du weißt die Antwort. Aber Yuti?«

»Ich weiß es genauso wenig wie du.«

Ich seufzte wieder. Noch ein Name, der auf der Liste blieb.

»Und Haremhab?« fragte ich.

»Natürlich. Darüber muß man erst gar nicht diskutieren. Gut, der Zeitpunkt wäre zwar ungünstig gewesen, denn er war ja gar nicht im Palast. Aber vielleicht hatte er in Erfahrung gebracht, was Antef und ich vorhatten, und wollte auf jeden Fall vor uns zuschlagen. Aber ich weiß nicht. Gift, das paßt nicht zu Haremhab. Nun, vielleicht hatte er keine andere Möglichkeit. Haremhab ist ein durch und durch praktisch denkender Mensch, und hätten Zeitpunkt und Umstände Gift als einzige Möglichkeit zugelassen, dann wäre es eben Gift gewesen. Wenn er es wirklich getan hat, dann muß ich dir wahrscheinlich danken, denn ich glaube nicht, daß er vorhatte, nur Regent zu werden. Er hätte sich meiner Meinung nach Tuts entledigt, ihn womöglich ermorden lassen und sich in seinem Namen zum Pharao gemacht. Und ich wäre auch nicht überrascht, wenn er diesen Plan noch immer hegen würde.«

»Der Meinung bin ich auch.« Ich wußte die ganze Zeit schon, daß Haremhab zu den Verdächtigen gehören würde, und brauchte deshalb Nofretetes Bestätigung im Grunde gar nicht.

»Aanen?«

»Ich will überhaupt nichts hören von diesem schmierigen Abtrünnigen. Ein Hohepriester mit der Moral einer Kobra. Ein wahrer Hohepriester Amuns wäre lieber gestorben, als Echnatons Sakrileg zuzulassen. Statt dessen ließ er sich zum Hohepriester Atons machen und verfolgte die alten Götter, stürzte ihre Ebenbilder, entweihte ihre Tempel. Dann, als Tut den Pharaonenthron bestieg, wurde er wieder Hohepriester Amuns, als ob nichts gewesen wäre. Ehrlich gesagt, Eje, ich bin überrascht, daß du und Haremhab das zugelassen habt. Ihr hättet ihn mit dem Kopf nach unten aufhängen, ihm die Kehle durchschneiden, ihn in das Fell eines Schakals einnähen und Amun zu Füßen werfen sollen. Das hättet ihr tun sollen!«

»Ich schließe daraus, daß du Aanen nicht allzu häufig beichtest«, sagte ich trocken.

Sie starrte mich zornig an.

»Aber trotz allem, warum hätte er Echnaton töten sollen?

War er selbst denn nicht viel sicherer, als Echnaton noch lebte?«

»Da muß ich dir recht geben.«

Trotzdem, dachte ich, und dieser Gedanke war mir bereits in der vergangenen Nacht gekommen, vielleicht war Aanen ja gar nicht dieser niederträchtige Wurm, für den wir ihn alle hielten. Vielleicht hatte er zwar nicht genug Mut gehabt, für Amun zu sterben, dafür aber genug Mut, den Pharao in der Hoffnung umzubringen, daß es nach seinem Tod zu einer neuerlichen Anbetung Amuns kommen würde. Wenn es um den Glauben geht, ist alles möglich. Was Aanen betraf, war Nofretete nicht die geringste Hilfe.

Somit blieb nur noch Anchesenamun. Meine Enkelin. Gut, Tut hatten wir auch noch nicht diskutiert, aber ich sah bei beiden keinen Sinn darin, das ausgerechnet mit Nofretete zu tun. Sie war immerhin ihre Mutter.

»Ich danke dir, Tochter«, sagte ich und erhob mich zum Gehen. »Du warst mir eine große Hilfe, wirklich. Und wenn ich das alles überlebe, dann liebkose bitte noch einmal mein Knie und warte ab, was dann passiert.« Wenn Sie Nofretete sehen könnten, in einem Zimmer mit Ihnen, in diesem durchsichtigen Gewand, was jedes Detail ihres hinreißenden Körpers preisgab, diese königlichen und gleichzeitig verdorbenen Augen, mit denen sie Sie anblickt, als würde sie Sie am liebsten zum Mittagessen vernaschen, dann würden Sie jetzt nicht so schlecht von mir denken.

»Über Anchesenamun hast du gar nichts gesagt«, protestierte sie zu meiner Überraschung.

»Sie ist deine Tochter. Ich glaube, es ist in deinem Sinne, wenn ich das lieber allein durchdenke. Außerdem kenne ich sie ebefalls recht gut, wie du weißt.«

Das tat ich wirklich. Ich war völlig vernarrt in sie und konnte mir einfach nicht vorstellen, daß sie zu einem Mord fähig wäre. Aber es war dennoch nicht völlig unmöglich, daß sie ungeduldig geworden war. Solange Echnaton Pharao war, konnte Tut nicht Pharao werden. Damals war sie siebzehn, Tut gerade einmal zehn. Vielleicht war sie nicht bereit, Echnatons Tod abzuwarten – einige Pharaonen scheinen schließlich ewig zu leben! Vielleicht hatte sie gedacht, ich oder Haremhab würden sie zur Ko-Regentin machen. Wer weiß das schon? Und wer kann von sich behaupten, eine andere Person wirklich zu kennen?

Nofretete erhob sich ebenfalls und gab mir einen langen innigen Kuß auf den Mund – einen Kuß zwischen Vater und Tochter selbstverständlich. Daß ich Tut ausgelassen hatte, blieb von ihr unkommentiert, und ich sah ebenfalls keinen Grund, noch einmal darauf zurückzukommen.

Nur zögernd löste ich mich aus ihrer Nähe. »Um eines muß ich dich noch bitten, Nofretete. Diese Unterredung muß unbedingt geheim bleiben. Wenn ich überhaupt eine Chance haben soll, diesen Fall erfolgreich zu lösen, darf niemand etwas davon wissen, damit kein Verdacht entsteht. Habe ich dein Wort?«

»Natürlich hast du das, Vater. Ich verstehe dich völlig. Ich verspreche es dir.«

Schön! Ich wußte, daß sie es kaum erwarten konnte, daß ich ging, damit sie die Geschichte im ganzen Palast verbreiten konnte. Frauen sind einfach nicht in der Lage, ein Geheimnis für sich zu behalten. Und genau darauf verließ ich mich. Frauen haben einen eigenen Verhaltenskodex und fühlen sich merkwürdig solidarisch. Versprechen, die Männern gegeben werden, haben keinerlei Gewicht. Vielleicht kann man ihnen dafür keine Schuld geben, denn verglichen mit Männern sind sie machtlos und verletzbar; diese Art des Informationsaustauschs erleichtert es ihnen vielleicht, in einer Welt zu bestehen, die sie so nachteilig behandelt. Jedenfalls war es Kernstück meines Plans, daß alle, die auf meiner Liste waren, wußten, daß sie auf meiner Liste waren.

Wenn einer von ihnen der Schuldige war, würde er sich vielleicht dumm benehmen und sich damit entlarven. Oder sie. Vielleicht.

6 Zweiter Tag – Am Abend

Bedrückt fuhr ich zu meinem eigenen Palast zurück. Ich konnte direkt fühlen, wie meine Schultern nach unten hingen. Ich hielt meinen Blick gesenkt, denn was hatte ich bis jetzt denn schon erreicht? In Wahrheit sehr wenig. Ich hatte gehofft, mit Nofretetes Hilfe, die Liste der Verdächtigen um mindestens einen Namen kürzen zu können, doch damit hatte ich kein Glück. Ihnen ist sicherlich aufgefallen, daß ich sie nicht drängte, selbst weitere Verdächtige zu nennen, denn wenn es die gäbe, würde ich es am liebsten gar nicht erst wissen. Aber ich kenne Nofretete; wäre ihr jemand eingefallen, hätte sie ihn mit Sicherheit erwähnt. So sah die Situation also aus. Weder besser noch schlechter als vorher. Außer, daß mir Zeit verlorengegangen war, Zeit, die wie der Schatten auf der Sonnenuhr immer weiter vorrückte.

Dieser unsägliche Zustand deprimierte mich sehr. Ich hätte nicht Nofretete gebraucht, um zu wissen, daß ich mich eigentlich mit einem unlösbaren Problem beschäftigte. Es war fast sicher, daß Echnaton einfach Anstand genug besessen hatte, von der Bühne des Lebens abzutreten, bevor er das Land vollends in den Ruin treiben konnte. Offen gesagt, ich befand mich in einer solchen Stimmung, daß Tut wirklich gut daran tat, daß er genauso vorsichtig war wie sein Vater. Wenn ich wüßte, wie ich es anstellen könnte, würde ich diese kleine Mißgeburt nämlich mit meinen bloßen Händen erwürgen.

Ich versuchte mich mit dem Gedanken zu trösten, daß Nofretete in diesem Moment den Haremsdamen mit Sicherheit schon jedes Detail unserer Konversation berichtet hatte und bis zur Rückkehr in meinen Palast aus einem Dutzend Zungen tausend geworden wären, und daß jeder Satz die Ohren all jener erreichen würde, die ich zu erreichen suchte. Was immer mir das bringen würde; zumindest war es ein Strohhalm, der es wert war, daß man sich an ihn klammerte; außerdem war es auch der einzige Strohhalm in Sicht. Nofretete, diese Frau, diese meine Tochter, ist ein bemerkenswertes Geschöpf. Sie ist so rücksichtslos wie ein Mann und wäre ein besserer Pharao als die meisten von ihnen. Sie denkt sogar wie ein Mann, und welches größere Kompliment könnte man einer Frau schon zollen? Daß ausgerechnet Antef ihr Komplize war, enttäuschte mich zwar, doch bei genauerem Nachdenken mußte ich zugeben, daß, hätte ihr Plan, was unwahrscheinlich war, Erfolg gehabt, es keine Frage gewesen wäre, wer wirklich über Ägypten geherrscht hätte.

Ja, meine Tochter Nofretete ist rücksichtslos. Sie ist abgebrüht, intelligent und kann auf ihre Intuition vertrauen – kurz, sie ist eine Person, die man sich nicht als Feind wünscht. Aber sie ist eine Frau; eine mit starken Begierden zwar, doch keine Frau, die je geboren wurde, kann ihre Zunge im Zaum halten, wenn ihr ein gar köstlicher Bissen Klatsch im Munde liegt. Und das ist meine Hoffnung.

Meine Gedanken wurden immer trübsinniger. Bitte mißverstehen Sie mich jetzt nicht. Von Natur aus bin ich ein fröhlicher Optimist. Doch jetzt steht auch mir ein wenig Niedergeschlagenheit zu. Was mich an dieser ganzen Geschichte am meisten ärgert, ist, daß ich, der Großwesir für ganz Ägypten, der mächtigste Mann im Land, in gewisser Weise fast mächtiger als der Pharao, da ich als Regent die Amtsgeschäfte leite, trotzdem nichts weiter tun kann, als, einem räudigen Hund gleich, mögliche Spuren zu wittern und zu verfolgen. Sollte tatsächlich ein Mord passiert sein, dann befanden sich der oder die Täter außerhalb meines Autoritätsbereichs.

Denken Sie doch mal darüber nach. Ich für meinen Teil habe es schon getan. Welchen Befehl könnte ich der Königinmutter Nofretete erteilen, den zu befolgen sie gezwungen wäre? Das gleiche galt für Anchesenamun, die Königin. Die Aura ihrer herausragenden Stellung, ihre sprichwörtliche Gottheit würde eine direkte Konfrontation zum Desaster werden lassen, sollte sie sich entschließen, mir zu trotzen. Ich stimme übrigens völlig mit Nofretete überein: Es ist nicht das Blut der Götter, das in den Adern dieser Menschen fließt. Aber das Volk glaubte an diesen Mythos. Und zum Volk gehörten auch die Offiziere des Hofes sowie die Soldaten der Armee. Der Mythos war ihr Schutzschild, und all meine Verfügungen, Verordnungen und Befehle würden sie nicht interessieren, sollten sie sich dazu entschließen, sich bei einer möglichen Auseinandersetzung gegen mich zu stellen.

Was Haremhab betraf, nun, er brauchte kein solches Schutzschild. Er hatte einen richtigen Schild, die Armee. Und nicht nur das, er war außerdem Ko-Regent, und nach dem kleinen Spielchen mit der Palastwache hatte sich die Waagschale ohnehin eher zu seinen Gunsten geneigt. Auch Haremhab war außerhalb meiner Jurisdiktion. Sollte sich eine Konfrontation zwischen uns ergeben, könnte er mir ins Gesicht spucken, und ich müßte darauf mit einem Lächeln reagieren und mich darüber wundern, daß es plötzlich regnet.

Aanen war ebenso problematisch. Aanen war der Hohepriester Amuns, des Allmächtigen. Niemand, absolut niemand, spielt mit den Göttern und kommt ungeschoren davon. Das gilt auch für Eje, den Großwesir von Ägypten. Obwohl ich Aanen als Mann verachte, muß ich zugeben, daß ich ihn fürchte. Die Hohepriester Ägyptens haben einen direkten Draht zu unseren Göttern. Sie verfügen über ungeheure Macht und kennen Geheimnisse, die den normalen Menschen verborgen bleiben. Sie haben machtvolle, magische Kräfte; mit meinen eigenen Augen habe ich gesehen, wie Männer erblindeten, taubstumm wurden oder sogar starben, allein durch die Macht ihrer Zaubersprüche. Mit einem Hohepriester Amuns ist nicht zu spaßen.

Dann ist da noch Yuti. Ein armseliger, nervöser Arzt, der schon zittert, wenn nur ein Kätzchen vor ihm die Zähne bleckt. Diese Kreatur ist eine wahre Schande für uns Männer. Doch weil die Natur voller Rätselhaftigkeiten ist, beschenkte sie ausgerechnet ihn mit größeren Fertigkeiten auf dem Gebiet der Medizin als irgendeinen anderen Doktor in ganz Ägypten. Sein Wissen um Salben und Arzneien ist unerreicht; sein Beherrschen der geheimen Rezepturen und der magischen Gesänge und Gebete, die diese erst wirksam werden lassen, ebenfalls. Es war also keineswegs ein Zufall, daß er Echnaton diente. Und als Tut im Alter von zwölf Jahren auf dem Sterbebett lag, kamen die Wundermittel, die sein Fieber senkten, aus Yutis Apotheke. Tut läßt keinen anderen Arzt an sich heran, und das kann ich gut verstehen. Yuti ist auch mein Arzt. Obwohl er so feige ist, daß er mir nie die Stirn bieten würde, und obwohl die momentane Situation so kritisch ist, daß ich mir kaum Sorgen um die Zukunft machen kann, weiß ich doch, daß, sollte ich die nächsten Tage überleben, Yuti der letzte wäre, mit dem ich es mir verscherzen will. Besonders in meinem jetzigen Alter.

Ziemlich kläglich kam ich dann außerdem zu der Einsicht, daß selbst die Möglichkeit der Folter, die mir Tut ja verwehrt hatte, in diesem Falle nicht geholfen hätte, denn diese Autorität besaß ich gegenüber keinem der Verdächtigen, mit der Ausnahme vielleicht von Yuti. Selbst die Sklaven und Diener dieser Menschen waren außerhalb meines Zugriffs. Sollte also tatsächlich ein Verbrecher existieren, dann würde es ein viel behutsameres Vorgehen erfordern, um ihn – oder sie – zu überführen. Alle außer Yuti sind mindestens ebenso mächtig wie ich.

Der Gedanke, daß mein Tagwerk noch längst nicht beendet war, trug keineswegs zur Verbesserung meiner Laune bei. Das Leben ging weiter, Ägypten gab es immer noch, und meine Pflichten als Großwesir durften nicht vernachlässigt werden. Ich trug noch meine offizielle Robe, also mußte ich mich wenigstens nicht umkleiden, wenn ich nun in meinen Palast zurückkehrte, aber ich wußte, was mich dort erwartete. Meine Vorzimmer würden überquellen mit Bittstellern und unbedeutenden Amtsträgern und Offiziellen des Weißen Hauses (*Anmerkung des Übersetzers: Das Königliche Schatzamt*), mit Botschaftern und niederrangigen Priestern, mit Leitern des Transportwesens und Buchhaltern und mit allen wichtigen und unwichtigen Funktionären, die das Reich des Pharaos funktionsfähig hielten.

Natürlich habe ich einen eigenen Stab, der diese schwer zu bändigende Armee von Menschen, deren Forderungen selbst die gesündeste Konstitution auf die Probe stellen und die mich am liebsten die ganzen zwölf Stunden des Tages *(Anmerkung des Übersetzers: Die Ägypter teilten den Tag nicht in vierundzwanzig, sondern in zwölf Stunden auf)* mit Beschlag belegen würden, für mich sichtet und gegebenenfalls abwimmelt. Die Belastung ist mit der Zeit so groß geworden, daß dieser Stab völlig über seine Verhältnisse hinaus gewachsen ist, um dieser weiterhin gewachsen zu sein und ich gezwungen wurde, ein komplettes Verwaltungsgebäude neben dem meinen zu errichten, das einzig und allein dem Zweck dient, ihn zu beherbergen.

Wenn ich, selten genug, die Zeit finde, in den alten Aufzeichnungen nachzulesen, fällt mir immer auf, wie wenig Bürokratie es zu Zeiten der alten Pharaonen gab. Wie haben sie das damals bloß geschafft? Trotz größter Bemühungen meinerseits und von seiten meiner Vorgänger schwillt die Bürokratie jedes Jahr noch weiter an. Jeder Versuch, die Liste zu kürzen, ist hoffnungslos. Jeder der darauf befindlichen Namen scheint absolut notwendig zu sein.

An diesem Tag war meine Entschlußkraft nicht die beste. Ich war abgelenkt. Mir taten die armen Kreaturen irgendwie leid, deren Leben sich dank meines wenig durchdachten und geistesabwesenden Urteils für immer verändern wird. Aber schließlich springt das Leben mit uns allen so launenhaft um.

Als ich mein Tagewerk vollbracht hatte, fühlte ich mich erschöpft und zog es vor, alleine zu Abend zu essen. Ich hatte nur wenig Appetit und merkte kaum, was ich eigentlich aß. Um es genau zu sagen – und Sie werden es schon bemerkt haben –, meine Stimmung war auf dem Tiefpunkt angelangt. Der Staub klebte an mir, ich war müde und lustlos und fühlte mich ganz einfach nicht auf der Höhe.

Das beste Mittel gegen erschlaffte Lebensgeister ist meiner Meinung nach ein heißes Bad. Wir Ägypter haben einen richtigen Sauberkeitstick. Normalerweise nehmen wir nach jeder Mahlzeit ein Bad. Nach dem Mittagessen bei Nofretete hatte ich dazu keine Gelegenheit gehabt, deshalb fühlte ich mich jetzt ganz besonders schmutzig. Ein heißes Bad war genau die richtige Medizin gegen meine ziemlich trüben Gedanken.

Ich ließ Oudah in meine Gemächer kommen. Als meine anderen Badediener ebenfalls erschienen, winkte ich sie gleich wieder hinaus. Nofretetes Avancen hatten durchaus einen Eindruck hinterlassen, und da ich ein Mann bin, gibt es neben einem heißen Bad noch andere Dinge, mit denen man trübe Gedanken verscheuchen kann.

Oudah beäugte mich mißtrauisch. Ich hatte sie zum ersten Mal allein zu mir befohlen. Der verängstigte Ausdruck in ihren Augen entging mir nicht. Als stünde ein Reh plötzlich einem Leoparden gegenüber. Ich glaube, ich habe Ihnen noch gar nicht von Oudah erzählt. Sie ist neu. Relativ neu. Seit etwas mehr als einem Monat ist sie als Dienerin in meinem Haushalt beschäftigt. Da ich es vorziehe, die Dinge beim Namen zu nennen: Sie ist eine Sklavin. Ich suche sie alle selbst aus. Und natürlich nehme ich nur die schönsten. Das würden Sie an meiner Stelle auch tun, nicht wahr?

Als ich noch jünger und heißblütiger war, pflegte ich meine Sklavinnen zu besteigen, sobald ich sie erworben hatte.

Ob das für sie sehr befriedigend war, möchte ich bezweifeln, aber das interessierte mich früher nicht. Um ganz ehrlich zu sein, ich verschwendete noch nicht einmal auch nur einen Gedanken daran. Ich war ein Stier, ein Hengst! Nach wenigen Minuten war die Sache erledigt.

Doch mit den Jahren veränderte sich meine Einstellung. Ich wollte mehr von diesen Begegnungen, mehr als nur ein kurzes, verschwitztes Übersprudeln. Mehr als nur die Befriedigung eines sich wiederholenden Triebes. Ich wollte eine Form der Kommunikation, des Austausches. Ich wollte diese Mädchen kennenlernen und wollte außerdem, daß sie mich kennenlernen. Ich wollte, daß der Paarungsakt in irgendeiner Weise einen Sinn erhielt. Und wenn das Mädchen intelligent war und ein angenehmes Äußeres besaß, war mir eine länger dauernde Beziehung oft lieber als jedes Mal ein neues Weib. Sollten Sie die letzten Zeilen mit höhnischem Grinsen gelesen haben und männlichen Geschlechts sein, dann sind Sie mit Sicherheit jung.

Natürlich muß es wie Narretei erscheinen, daß ein Mann tatsächlich glaubt, nur weil er die Macht hat, eine Frau mit einem Fingerschnippen in sein Bett zu bekommen, er könne von ihr so etwas Ähnliches wie Liebe erwarten. Doch genau das suche ich. Ich überrede mich gerne selbst zu dem Glauben, daß ich diesen Mädchen wirklich wichtig bin. Daß sie verstanden hätten, was für ein guter, aufmerksamer und rücksichtsvoller Mann ich wirklich bin, und deshalb mein Lager mit mir nicht nur freiwillig, sondern auch gerne teilen. Es ist nur eine harmlose Illusion, aber sie macht mir Spaß. Und manchmal funktioniert sie auch.

Das alles zur Erklärung, warum ich Oudah noch nicht berührt habe. So lächerlich es unter den gegebenen Umständen auch klingen mag, ich verführte sie. Ich ließ ihr Zeit, mich kennenzulernen, mich schätzenzulernen, überhäufte sie mit Aufmerksamkeit und Schmeicheleien, redete mit ihr, lernte sie besser kennen, alles nur, um zu diesem besonderen Moment zumindest mit einer scheinbar aus freien Stücken gegebenen Einwilligung rechnen zu können.

Doch der rehgleiche Blick, der in ihre Augen trat, nachdem ich die anderen Diener entlassen hatte, sagte mir sofort, daß der Zeitpunkt noch verfrüht war. Wie alle Männer neige auch ich in meiner Eitelkeit dazu, zu glauben, daß mir jede Frau früher oder später erliegt. Wichtig ist dabei immer nur die richtige Herangehensweise. Was heute nacht betraf, nun, das war jetzt auch nicht mehr zu ändern. Vielleicht würde sie im Verlauf des Abends ihre Meinung ändern. Seien Sie versichert, daß ich kein völliger Narr bin. Ich weiß, daß Frauen diese Dinge vorspielen. Aber jetzt, allein mit Oudah in meinem Zimmer, die langsam wachsende Erregung spürend, die durch meinen Körper pulsierte, war es mir völlig egal, ob ihre Aufmerksamkeit mir gegenüber echt oder gespielt war.

Ich näherte mich ihr und legte wortlos meine Hände auf ihre Schultern. Ein tiefer langer Blick in ihre Augen zeigte mir, daß sie sich der Situation völlig bewußt war. Keine Frau auf dieser Welt hätte in diesem Moment ihre Lage nicht ebenso klar verstanden. Ihr Atem ging schneller, und ihre Brüste hoben und senkten sich auf eine Weise, die ich äußerst entzückend fand. Sie ist wirklich eine kleine Schönheit. Zwar nicht die schönste Frau, die ich je gesehen habe, aber doch äußerst attraktiv. Oudah ist etwas größer als die meisten Frauen – sie stammt aus Unterägypten, wo die Frauen aus irgendwelchen Gründen mehrere Zentimeter größer zu sein scheinen als sonst üblich. Und ich mag große Frauen.

Sie trug eine einfache Tunika aus Leinen, das Gewand aller Sklavinnen. Mit einer, wie ich hoffte, verführerischen Bewegung schob ich ihr das Kleid ganz langsam, ganz vorsichtig und ganz behutsam von den Schultern. Meine Finger glitten über ihre seidenweiche Haut und halfen dem Fall des Stoffes nach, bis er zu ihren Füßen herabgeglitten war.

Ich sah ihren Körper nicht zum ersten Mal, doch zum ersten Mal in meinem jetzigen Zustand der Erregung. Ihr Gesicht hat eine perfekte, ovale Form, ihre Augen blicken dunkel, intelligent, temperamentvoll. Sie hat langes, schwarzes und sorgfältig gepflegtes, peinlich sauberes Haar. Ihre Nase ist gerade geschnitten, ihre Haltung aufrecht, aristokratisch. Ihre Zähne sind weiß und ebenmäßig, ihre Arme fest. Ihre Brüste sind hinreißend – die perfekte Größe für meinen Geschmack und gekrönt von überraschend hellrosafarbenen Brustwarzen für jemanden mit einer so dunklen Haut. Wie die meisten Männer habe ich eine besondere Vorliebe für wohlgeformte Brüste. Oudahs sind makellos.

Wie alt mochte das Mädchen sein? Sechzehn? Siebzehn? Egal. Sie war eine gerade gereifte Frucht und fast so perfekt, wie man sich es nur vorstellen konnte; und der etwas scheue, hilflose Gesichtsausdruck machte sie nur noch begehrenswerter. Und noch etwas anderes gefiel mir an ihr. Sie ist intelligent. Oudah spricht mehrere Sprachen, obwohl ich keine Ahnung habe, wie sie zu diesem Wissen kam. Aber man sieht es an ihren Augen, diesen scharfen Verstand hinter diesem schönen Äußeren. Ich bin jetzt viel wählerischer als früher bei meinen Sklavinnen. Früher hätte das Äußere schon ausgereicht, jetzt nicht mehr.

Ich nickte, und sie wußte, was nun ihre Aufgabe war. Es war nicht ihr erstes Mal, nur das erste Mal in einer solchen Situation. Sie entledigte mich meiner verschiedenen Kleidungsstücke, und ich spürte, wie ihre Hände dabei zitterten. Ich konnte in ihren Augen lesen, wie sie ängstlich ihre Situation einzuschätzen versuchte. Sollte sie versuchen, mich von meinem Plan abzubringen? Sollte sie willige Bereitschaft vorspielen, um damit vielleicht unter meinen Sklavinnen einen bevorzugten Rang zu erreichen und – ein unwahrscheinlicher Gedanke – den Status einer offiziell anerkannten Nebenfrau zu erlangen? Die Verwirrtheit und die Unentschlossenheit, die ich in ihren Augen las, erhitzten mich nur noch mehr. Jede Faser meines Körpers schrie danach, sie sofort zu besteigen, doch ich wußte, daß ein Herauszögern das Vergnügen ins fast Unerträgliche steigern würde. Dafür konnte ich noch ein paar weitere Minuten meines Tages opfern.

Wie Ihnen wohl aufgefallen ist, war die Konversation bis zu diesem Zeitpunkt auf ein Mindestmaß beschränkt gewesen.

»Das heiße Wasser, bitte, Oudah«, sagte ich dann einfach. Beachten Sie, daß ich »bitte« gesagt habe und meiner Stimme jeglicher Befehlston fehlte. Ich wollte einfach, daß sie mich so begehrte wie ich sie. Zumindest die Illusion ihrer Zustimmung wollte ich.

»Natürlich, Herr«, erwiderte sie ernst und bereitete das Badewasser und die Essenzen in der gleichen Weise vor, wie sie es bereits am Morgen getan hatte. Nun denken Sie vielleicht, daß ich unter den gegebenen Umständen zu ihr etwas wie »Laß nur, Oudah, nenn mich doch einfach Eje« gesagt hätte. Doch ich war erfahren genug, es nicht zu tun. Es gibt gewisse Regeln, die selbst für diese Situation gelten. Am nächsten Morgen würde ich immer noch ihr Herr sein und sie immer noch meine Sklavin, und zu große Nachgiebigkeit in Fragen der Anrede führen leicht zu Frechheit.

Oudah war sehr erfahren in der Kunst des Badens, und ich hatte keinen Anlaß, sie zur Eile zu drängen. Da sie wußte, was auf dieses Bad folgen würde, wurden ihre Hände zärtlicher und ihre Berührungen intimer. Mir war klar, daß ich nicht ihr erster Mann war, und empfand seltsamerweise Enttäuschung bei diesem Gedanken.

Sie blickte an mir herab, kicherte und sagte scheu: »O Herr, Ihr seid ein Stier. Ihr seid so groß. Was werde ich bloß tun?«

Das sagen sie alle. Offensichtlich hatte sich Oudah zur Kooperation entschlossen; ein vernünftiger Schritt, denn alle ihre Versuche, mich von meinem Vorhaben abzubringen, wären zu diesem Zeitpunkt ohnehin völlig nutzlos gewesen.

Dann überraschte ich sie mit einer ungewöhnlichen Variante: *Ich* badete *sie*, wobei ich ihren Brüsten besondere Aufmerksamkeit widmete. Verstehen Sie mich nicht falsch, ihre Brüste waren natürlich in keinster Weise schmutzig, doch trotzdem seifte und rieb ich sie intensiv und lange, und meine Finger unterbrachen keine Sekunde ihr zärtliches Spiel und ignorierten auch andere bevorzugte Körperteile nicht.

So widmeten wir uns einander, bis das Wasser in den Gefäßen kalt wurde. Sie war jetzt entspannter und schien sogar langsam Begierde zu spüren. Natürlich wußte ich, daß das nicht wirklich der Fall war, doch in solchen Situationen sind alle Männer gleich eitel.

Wir trockneten uns mit riesigen, flauschigen Tüchern ab, wobei Oudah die ganze Zeit kicherte. Kichern ist nicht unbedingt etwas, was ich an Frauen schätze, aber wahrscheinlich war es in ihrem Alter nicht anders zu erwarten. Es war nur ein unbedeutender Mangel. Sonst war Oudah äußerst zufriedenstellend.

Ich hielt sie auf Armeslänge von mir weg und sog erneut begierig diese wunderbaren, weiblichen Freuden ein. Ich habe schon lange die Übersicht verloren, wie viele Frauen ich besessen habe, doch ein neuer weiblicher Körper hat immer wieder die Macht, auf mich so zu wirken, als sei es mein erstes Mal. Manche Männer behaupten, hätte man einen Frauenkörper gesehen, hätte man alle gesehen. Dem kann ich nicht zustimmen.

Ich griff nach ihrer Hand, drängte sie sanft zu meinem Bett und brachte sie dazu, sich hinzulegen. Sie fügte sich, doch um ganz ehrlich zu sein, hielt sich ihr Eifer sehr in Grenzen.

Ich öffnete eine Kommodenschublade und entnahm ihr einen abgerundeten Rasierer aus Bronze, der perfekt geschärft war. Oudah warf mir einen Blick zu. Sie schien verblüfft und mehr als nur etwas beunruhigt. Das war mit Sicherheit nicht, was sie erwartet hatte.

»Du mußt keine Angst haben, Liebling«, sagte ich in beruhigendem Ton. »Das ist nur eine kleine . . . Exzentrizität meinerseits. Es ist alles in Ordnung. Bleib einfach so liegen. Nur nicht bewegen.«

Oudahs aufgerissene Augen waren immer noch voller Zweifel, doch sie blieb ruhig liegen. Ich kam zu ihr herüber und kniete an der Seite des Bettes nieder. »Ganz ruhig«, sagte ich so sanft, wie ich konnte. »Du machst das prima.«

Dann nahm ich den Rasierer und entfernte mit unendlicher Sorgfalt und Geduld das auf diesem wunderbaren Dreieck zwischen ihren Oberschenkeln wachsende, dicht gelockte Haar. Sie hielt den Atem an, bis ich meine Aufgabe beendet hatte. Und glauben Sie mir, ich ließ mir Zeit. Ich wollte alles, und ich bekam alles. Als ich fertig war, fühlte sie sich so glatt und weich wie ein Neugeborenes an, und das war genau der Effekt, auf den ich aus war. Plötzlich sah sie völlig unschuldig aus, ganz frisch und unverbraucht. So stark meine Begierde auch sein mochte, dieser Akt verstärkte sie jedes Mal noch mehr. Jeder hat, was diese Dinge anbelangt, einen eigenen Geschmack, und das war eben meiner. Ich schlafe auf einem Kissen, das mit dem Haar der unzähligen Frauen, die ich auf diese Weise rasiert habe, ausgestopft ist. Nun gut, dann bin ich eben pervers. Ich gebe es zu. Jeder Mann hat seine speziellen Neigungen, und ich halte meine, verglichen mit denen vieler anderer, für relativ harmlos. Und seien wir doch mal ehrlich. Wenn Sie immer so viele wunderbare Frauen haben könnten, wie Sie wollten, würden Sie dann nicht auch eine Abwechslung suchen, damit der ganze Akt nicht deprimierend monoton wird? Wenn ein Übermaß an gut entwickelten Frauen allerdings nicht das Problem sein sollte, mit dem Sie sich gerade rumschlagen, dann würde ich Ihr mangelndes Verständnis verstehen.

Oudahs Blick wurde argwöhnischer. Zu Recht. Ich hatte noch einige andere seltsame Eigenarten – nichts Entartetes oder Schmerzhaftes, sondern Dinge, die Begegnungen wie dieser etwas Außergewöhnliches verleihen. Aus der Kommodenschublade holte ich Farbe und Pinsel.

»Bleib ruhig liegen, Oudah«, befahl ich.

In ihrem Blick lagen Zweifel. »Herr, was werdet Ihr nun tun?« Sie versuchte, ihrer Stimme einen festen Klang zu geben, doch man spürte ihre wachsende Nervosität.

»Du mußt keine Angst haben, mein Liebes«, versuchte ich sie wieder zu beruhigen. »Das hier wird dir überhaupt nichts ausmachen.«

Dann nahm ich die Wasserfarben und die Pinsel und kniete über ihr nieder. Langsam und sorgfältig bemalte ich ihren Körper. Der Pinsel spielte mit ihren Brüsten, und als er ihre Brustwarzen berührte, wurden sie hart. Ich bemalte ihren Bauch, ihren Bauchnabel und glitt dann mit dem Pinsel tiefer hinunter zu ihren Schenkeln. Die zarte Berührung des Pinsels schien sie zu erregen. Erst öffneten sich ihre Lippen, dann öffneten sich fast gegen ihren Willen auch ihre Beine.

Ich brauchte ungefähr zwanzig Minuten für mein Werk. Die Kalligraphie zählte zwar nicht zu meinen besten Werken, doch unter den gegebenen Umständen war sie, falls ich das so sagen darf, trotzdem recht gut gelungen. Was ich in den letzten zwanzig Minuten getan hatte, war, ihren Körper mit Hieroglyphen zu bedecken, obszönen Hieroglyphen, die jeden Teil ihrer Anatomie und jede Stellung, die ich mit ihr einzunehmen gedachte, so unverblümt und direkt beschrieben, wie ich es mir überhaupt nur ausmalen konnte. Es hätte mir noch mehr Vergnügen bereitet, wenn sie sich nun selbst im Spiegel betrachtet hätte, doch ich wußte, daß sie nicht lesen konnte, deshalb schlug ich es ihr gar nicht erst vor.

Und was ist daran nun so schlimm? Ich weiß aus sicherer Quelle, daß es Sklavenhalter gibt, die ihre Sklavinnen peitschen und sie schmerzhaften und unaussprechlichen Grausamkeiten aussetzen. Ich bin nicht so. Aber ich verfüge eben über meine eigenen Variationen des Standardthemas, die ich für recht einfallsreich halte und die mich sehr unterhalten. Ein Mann, der bei diesem Thema keine Phantasie zeigt, besitzt auch sonst keine Phantasie. (*Anmerkung des Übersetzers: Sollten Sie eine Frau sein, werden Sie in Eje wohl einen ekelerregenden Schurken und Lumpen sehen. Ich als Mann hingegen empfinde Verdruß, daß er, der vor über 3500 Jahren lebte, so viel mehr an erotischer Kreativität besaß als ich. Wenn ich meinen Studenten immer sagte, man könne viel von den Klassikern lernen, wußte ich scheinbar nicht, wovon ich sprach!*)

Meine Ungeduld wuchs, und ich löschte alle Öllampen bis auf eine. Ich schätze eine bestimmte Atmosphäre, und das Licht einer einzigen Lampe finde ich am angenehmsten. Obwohl ich mich noch länger hatte beherrschen wollen, genügte ein Blick auf dieses berauschende Wesen auf meinem Bett, auf ihren geölten und gebadeten, glattrasierten Körper, der mit meiner Arbeit bedeckt war, und ich war nicht mehr zu halten.

Meistens ziehe ich es vor, erst der Frau ihr Vergnügen zu beschaffen. Ich weiß, daß das eine Schwäche ist und unmännlich, und ich würde vor Scham rot werden, wenn ich es auch nur irgend jemandem gegenüber zugeben würde. Doch zu dem Zeitpunkt, wenn diese Rollen gelesen werden, bin ich schon lange in meinem Haus der Ewigkeit, und dann kann es mir egal sein. Jedenfalls, dieses Mal konnte ich nicht mehr länger warten. Ich drang in sie ein, und sie gab sofort nach. Sie machte auch mit und gab vor, in Ekstase zu sein, doch es war viel zu schnell vorbei. Als ich fertig war, sank ich völlig verausgabt neben ihr nieder. Das kleine Weibsstück versuchte mich zu mehr zu ermuntern, aber es ging nicht. Immerhin bin ich 57. (*Anmerkung des Übersetzers: Was dieses*

Zusammentreffen von Eje und Oudah angeht, so habe ich, ich gebe es offen zu, die Hieroglyphen etwas freier übersetzt, doch das Wesentliche wurde recht genau wiedergegeben.)

Wie immer hatte der Sex mich durstig gemacht. »Oudah, Liebes, gieß uns doch etwas Wein ein. Braves Mädchen.«

Sie zog einen hinreißenden Schmollmund und erhob sich vom Bett, immer noch nackt und bedeckt mit meinen Malereien. Ich gab ihr einen ermahnenden Klaps auf ihren wohlgerundeten kleinen Po. Sie warf mir einen Blick zu und folgte dann meiner Anweisung. Nach einem kurzen Moment kam sie mit einem Weinglas für mich zurück.

»Schenk dir auch ein, Oudah. Du hast es verdient.«

Sie lachte leise und tat, wie ihr geheißen war.

»Sei ein Schatz und zünde die Lampen wieder an.«

»Ooch, Herr, muß ich wirklich?« seufzte sie. »Können wir nicht noch ein bißchen warten und dann . . .«

»Nicht heute nacht, Liebes«, antwortete ich nachsichtig. »Wir werden noch oft genug Zeit dafür haben.« Glaubte sie wirklich, ich würde darauf reinfallen? Diesen Satz hatte ich Hunderte von Malen gehört. Wenn sie glaubte, mich so dazu bringen zu können, sie zu bevorzugen, nun, dann würde sie lernen müssen, daß ich ein Mann bin, der die Frauen kennt. Offen gesagt, war ich ein bißchen enttäuscht von ihr. Ich hatte mehr Feingefühl erwartet.

»Gut, wenn es denn unbedingt sein muß«, sagte sie betont zögerlich. Mit einer Kerze zündete sie die Lampen wieder an und setzte sich dann zu mir.

Ich nahm mein Weinglas und bedeutete ihr, das gleiche zu tun. Wir stießen aufeinander an. Ich brachte einen Toast aus. »Auf weitere Nächte und weitere Sinnesfreuden!«

»Wann immer Ihr es wünscht, Herr. Jederzeit gerne.«

Wir setzten die Gläser an den Mund und nahmen einen Schluck. Jetzt, da der Akt vollzogen war, konnte ich es kaum abwarten, sie aus meinem Gemach zu komplimentieren.

Doch wenngleich sie nur eine Sklavin war und sie mich mit ihrem recht durchsichtigen Versuch, aus der Situation einen Vorteil zu ziehen, etwas verärgert hatte, so war es dennoch einfach ein Gebot der Höflichkeit, daß ich nach der Liebe noch für einen Moment oder zwei bei ihr blieb. Frauen scheint das irgendwie wichtig zu sein.

Ich leerte mein Glas zügig und hoffte, sie würde es mir gleichtun, damit ich sie so schnell wie möglich wieder in ihre Tunika stecken und aus meinen Gemächern geleiten konnte. Ich war nun wirklich müde, aber meine Stimmung hatte sich eindeutig gehoben.

Sie leerte ihr Glas, und währenddessen sah ich plötzlich einen seltsamen Blick in ihre Augen treten. Ihr süßes Gesicht begann sich zu einer furchtbaren Fratze zu verzerren. Voller Entsetzen und völlig hilflos sah ich, wie sie sich an den Hals griff. Binnen Sekunden hatte ihr Gesicht eine bläuliche Farbe angenommen. Schreckliche Laute, wie das Grunzen eines Tieres, kamen aus ihrem Mund. Sie krümmte sich vor Schmerzen, versuchte zu sprechen, doch heraus kam nichts als diese grotesken Laute. Und Schaum. Perlender, tropfender Schaum, der langsam eine rötliche Farbe annahm.

Ich wußte, was passiert war, ich wußte es sofort. Es gab nichts, was ich für sie tun konnte. Niemand konnte noch etwas für sie tun. Sie war verloren, und es würde alles sehr schnell gehen. Ich schüttelte sie heftig. »Wer hat das getan?« fragte ich eindringlich. »Sag mir seinen Namen, und ich werde dich rächen. WER HAT DAS GETAN?«

Sie versuchte zu sprechen, doch es war vergebens. Vielleicht hatte sie die Frage auch gar nicht mehr verstanden. Sie blickte mir ins Gesicht und legte ihre Hände in einer seltsamen, zwanghaften Bewegung an ihren Kopf. Plötzlich griff sie mit den Händen nach ihren Brüsten und vergrub ihre Nägel mit einer fast animalischen Geste im Fleisch. Ihre Hände fielen herab, als wolle sie beten; dann war sie tot.

Ich blickte auf sie herunter, wie sie da auf dem Boden lag, ihr nackter Körper bedeckt mit meinen Malereien, ihr Dreieck rasiert ... es wäre mehr als nur peinlich, wenn man sie so in meinem Gemach finden würde. Sie halten mich jetzt bestimmt für herzlos, weil mir dieser Gedanke als erstes durch den Kopf schoß, doch ich konnte für sie ohnehin nichts mehr tun. Sie war tot.

Ich suchte nach einem Handtuch und rieb die Wasserfarben mit Hilfe des abgekühlten Badewasers ab. An der Sache mit dem Schamhaar konnte ich nichts ändern. Ich zog ihr die Tunika wieder über den Kopf und legte sie hin. Ihr Körper besaß nun wieder etwas mehr Würde. Mir war völlig klar, daß meine sexuellen Vorlieben weder in meinem Palast noch darüber hinaus ein großes Geheimnis waren. Jedes Mädchen, das mein Lager mit mir geteilt hatte, war unter Androhung großer Strafen davor gewarnt worden, auch nur das Geringste über die Dinge, die dort vor sich gegangen waren, zu sagen. Doch das war natürlich völlig nutzlos. Genauso gut könnte ich dem Nil befehlen, nicht mehr über die Ufer zu treten. Trotzdem, es war eine Frage der Ehre, ihrer und meiner, sie zu waschen und zu bekleiden, wie es sich gehört, bevor ich nach der Dienerschaft klingelte, um sie wegbringen zu lassen.

Ich hatte sofort begriffen, was passiert war. Wie oft habe ich schon gesagt, daß ich den königlichen Hof und seine Machenschaften kenne? Während ich sie aufstehen und die Lampen anzünden ließ, hatte ich die Gläser vertauscht. Falls sie meinen Wein vergiftet hatte, so würde sie ein gerechtes Schicksal ereilen, hatte ich mir gedacht.

Aber Oudah tat mir leid. Das, was sie getan hatte, hatte sie auf Befehl einer anderen Person getan. Denn daß sie mir gegenüber keine Feindseligkeit hegte, das wußte ich, zumindest nicht einen Haß, der so groß war, daß sie versuchen würde, mich umzubringen. Ich war ein guter Herr, und meine Sklaven waren froh, in meinem Haus dienen zu dürfen. Nein, sie war von jemandem, dessen Anordnungen sie sich nicht widersetzen konnte, dazu gezwungen worden. Aber wer konnte das sein? Wie schade, daß das Gift so schnell gewirkt hatte.

Während ich weiter darüber nachdachte, schoß mir ein anderer Gedanke durch den Kopf. Es war in gewisser Weise gut, daß es passiert war, für mich natürlich, nicht für Oudah. Ich wußte jetzt, daß Tut recht hatte. Sein Vater war wirklich ermordet worden. Der Trick mit Nofretete hatte ganz offensichtlich funktioniert. Einer der von mir Verdächtigten hatte herausgefunden, daß er auf meiner Liste stand und wollte nicht riskieren, daß ich ihm auf die Spur komme, sondern die Sache lieber selbst in die Hand nehmen. Es gab also tatsächlich einen Mörder.

Das war der gute Teil. Weniger gut war, daß er es sicher nochmal versuchen würde. Und beim nächsten Mal würde ich möglicherweise trotz aller Vorsichtsmaßnahmen nicht so viel Glück haben. Da brauchte man sich nur Echnatons Schicksal anzuschauen, der, was seine eigene Sicherheit anging, wirklich ein Fanatiker gewesen war. Trotzdem konnte ich mich eines gewissen Gefühls der Befriedigung nicht erwehren. Die Saat, die ich bei Nofretete gesät hatte, war sehr schnell aufgegangen.

Ich klingelte nach der Dienerschaft und ließ sie nach einigen erklärenden Worten den Leichnam von Oudah entfernen. Obwohl sie versucht hatte, mich umzubringen, hegte ich keine feindseligen Gefühle. Ich würde ihr sogar ein Haus der Ewigkeit geben, das wesentlich über dem lag, was ihr aufgrund ihres Status zustand. Ich wollte, daß sie im Jenseits den Frieden und Trost fand, der ihr in dieser Welt versagt geblieben war.

Ich löschte die Lampen und fiel erschöpft ins Bett. In meinem Kopf wirbelten Tausende von Mutmaßungen herum. Es war ein interessanter Tag gewesen.

7 Dritter Tag – Am Morgen

Ich schlief nicht besonders gut in dieser Nacht. Selbst nachdem ich meinen Kopf in mein besonderes Kissen vergraben hatte, übermannte mich der Schlaf nur selten. Da ich auch in der Nacht zuvor nicht gut geruht hatte, wachte ich am Morgen völlig zerschlagen auf. Normalerweise fällt es mir nicht schwer, abzuschalten und meine Probleme beiseite zu schieben, sobald ich in meine Kisse sinke. Doch diese Sache mit Oudah setzte mir zu. Ich bin – genauer gesagt, ich war – ein Krieger, also war der Tod für mich nichts Neues. Aber wenn er so unerwartet jemanden ereilt, der noch so jung und attraktiv ist, ist er doch schockierend. Ich will damit nicht behaupten, daß mir Oudah wirklich etwas bedeutete. Es gab sie eben, und hätte es sie nicht gegeben, wäre an ihrer Stelle eine andere Frau gewesen. Doch sie war trotzdem ein Mensch, ein lebendiges Wesen, eine Person, an deren Tod ich in gewisser Weise mitschuldig war, und das war es, was mich beschäftigte. Auf der anderen Seite war ich selber auch nur ein Mensch und konnte mir eine gewisse Verärgerung über ihren Mordversuch nicht verkneifen. Sie hatte keine andere Wahl gehabt, das wußte ich, aber trotzdem . . .

Das Wissen darum, daß einen jemand um die Ecke bringen will, ist, davon mal ganz abgesehen, das schlechteste Mittel gegen Schlaflosigkeit. Die zweite Nacht in Folge konnte ich nicht den so drigend benötigten Schlaf genießen, sondern wälzte im Kopf meine Gedanken hin und her und versuchte verzweifelt, den bekannten und mageren Fakten irgendeine neue Deutung abzuringen. Ganz so wie das trübe Wasser, das man beim Wäschewaschen aus dem Kleidungsstück herausdrückt, waren auch meine Gedanken hinterher weniger klar als vorher. Ich kam einfach nicht vorwärts; meine nutzlosen

Spekulationen gingen immer mehr ins Verrückte und Absurde.

Ich fürchte, Sie haben den Eindruck gewonnen, ich sei ein morbider und melancholischer Mensch. Ich möchte deshalb erneut betonen, daß dieses in keinster Weise der Fall ist. Ich habe eine robuste und kräftige Natur. Wirklich. Ich liebe das Leben und nutze meine hohe Stellung innerhalb unserer Gesellschaft, die ich durch Talent, Intelligenz und die glückliche Fügung der Heirat meiner Tochter erlangen konnte, ohne die geringsten Gewissensbisse bis zum letzten aus. Ich habe einen gesunden Appetit, und falls Sie dafür einen Beweis benötigen, beachten Sie einfach meinen beeindruckenden Leibesumfang. Die Sache ist nur, daß die Aussicht, mein Haus der Ewigkeit früher beziehen zu müssen, als ich es freiwillig tun würde, mir einige Schwierigkeiten mit der guten Laune bereitete.

Wo wir gerade von Appetit sprechen, ich überlegte kurz, ob ich nach einer meiner Konkubinen schicken sollte, da ich ja sowieso nicht schlafen konnte. Ich hatte dabei keineswegs weitere kunstvolle Spiele, wie ich sie gerade mit Oudah absolviert hatte, im Hinterkopf, sondern wollte wohl einfach nur Gesellschaft. Beinahe hätte ich sogar nach Tej gerufen, und wenn ein Mann ernsthaft erwägt, seine Hauptfrau zu sich zu bestellen, dann hat er wirklich Probleme.

Letztendlich entschied ich mich dagegen. Eins würde zum anderen führen, und auch wenn ich Ihnen versichern kann, daß ich noch über genügend Leistungsfähigkeit verfügte, war der Gedanke, schon wieder diese ganze Energie aufwenden zu müssen, die Sache eigentlich nicht wert. So verbrachte ich den Rest der Nacht allein.

Kurz vor Sonnenaufgang mußte ich eingenickt sein, denn als ich das nächste Mal die Augen aufschlug, stand die Sonne bereits in meinem Zimmer. Ich erhob mich widerwillig und läutete nach den Morgendienern. Oudah mußte natürlich ersetzt werden. Die Wahl überließ ich Sentib, meinem ersten

Diener, der mir Yennah vorschlug. Dieser Empfehlung stimmte ich sofort zu.

Yennah tat mir leid. Sie war kein typisches Sklavenmädchen. Die meisten von ihnen entstammen der bäuerlichen Bevölkerung und werden von ihren Eltern verkauft, die sich damit eines der hungrigen Mäuler entledigen, die zu stopfen sie materiell nicht imstande sind. Das ist das Gros. Als Arbeiter sind sie fügsam und leicht zu lenken, doch selten eignet sich eine von ihnen für Haremspflichten.

Viele Sklaven kommen auch als Beute; als Überlebende geplünderter und ausgerauber Städte. Das hängt natürlich völlig vom Kriegsglück ab, und so fallen und steigen die Sklavenpreise, je nachdem, wie erfolgreich unsere Armeen sich geschlagen haben. Yennah jedoch stammte aus keiner dieser Quellen. Sie hatte einfach das Pech, sich auf einem Segelschiff zu befinden, das erst von Piraten und dann von einer schnellen Galeere unserer Kriegsflotte entführt wurde.

Yennah ist eine Rarität. Sie kommt aus Griechenland. In Theben kriegen wir solche Frauen selten zu sehen, und sie kosten ein Vermögen. Sie ist wohlgestaltet, aber das versteht sich ja von selbst, denn sonst hätte ich kein Interesse an diesem Kauf gehabt. In einer Welt, die ausschließlich von dunkelhäutigen, dunkeläugigen, schwarzhaarigen Männern und Frauen bevölkert wird, bildet Yennah einen höchst willkommenen Kontrast. Sie hat dickes glänzendes Haar, dessen Farbe an erntereifen Weizen erinnert und das in entzückenden Wellen und Locken den Rücken herunterwallt. Ihre Augen sind dunkelblau, und ihre Haut hat einen so hellen Ton, daß sie in unserem brutalen Klima ohne Schutz binnen weniger Minuten rot wird und sich pellt. Yennah habe ich mir für eine ganz besondere Gelegenheit aufgehoben, aber jetzt, da Oudah nicht mehr da ist, muß ich meinen Zeitplan eben etwas nach vorne verschieben.

Wie alt sie ist? Ich habe nicht gefragt. Ein oder zwei Jahre jünger als Oudah. Ob sie auch die anderen Qualitäten besitzt, die ich bei meinen Frauen so erfrischend finde – Wärme, Spontaneität, Intelligenz –, muß ich erst noch herausfinden. Ich bin sicher, das werde ich mit der Zeit. Yennah ist ja erst seit wenig mehr als einer Woche in meinem Haus, und ich war bisher einfach mit diesen anderen Dingen zu sehr beschäftigt.

Außerdem eilt es mir nicht. Sie kennen ja meine Art. Ich will, daß sie mich besser kennenlernt, daß sie lernt, mit mir umzugehen, nun, lernt, mich zu *mögen*, bevor ich mich ernsthaft mit ihr befasse. Diese lächerliche Denkweise ist eben meine Schwäche, und ich werde sie wohl nie mehr ablegen können. Aus diesen Gründen, und weil ich mit den Gedanken woanders war, ließ ich sie sich noch nicht einmal ausziehen, bevor sie mir bei meinem morgendlichen Bad behilflich war. In einer Ecke meines Gehirns machte ich mir eine kleine Notiz, sie bei passender Gelegenheit darauf hinzuweisen, daß der Versuch, mich zu vergiften, im höchsten Maße unklug wäre, selbst wenn die Drahtzieher eines solchen Anschlags ein wahrhaft vernichtendes Maß an Macht über sie besäßen. Meine eigene Macht war immer noch beträchtlich, und hätte Oudah bei mir Schutz gesucht, statt unter der Macht, die jemand anders angewendet hatte, zu zerbrechen, dann wäre sie in genau diesem Moment nicht in den Händen meiner Einbalsamierer, und dann hätte ich nicht die haarsträubend hohe Summe, die ich für sie bezahlt habe, so in den Sand gesetzt.

Ich freute mich nicht gerade auf diesen neuen Tag. Ich tappte hilflos umher; ich war wie ein Mann, der mit verbundenen Augen mit Pfeilen schießen mußte. Dieser Attentatsversuch hatte mir gezeigt, daß es irgendwo da draußen ein real existierendes Ziel gab, doch dieses Wissen allein brachte mich dieser Person keinen Deut näher. Ich konnte also nur mit meinen Ermittlungen fortfahren und dabei selbst auf die

Dinge kommen, denn diese Ermittlungen und meine langen Gedankengänge hatten mich auf die Handvoll Menschen in Ägypten gebracht, über die ich keine Macht besaß. Alles, was ich wußte, war, daß einer von ihnen Echnaton umgebracht hatte und auch mich tot sehen wollte.

Heute würde ich mich mit Haremhab beschäftigen. Schwierige Dinge sollte man gleich erledigen. Es war ja durchaus möglich, versuchte ich mir einzureden, daß er kooperativ war. Lange Jahre hatten wir Seite an Seite gekämpft, bei vielen gefährlichen Feldzügen. Einmal rettete ich ihm sogar das Leben. Gut, das ist vielleicht etwas übertrieben. Meine Kavallerie griff damals die Flanke an, als die syrische Armee gerade im Begriff war, Haremhabs Infanterie kleinzukriegen. So gewannen wir die Schlacht. Vielleicht würde mich Haremhab wieder als Soldat sehen, wie er selbst einer war, als Kameraden, wenn ich ihn auf umsichtige und kluge Art an unsere früheren gemeinsamen Feldzüge erinnerte. Und vielleicht könnte er mir einen Hinweis geben – sollte er auch noch so klein sein –, der mir nützlich sein konnte. Es war immerhin möglich. Ungefähr so wahrscheinlich wie Eunuchen, die Vaterfreuden entgegensehen.

8 Dritter Tag – Am Nachmittag

Es war ein heißer Tag, und die Luft hing voller Staub. In diesem Teil Ägyptens ist das Wetter immer so, also überraschte es mich nicht. Trotzdem störte es mich außerordentlich. General Haremhab befand sich mit seinen Truppen in der Wüste, und so blieb mir nichts anderes übrig, ihn ebenda aufzusuchen. In der Wüste. Kilometer um Kilometer hinter den grünen bewässerten Feldern entlang des Nils.

Es war reine Affektiertheit. Zumindest kam es mir so vor. Wenn ich es nicht besser wüßte, würde ich schwören, daß dieser Mann sich nur in die Wüste begeben hatte, um mich zu ärgern. Er hätte leicht in Theben bleiben und die Freuden der Stadt und die Privilegien seines hohen Ranges genießen können. Keiner würde sich etwas dabei denken. Im Moment herrscht schließlich kein Krieg zwischen Ägypten und seinen Nachbarn. Die Widrigkeiten der Wüste mit seinen Truppen zu teilen, das würde vielleicht beim Pharao Eindruck machen, aber bei Toth, er war doch schon Ko-Regent. Was wollte Haremhab also damit bezwecken?

Normalerweise reise ich mit einem viel größeren Kontingent an Wachen. Da ich ohnehin nicht hatte schlafen können, hatte ich die Zeit für Überlegungen genutzt, wie ich meinen Einzug ins Wüstenlager gestalten sollte. Zu viele berittene Wachen könnten wie eine Bedrohung erscheinen. Oder aber ich könnte furchtsam und ängstlich wirken. Lieber würde ich sterben, als Haremhab diese Befriedigung zu verschaffen. Auf der anderen Seite war ich Ko-Regent und Großwesir, das heißt, mein Rang erforderte eigentlich ein beeindruckendes Gefolge. Doch hauptsächlich sehe ich meine Wachen als Wachen, nicht als Theater. Jemand hatte versucht, meinen Übergang ins Jenseits zu beschleunigen, und dieser Jemand könnte sehr gut Haremhab gewesen sein. Eine vernünftige Anzahl an Wachen war sicherlich eine kluge Entscheidung. Nach vielem Hin und Her entschied ich mich dann für einen verstärkten Zug, vierzig berittene Soldaten, alle in ihrer besten Paradeuniform.

Sie könnten nun durchaus einwenden, daß in meiner jetzigen Situation ein Gang in das bewaffnete Lager des mächtigsten Generals der Armee nicht unbedingt ein Schachzug ist, der Leben oder Laufbahn wesentlich verlängert. Sie könnten ebenfalls behaupten, daß es völlig egal sein würde, wieviele Wachen ich um mich versammle – angesichts der unzähligen Regimenter von Haremhabs Kriegsveteranen, die mich umzingeln. Und wie immer hätten Sie recht.

Aber denken wir mal darüber nach. Würde mich Haremhab am hellichten Tag in seinem Lager umbringen?

Vielleicht. Aber es war doch sehr unwahrscheinlich. Selbst wenn er der Mörder Echnatons war. Ein militärisches Lager einen halben Tagesritt tief in der Wüste ist nicht der geeignete Platz für einen Staatsstreich, und wenn er mich in aller Öffentlichkeit und mit solcher Dreistigkeit umbringen würde, bliebe ihm gar keine andere Wahl, als gleich anschließend auch Tut zu entmachten und sich selbst des Thrones zu bemächtigen. Zumindest versuchte ich, mich mit derlei Gedanken zu beruhigen.

Und vergessen Sie nicht, Tut weiß auch, was er tut. Jetzt, wo im Land Frieden herrscht, hat er die Armee bewußt zerstreut. Obwohl Haremhab der ranghöchste General war, war er nicht der einzige, so wie auch dieses Feldlager nicht das einzige war. Es gab zahllose Regimenter wie dieses, alle an den Grenzen entlang verteilt, und ob sie nun Haremhab gegen Tut unterstützen würden, war nicht unbedingt gesagt. Außerdem war es mir gelungen, den größten Teil meiner Kavallerie nach wie vor um Theben herum zu konzentrieren. Zugegeben, der Ausgang eines solchen Staatsstreichs könnte mir relativ egal sein, wenn ich schon zu Beginn desselben das Zeitliche gesegnet hätte. Aber trotzdem hatte ich meinem Stellvertreter für den Fall irgendwelcher besonderen Vorkommnisse die strikte Anweisung gegeben, seine Befehle nur von Tut und ausschließlich von Tut entgegenzunehmen. Mein Stellvertreter war ein guter Kerl, und ich war mir sicher, daß er gehorchen würde. Mochte ich meinen Enkel auch von Herzen verabscheuen, aber wenn Haremhab mich wirklich umbringen wollte, dann würde ich alles in meiner Macht Stehende tun, um seine Pläne zu durchkreuzen.

Aber es gab einen weiteren Aspekt, der nicht von der Hand zu weisen war. Meine Kavallerie stellte als solche eine beträchtliche Macht dar, und ich bezweifelte sehr, daß Haremhab einen Staatsstreich wagen würde, ohne eine Ahnung zu haben, auf wessen Seite sie sich schlagen würde. Und genau darauf vertraute ich, als ich mich in Haremhabs Lager begab. Was hätte ich denn sonst auch tun können?

Immerhin schrieben wir schon den dritten Tag. Das Lager lag gut vierzig Meilen außerhalb der Stadtgrenzen. Das ist eigentlich keine schwer zu bewältigende Distanz, aber nur, wenn es vierzig normale Meilen sind, und nicht vierzig Wüstenmeilen. Ich hatte meine Streitwagen zu Hause gelassen und mich entschieden, die Reise zu Pferd zu machen. Doch dieser Ritt tat meinen Hämorrhoiden überhaupt nicht gut, und schon nach einem Zehntel der Gesamtstrecke ging es mir mehr als schlecht. Leider eignen sich Streitwagen nur für kurze Entfernungen und erleiden in unwegsamem Gelände häufig Achsbruch. Oder ihre Räder bleiben in Sandverwehungen und tiefen Furchen stecken, und wenn das passiert, muß die ganze Kolonne warten, bis sie wieder herausgehievt worden sind. Im Moment war Zeit mein wertvollster Besitz. Ich konnte es mir nicht leisten, sie zu vergeuden. Wäre ich per Streitwagen gereist, hätte mich das womöglich einen halben Tag zusätzlich gekostet, und diese zusätzlichen Stunden hatte ich ganz einfach nicht.

Als wir das Lager endlich erreichten, war meine berittene Einheit reichlich verdreckt. Meine Männer schwitzten und wirkten ziemlich ramponiert; ihre herrlichen Paradeuniformen waren völlig hinüber. Als wir Theben verließen, hatten wir so beeindruckend ausgesehen! Ich hätte mich für Kampfkleidung entscheiden sollen. Wie dumm von mir. Aber es war nicht so, als hätte ich mir darüber vorher nicht ausgiebig Gedanken gemacht. Ich wußte, daß der Anblick meiner prächtig gekleideten Kavalleriegarde für Haremhab ein Affront sein würde – sie mußte ihm einfach aufstoßen. Hätte ich hingegen meine Männer in einfache Felduniformen gesteckt, hätte ich schwächlich gewirkt und so, als wollte ich mich für etwas entschuldigen. Gut, jetzt ist es zu spät. Was immer ich auch tue, am Ende werde ich dastehen wie ein Dummkopf. Glücklicherweise ist dieses Problem ein vergleichsweise kleines, und wenn dies der schlimmste Fehler ist, den ich im Verlauf des Tages begangen haben werde, meinetwegen.

Haremhabs Feldlager wirkte wenig gewinnend. Kein Pomp, keine Extravaganz, kein Nichts. Ein einfaches Armeelager in der Wüste, mehr nicht. Haremhab hatte schon immer einen deutlichen Widerwillen gegen Pomp jeglicher Art gehegt. Ich hingegen empfinde einen Riesenspaß dabei. Jeder, wie er mag.

Wir betraten das Lager ohne viel Zeremonie. Kein Trompetenklang, kein Trommelwirbel. Auch erwartete uns keine Ehrengarde. Aber erstens wußten sie gar nicht, daß wir kommen würden und konnten es wohl auch kaum ahnen. Und zweitens würde Haremhab, hätte er gewußt, daß es sich bei dem Gast um mich handelt, ohnehin keine Ehrengarde aufstellen lassen.

Als wir in das Lager einzogen, beäugte uns ein einzelner Soldat mit einem gelangweilten, gleichgültigen Gesichtsausdruck. Bis auf einen Lendenschurz und den Speer, auf dem er lehnte, war er völlig unbekleidet. Er war jedoch sehr muskulös, und seine Haut war von der Sonne fast schwarz gebräunt. Ein um seinen Kopf gewickeltes, handtuchähnliches Gebilde, das über seinen Nacken hing, bot etwas Schutz gegen die Sonne, aber nicht gerade viel. Er hatte tiefsitzende, buschige Augenbrauen, und sein vor Schweiß glänzender Körper war mit Narben übersät, von denen er einige sicherlich im Kampf und andere bei Schlägereien im Lager davongetragen hatte. Er stank.

Houy, mein Truppenkommandeur, bremste mit den Absätzen sein Pferd und galoppierte langsam auf ihn zu. »General Eje«, sagte er in scharfem Ton. »Er wünscht General Haremhab zu sprechen. Rufe die Wachposten. Der Kommandeur betritt das Feldlager.«

Der Mann schaute Houy etwas verdutzt an. Er war nicht ungehörig. Eher verblüfft. »Welche Wachposten?« wollte er wissen. Sein schleppender, schwerfälliger Akzent wies ihn als einen Nubier aus. »Ich bin hier der Wachposten. Ich allein. Und selbst das ist noch Zufall. Alle anderen sind draußen im Feld im Manöver. Mieser Tag für sowas. Aber jeder Tag hier draußen ist mies.«

Houy warf mir einen frustrierten Blick zu.

Ich lenkte mein Pferd hinüber zu den beiden. Mein Hinterteil fühlte sich an, als würde es in diesem Moment von Alligatoren zerbissen. »Ist schon in Ordnung, Houy«, sagte ich. »Ich kümmere mich schon selbst darum.«

Dann stieg ich ab, dankte allen Göttern, die wir Ägypter kennen, daß ich endlich vom Rücken dieses Pferdes herunterkam, und ging auf den Soldaten zu. »Ich bin General Eje«, knurrte ich in gebieterischem Ton. »Bring mich zu General Haremhab. Und zwar auf der Stelle, du erbärmliches Schwein.«

Nicht nur er, das ganze Lager war in meinen Augen erbärmlich. Wenn ich hier das Sagen hätte, wäre alles peinlich in Ordnung und erstrahlte in militärischem Glanz, das kann ich Ihnen versichern. Der Soldat musterte mich kurz. Es war völlig ausgeschlossen, daß er sich über meinen Rang nicht im klaren war. Dann salutierte er halbherzig. Wäre ich nicht so in Eile gewesen, hätte ich dieser lächerlichen Ausgabe eines Soldaten erst mal ordentlich den Marsch geblasen und ihm mit meinem Säbel einen Stoß in die Rippen versetzt. Doch fürs erste blieb mir nichts anderes übrig, als kopfschüttelnd meine Abscheu kundzutun. Im Schneckentempo führte er uns die staubige Straße des Lagers entlang zu einem großen Zelt, das eindeutig Haremhab gehörte.

Ich hatte Glück, daß Haremhab sich nicht bei seinen Truppen im Feld aufhielt. Ein oder zwei Stunden hätte es bestimmt gedauert, ihn dort ausfindig zu machen, und ich bezweifle sehr, daß ich es noch so lange auf dem Rücken eines Pferdes ausgehalten hätte.

Aufgrund dieses ganzen Firlefanzes, womit ein Trupp berittener Gardesoldaten so ausgerüstet ist, klirrten und klingelten wir so laut, daß Haremhab unser Herannahen sicherlich nicht verborgen geblieben war. Und als wir vor seinem Zelt anhielten, stand er auch schon am Eingang und lehnte sich wartend an einen Zeltpfosten.

Haremhab bot keinen sehr viel beeindruckenderen Anblick als die Wache, die uns hierher geführt hatte. Er trug weder Uniform noch Rangabzeichen und war bis zur Taille hinunter völlig nackt. Eine Art Kappe saß schräg auf seinem Kopf. Ein Stück Stoff, das er unter den Rand gestopft hatte, schützte sein Genick vor der brennenden Sonne. Er trug ein weites, formloses Kleidungsstück, das seine Beine bedeckte. Das war alles.

Aber auch jemand, der nicht wußte, wie Haremhab aussieht, hätte in diesem Moment trotzdem keine Sekunde daran gezweifelt, einem Kommandeur gegenüberzustehen. Der Mann verfügte über Präsenz, das muß ich leider zugeben. Er war von sehr massiger Gestalt, doch man konnte ihn nicht als fett bezeichnen. Haremhab war mindestens vier Ellen groß. Seine Augen lagen tief in seinem bärtigen Gesicht, das immer unwirsch und grimmig wirkte, so, als habe er noch nie in seinem Leben etwas erblickt, was ihn erfreut hätte. Der ganze Mann wirkte bedrohlich. Seine Nase war breit, und die Nasenspitze fehlte; sie war ihm in der Schlacht gegen die Syrer, die ich bereits erwähnte, abgesäbelt worden. Irgendwas an ihm erinnerte an ein Schwein – er gehörte definitiv nicht zu der Sorte Mensch, die man automatisch zu einem festlichen Abendessen einlädt –, aber ich kannte Haremhab gut, und wenn es jemanden gäbe, den ich mir in einer Schlacht an meiner Seite wünschte, dann wäre er es.

Sein Mut war legendär. Und ich würde ihn nicht schmälern wollen, denn er hatte diesen Ruf wirklich verdient. Es gibt niemanden auf dieser ganzen Welt, den ich weniger zum Feind haben möchte als ihn, und ich bedaure zutiefst die Umstände, die zu unserer jetzigen Feindschaft geführt haben. Trotzdem, was ist, ist.

Haremhab blickte mir voller Grimm und Mißfallen entgegen. Da er immer grimmig guckte, konnte ich diesen Blick leider nicht deuten.

Er warf einen Blick auf meine Garde. »Wie ich sehe, hast du deine weibischen Wächter mitgebracht«, knurrte er mit tiefer Verachtung in der Stimme. »Sie sehen ja leider nicht mehr so hübsch aus nach dem Ritt durch die Wüste. Und du hast auch schon besser ausgesehen, Eje.«

Haremhab machte eine Geste mit geballter Faust und ausgestrecktem Daumen. »Soldat«, bellte er und wies auf den Nubier, der uns empfangen hatte, »bring diese Mädchen« – dabei wies er auf meine Garde – »rüber zur Kantine und besorg ihnen etwas zu essen und zu trinken. Wenn sie fertig sind, frag den Quartiermeister, ob er in ihrer Größe nicht ein paar hübsche Kleidchen auf Lager hat.«

Das ging ja schon prima los. Runde eins war eindeutig an Haremhab gegangen. Er drehte sich wieder zu mir.

»Also, was willst du hier, Eje?« fragte er fordernd. »Hier gibt es nur richtige Soldaten. Es scheint ja wirklich dringend zu sein, wenn du diese kleinen Püppchen extra so schön ausstaffierst, um sie dann ganz schmutzig und staubig werden zu lassen. Wenn du nichts Besseres als diese Weiber auf die Beine stellen kannst, um Tut zu bewachen, dann tut er mir wirklich leid.«

Unter normalen Umständen kann ich mich gegen diese Art des Austeilens bestens wehren, aber diesmal biß ich mir auf die Zunge und nahm seinen groben Humor kommentarlos hin. Ich wollte ja tatsächlich etwas von ihm.

Als ich auf seine Provokationen nicht einging, grunzte er, und sein Gesicht nahm einen noch unangenehmeren Ausdruck an, was mir eigentlich kaum möglich erschienen war. »Gut, ich habe verstanden«, sagte er knapp. »Es geht wohl um diese Geschichte mit Tut und seinem Vater. Geschieht dir recht, Eje. Du warst schon lange fällig. Ich bin nur überrascht, wie lange Tut gewartet hat.« Er lachte, doch in seinem Lachen schwang wenig echte Freude mit. »Oh, wie werde ich dieses Schauspiel genießen! Du mußt also einen Mörder finden, den es gar nicht gibt, acht Jahre, nachdem der Mord gar nicht passiert ist, und das alles ohne Folter! Geschieht dir völlig recht«, sagte er noch mal. »Erinnerst du dich noch, als du diesen Sklaven in Pithom damals befohlen hast, Ziegel ohne Stroh herzustellen? Genau die gleiche Geschichte. Wer anderen eine Grube gräbt, fällt selbst hinein.«

»Das ist überhaupt nicht die gleiche Geschichte!« rief ich wütend und fuchtelte drohend mit meinem Finger vor seinem Gesicht herum. »Diese Hebräer, die waren wirklich fällig. Die schlimmsten Sklaven von ganz Ägypten, und glaube mir, wenn ich von einer Sache etwas verstehe, dann von Sklaven. Wenn man Sklaven etwas befiehlt, dann tun sie es. Sie sollen

Ziegel machen, gut, machen sie Ziegel. Bloß diese Hebräer nicht. Mit denen gab es ständig Ärger. ›Wie lang sollen die Ziegel sein? Wie breit? Welche Größe sollen sie haben? Welche Form? Welche Farbe? Wie viele? Bei uns haben wir das immer ganz anders gemacht. Das Stroh taugt nichts. Der Mörtel ist Mist. Die Sonne ist zu heiß dafür. Das Wasser ist zu warm. Unsere Decken sind zu dünn. Wie viele Stunden müssen wir eigentlich arbeiten? Unser Stamm hat die letzten Erdarbeiten gemacht, jetzt sind die Levi dran.‹ So ging das in einem fort.

Und außerdem sind sie einfach so anders. Diese Sieben-Tage-Woche, die sie haben. Haremhab, jetzt mal ganz ehrlich. Wie kann irgend jemand aus einer Sieben-Tage-Woche einen ordentlichen Kalender fabrizieren? Und zu allem Überfluß basiert ihrer auch noch auf dem Mond. Damit er funktioniert, müssen sie ständig zusätzliche Monate einfügen. Nach diesen ganzen Jahrhunderten hier in Ägypten sollte man doch annehmen können, sie hätten zumindest ein bißchen von unserem modernen Denken angenommen, aber nein!«

»Das war dein Problem, Eje, nicht meins. Bedanke dich bei Osiris dafür.«

»Ja!« rief ich und griff das Thema eifrig auf. »Das ist das nächste. Dieser Gott, den sie haben. Diese absurde Vorstellung, es gäbe nur einen Gott. Ganz im Ernst, ich glaube, da hatte Echnaton seine Idee her. Stell dir vor, die beten immer noch ihren Gott an, obwohl sie schon jahrhundertelang unsere Sklaven sind. Man sollte doch meinen, sie hätten irgendwann mal begriffen, daß der hier keine Macht hat. Und dann diese andere Geschichte. Das ist eigentlich unvorstellbar. Sie glauben doch tatsächlich, ihr Gott hätte den Männern befohlen, sich beschneiden zu lassen. Den Männern! Gut, wenn er das den Frauen befohlen hätte, das könnte ich ja noch verstehen. Frauen sind treulose Kreaturen, wenn überhaupt. Bei den Frauen macht Beschneidung durchaus Sinn – hält sie davon ab, fremdzugehen. Aber die Männer? Und dann auch noch freiwillig!«

»Na ja, falls sie mal weglaufen, haben wir es wenigtens mit der Identifizierung nicht so schwer, wenn wir sie wieder einfangen.«

»Völlig richtig, Haremhab, völlig richtig«, pflichtete ich ihm eifrig bei. »Man sollte doch wirklich meinen, daß sie wenigstens das in den ganzen Jahren gelernt hätten. Doch ganz im Gegenteil, sie tun sich das nach wie vor selbst an. Und dann«, jetzt hatte ich mich richtig für mein Thema erwärmt, »dann haben sie auch noch diesen frechen Anführer. Der fordert doch allen Ernstes, daß wir ihnen drei Tage freigeben sollen, damit sie in der Wüste feiern können. Behauptet, ihr Gott würde das so wollen. Drei Tage! Und zwar am Stück! Kannst du dir vorstellen, was passiert wäre, wenn wir seinem Antrag stattgegeben hätten? Jeder Sklave in Ägypten hätte sich darum gerissen, Hebräer zu werden!

Und das Allerschönste ist, daß ihr geisteskranker Führer den Pharao höchstpersönlich zu sehen forderte. ›Laßt mein Volk gehen!‹ schrie er ständig rum. ›Laßt mein Volk gehen!‹ Wohin denn, frage ich dich. Wohin? Irgendwann hatte ich so die Nase voll, daß ich dem Pharao sagte, wir sollten sie beim Wort nehmen. Das ist auch heute noch meine Meinung. Wir sollten sie irgendwo in die Wüste Sinai bringen oder sonstwohin. Die machen mehr Schwierigkeiten, als daß sie uns von Nutzen sind.«

»Ist das der Grund deines Kommens, Eje? Dich bei mir über die Hebräer zu beklagen?«

Haremhab hatte recht. Ich war irgendwie vom Kurs abgekommen. »Nein, ehrlich gesagt, Haremhab, es ist so, ich hatte gedacht – gehofft –, du wüßtest etwas, was mir bei der Lösung dieses Problemchens, das mir Tut beschert hat, helfen könnte. Irgend etwas. Alles könnte im Moment sehr hilfreich sein. Selbst den kleinsten Hinweis würde ich sehr zu schätzen wissen.«

Haremhab blickte mir direkt in die Augen. »Mögen die Götter dir den Kopf abreißen«, sagte er mit kalter Stimme.

Ich interpretierte Haremhabs Fluch dahingehend, daß er offenbar nicht bereit war, die Geschehnisse der Vergangenheit auf sich beruhen zu lassen. Aber nun hatte ich extra diesen weiten Weg gemacht, und so wollte ich zumindest versuchen, nicht mit völlig leeren Händen wieder in meinen Palast zurückzukehren.

»Haremhab, hör zu«, antwortete ich mit bittender Stimme. »Ich weiß, daß du verärgert bist über diese neue berittene Garde im Palast. Aber du hättest an meiner Stelle genau das gleiche getan, und das weißt du auch. Wir stehen in Wirklichkeit auf der gleichen Seite, ob uns das nun gefällt oder nicht. Tut merkt langsam, welche Macht er besitzt. Das ist dir garantiert auch aufgefallen. Wir sind jetzt wie lange Ko-Regenten? Sieben Jahre? Acht Jahre? Wenn wir nicht zusammenarbeiten, sind diese Zeiten bald vorbei. Und zwar für uns beide. Ich bin lediglich sein erstes Opfer. Wenn er mich aus dem Weg geräumt hat, bist du dran.«

»Achtung, Eje«, warnte er mich brüsk. »Das klingt ja fast nach Hochverrat.« Gibt es auch niederen Verrat? Aber ich hütete mich, diesen Gedanken auszusprechen. Haremhabs Sinn für Humor war nicht gerade leicht einzuschätzen.

Statt dessen fuhr ich einfach fort: »Hör mal, ich schlage doch hier keinen Staatsstreich vor. Wir haben uns beide an die Macht gewöhnt, und ich weiß, daß sie keiner von uns freiwillig aufgeben würde. Aber du hast doch Tut aufwachsen sehen, so wie ich. Und? Gefällt dir, was du siehst? Es gibt solche und solche Pharaonen, aber wenn du mich fragst, dann wird Tut mal so verrückt wie sein Vater. Er hat nämlich neulich – Haremhab, ich schwöre, das ist mein voller Ernst – ein paar Dinge gesagt, die mich fürchten lassen, daß er vielleicht sogar diesen lächerlichen Atonkult wieder einführen will, mit dem Echnaton Ägypten fast in den Ruin geführt hat.«

Das nahm Haremhab ernst. »Ich hoffe, du lügst mir hier nicht was vor, Eje«, sagte er in bestimmtem Ton. »Aber immerhin bist du ständig im Palast. Meinst du wirklich, es ist so?«

»Ja, Haremhab«, sagte ich mit aller Aufrichtigkeit, die ich in diesem Moment aufbringen konnte. »Es stimmt wirklich. Ganz ehrlich.« Natürlich log ich. Tut hatte nicht die geringste Neigung gezeigt, Aton wieder einführen zu wollen. Ganz im Gegenteil. Doch ich brauchte irgend etwas, um Haremhabs Aufmerksamkeit zu bekommen. Etwas Besseres war mir in der kurzen Zeit nicht eingefallen.

»Ich dachte, daß wir das mit Echnatons Tod endgültig hinter uns gelassen hätten.« Ich konnte beinahe sehen, wie die Gedanken in Haremhabs Kopf herumwirbelten. »Ägypten kann so etwas kein zweites Mal ertragen. Welcher Mann, der seine fünf Sinne beisammen hat, kann sich allen Ernstes zu dieser Idee versteigen, es gäbe nur einen Gott? Wer kann tatsächlich glauben, daß der Gott des Tages auch die Nacht beherrscht?«

»Genau!« pflichtete ich in ernstem Ton bei. »Und wer wäre wirklich so verrückt zu glauben, daß der Gott des Guten gleichzeitig auch der Gott des Bösen ist?«

»Stimmt.« Haremhab nickte. »Stimmt völlig. Und könnte der Gott des Überflusses auch der Gott der Hungersnot sein?«

»Lächerlich! Da kann man ja gleich glauben, der Gott des Friedens und der Gott des Krieges seien ein und derselbe.«

»Oder der Gott des Lebens und der des Tods.«

»Oder Licht und Schatten«, ergänzte ich.

»Gesundheit und Krankheit.«

»Stille und Lärm.«

»Wahrheit und Lüge.« Ich war ganz überrascht, wie gut Haremhab bei diesem Spielchen war.

»Links und rechts!« rief ich. »Oben und unten! Drinnen

und draußen!« Haremhab warf mir einen eisigen Blick zu. Ich war plötzlich so gefesselt von dieser Sache gewesen, daß ich viel zu weit gegangen war.

»Gut«, sagte ich schnell, bevor er vor Wut explodieren konnte, »du verstehst jedenfalls, was ich sagen will. Wir können es einfach nicht riskieren, daß erneut ein Pharao den Versuch unternimmt, den Atonkult wieder aufleben zu lassen. Das haben wir hoffentlich für immer hinter uns. Alles, was ich von dir will, ist etwas Kooperation, der alten Zeiten zuliebe. Ich plane keinen Hochverrat. Ich habe nicht vor, den Pharao zu stürzen. Noch nicht, jedenfalls. Für meine Begriffe sind wir von Natur aus Verbündete, und wir können es uns nicht leisten, von Tut nacheinander abserviert zu werden. Das mußt du doch auch sehen. Wenn es ihm jetzt gelingt, mich loszuwerden, kannst du sicher sein, daß er die Kavallerie jemandem übergibt, der voll unter seinem Pantoffel steht. Und vergiß nicht, ich bin ein Verwandter von ihm. Zumindest ein angeheirateter. Das bist du nicht. Wenn er also schon bereit ist, sich meiner zu entledigen, was für Chancen hast du dann noch bei ihm? Wenn er die Kavallerie erst auf seiner Seite hat und dir dann befiehlt zurückzutreten, was kannst du dann noch tun? Willst du vielleicht einen Bürgerkrieg anzetteln? Aus welchen Gründen? Denk mal darüber nach, Haremhab. Ich bitte dich wirklich nicht um viel. Vielleicht gibt es ohnehin nichts, womit du mir helfen kannst.«

Haremhab dachte tatsächlich darüber nach. »Wir haben schon ein paar gute Zeiten zusammen erlebt, oder?« sagte er dann, und man merkte, daß er sich etwas entspannte. Ich atmete auf. »Kannst du dich noch an den Feldzug in Nubien erinnern? Die Schlacht unten am ersten Katarakt, unten bei Abu Simbel? Bei Anubis, das war wohl das schrecklichste Land, in dem ich je gekämpft habe. Fast die Hälfte der Armee verloren wir durch Krankheiten und diese schrecklichen, giftigen Insekten, und da hatten wir noch keinen einzigen

Kampf ausgefochten. Ich wundere mich wirklich, daß wir nicht nur überlebt, sondern auch noch gewonnen haben.«

»Ja«, sagte ich und entspannte mich nun ebenfalls. »Tja, das waren noch Zeiten. Gute Zeiten. Damals waren wir noch jung, du und ich. Damals war ich noch Soldat, ein richtiger Soldat, ein Kämpfer. Das vermisse ich alles sehr. Du hast Glück, Haremhab, hier draußen in der Wüste zu sein, weit weg vom Palast, weit weg von allen Intrigen, allen Dolchstößen, der ganzen Korruption. Du bist hier draußen bei ehrlichen Soldaten, guten, soliden Männern, die dir gegenüber loyal sind. Stinken tun sie allerdings auch. Ich weiß, daß Wasser hier draußen knapp ist, aber habt ihr keinen Weihrauch oder etwas Ähnliches hier im Lager? Oder andere Duftharze? Irgendwas?«

Haremhab lachte los und schlug mir vergnügt zwischen die Schulterblätter. »Ich kann nicht glauben, wie verweichlicht du geworden bist, Eje. Du wirst wohl doch alt. Damals bei Abu Simbel hast du genauso gestunken wie alle anderen und hast dich auch nicht darüber aufgeregt.«

Stimmt. Aber das war damals, und jetzt ist jetzt. Und diese ganze Konversation hatte mich bislang keinen einzigen Schritt weitergebracht. »Haremhab, hör zu«, bettelte ich, wobei ich versuchte, das Betteln in meiner Stimme nicht hörbar werden zu lassen, »mir bleibt nicht viel Zeit. Wenn du etwas weißt, das mir vielleicht helfen könnte, irgend etwas, dann liegt es nicht nur in meinem, sondern auch in deinem Interesse, es mich wissen zu lassen. Ich muß dich noch einmal daran erinnern, daß wir beide voneinander abhängig sind, aber zusammen bilden wir ein starkes Gegengewicht zu Tut. Überlege dir gut, was passiert, wenn ich nicht mehr da bin und Tut seinen Machtgelüsten freien Lauf lassen kann.«

Ich konnte es Haremhab an den Augen ablesen, daß er diese Frage ernsthaft durchdachte. »Es ist alles so lange her«, sagte er dann.

»Acht Jahre.«

»Acht Jahre sind eine lange Zeit. An eine Sache kann ich mich allerdings erinnern. Vielleicht hat es etwas zu bedeuten, vielleicht auch nicht. Ungefähr einen Monat vor Echnatons Tod kam Aanen zu mir und fing plötzlich ein eher privates Gespräch an. Ich weiß noch, wie überrascht ich war, denn Aanen ist ebensowenig wie ich der Typ für so etwas. Jedenfalls, nachdem er eine Weile Konversation gemacht hatte – mir kam es wie Stunden vor, aber vielleicht waren es auch nur zehn Minuten –, ließ er plötzlich eine sehr direkte Bemerkung fallen, daß es vielleicht besser für Ägypten sei, wenn ein anderer Pharao auf dem Thron säße. Ich habe nicht darauf reagiert, und er hat die Sache daraufhin nicht weiter verfolgt. Keine Ahnung, ob das etwas zu bedeuten hat. Ich meine, fast jeder war doch der Meinung, Ägypten könnte dringend einen neuen Pharao gebrauchen. Aber gut. Vielleicht hilft es dir ja.«

»Aanen hat das gesagt?« fragte ich neugierig. »Aanen, der Hohepriester?«

»Natürlich Aanen, der Hohepriester, du Idiot!« platzte Haremhab heraus. »Welchen anderen Aanen sollte ich wohl meinen?«

Ich konnte es absolut nicht ausstehen, wenn er so mit mir sprach. Er mußte doch nicht gleich so geizt reagieren. Es gab schließlich mehr als einen Aanen in Ägypten. Doch unter den gegebenen Umständen mußte ich meine Zunge im Zaum halten und mir eine passende Antwort verkneifen. Nach einer würdevollen Pause sagte ich dann: »Ich danke dir für diese Auskunft, Haremhab, wirklich, vielen Dank. Gibt es vielleicht noch etwas, woran du dich erinnerst?«

Haremhab überlegte kurz. Dann schüttelte er den Kopf. »Im Moment nicht. Wenn mir noch etwas einfällt, schicke ich dir einen Brief.«

»Aber mit einem Schnellkurier. Ich habe nicht mehr viel Zeit.«

»Das hast du oft genug betont.«

Ich holte tief Luft, wartete einen Moment, und dann wagte ich eine weitere Frage. Ich mußte es einfach tun, auch wenn ich mir dabei absolut lächerlich vorkam.

»Haremhab, ich muß dich noch etwas fragen. Diese Frage geht nur uns beide etwas an. Ich garantiere dir, ich werde mit dieser Information nichts anfangen können, denn wir sind hier ganz allein. Es gibt also keine Zeugen. Also, warst du es möglicherweise, der Echnaton umgebracht hat?«

Haremhab lachte so lange, bis ich anfing zu befürchten, sein Gesicht würde gleich blau anlaufen. Er hielt sich die Seiten, während Tränen sein Gesicht herunterliefen. »Eje«, japste er zwischen weiteren Lachsalven. »Eje, sieh mich an. Steht mir vielleicht die Hieroglyphe für ›dämlich‹ auf der Stirn geschrieben?«

9 Dritter Tag – Am späten Nachmittag

Die Rückkehr nach Theben gestaltete sich noch wesentlich schlimmer als die Reise zu Haremhabs Lager. Zum einen war ich entmutigt. Was hatte ich denn schon Wichtiges in Erfahrung bringen können? Äußerst wenig. Eher gar nichts. Zum anderen war ich für diesen kleinen und möglicherweise völlig wertlosen Hinweis gezwungen gewesen, mich vor diesem Mann zu erniedrigen.

Und zu allem Überfluß machte mein entzündetes Hinterteil aus der Reise durch vierzig Meilen Wüstensand eine nie enden wollende Strapaze. Hätte ich die Zeit gehabt, wäre ich über Nacht in Haremhabs Feldlager geblieben, doch leider konnte ich mir solchen Luxus nicht leisten. Auf jeden Fall war ich nicht in der Lage, den ganzen Weg zurück zu Pferde durchzustehen, und ließ daher einen Streitwagen kommen. Das würde die Heimreise zwar etwas verzögern, aber es ließ sich nicht anders machen. Ich versicherte mich, daß Haremhab außer Sichtweite war, als ich das Gefährt bestieg – was ich heute von ihm an Hänseleien hatte einstecken müssen, reichte mir.

Leider waren auch meine Füße nicht in bester Verfassung, obwohl sie täglich von meinem Fußpfleger pedikürt werden. In einem Streitwagen steht man logischerweise die ganze Zeit, und nach einigen Stunden taten mir die Füße genauso weh wie meine Hämorrhoiden. Alles in allem war es mir durchaus schon mal besser gegangen.

Plötzlich und völlig unerwartet – ich dachte natürlich gerade an etwas ganz anderes als ans Wagenlenken – machte der Streitwagen einen heftigen Ruck und warf mich unfein zu Boden. Die Pferde scheuten und gingen dann mit dem kaputten Wagen durch. Fast vierzig Ellen weit schleiften sie ihn durch den Sand, bis sie endlich zum Stehen kamen. Glücklicherweise hatte ich mir bei dem Sturz auf den weichen Sand nichts getan, denn solche Unfälle können böse ausgehen.

Ich rappelte mich auf und bürstete mir den Sand von der Uniform. Aber das half nicht viel, denn mittlerweile war ich ohnehin von Kopf bis Fuß in Sand gebadet, da machte ein wenig zusätzlicher Sand auch keinen großen Unterschied mehr. Etwas hinkend ging ich zu meiner Karosse und begutachtete den Schaden. Ein Rad war gebrochen. Das war Pech. Aber ich hatte zum Glück Vorsichtsmaßnahmen getroffen und ein Ersatzrad und weitere Achsen mitbringen lassen. Es würde zwar etwas Zeit kosten, den Wagen zu reparieren, doch meine Männer waren Experten darin, und so würde uns die Sache hoffentlich nicht zu lange aufhalten. Vielleicht hätte ich auf der Hinfahrt schon das gleiche tun und mit dem Streitwagen anstelle des Pferdes reisen sollen, doch da ich überhaupt nicht hatte einschätzen können, ob Haremhab in seinem Lager davon Wind bekommen würde, und ich außerdem nicht wußte, wieviel Zeit wir dadurch verlieren würden, hatte ich es vorgezogen, mein Gesäß dem Wohle meines Landes zu opfern.

Während das Rad des Streitwagens an der Achse befestigt wurde, blickte ich noch einmal in die Richtung, aus der wir gekommen waren. Vor Schreck blieb mir fast das Herz stehen. Vor uns war der Himmel hell und klar. Die Sonne brannte herunter, kein Wölkchen war zu sehen. Hinter uns jedoch war völlige Dunkelheit. Eine schwarze Wand – um genauer zu sein, eine dunkelgraue – und Dunkelheit, völlige Dunkelheit. Trotz dieser unglaublichen Hitze, die in der Wüste herrscht, spürte ich, wie meine Haut kalt und feucht wurde. Einige meiner Männer hatten es nun auch gesehen. Das Weiße in ihren Augen, das schon jetzt aus den sandverkrusteten Gesichtern leuchtete, wurde noch größer, noch weißer. Ihre sprachlose Furcht übertrug sich auf ihre Kameraden, die sich einer nach dem anderen umdrehten und sahen, was wir gesehen hatten.

Einige Augenblicke starrte ich auf diese dunkle Wand, regungslos vor Entsetzen und gelähmt vor Furcht, genauso wie der einfachste meiner Soldaten. Die Wand bewegte sich unaufhaltsam auf uns zu, und obwohl wir beritten waren, bestand nicht die geringste Möglichkeit, ihr zu entkommen. Als die dunkle Masse näher kam, hörten wir sie heulen und kreischen. Sollte ich je den unerbittlichen Fluch eines rächenden Gottes gehört haben, so war es an diesem Tag mitten in der Wüste.

Die Hand eines Gottes – um welchen es sich handelte, konnte ich weder wissen noch erraten, aber auf jeden Fall eine göttliche Hand – wollte nach mir greifen und mich ohne Mitleid als Namenlosen im Wüstensand begraben. Und es gab nichts, was ich dagegen tun konnte. Mein Verstand hörte auf zu funktionieren. Wenn ich hier begraben würde, als Unbekannter, als Namenloser, dann würde es für mich kein Haus der Ewigkeit geben. Keine Gaben und Wertgegenstände, die mir das Leben in der nächsten Welt erleichtern würden. Wie der armseligste Sklave würde ich ganz einfach aufhören zu existieren. Ich, Eje, der Großwesir von Ägypten; Eje, der über Leben und Tod entscheiden kann; Eje, dessen Palast so viele Reichtümer birgt, daß man sie unmöglich alle erfassen kann. Ausgerechnet mir würde ein solches Schicksal widerfahren. Der Gedanke, daß so etwas überhaupt möglich sein sollte, war mir vorher noch nie gekommen. Aber jetzt, wo sich die heulende und pfeifende Wand tosend auf uns zubewegte, war es der einzige, den ich überhaupt noch hatte. *(Anmerkung des Übersetzers: Ich fürchte, es ist mir nicht gelungen, die Angst, die Eje in diesem Moment gespürt hat, in ihrem ganzen Ausmaß zu vermitteln. Im Gegensatz zu unseren freudlosen religiösen Vorstellungen glaubten die Ägypter ziemlich fest daran, daß man eben doch etwas mit ins Jenseits nehmen kann. Zumindest wenn man mächtig und vermögend ist. Ihre aus-*

geklügelten und üppig ausgestatteten Grabmäler waren entsprechend mit allem, was für ein langes und angenehmes Weiterleben erforderlich war, ausgestattet. Aber um diese angenehme Existenz im Jenseits für sich in Anspruch nehmen zu können, mußte vorher alles genau nach festgeschriebenem Ritual verlaufen, und das Haus der Ewigkeit mußte perfekt vorbereitet und eingerichtet sein. Während Eje also diese übernatürliche Wand der Dunkelheit vor sich sah, die im Begriff war, ihn völlig zu verschlucken, versetzte ihn sein Aberglaube in verständliche Panik.)

Wer unter meinen Feinden besaß so viel Macht? Wer unter ihnen könnte diese schreckliche Erscheinung beschworen haben, um mich so vernichtend zu schlagen? Welche Art von Magie spielte dabei eine Rolle? Welche Zauberformeln wurden gesprochen, welcher Gott bestochen, um mir dieses schreckliche Ende an den Hals zu wünschen, mir und den armen Männern, die mich begleiteten?

Ich war völlig hilflos. Gleichzeitig wußte ich, daß ich irgend etwas unternehmen mußte, selbst wenn mein Handeln im Angesicht göttlicher Rache notwendigerweise recht überflüssig wirken mußte. Es war der gefürchtete Kamsin, der sich vor uns aufbaute, der gefürchtete Wüstensturm, der alles, was sich in seinem Weg befand, zerstören und begraben würde. *(Anmerkung des Übersetzers: Ich habe hier das aus dem Arabischen stammende Wort verwendet. Eje bezeichnete den Sturm natürlich mit einem ägyptischen Namen, doch »Kamsin« ist uns heute eher ein Begriff.)*

Aber plötzlich gewann ein anderes Gefühl die Oberhand. Wut. Wenn ein Feind mir mit einem Zauberspruch diesen Kamsin geschickt hatte, um mich zu vernichten, gut, das konnte ich verstehen. Ich hatte mich selbst schon einiger Feinde entledigt, allerdings ohne Magie und Zaubersprüche. Aber wer immer mein Feind auch sein mochte, er hatte kein Recht, meine Männer ebenfalls zum Tode zu verurteilen. Besonders nicht diese Männer, die besten, die Blüten meiner Kavallerie.

Es war dieser Gedanke, der mich plötzlich aktiv werden ließ, mich aus meiner lähmenden Lethargie riß, die zweifelsohne mein Ende bedeutet hätte – das Ende von uns allen.

Zwar hatte ich keine Ahnung, ob das, was ich noch tun konnte, in irgendeiner Weise helfen würde, besonders, da ich den Gedanken nicht abschütteln konnte, dieser Kamsin sei der Racheakt eines Gottes, denn dann wäre ohnehin jeder Versuch zum Scheitern verurteilt. Doch ich mußte es versuchen. Wenn ich schon sterben sollte, dann wollte ich den Tod zumindest nicht einfach passiv hinnehmen.

Die Situation, in der wir uns befanden, hätte nicht schlimmer sein können. Unsere Reise zu Haremhab war als Tagesausflug geplant gewesen. Wir hatten weder Zelte noch Vorräte, abgesehen von etwas Wasser und Nahrung, die jeder einzelne bei sich führte. Wir besaßen nichts, was uns gegen das Losbrechen dieses Sturms, der mit verheerender Kraft auf uns niederkommen würde, schützen konnte. Und auch wenn ich langsam meine anfängliche Panikstimmung zu überwinden begann, so konnte ich doch aus einem Blick auf meine Männer schließen, daß sie weit davon entfernt waren. In ihren Gesichtern las ich blankes Entsetzen. Ich fühlte mich furchtbar schuldig. Sie bauten auf mich als ihren Anführer, und ich war so mit mir selbst beschäftigt, daß ich ihnen in keinster Weise beistand.

»Houy!« schrie ich. »Wir haben keine Zeit zu verlieren. Dreht den Streitwagen um und bindet die Pferde daran fest. Sofort!«

Houy blickte mich verwundert an. Sein gegerbtes Gesicht war angstverzerrt, seine Augen starrten voller Furcht auf die sich zügig nähernde schwarze Mauer aus Sand. Sie war inzwischen vermutlich auf weniger als tausend Schritt herangekommen.

»Los!« schrie ich wieder. »Es geht um Sekunden. Der Streitwagen wird die Pferde festhalten, und wir können hinter ihnen Schutz suchen. Wir nehmen sie als Windschutz.«

Houy starrte mich unverwandt an, bewegte sich aber keinen Zoll breit. Panik hatte völlig von ihm Besitz ergriffen, ein Zustand, für den ich durchaus Verständnis hatte. Auf dem Schlachtfeld war Houy genauso tapfer wie jeder andere, aber das hier war etwas anderes. Jeder wußte, was es bedeutete, von einem Kamsin überrascht zu werden, ihm in der Wüste schutzlos ausgeliefert zu sein, ohne Zelte, ohne Proviant. Aber wir konnten keine Zeit mehr verlieren, und meine Geduld war am Ende.

Ich riß mein Schwert aus der Scheide und schlug ihm mit der flachen Seite auf die Rippen. »Du bist der Führer dieses Zugs, Houy!« Meine Stimme klang furchterregend. »Verhalte dich entsprechend, oder ich schwöre bei Osiris, daß ich dich erschlagen werde, bevor der Sturm dich ins Grab bringt.«

Das wirkte. Er zog sein eigenes Schwert und bedeutete damit gestikulierend den Männern, den Wagen umzudrehen. Houy war nicht nur tapfer, sondern auch intelligent. Jetzt, wo ich meinen Verstand wiedergefunden hatte, reagierte er darauf wieder ganz wie der herausragende und tapfere Soldat, als den ich ihn kenne. Mit bemerkenswerter Schnelligkeit brachte er den Zug auf Trab. Es war unmöglich, alle Pferde am Wagen anzubinden. Sie leinten jedoch so viele wie möglich an, banden die restlichen Pferde an den anderen fest und arrangierten die Tiere so zu einer kompakten Masse rund um den umgekippten Streitwagen. Das war zumindest ein Anfang.

Ich riß einen langen Streifen aus meiner ehemals prächtigen, goldgewirkten Tunika und band ihn mir um Mund und Nase. Houy signalisierte ich, er und seine Männer sollten das gleiche tun. Der Sturm hatte uns fast schon erreicht, und sein

Heulen machte es beinahe unmöglich, noch irgendwelche Kommandos zu verstehen.

»Wir machen die Schildkröte!« schrie ich, so laut ich konnte. »Formiert eure Schilde zu einer Wand. Treibt sie so tief in den Sand, wie ihr nur könnt. Zwanzig in den Boden und zwanzig darüber in einer zweiten Reihe. Schnell! Sofort! Wir haben keine Zeit mehr!«

Meine Männer waren gut ausgebildet. Sie kannten das Schildkrötenmanöver, und binnen Sekunden hatten sie aus ihren Schilden eine Mauer gegen den Sturm errichtet. Hinter ihr verschanzten sich die Männer, klebten ganz eng an den schützenden Schilden, während sich die Muskeln dehnten, um der ganzen Kraft des Sturmes, der jede Sekunde über uns losbrechen würde, standzuhalten. Bei allen Göttern Ägyptens, ich war stolz auf meine Jungs. Für ihre anfängliche Panik konnte ich ihnen keinen Vorwurf machen – ich wäre ihr schließlich auch beinahe erlegen. Aber kaum daß ich meinen Verstand wiedergefunden hatte, reagierten auch sie wieder mit der für sie typischen Disziplin. Sie waren Soldaten Ägyptens, und keinem Mann kann man ein höheres Lob zollen.

Ich hatte noch nie einen Kamsin miterlebt. Zwar hatte ich davon gehört, doch nichts hatte mich auf das, was jetzt folgten sollte, vorbereitet. Allein das Geräusch des Kamsins war überwältigend. Tausende von dunklen Dämonen schrien und heulten. Ich spitzte die Ohren, um vielleicht Wortfetzen oder einzelne Worte aufschnappen zu können, um zu lauschen, ob da ein Gott meinen Namen rufen würde, aber ich hörte nichts als den Wind. Das Geräusch wurde unerträglich, doch wir mußten es aushalten, mußten uns darauf konzentrieren, den Damm aus Schilden gegen den einbrechenden Sturm zu stemmen. Es war kein Denken daran, uns die Ohren zuzuhalten. Alles, was wir tun konnten, war, die Augen zu schließen. Trotz des Schutzes, den uns die Pferde, die

Schilde und der Streitwagen boten, scheuerte der Sand bereits an unseren Gesichtern, unseren Armen und Beinen und an jedem anderen Körperteil, der nicht bedeckt werden konnte. Der Wall bot nur unzureichenden Schutz. Gnadenlos drückte der Wind den Sand in jede noch so kleine Ritze zwischen den Schilden. Und wenn der Arm eines Mannes auch nur den Bruchteil einer Sekunde erlahmte, brach eine neue Sandflut über uns herein.

Wie lange würden wir aushalten können? Erst wenige Minuten waren vergangen, und doch war der Schmerz in meinen Muskeln bereits unerträglich. Der Sturm schickte sich an, uns zu überwältigen, und baute dabei Sandmauern hinter unseren Schilden auf. Das Gewicht des Sandwalls und die unglaubliche Kraft des Windes machte es schwieriger und schwieriger für Muskeln und Sehnen, dem Sturm zu widerstehen.

Ich versuchte, die Hoffnung nicht aufzugeben. Wir hatten ungefähr die Hälfte des Weges nach Theben zurückgelegt, als uns der Sturm überraschte. Es war später Nachmittag. Noch eine Stunde, und die Sonne würde untergehen. Und dann würde auch der Kamsin aufhören. Zumindest sollte er das tun. Falls er ein normaler Sturm war. Wenn dieser Sturm aber magischen Kräften entsprungen war, gab es keinen Grund anzunehmen, ein simpler Sonnenuntergang würde ihm ein Ende setzen.

Um den Hals trug ich ein Amulett, einen Skarabäus, den ich als Kind von meiner Mutter bekommen hatte. Auch er besaß magische Fähigkeiten, so hatte es meine Mutter hoch und heilig geschworen, und bislang hatte ich es eigentlich auch geglaubt. Mit frenetischer Inbrunst und aus tiefstem Herzen betete ich nun zum Gott dieses Amuletts, betete darum, daß seine Macht die der Magie dieses Kamsins brechen würde, und wenn das nicht möglich wäre, ihn doch wenigstens zu einem harmlosen Kamsin zu machen, der zusammen mit dem

Licht der Sonne wieder verschwindet. Ich hätte sehr gerne das Amulett berührt, um meinen Gebeten noch größere Kraft zu verleihen, doch meine Arme und mein Körper waren vollauf damit beschäftigt, mein Schild gegen die Massen von Wind und Sand zu drücken.

Wir hielten aus. Der Sturm warf sich mit übernatürlichen Kräften gegen unsere lächerliche Barrikade, und wir hielten ihm stand. Für wie lange? Fünfzehn Minuten? Eine halbe Stunde? Keine Ahnung. Aber wir waren nur Menschen und hatten nur menschliche Kräfte. Immer höher wuchs der Sand und damit auch sein Gewicht. Wir hatten das Ende unserer Kräfte erreicht. Unsere Hälse schrien nach Wasser, unsere Münder waren ausgetrocknet und trotz der schützenden Tücher voller Dreck und Sand. Selbst wenn wir die Augen hätten öffnen können, gesehen hätten wir trotzdem nichts. Wir waren in einer heulenden, dunklen, sich drehenden Masse eingeschlossen. Wenn wir uns doch nur ein paar Meter zurückziehen könnten, ohne zugleich die Schildermauer aufzulösen, um uns von dem Gewicht des Sandes zu befreien, der wohl jeden Moment über uns hereinbrechen würde! Aber es war sinnlos, diesen Befehl zu erteilen, da ihn keiner der Soldaten hören würde. Und selbst wenn sie ihn gehört hätten, wären wir in unserer geschwächten Lage gar nicht mehr dazu fähig gewesen.

Im Grunde war sowieso alles egal. Das Ende war unvermeidlich. Es war ein einzelner Soldat, der schließlich der Wucht des Sturmes nicht mehr standhalten und seinen Schild nicht mehr gen Himmel pressen konnte. Es war einfach zu schwierig für ihn geworden, ohne Einsatz seines ganzen Körpergewichts den Schild nach oben zu drücken. Sein Schild ruckelte, bewegte sich und brach weg. Und das reichte schon, diese einzige Lücke. Unser ganzer Wall brach im Handumdrehen zusammen. Der Sand, der sich dahinter angesammelt hatte, verschluckte uns. Jegliche Disziplin war verschwunden. Instinktiv riß ich meinen Schild über den Kopf, als ich auch schon unter Bergen von Sand begraben wurde.

10 Dritter Tag – Am Abend

Noch nie in meinem Leben hatte ich eine so unbeschreibliche Angst gefühlt. Ich wußte, daß ich sterben mußte. Ich spürte das enorme Gewicht des Sandes auf mir lasten. Mein Körper war völlig geschwächt, meine Kräfte waren aufgezehrt. Ich kämpfte nicht mehr, ich wurde lethargisch. Ich bin kein junger Mann mehr; meine Muskeln und Sehnen sind schon seit langem nicht mehr an schwere körperliche Anstrengungen gewöhnt und versagten nun einfach den Dienst. Der über mir hereinbrechende Sand begrub mich fast bis zu den Nasenlöchern. Es schien plötzlich so verlockend, einfach aufzugeben, die Niederlage einzugestehen, nicht mehr zu kämpfen und das, was nun geschehen sollte, widerstandslos geschehen zu lassen.

Doch mit der Lebenskraft ist das eine merkwürdige Sache. Ich war zu erschöpft, um weiterzuleben, aber zugleich auch zu stur, um zu sterben. Und außerdem zu neugierig. Trotz meiner völligen Erschöpfung wollte ich nicht sterben, bevor ich nicht die Antwort auf die Fragen, die mich im Moment so beschäftigten, erhalten hatte. Und was noch viel wichtiger war, ich war einfach nicht bereit, meine letzte Ruhestätte hier mitten in der Wüste zu finden, nicht jetzt, wo mein Haus der Ewigkeit fast schon fertiggestellt war. Es würde leer bleiben, wenn ich hier sterben würde. Dafür hatte ich einfach zu lange gelebt, um einen solch anonymen Tod hinnehmen zu können, um auf die Freuden des Lebens nach dem Tod, das ich mir mit großem Reichtum würde ausstatten können, zu verzichten. Aber dazu müßte ich eben in meinem eigenen Grabmal bestattet werden. Ich hatte nicht vor, das alles so leicht aufzugeben. Nicht, solange ich mich noch irgendwie dagegen wehren konnte.

Ich mußte unbedingt in Erfahrung bringen, wer dieser Feind war, der die Macht besaß, einen Kamsin losbrechen zu lassen. Und bevor ich das nicht wußte, würde ich einfach nicht sterben. Ich sammelte allen meinen Willen, denn nichts sonst war mir noch geblieben, nachdem mir die Kraft abhanden gekommen war und zwang mich aufzustehen und mich aus diesem Berg Sand, der mich zu verschlucken drohte, zu befreien. Der Wind heulte unvermindert weiter, mein Körper war ihm schutzlos ausgesetzt, und der Sand scheuerte schmerzhaft an meiner Haut. Ich konnte nicht länger atmen. Der Sand hatte meine Nasenlöcher völlig verstopft, und das Atmen durch den Mund war eine einzige Quälerei. Ich durfte es keinesfalls wagen, die Augen zu öffnen, denn der Sand würde sie sofort zu glatten Kieseln polieren.

Mein Instinkt sagte mir, dem Sturm den Rücken zuzukehren. Aber das würde den sicheren Tod bedeuten. Irgendwie wußte ich, daß ich mich zwingen mußte, nach vorne zu gehen, direkt in den Sturm hinein. Stehen war unmöglich. Ich fand die Kraft, wie, weiß ich nicht, mich aus dem Sandberg zu befreien, der mich unter sich begraben hatte und rollte mich mit fest zusammengekniffenen Augen direkt in den Sturm hinein. Es war meine einzige Chance. Irgendwo dort draußen, nur wenige Meter entfernt, lag die umgekippte Karosse mit den angeseilten Pferden. Wenn es mir gelänge, den Wagen zu erreichen, sei es mit Glück oder mit Hilfe des Amuletts, dann könnte ich vielleicht dort Schutz suchen, und wäre er auch noch so klein.

Ein paar Meter, das klingt wenig, aber versuchen Sie das mal inmitten eines heulenden Sandsturms, wenn Ihr Körper schon einen völligen Erschöpfungszustand erreicht hat, Ihr Gehirn wie gelähmt ist, Ihr Hals ausgedörrt und verklebt und Ihr Wille zu überleben nichts als ein letztes Aufflackern. Versuchen Sie es, wenn Ihre Muskeln Ihnen nicht mehr gehorchen und Sie nicht einmal Luft holen können, ohne daß eine Ladung Sand in Ihren Hals gelangt. Empfehlen kann ich es Ihnen jedenfalls nicht.

Wie lange ich brauchte, weiß ich nicht. Es erschien mir jedenfalls wie eine Ewigkeit. Vielleicht waren es zehn Minuten, vielleicht etwas mehr. Jede Drehung meines Körpers erforderte eine übermenschliche Anstrengung. Bis heute weiß ich nicht, woher ich die Kraft dazu genommen habe. Oder den Willen. Endlich, nachdem ich den Mut wirklich fast aufgegeben hatte, stieß ich bei einer weiteren Drehung an etwas Festes. Es war ein Pferd, das zur Seite ausgestreckt lag. Es war tot. Drei Viertel des Tieres waren bereits von Sand bedeckt. Ich ertastete mit der Hand seine Konturen. Offenbar war ich irgendwo bei den Vorderbeinen gelandet. Mit meinen Finger tastete ich mich am Körper des Tieres entlang, rückte näher und drückte mich fest gegen seinen unbeweglichen Körper. Endlich hatte ich seinen Hals erreicht, und mit einer Kraft, die ich gar nicht mehr besaß, hob ich ihn an und drückte meine Nase darunter. Schutz. Endlich. Nur befristet und unsicher dazu, aber Schutz. Ich preßte meine Nase an die Unterseite des Pferdehalses, wo ein kleines Luftloch entstanden war. Meine Nasenlöcher füllten sich mit dem Geruch von abgestandenem Pferdeschweiß. Ich will nicht behaupten, daß es wie Rosenöl roch. Es stank. Aber immerhin war es Luft, die nicht durch Sand verschmutzt war. Ich schluckte, so viel meine Lungen aufnehmen konnten und war dem Tier dankbar.

Und dann passierte es. Wiederum weiß ich nicht, wieviel Zeit bis dahin vergangen war, aber es konnte nicht mehr als fünf oder zehn Minuten gewesen sein. Es hörte auf. Der Sturm hörte auf. Er war vorbei, so schnell, wie er gekommen war. Die Stille war unheimlich. Erst dachte ich, taub geworden zu sein. Aber nach einer Weile begriff ich endlich, daß der Kamsin sich gelegt hatte.

Vorsichtig zog ich den Kopf unter dem Hals des Pferdes

hervor, und noch vorsichtiger öffnete ich meine Augen. Ich konnte nichts erkennen. Meine Augen tränten von den Sandkörnern, die sich sofort unter meine Augenlider gegraben hatten. Blinzelnd blickte ich hinaus in die Wüste. Dort sah ich nichts als Dünen. Alles war von Dünen begraben. Die Straße war verschwunden. Auch alle sonstigen Orientierungspunkte in der Landschaft.

Der umgekippte Streitwagen war komplett vom Sand begraben, ebenso die Pferde. Die meisten waren tot. Einige gaben klägliche Töne von sich und versuchten, auf die Beine zu kommen. Nicht viele.

Mein Zug schien ebenfalls ausgelöscht worden zu sein. Zumindest war das mein erster Eindruck. Doch dann wühlte sich ganz langsam die eine oder andere Gestalt aus dem Sandmeer, keuchend, nach Luft schnappend, nach der Wasserflasche am Gürtel greifend und sie gierig auf einen Schluck leerend. Ich zerrte mir die Überreste meines Mundschutzes vom Gesicht und tat es ihnen gleich.

Weniger als die Hälfte meiner Soldaten hatte überlebt. Der Rest lag dort irgendwo unter dem Sand begraben. Zum ersten Mal empfand ich Wut meinem Gegner gegenüber, unstillbare Wut, eine Wut, die aus den Eingeweiden kam. Wenn ich ihn finden würde, wer immer er auch sein mochte, ich würde ihn umbringen. Bis jetzt war ich auf seltsame Weise unbeteiligt gewesen, selbst nach Oudahs Mordversuch. Immerhin hatte ich mein ganzes Leben in einem Palast mit allen seinen Intrigen zugebracht. Ich wußte, wie das Spielchen läuft. Oft genug hatte ich es selber gespielt – und gewonnen. Aber das hier war etwas anderes. Das hier waren meine Männer, die ich dort irgendwo im Wüstensand verloren hatte. Sie hatten es nicht verdient, in einen Privatkrieg zwischen mir und meinem unbekannten Feind hineingezogen zu werden. Wenn mein Feind so viel Macht hatte, einen Kamsin heraufzubeschwören, dann hatte er mit Sicherheit auch genug Macht, mich auf irgendeine wundersame Weise allein vom Leben ins Jenseits zu befördern, ohne zugleich zwanzig prächtige, junge Männer töten zu müssen. Wer es auch war, der diesen Sturm heraufbeschworen hatte, er würde dafür bezahlen müssen.

Ich war immens erleichtert, als ich sah, daß Houy zu den Überlebenden zählte. Ihn würde ich heute nacht brauchen. Die Sonne war fast schon untergegangen, und dabei fiel mir wieder ein, daß Zeit immer noch mein größtes Problem war. Wir mußten so um die zwanzig Meilen von meinem Palast entfernt sein, und es war von höchster Wichtigkeit, daß ich noch in dieser Nacht nach Hause zurückkehren konnte. Zwar waren mir bis zum nächsten Morgen die Hände gebunden, und ich brauchte auch ein paar Stunden Schlaf, wenn es sich irgendwie einrichten ließ, aber den nächsten Tag würde ich bis zur letzten Minute ausschöpfen müssen. Die Straße existierte nicht mehr. Bald jedoch würden die Sterne am Himmel erscheinen. Wenn ich gen Osten reiste, müßte ich irgendwann auf den Nil treffen. Dort waren Dörfer, in denen ich nach dem Weg fragen konnte.

Nun mußte ich einen der schlimmsten Befehle geben, an den ich mich erinnern kann. Vielleicht war es alles gar nicht so wild, doch mich störte es sehr. Ich hatte es mir immer hoch angerechnet, draußen im Feld alles mit meinen Männern zu teilen, jede Entbehrung, jede Not. Ich aß, was sie aßen, schlief, wo sie schliefen, ging dorthin, wohin sie gingen. Es war einfach eine Frage der Ehre, und ich gestattete mir keinerlei Sonderrechte. Doch unter diesen Umständen war das ein Luxus, den ich mir einfach nicht erlauben konnte. Zum ersten Mal in meiner militärischen Karriere war ich zu einem Befehl gezwungen, der einzig und allein meinem persönlichen Vorteil diente.

Mit dem größten Bedauern befahl ich Houy zu mir. »Houy«, sagte ich dann knapp, »ich muß so schnell wie möglich nach Theben zurück. Es sind nur noch sechs Pferde am

Leben, und ich brauche sie alle. Wähle fünf Männer aus, die mich begleiten sollen. Du folgst uns zu Fuß. Markiere deinen Weg so sorgfältig und auffällig wie möglich, damit du morgen, nachdem du dich ausgeruht hast, wieder mit Packtieren den Weg zurück findest und die sterblichen Überreste unserer Toten nach Theben schaffen kannst. Ich will, daß jeder einzelne von ihnen ausgegraben wird. Jeder einzelne, hörst du? Ich werde jedem von ihnen das Begräbnis eines Adeligen zukommen lassen.«

Houy warf mir einen fragenden Blick zu und zog eine Augenbraue hoch. Zumindest schien es mir, als sei es die Augenbraue gewesen, denn sein Gesicht war so von Sand überkrustet, daß ich nur seine Augen und seinen Mund sehen konnte. Jedenfalls blickte er mich an, als hätte ich den Verstand verloren. Vielleicht glaubte er, die Strapazen der letzten Stunden hätten mir selbigen geraubt. »Das ist äußerst großzügig von Euch, General«, sagte er langsam. Sein Tonfall war dem nicht unähnlich, den man normalerweise für kleine Kinder und Idioten bereithält. »Doch Herr, glaubt Ihr wirklich, daß Ihr damit eine weise Entscheidung trefft? Ihr würdet damit einen Präzedenzfall schaffen. Wir haben schon viele Männer im Kampf verloren, und wir werden auch weiterhin viele Männer auf dem Schlachtfeld verlieren. Deren Begräbnisse wurden immer sehr einfach gehalten, so wie es Soldaten gebührt, die nichts als ihre Pflicht taten. Mehr für diese Männer zu tun könnte bedeuten, daß man für die Zukunft unnötig hohe Erwartungen aufbaut. Bei allem Respekt, General, ich glaube, Ihr solltet diese Entscheidung noch einmal überdenken, nachdem Ihr Zeit hattet, Euch ein wenig auszuruhen.«

Houy hatte durchaus nicht unrecht, aber mir war einfach nicht nach einer Diskussion zumute. »Das ist hier eine ganz andere Situation«, knurrte ich. »Diese Männer starben nicht auf dem Schlachtfeld, Houy. Ich verstehe, was du sagen willst, und ich schätze deine Meinung. Aber diese Männer starben meinetwegen. Sie wurden verhext, sie wurden mit dem Bann eines Gottes belegt, und hätte ich sie nicht für diese Exkursion ausgewählt, dann wären sie jetzt noch am Leben. Sie starben nicht für Ägypten. Sie starben auch nicht *für* mich. Sie starben meinetwegen.

Houy dachte nicht daran, damit die Sache auf sich beruhen zu lassen. Wir waren seit vielen Jahren gemeinsame Weggefährten, und er war schon lange der Meinung, mit mir unabhängig von Rang und Namen sehr direkt reden zu können. Zweifellos spürte er, daß ich mich von der Erfahrung, beinahe bei lebendigem Leibe begraben worden zu sein, noch nicht ganz erholt hatte. »Das war kein Fluch, General«, erwiderte er störrisch. »Keine Magie. Nur ein Kamsin. Einfach nur Pech. Ich bin mir sicher, daß unter dem Sand noch andere begraben liegen. Wir sind bestimmt nicht die einzigen.«

Ich stieß einen gedehnten Seufzer aus. Mir stand der Sinn weder nach Endlosdiskussionen noch nach Ermahnungen. »Mach einfach, was ich sage, Houy«, sagte ich etwas ermattet. »Ich bin nicht in der Stimmung für eine Auseinandersetzung mit dir. Tu einfach nur, was ich sage.«

Die Reise zurück nach Theben war schrecklich. Zum einen fühlte ich mich entmutigt und erschöpft und machte mir Vorwürfe wegen des Schicksals meiner Männer, die für eine Sache gestorben waren, die im Grunde nur mit mir und meinem persönlichen Feind zu tun hatte. Zum anderen hatte ich mich vor Haremhab gedemütigt, um im Gegenzug dieses kleine Fitzelchen Information zu erhalten, das er mir gnädigerweise hingeworfen hatte.

Dazu kam, daß sich mein ganzer Körper wie zerschunden anfühlte. Noch schlimmer war allerdings, daß es der im Sand versunkene Wagen notwendig machte, den Rückweg zu Pferde anzutreten. Ich wußte wirklich nicht, ob ich den Schmerz, den meine Hämorrhoiden verursachten, würde ertragen können. Aber leider hatte ich keine andere Wahl. Ich mußte durchhalten. Wenn mir die Zeit nicht so unter den Nägeln gebrannt hätte, hätte ich einen Reiter nach Theben vorausgeschickt, um einen Ersatzwagen zu senden. Der einzige Vorteil meiner jetzigen Situation war, daß es mittlerweile Nacht geworden war und ich in diesen Stunden sowieso nichts tun konnte, außer meine Gedanken zu ordnen. Mit etwas Glück würde ich gegen Mitternacht in meinem Palast eintreffen, vorausgesetzt, wir würden keine Pausen einlegen müssen und die Pferde würden den Ritt überstehen. Letzteres war durchaus nicht gesagt. Die Tiere waren in einem ebenso schlechten Zustand wie wir. Vielleicht sogar noch in einem schlimmeren. Mir blieb nichts, als zu hoffen, daß sie noch sechs Stunden würden durchhalten können.

Ich war unbeschreiblich dreckig. In Haremhabs Lager hatte ich natürlich kein Bad nehmen können und selbst wenn, hätte das jetzt auch keinen Unterschied gemacht. Nicht nach dem Kamsin. Meine Gewänder waren schweißverklebt, meine Haut mit Dreck und Sand verkrustet. Ein widerwärtiger Geruch stieg mir in die Nase. Ich weiß nicht, was schlimmer roch, das Pferd, auf dem ich saß, oder ich selbst. Ich bin äußerst pingelig, was meine Sauberkeit anbelangt, und während wir uns nun Theben näherten, wurde die Vision eines nächtlichen Bades fast zur Besessenheit. Ich konnte an nichts anderes mehr denken. Und mit den Gedanken an mein Bad kamen die Gedanken an Yennah. Ich dachte an Yennahs weizenblondes Haar, ihre geschmeidigen Glieder, ihren mir noch unbekannten Körper.

Wahrscheinlich sind Sie überrascht, daß ich in einer solchen Situation an diese Dinge denken konnte, nach all dem, was mir widerfahren war. Aber das sollten Sie nicht sein. Erstens kennen Sie Yennah nicht. Zweitens neigen Männer dazu, sich mit solchen Gedanken von Problemen abzulenken, mit denen sie am liebsten gar nichts zu tun hätten. Natürlich fühlte ich in diesem Moment keine körperliche Begierde. Nicht mit diesem Geruch, der mir da in die Nase stieg, nicht in meiner jetzigen körperlichen Verfassung. Nein, ich versuchte einfach nur, mit solchen gedanklichen Spielchen den beschwerlichen Ritt kurzweiliger zu gestalten. Dagegen ist doch nichts zu sagen, oder? (*Anmerkung des Übersetzers: Dreieinhalbtausend Jahre später würde man so etwas mit ›Verdrängungsmechanismus‹ bezeichnen. Ganz eindeutig brauchte Eje keinen Herrn Freud, um das für sich herauszufinden.*)

Nach einer halben Ewigkeit hatten wir endlich meinen Palast erreicht, nachdem wir, den Göttern sei Dank, weniger als eine halbe Meile von unserem ursprünglichen Ziel entfernt am Nil angekommen waren. Auf den letzten fünf Meilen hatte uns ein hell leuchtender Mond den Weg gewiesen. Ich entließ meine erschöpfte Garde, die dankbar und völlig ermattet davontrappelte. In der Eile vergaßen sie völlig den sonst üblichen Abschiedsgruß. Aber auch sie hatten einen schweren Tag hinter sich, also beließ ich es für dieses Mal dabei und verkniff mir einen Tadel.

Ich schleppte mich in meine Gemächer. Auf dem Weg nach Hause hatte ich einen kleinen Imbiß zu mir genommen, der aus den kärglichen Speiseresten bestand, die ich mit auf die Reise genommen hatte. Aber ich war sowieso nicht hungrig. Ich wollte mich einfach nur von Kopf bis Fuß vom Schmutz befreien. Angenehm überrascht war ich von der Präsenz eines Nachtwächters vor meinen Gemächern. Der allerdings schaute mich mit beträchtlicher Verblüffung an. Noch nie hatte er seinen Herrn in so einem heruntergekommenen Zustand gesehen. Aber er reagierte klug. Wahrscheinlich konnte er es mir an den Augen ablesen, daß ich für Fragen oder Kommentare jeglicher Art nicht in der Stimmung war. Das hatte er sehr richtig gesehen. Was mich anging, so kannte ich meinen Türsteher noch nicht mal beim Namen. Ich beschäftige für meinen Palast ein sehr großes Gefolge und war außerdem bislang noch nie so spät nach Hause zurückgekehrt, daß ich den Nachtwächter persönlich zu Gesicht bekommen hätte.

Ich rief das Badepersonal herbei und befahl ihnen, mir augenblicklich ein Bad zu bereiten. Aus ihren verschlafenen Gesichtern sprach Groll, aber das kümmerte mich nicht im geringsten. Sie hatten es in meinem Palast nicht schlecht getroffen. Es ging ihnen bei mir wesentlich besser als bei den meisten anderen Herren, und wenn ihnen das nicht klar war, nun, dann mußte sich daran etwas ändern. Es kostete mich einiges, sie zu unterhalten; so konnte ich wohl im Gegenzug erwarten, daß sie kleine Unannehmlichkeiten ab und zu in Kauf nahmen. Ich beschloß, von nun an etwas weniger tolerant und großzügig zu sein. Sie schienen schon völlig vergessen zu haben, wo ihr Platz in diesem Haus war. Und ein Herr, den sein Gefolge liebt, hat meistens den Schlendrian in seinem Palast.

Dann ließ ich Yennah rufen. Ich fühlte mich zwar zerschlagener als jemals zuvor in meinem Leben und hatte auch noch nie so dringend eine gründliche Reinigung gebraucht. Aber wenn ich schon zu dieser nächtlichen Stunde ein Bad nahm, gab es nicht den geringsten Grund, warum ich es ohne Yennah tun sollte.

Yennah sah diesmal ganz besonders attraktiv aus. Ich konnte die Augen einfach nicht von ihr abwenden. Dennoch befahl ich einem meiner Diener, mich meiner Amtsroben und meiner Unterkleidung zu entledigen – Yennah sollte mir noch nicht zu nahe kommen, nicht, solange ich so stank. Ich ließ meinen Diener die verschmutzte Kleidung unverzüglich in die Wäscherei bringen.

Das heiße Wasser war eine einzige Wohltat, und ich genoß die erholsame Wärme. In entspannenden Wellen ergoß es sich über meinen Körper. Um ein Haar hätte ich zu schnurren begonnen wie eine Katze. Noch besser waren die Öle und Salben, die auf meine wundgescheuerte Haut und mein Gesäß aufgetragen wurden. Ich ließ mir Zeit dabei, und als die Waschung vorbei war, befahl ich ihnen, gleich noch mal von vorne zu beginnen. Dort, wo meine Haut dem Wind ausgesetzt gewesen war, war sie gerötet und gereizt, aber die beruhigenden Cremes und Lotionen hatten eine hervorragende heilende Wirkung, und das duftende, heiße Wasser weckte in kurzer Zeit die erschlafften Lebensgeister.

Langsam fühlte ich mich wieder wie ich selbst. Dennoch war ich noch immer in einer ganz seltsamen Stimmung. Es war wirklich ein durch und durch furchtbarer Tag gewesen, und so müde ich auch war, hatte ich trotzdem noch das Bedürfnis nach Ablenkung. Ich habe eine gute Konstitution für mein Alter und brauche nicht viel Schlaf, auch wenn ich nur selten einen Tag wie diesen erlebe. Also entließ ich das Badepersonal und befahl Yennah, noch zu bleiben. Der Blick, der aus ihren Augen sprach, war nicht der eines verängstigten Rehs. Und das gefiel mir ziemlich gut.

»Mein Liebes«, sagte ich überschwenglich, für den Moment alle Sorgen beiseite schiebend, und versuchte damit, ihr die Befangenheit zu nehmen. »Du bist wirklich ein wunderbares Geschöpf. Wie alt bist du denn? Fünfzehn? Vierzehn?« Dabei versuchte ich meine Blicke nicht über ihre Körperformen wandern zu lassen, die bis jetzt noch unter einem weichfließenden, einfachen Gewand versteckt waren. Aber Yennah war so attraktiv, daß das schier unmöglich war. Ihr argwöhnischer Blick sagte mir, daß ich sie nicht täuschen konnte. Sie wußte genau, wohin das hier führen sollte. Sie konnte sehen, daß ich erregt war.

»In zwei Monaten werde ich fünfzehn«, sagte sie leise und drehte dabei den Kopf zur Seite. Für ihr Alter besaß sie eine ungewöhnlich tiefe und temperamentvolle Stimme. Obwohl sie ganz genau wußte, was ich mit ihr vorhatte, legte sie ein gewisses Selbstbewußtsein an den Tag, das ich mehr als entzückend fand.

»Vierzehn! Was für ein herrliches Alter! Wir müssen uns unbedingt besser kennenlernen, du und ich.« Stilistisch war dieser Satz nicht ganz auf der Höhe, ich weiß, aber im Moment waren mir Stil und Grammatik relativ egal.

Ich blickte tief in diese exotischen, blauen Augen. Dann legte ich ihr die Hände auf die Schultern und schob wortlos die Träger ihres Gewandes zur Seite, bis es ihr auf die Hüften rutschte. Normalerweise ist diese direkte Art nicht mein Stil, aber aus irgendwelchen Gründen wollte ich unbedingt sofort zur Sache kommen. Mit zitternden Händen berührte ich ihre hinreißenden Brüste, deren Anblick mir geradezu den Atem verschlug. Ihre Haut war so weiß, ihre Brustwarzen von einem solch zarten Rosa, daß man den Unterschied zwischen beiden nur erahnen konnte.

Sie blickte mich an. Ihr Gesicht nahm einen sehr entschlossenen und furchtlosen Ausdruck an, und im nächsten Augenblick schlug sie mir ins Gesicht. Mein Kopf wurde von der Wucht ihres Schlages zur Seite gerissen.

»Was glaubst du wohl, was du hier machst?« fauchte sie.

»Äh, ich knete deine Brüste«, erwiderte ich lahm. Von der Ohrfeige dröhnte mein Kopf.

»Ich weiß, was du tust«, knurrte sie und schien mehr als ungehalten über meine Antwort. »Das war nur eine rhetorische Frage.«

Die Dinge nahmen einen völlig unerwarteten und völlig untypischen Verlauf. Ich versuchte, mich zu fangen. Dieses Mädchen machte einen kompletten Idioten aus mir.

»Ich-weiß-was-du-willst.« Jedes Wort kam wie ein Donnerschlag. Ihre Nasenflügel bebten vor Entrüstung. »Aber du wirst es nicht bekommen. Ich bin schließlich nicht dein Eigentum.«

Das war eine sehr erstaunliche Aussage. »Also, ganz ehrlich«, stammelte ich dümmlich, »das stimmt so nicht. Du bist sehr wohl mein Eigentum.«

Sie werden kaum glauben, was ich als nächstes tat. Ich ging doch wirklich zu meiner Kommode und wühlte in den Papyrusrollen nach dem Kaufvertrag. Wie Sie sicher gemerkt haben, hatte mich dieses Luder völlig aus der Fassung gebracht. Oder vielleicht hatte ich mich auch einfach von diesem Drama in der Wüste doch noch nicht so ganz erholt.

Endlich fand ich den Vertrag und präsentierte ihn ihr. Sie knüllte ihn zusammen und schmiß ihn in die nächste Ecke. »Das? Das bedeutet gar nichts. *Mich* besitzt du nicht! Ich bin eine korinthische Prinzessin. Kein Mann auf dieser ganzen Welt besitzt mich!« Weibliche Logik habe ich noch nie begriffen.

»Eine Prinzessin? Wirklich? Und aus Korinth?« Was für eine überraschende Neuigkeit. »Ich hatte ja keine Ahnung!« Zu diesem Zeitpunkt muß ich wohl nur noch vor mich hingebrabbelt haben wie ein kleines Kind.

»In der Tat. Und mein Name ist auch nicht Yennah. Deine dämlichen Diener waren mit meinem Namen bloß völlig überfordert. Aber es ist mir auch egal. Sie können mir jeden Namen geben, den sie wollen. Aber mein Vater ist Jason, der König von Korinth.«

Diese Nachricht mußte ich erst einmal verdauen. Sagte sie überhaupt die Wahrheit? Selbst Großwesiren gelingt es normalerweise nicht, Prinzessinnen als Sklavinnen zu bekommen.

»Wenn er der König von Korinth ist, warum hat er dann kein Lösegeld für dich bezahlt?« fragte ich mißtrauisch. »Damit verdienen Piraten doch einen großen Teil ihres Lebensunterhalts. Sie haben doch sicherlich deinem Vater ein Angebot überbracht.«

»Die Könige Korinths zahlen nie Lösegeld. Nie!« fauchte sie stolz. »Noch nicht einmal für ihr eigen Fleisch und Blut.

Aber ich beneide die Piratenflotte nicht, die mich gefangengenommen hat. Wenn mein Vater die erst mal zu fassen kriegt . . .« Ihr ganzes Wesen, ihre Art, ihr Aussehen, ihr Auftreten, all das zeigte mir, daß sie wohl wirklich eine Prinzessin sein mußte. Es war einfach diese gewisse Hochmütigkeit, mit der man geboren wird. Jetzt, wo ich Yennah erstmals etwas genauer ansah, fiel es mir wirklich auf.

Ich hatte das Gefühl, daß mir die Situation langsam aus den Händen glitt. Diese halbe Portion wagte es tatsächlich, sich mir in den Weg zu stellen. Das war unverzeihlich. Ich griff nach ihren Handgelenken. »In Griechenland magst du eine Prinzessin sein«, schnaubte ich, »aber hier gehörst du *mir*!«

Ich versuchte sie zum Bett zu zerren. Mit erstaunlicher Leichtigkeit stellte sie mir einfach ein Bein und brachte mich so zu Boden. Ich hätte nicht geschockter sein können, wenn mir plötzlich ein Stück vom Mond auf den Kopf gefallen wäre. Für ihr Alter war sie wirklich stark. Ich suchte mich mit dem Gedanken zu beruhigen, daß, wäre ich nicht von meinen Anstrengungen im Sturm so geschwächt gewesen, es ihr nie gelungen wäre, mir ein Bein zu stellen. Aber wenn ich ehrlich bin, so ganz sicher war ich mir da nicht.

Triumphierend stand sie über mir, und dabei umspielte ein schmales Lächeln diese sinnlichen Lippen. Ich rappelte mich mühsam wieder hoch und wollte erneut auf sie losgehen. Abwehrend hob sie die Hände hoch. »Was hast du vor, alter Mann?« schnaubte sie voller Verachtung. »Mir Gewalt antun? Versuch es doch. Allein wirst du das nicht schaffen. Los, ruf deine Diener. Mit deren Hilfe gelingt es dir vielleicht. Und wäre das nicht ein schöner Klatsch? Der Großwesir kann noch nicht einmal eine Vierzehnjährige nehmen, ohne seine Diener dabei zur Hilfe zu rufen!«

Ich war sprachlos. Wie sollte ich darauf reagieren?

»Du bist doch bloß ein fetter, alter Mann!« schrie sie weiter.

»Ich bin nicht fett!« Jetzt mußte ich doch protestieren. »Ich habe einen kleinen Bauch, aber ich bin nicht fett.«

»Und«, fuhr sie mit Verachtung in der Stimme fort, während sie an mir herunterblickte, »hör auf, mit diesem Ding auf mich zu zeigen. Es ist nicht im geringsten verführerisch. Du siehst einfach nur lächerlich aus. Wenn du es so dringend brauchst, dann laß doch deine Frau Tej kommen!«

Ich spürte, daß sich meine Erregung binnen weniger Sekunden legte. Mit einem Handtuch bedeckte ich meine Lenden, um mich vor weiterem Spott zu schützen. Als ich dieses Mädchen kaufte, hatte ich für den Preis ganz offensichtlich mehr bekommen, als mir lieb war. Eine Prinzessin! Das muß man sich mal vorstellen!

Eines war jedenfalls ganz klar. Das Mädchen hatte es geschafft, mich völlig von meinen Sorgen abzulenken. »Na gut«, seufzte ich und versuchte mich damit zu trösten, daß ich die Sache sowieso nur als eine Art sportlicher Disziplin aufgefaßt hatte; es war keineswegs so, daß ich meine Begierde nicht mehr hätte im Zaum halten können. Es würde noch genügend andere Abende geben. Ich ging ein zweites Mal zu meiner Kommode. Diesmal zog ich ein Damespiel hervor.

»Kennst du dieses Spiel?« fragte ich.

»Ein wenig.«

Abwechselnd setzte ich die Steine auf die weißen und schwarzen Flächen. Dann wies ich auf einen Stuhl und bedeutete ihr, sich zu setzen. »Du fängst an.«

11 Vierter Tag – Am Morgen

Es war ein sehr seltsamer Abend gewesen. Jedes unserer fünf Spiele hatte ich gewonnen. So müde und gedankenverloren ich auch war, hatte ich sie doch fünfmal schlagen können. Sie spielte nicht besonders gut Dame. Oder sie war einfach nur klug genug, um mich gewinnen zu lassen. Yennah war weder naiv noch dumm, und so jung, wie sie war, wußte sie wahrscheinlich trotzdem genau, daß es unklug gewesen wäre, mich noch mehr zu demütigen.

Als ich am Morgen erwachte, war ich völlig durcheinander. Zwar hatte ich, nachdem ich endlich im Bett lag, sehr gut geschlafen, hatte einen ruhigen, traumlosen, langen Schlaf gehabt. Vielleicht lag es einfach daran, daß ich in den beiden Nächten zuvor so schlecht geschlafen hatte. Oder vielleicht war ich durch die ungewöhnlichen Vorkommnisse des Tages erschöpft genug gewesen, um endlich wieder schlafen zu können. Was immer der Grund gewesen sein mochte, ich fühlte mich jedenfalls erstaunlich erholt, obwohl mein ganzer Körper infolge der gestrigen Strapazen schmerzte.

Bei Tageslicht besehen, konnte ich mir auf mein Verhalten in der vergangenen Nacht absolut keinen Reim mehr machen. Dieser Vorfall mit Yennah erstaunte mich wirklich. Dabei ging es gar nicht darum, mit welcher Leichtigkeit sie mich hatte zurückweisen können, obwohl das meinen männlichen Stolz natürlich verletzte. Ich fragte mich eher nach dem Warum. Wieso hatte ich mich überhaupt mit ihr abgegeben, obgleich ich doch gar nicht in der Stimmung für eine Liebesnacht war? Schlimm genug, wenn ein Weib aus einem einen Narren macht; schlimmer noch, wenn das Herz gar nicht an der Sache gehangen hatte!

Und wie sollte ich die Vorkommnisse in der Wüste interpretieren? Nur Haremhab wußte, daß ich in seinem Lager gewesen war. Also hatte auch nur Haremhab den Kamsin beschwören können. Einen Moment lang glaubte ich, die Antwort gefunden zu haben. Wenn Haremhab diesen Sturm heraufbeschworen hatte, dann war er auch der Schuldige, nach dem ich suchte. Aber von allen meinen potentiellen Widersachern war es Haremhab, dem ich am wenigsten die spirituellen Kräfte für einen Zauber zutraute. Und je länger ich darüber nachdachte, desto deutlicher erkannte ich, daß auch andere von meinem Plan gewußt hatten oder zumindest gewußt haben könnten. Zwar hatte ich mein Reiseziel nicht herausposaunt, doch auch nicht unbedingt geheimgehalten. Natürlich hatte ich einige meiner Untergebenen von meiner Reise unterrichten müssen, damit sie mich im Notfall hätten aufspüren können. Ich hatte keinen Grund gesehen, sie zur Geheimhaltung zu verpflichten. Also hätten andere sehr wohl davon wissen können.

Oder vielleicht hatte Houy doch recht. Vielleicht war der Kamsin nichts Übernatürliches gewesen, sondern einfach nur Pech. Er hatte sich mit dem Sonnenuntergang gelegt, so, wie es Kamsins normalerweise tun. Es konnte wirklich einfach Pech sein. Oder Zufall. Wenn ja, so war doch zumindest der Zeitpunkt höchst verdächtig.

Ich erhob mich von meinen Laken und gähnte ausgiebig. Ich hatte alleine geschlafen. Obwohl ich eine Hauptfrau und unzählige Konkubinen besitze, hatte ich die Einsamkeit vorgezogen. Welcher Mann würde schon eine ganze Nacht mit einer Frau im gleichen Schlafzimmer verbringen, wenn er es sich leisten konnte, es nicht zu tun.

Jetzt war es erst einmal Zeit für das morgendliche Bad. Und wieder freute ich mich darauf. Die Badezeit wurde immer mehr zur interessantesten Zeit des Tages.

Auch Yennah war da und verrichtete in bewundernswerter Weise ihre Pflichten. Ich beobachtete sie, um zu sehen, ob sich auf ihrem Gesicht Gefühle des Triumphes oder der Schadenfreude ob meiner Blamage abzeichneten, doch man merkte ihr nichts an. Sie war ein Profi.

So versuchte ich, meine Gedanken wieder auf das Problem zu lenken, das mir am meisten am Herzen lag. Das war allerdings nicht einfach, solange Yennah sich im selben Zimmer aufhielt wie ich. Sie lenkte mich ständig ab. Die Leichtigkeit, mit der sie mir einen Korb gegeben hatte, war wirklich beschämend, und ihre Gegenwart störte mich in meiner Konzentration. Zwar hatte ich meine Prioritäten noch so weit geordnet, daß mein Hauptgedanke nach wie vor meinem eigenen Überleben galt, doch sie wurde zusehends zu einem weiteren Problem, das an mir nagte. Ich mußte auf jeden Fall irgend etwas unternehmen, und sei es auch nur, um meinen Stolz wiederzugewinnen. Aber ich konnte es mir nicht leisten, zu viele Gedanken daran zu verschwenden.

Manchmal erscheint einem die Lösung scheinbar unlösbarer Probleme im Traum. Bis jetzt hatte ich dieses Glück allerdings nicht gehabt. Dennoch spürte ich, daß sich irgendwo da draußen kleine Einzelteile und Fragmente ansammelten, die ich vielleicht zu einem größeren Ganzen zusammenfügen konnte. Es schien so, als wisse ich bereits mehr, als mir selbst bewußt war. Daß jeder Tag neue Erkenntnisse brachte, zu deren sinnvoller Umsetzung mir jedoch das Denkvermögen fehlte.

Haremhab hatte diese giftigen kleinen Insekten erwähnt, die ich völlig vergessen hatte. Sie hatten damals, als er und ich noch zusammen im Feld kämpften, unsere Armee dezimiert. War das von Bedeutung? Hatte Haremhab einige dieser kleinen Dinger in einem Glas gefangen und damit Echnaton vergiftet? Kein sehr wahrscheinlicher Gedanke. Und Skorpione? Auch nicht sehr wahrscheinlich. Ich griff inzwischen nach jedem noch so dünnen Strohhalm. Ein bißchen zu verzweifelt für meinen eigenen Geschmack. Aber ich mußte eben meinen

Verstand für jede Möglichkeit offenhalten. Eines wußte ich jedenfalls definitiv: Man hatte versucht mich umzubringen. Einen Mordversuch hatte es sicher gegeben, eine zweiten ebenfalls, so man den Kamsin als Attentatsversuch sah. Wenn ich doch bloß die Folter anwenden könnte! Denn ich schien jemandem auf der Spur zu sein. Mit der Folter würde ich die gesuchte Antwort kriegen. Aber genau das wollte Tut ja. Er wollte, daß ich in Panik geriet und mich seinen sehr strikten Anweisungen widersetzte. Dabei ging es gar nicht darum, daß ich wirklich den Schuldigen fand. Wenn ein Pharao in der Audienz Befehle erteilt, dann ist eine Widersetzung gleichbedeutend mit dem Tod, selbst für einen Großwesir, selbst für einen Regenten. Ganz abgesehen davon, würden die möglichen Schuldigen zum größten Teil nicht gefoltert werden können, da sie eine ranghöhere Position einnahmen als ich. Die Folter brachte also gar nichts. Aber es ist schwer, alte Gewohnheiten aufzugeben.

Meine Gedanken kehrten wieder zu Haremhab zurück, vermutlich wegen des enttäuschenden Gesprächs im Wüstensand. Nach Echnatons Tod hatte er in der Tat große Macht erlangt. Vielleicht mehr als jeder andere. Mich ausgenommen, versteht sich. Ehrlicherweise sollte ich sagen, daß mein eigener Name eigentlich ganz oben auf der Liste der Verdächtigen stehen sollte. Ich hatte versucht, einen weiteren Audienztermin bei Tut zu erhalten, diesmal eine Privataudienz, während der ich ihm beweisen wollte, daß ich mit dem Tod seines Vaters nicht das geringste zu tun hatte. Aber was ich an überzeugenden Beweisen dafür ins Feld führen sollte, das wußte ich selber nicht. Trotzdem hielt ich genau das für die Crux des Themas, daß Tut glaubte, *ich* wäre derjenige, der Echnaton umgebracht hatte. Und auf diese teuflische Weise gelang es ihm, daß ich zappelte wie ein Wurm in einer heißen Pfanne. Vielleicht sollte ich ihm von Ouadahs Tod erzählen. Das könnte doch der Beweis sein, daß ich nicht Echnatons

Mörder war. Vielleicht würde er mir glauben; vielleicht auch nicht. Eher nicht. Er würde glauben, ich hätte sie selbst umgebracht. Das Gefühl, daß mir die Zeit unter den Händen zerrann, machte mir immer mehr zu schaffen.

In dieser düsteren Stimmung überraschte mich Yennah. Sie näherte sich langsam und flüsterte mir ins Ohr: »Entlaß die Dienerschaft.«

Verwundert sah ich sie an. Wie kam sie dazu, mir Befehle zu erteilen? Besonders nach der letzten Nacht? Und dann auch noch in diesem herrischen Tonfall! Ich war mir ziemlich sicher, daß sie wirklich eine Prinzessin war. Keine Sklavin würde auf die Idee verfallen, ihrem Herrn gegenüber in einem solchen Ton zu sprechen. Sie wiederholte ihre Anweisung: »Entlaß die Dienerschaft. Los, schick sie weg!«

In ihren Augen spiegelte sich Begierde. Was für ein seltsames Ding sie doch war! Nach dem nächtlichen Vorfall hätte man doch meinen können, daß sie alles dafür geben würde, nicht mit mir allein zu sein. Ich nahm sie genauer unter die Lupe, um sicherzugehen, daß sie nicht irgendwo eine Waffe bei sich trug. Nein. Neugierig geworden, kam ich ihrer Aufforderung nach.

Die Diener verließen das Gemach mit einem wissenden Grinsen auf den Gesichtern. Und wieder einmal waren wir allein. Ich hatte entschieden, daß ich die paar Minuten noch opfern konnte, um herauszufinden, was sie vorhatte. »Yennah, für Dame habe ich jetzt wirklich keine Zeit. Außerdem bist du keine sehr starke Spielerin. Ehrlich gesagt, ich spiele ungern mit Leuten, die es mir so leicht machen.«

»Du weißt genau, daß ich nicht Dame spielen will«, erwiderte sie, und diesmal war ihr Gesichtsausdruck ein anderer als der jener Yennah, mit der ich in der Nacht zuvor zu tun gehabt hatte. Sie wirkte verführerisch, einladend, und zwar auf eine sehr direkte Art. Jede Frau, die je geboren wurde, beherrscht dieses Spiel. Irgendwie ist es beleidigend. Frauen sind der Meinung, Männer seien solche Schweine, daß sie nur mit dem Finger wackeln müßten, und schon würden sie ihnen schwitzend und stöhnend hinterherrennen. Das Ärgerliche daran ist: Es stimmt.

Ich sagte nichts und wartete darauf, daß sie fortfuhr.

Sie erging sich nicht in Andeutungen, sondern kam gleich zur Sache.

»Willst du mich besteigen?« fragte sie einfach, und ihre Hand griff nach mir. Ich ließ es zu, aber ihre Frage hatte mir den Appetit verschlagen.

»Ich mag es nicht, wenn junge Mädchen so eine Sprache im Mund führen.«

Sie schüttelte entnervt ihren Kopf, und dabei wogten ihre goldgelben Locken aufs hinreißendste. »Na gut«, sagte sie. »Willst du mit mir intim sein, in einer Weise, als stünden wir in einem ehelichen Verhältnis zueinander?«

»Das klingt schon besser.«

»Und? Willst du?«

Freudig kam ich auf sie zu, doch sie bremste mich mit ihrer ausgestreckten Hand. »Unter einer Bedingung.«

Natürlich. Es ist immer das gleiche bei Frauen. Der Preis. Irgendwie muß man immer dafür bezahlen. Ich hob fragend eine Augenbraue und wartete.

»Rate.«

»Ich habe keine Zeit für solche Spielchen.«

»Rate trotzdem.«

»Yennah, komm zur Sache. Was ist denn zwischen gestern nacht und heute früh vorgefallen, daß du plötzlich so ... so entgegenkommend bist?«

»Eigentlich nichts. Außer, daß ich die ganze Sache gestern nacht nochmal genauer überdacht habe. Für eine korinthische Prinzessin ist ein Leben als Küchenmagd ein ziemlicher Abstieg. Und je länger ich darüber nachdachte, desto mehr begriff ich, daß das vielleicht doch eine Möglichkeit für mich wäre.«

»Langsam verstehe ich. Du bist nett zu mir, ich bin nett zu dir. Was willst du also? Offizielle Konkubine werden? Schon erledigt.«

Ich griff wieder nach ihr, denn obwohl ich immer noch ein wenig über ihr Verhalten verärgert war, wuchs meine Begierde immer stärker. Die Art, wie ihre Fingerspitzen meine Haut berührten, war auch nicht dazu angetan, den Verstand wiederzufinden. Ich wußte zwar noch nicht, was für ein Spiel sie da spielte, doch da ich ein Mann war, hatte ich eigentlich schon fast entschieden, sie dabei gewinnen zu lassen. Vorausgesetzt, es ging schnell.

Yennah schnaubte verächtlich. »Konkubine? Ich bin eine Prinzessin von Korinth! Vergiß das nicht! Das ist ganz und gar nicht, was ich will.«

»Na gut«, sagte ich. »Habe schon verstanden. Du willst eine meiner Ehefrauen werden«

»Nicht irgendeine Ehefrau. Deine Hauptfrau.«

Hauptfrau! Ich war völlig sprachlos. Vierzehn Jahre alt war dieses Ding. Einfach unglaublich! Ihre Kühnheit verschlug mir den Atem. »Tut mir leid, Yennah«, sagte ich kühl und schob sie beiseite. Gleichzeitig griff ich nach einem Handtuch, »aber ich habe schon eine Hauptfrau. Ich habe seit vierzig Jahren eine Hauptfrau.«

»Und? Welchen Nutzen hast du von ihr? Was bringt sie dir?«

»Wie meinst du das?«

»Wann hast du sie das letzte Mal beschlafen?«

»Yennah!«

»Ja, ist schon gut. Du weißt, was ich meine. Wann hast du zum letzten Mal . . .«

Ich hob abwehrend die Hände. »Ja, ich weiß, was du meinst.«

»Und?«

»Was und?«

Sie hob die Hände und streifte die Träger ihres Kleides von den Schultern. Mit etwas Nachhelfen glitt es zu Boden. Anmutig stieg sie darüber hinweg, und endlich stand sie vor mir, völlig nackt. Sie verschränkte die Arme hinter dem Rücken. Ihr Anblick war wahrhaft anbetungswürdig. »Wen hättest du lieber im Bett? Mich oder Tej?«

Yennah war eine hervorragende Verkäuferin.

Wie Sie sich denken können, wurde es für mich immer schwieriger, mit der Situation fertig zu werden. In Ägypten gibt es ein altes Sprichwort: »Ein Schwanz kann nicht denken«, und es war äußerst schwierig, meinen davon abzubringen, meine Gehirnfunktionen zu übernehmen.

»Was du willst, ist unmöglich, Yennah.« Ich war immer noch wie vom Donner gerührt ob dieses unglaublichen Vorschlags und außerdem ziemlich beleidigt. Mit welcher Unverfrorenheit und Selbstsicherheit sie mir diesen Vorschlag gemacht hatte! »Du bist keine Ägypterin, sonst würdest du wissen, daß dein Vorschlag völlig absurd ist. Selbst wenn ich es wollte – und ich will nicht –, wäre es nicht möglich. Es geht einfach nicht.«

Sie ergriff meine Hände und legte sie auf ihre Brüste. Und auch noch auf andere Stellen ihres Körpers. »Du bist doch der Großwesir«, flüsterte sie verführerisch. »Du wirst schon einen Weg finden.«

Wie machen Frauen das bloß? Woher haben sie dieses Wissen? Nur die Götter wissen, wie viele Hundert von Frauen ich in meinem Leben besessen hatte. Aber diese hier trieb mich zum Wahnsinn, weil ich sie nicht besitzen konnte. Was sie wollte, war völlig unmöglich. Gut, Dinge versprechen kann man ja . . .

Ich versuchte nachzudenken, doch logisches Denken fiel mir in diesem Augenblick nicht leicht. »Warum willst du denn unbedingt Hauptfrau werden? Reicht nicht einfach Ehefrau? Yennah, ich könnte vom Alter her dein Vater sein.

Oder vielmehr dein Großvater. Was macht es für einen Unterschied, ob du Hauptfrau bist oder nicht? Es ist sowieso das gleiche, irgendwie. Ich verspreche dir, daß ich dich gut behandeln werde – so, als seist du meine Hauptfrau. Du wirst bis auf den Titel alle Privilegien haben.« Ich redete mich gerade um Kopf und Kragen. Glücklicherweise fand diese Unterredung ohne Zeugen statt, deshalb würde ich später immer noch sagen können, sie hätte mich mißverstanden.

»Hauptfrau oder gar nichts.«

»Aber warum?«

»Weil ich Königin von Ägypten sein will.«

Die unglaubliche Dreistigkeit dieser Aussage verschlug mir erneut den Atem. »Du bist ja völlig verrückt geworden!«

Ihre Augen verengten sich gefährlich.

»Ich meine das sehr liebevoll«, fügte ich hastig hinzu. Dieses Mädchen hatte mich wirklich völlig aus dem Gleichgewicht gebracht. »Aber Yennah, du weißt doch, ich bin nicht der Pharao. Und ich werde auch nicht der Pharao sein.«

»Du könntest, wenn du wolltest.«

»Wie denn?«

»Du mußt Tut umbringen.«

Ich konnte nicht glauben, was ich da hörte. Diese nackte Göttin stand vor mir und schlug mir allen Ernstes vor, den König von Ägypten umzubringen. Und das tat sie mit einer Nonchalance, als bitte sie um ein Glas Wasser. Ich würde jetzt gerne behaupten, daß ihre unverfrorene Kühnheit – ihre Bösartigkeit, um genau zu sein – meine Leidenschaft abkühlte, doch leider war genau das Gegenteil der Fall. Ich wollte diese Frau. Trotz dieser ganzen perversen Situation begehrte ich sie.

Da ich stumm blieb, redete sie weiter. »Natürlich«, sagte sie kühl, »töte ihn. Das ist genau das, was du jetzt tun mußt. Und wenn du das selber nicht weißt, nun, jeder andere Bewohner Thebens weiß es. Selbst ich weiß es, und wer bin ich denn? Ein neues Sklavenmädchen, noch nicht einmal eine Woche in deinem Palast. Er hat vor, dich zu töten. Ich weiß zwar nicht, warum er vorher noch dieses Spielchen mit dir spielt, aber das ist dein Glück. Er hätte es einfach gleich tun können. Auf diese Weise gibt er dir Zeit. Nutze Sie. Nutze Sie, wenn du mich willst.«

»Du solltest dich nicht überschätzen«, sagte ich, ein Stück meiner Fassung zurückgewinnend, aber trotzdem erstaunt, überhaupt so eine Konversation zu führen. Mit einer vierzehnjährigen Sklavin. »Es gibt in Ägypten Tausende von Frauen. Ich kann jede von ihnen haben. Und deinen Ratschlag wegen Tut, den brauche ich nicht. Mit der Angelegenheit komme ich schon allein zurecht. Du bist zu weit gegangen. Viel zu weit. Ich werde dich dafür bis auf die Knochen auspeitschen lassen. Nein, ich werde es sogar höchstpersönlich tun.«

Sie ignorierte diese Drohung völlig. Nicht nur das, sie warf mir einen Blick zu, der andeutete, daß sie trotz ihrer jungen Jahre durchaus andere Varianten des Peitschens kannte. »Es mag in der Tat Tausende von Frauen in Ägypten geben. Aber schau mich doch an. Wie viele von ihnen sehen so aus?« Und dabei strich sie mit ihrer Hand über ihre Körperformen und fuhr sich durchs Haar. Sie hatte leider recht.

Ich griff in ihre Lockenmähne und berührte dieses wunderbare, dicke, glänzende Haar. Ohne es wirklich zu wollen, hörte ich mich plötzlich murmeln: »Dein Haar. Es ist wie . . . wie geschmolzenes Gold, wenn es aus den Schmelztiegeln fließt. Wie dieser besondere Sand jenseits des Großen Grüns, der dort am Strand liegt. Als schimmere Mondlicht auf das tiefdunkle Meer.«

»Es ist blond«, sagte sie knapp.

»Blond?« fragte ich verdutzt.

»Blond!« rief sie triumphierend und zog an ihren dicken Locken. »Du kennst noch nicht einmal das Wort dafür! Schau doch deine ganzen Frauen an. Schau deine ganzen Konkubinen an. Wie häßlich sie sind. Diese dunkle Haut. Dunkle Augen. Dunkles Haar. Das ist alles, was ihr hier in Ägypten kriegt.«

»Sie sind überhaupt nicht häßlich«, sagte ich und fühlte mich in der Defensive. »Sie sind sogar sehr attraktiv.«

»Du mußt es ja wissen. Aber nicht eine von ihnen ist blond.«

Da hatte sie leider wieder recht.

»Also du willst Königin von Ägypten werden?« dachte ich laut vor mich hin. »Schon erstaunlich. Sehr erstaunlich. Und es zeigt eine Kühnheit, die für dein Alter lobenswert ist.«

»Also?« schnurrte sie und rieb dabei diesen hinreißenden Körper an meinem. »Was denkst du?« Von Zurückhaltung schien sie noch nie etwas gehört zu haben.

»Laß mich darüber nachdenken«, sagte ich und spielte damit auf Zeit. Ich nahm sie in den Arm und zog sie an mich. Sie fühlte sich einfach phantastisch an.

Mit einer leichten Bewegung entkam sie mir; ich war noch feucht vom Bad, also war das keine schwierige Übung. Ich begehrte sie so sehr, daß ich zu explodieren glaubte.

»Nun gut«, sagte sie. »Also, denk darüber nach.« Ihre Finger spielten wieder mit mir.

»Das ist nur ein Vorgeschmack«, gurrte sie. »Nur ein kleiner Vorgeschmack.« Sie küßte mich zart auf die Wange. »Denk darüber nach, Eje. Denk darüber nach. Ich weiß, du wirst es tun.«

Ich war so verwirrt, daß mir die Impertinenz, mit der sie mich bei meinem Namen genannt hatte, in dem Moment gar nicht auffiel. Eines konnte ich sicher sagen: Seit kurzem gestalteten sich meine Tage äußerst spannend. Natürlich hatte ich nicht die geringste Zeit für die unglaubliche Kühnheit dieses erstaunlichen Sklavenmädchens namens Yennah. Nicht, wo mein Leben auf dem Spiel stand und mir nicht mehr viel

Zeit blieb. Das ist alles richtig, aber richtig ist auch, daß Sie Yennah nicht gesehen haben. Wie sie selbst schon sagte, sie ist blond. Ich sollte mich mit den wirklich wichtigen Dingen beschäftigen, aber ich merkte, wie ihr Vorschlag diese zusehends aus meinen Gedanken zu verdrängen begann. Das Leben ist eben nicht leicht.

12 Vierter Tag – Am Vormittag

Ich hätte mein nicht unbeträchtliches Vermögen darauf verwettet, daß mir so etwas wie diese Geschichte mit Yennah nie passieren würde. Und sie hätte auch wirklich zu keinem ungünstigeren Zeitpunkt als diesem passieren können, denn ich hatte ja gerade nichts Geringeres als einen Kampf um Leben und Tod auszufechten.

Um es ganz direkt auszudrücken: Ich fühlte eine völlig irrationale Begierde nach Yennah. Sie hatte innerhalb eines einzigen Tages von mir Besitz ergriffen. Und das mir in meinem Alter! Es war lächerlich, aber so war es eben. Ich war besessen von dieser Frau – dieser Kindfrau, um es präziser auszudrükken. Ich konnte einfach nicht aufhören, an sie zu denken, obwohl ich nichts lieber als das getan hätte. Es war einfach nicht der richtige Zeitpunkt. Körperliche Leidenschaft kollidierte mit der Suche nach Echnatons Mörder. Die Zeit wurde immer knapper. Jede Minute, die ich mit Überlegungen verschwendete, wie es mir unter welchen Bedingungen gelingen könnte, Yennahs hinreißenden Körper zu besitzen, konnte genau die Minute sein, die ich noch brauchte, um Tuts Rätsel zu lösen. Und das wollte ich unbedingt, denn schließlich hing davon ab, ob mein Kopf auch weiterhin an der Stelle sitzen würde, an der ich ihn am liebsten hatte. Aber mit solch lüsternen Gedanken . . . Doch das ist eben das Merkmal der Besessenheit – ich konnte absolut nichts dagegen tun.

Während ich nun den Pinsel in der Hand halte und diese Hieroglyphen male, verstehe ich es natürlich völlig, wenn Sie aus der Distanz diese Zwangslage für einen Siebenundfünfzigjährigen für völlig unpassend halten sollten. Und damit hätten Sie auch völlig recht. Ich würde genauso denken, wenn es um eine andere Person ginge.

Ich war ja nicht nur ein, nun, sagen wir, Mann von reifen Jahren, sondern ich hatte auch nicht gerade sexuellen Notstand. Ich weiß beim besten Willen nicht mehr, wie viele Frauen ich im Laufe der Jahre hatte. Um ehrlich zu sein, war Sex für mich inzwischen auch nicht mehr so sehr ein Ausdruck der Leidenschaft, sondern eher ein Ausdruck von Macht. Natürlich waren die Flammen der Leidenschaft noch nicht völlig erloschen, aber sie loderten nicht mehr ganz so heftig wie einst. Der Genuß lag mehr in der Eroberung denn im tatsächlichen Vollzug.

Vielleicht ist »Eroberung« das falsche Wort. Bei meinen Sklavinnen wäre das von mir zuvor gebrauchte Wort wohl eher angebracht: Macht. Und dann kommt plötzlich dieses griechische Mädchen, widersteht mir einfach, und mir fällt nichts, aber auch gar nichts ein, was man dagegen unternehmen könnte. Sie manipuliert mich mit einer Geschicklichkeit, die Nofretete vor Neid erblassen ließe.

Während ich so darüber nachdachte, wurde mir klar, daß Nofretete tatsächlich ein guter Vergleich war. Yennah war Nofretete in blond. Ich bin sicher, daß ihre Haarfarbe ein Grund für meine Besessenheit war – Blondinen, besonders so hinreißende, sind bei uns in Ägypten eine Seltenheit. Und blonde Prinzessinnen sind noch viel seltener. Trotzdem machte ich mir über Yennah keine Illusionen. Ich wußte genau, wie sie war. Sie war rücksichtslos, ehrgeizig, aggressiv, hart im Austeilen, sehr zielbewußt. Sie hätte eigentlich ein Mann sein sollen, doch wenn man in Betracht zog, wie schön sie war, hätte man das nur bedauert.

Auch wenn ich sie erst einen Tag kenne – von einer weiteren, nur flüchtigen Begegnung am Tag ihrer Ankunft in meinem Palast einmal abgesehen –, konnte ich schon jetzt behaupten, in meinem ganzen Leben noch nie jemanden getroffen zu haben, der soviel Chuzpe besitzt wie sie. *(Anmerkung des Übersetzers: Hier haben wir einen weiteren be-*

merkenswerten Ausdruck aus dem Hebräischen. So bemerkenswert ist er allerdings auch nicht, wenn man bedenkt, daß die Vorkommnisse, um die es in diesen Schriftrollen geht, zeitlich sehr nah am Exodus angesiedelt sind.)

Hauptfrau! Unglaublich! Dieses Sklavenmädchen, das meinem Befehl untersteht, völlig von mir abhängig ist und mich trotzdem dazu bringt, ihr Ansinnen zumindest zu überdenken – und entsprechende sexuelle Phantasien zu entwikkeln. Die Namen der unzähligen Sklavinnen wie Oudah, die mein Bad oder mein Bett mit mir geteilt haben, habe ich längst vergessen, aber nach dieser einen lechze ich wie ein Sechzehnjähriger. Das Spiel, das sie spielt, ist leicht zu durchschauen. Ich habe mit Echnaton genau das gleiche Spiel gespielt, als ich erkannte, wie besessen er von meiner Nofretete war, und bestand darauf, daß er sie zur Hauptfrau nimmt. Und Yennah glaubt, sie kann nun mit mir das gleiche machen. Zwar versuche ich mir ständig zu versichern, daß das auf keinen Fall passieren wird, aber ein Teil von mir denkt genau das Gegenteil. Yennah sieht sich als mehr denn nur Königin von Ägypten. Sie sieht sich als Pharao. Sie will Ägypten durch mich regieren. Das wird allerdings niemals passieren, das versichere ich Ihnen. Selbst für Yennah ist das ein unerreichbares Ziel. Unabhängig von dieser plötzlichen, irrationalen, blinden Besessenheit, sollte Eje je Pharao werden, dann wird keine Frau, nicht einmal Yennah, oder vielleicht sogar *gerade nicht* Yennah, statt meiner die Macht in Händen halten. Das garantiere ich. Ich bin ein völlig normaler, sterblicher Mann, und auch wenn ich zugeben muß, daß es Frauen manchmal gelingt, mich mit ihrem Charme zu blenden, wird es dennoch keiner Frau je gelingen, mir meine Handlungen vorzuschreiben. Mein Fleisch mag schwach sein, aber meine Entscheidungskraft? Niemals!

Trotzdem kann ich nicht umhin, ihr ein Lob zu zollen. Daß jemand wie sie so mutig nach den Sternen greift und es tatsächlich schafft, den Großwesir von Ägypten zu gewissen Gedankenspielen zu bewegen, ist eine reife Leistung. Erst recht, wenn man bedenkt, daß sie das alles an einem einzigen Tag geschafft hat. Sagen Sie mir, ich soll die ganze Sache sofort beenden. Sagen Sie mir, es sei reiner Wahnsinn. Ich würde zustimmen. Aber diejenigen von Ihnen, die schon einmal etwas Ähnliches durchlebt haben, werden mich verstehen.

Es bedurfte meiner ganzen Willenskraft, um das Bild ihres Körpers aus meinen Gedanken zu vertreiben, aber ich zwang mich dazu – wohl wissend, daß es nur vorübergehend sein würde und ihre verführerischen Formen jederzeit wieder ungefragt vor meinem inneren Auge auftauchen konnten. Mit Bedauern muß ich sagen, daß ich ein Mann bin, der vom Pech heimgesucht ist, was Frauen angeht. In den vergangenen Jahren hatte ich schon oft das Gefühl gehabt, daß sie mich noch ins Grab bringen würden. Diesmal konnte das tatsächlich der Wahrheit entsprechen.

Während meine Gedanken, wenn auch vorsichtig, noch um das gleiche Thema kreisten, drängte sich plötzlich ein noch dunklerer Gedanke auf. Gestern nacht hatte Yennah mit bemerkenswerter Kühnheit ihr wahres Ich gezeigt. Mit ihrem Temperament und ihren umfassenden Kenntnissen auf dem Gebiet der Intrige, die sie sich als Prinzessin von Korinth sicherlich erworben hatte, war sie vielleicht diejenige gewesen, die Oudah vergiftet hatte, um sich den Zugang zu mir etwas zu erleichtern? Sollte sich das bewahrheiten, dann war ich wieder am Anfang und besaß nicht mehr den geringsten Beweis für einen tatsächlich existierenden Mörder.

So schnell der Gedanke aufgetaucht war, so schnell verbannte ich ihn wieder. Unmöglich. Das Gift war für mich gedacht gewesen, nicht für Oudah. Ich hatte ja die Kelche vertauscht. Falls Yennah Oudah tatsächlich umbringen wollte, hätte sie es außerdem mit einem viel geringeren Risiko tun können, wenn nicht ausgerechnet ich dabei war.

Ich seufzte tief. Dann seufzte ich noch mal. Das alles zeigte nur, wie besessen mein Verstand inzwischen arbeitete, wie argwöhnisch ich geworden war und wie viele gegensätzliche Theorien ich gleichzeitig für plausibel halten konnte. Der Druck war kaum noch auszuhalten. Es waren einfach zu viele Probleme und Sorgen auf einmal! Und wieder einmal mußte ich zugeben, daß Tej recht behalten hatte. Ich hätte schon vor Jahren in Würde abdanken sollen, als ein Rücktritt noch möglich war, ohne dabei die eigene Sicherheit zu gefährden. Jeder Mann in Ägypten beneidete mich. Ich war der Großwesir. Ich besaß Macht – je nach Blickwinkel konnte man mich für den mächtigsten Mann im Lande halten. Die Macht der ägyptischen Krone gehörte zu einem großen Teil mir. Aber was war das schon? Hatte ich Spaß dabei, genoß ich es? Der Kopf von Königen ist eben auf kein sanftes Ruhekissen gebettet.

In derlei dunkle Gedanken gehüllt, begab ich mich auf den Weg nach Karnak. Diesmal trug ich die Prachtgewänder, die mich als Großwesir von Ägypten auswiesen. Meine Uniform als General der Palastwache würde im Tempel von Karnak nicht angebracht sein. Außerdem war die Kleidung noch nicht zurück von der Wäscherei und wohl sowieso kaum noch zu retten, nach allem, was sie in der Wüste mitgemacht hatte.

Und so reiste ich, begleitet nur von einer halben Korporalschaft, der ich Feldkleidung befohlen hatte, zu Aanen, dem Hohenpriester Amuns. Wahrscheinlich war auch das reine Zeitverschwendung, aber was sollte ich sonst tun? Ich konnte mich des Eindrucks nicht erwehren, daß ich gestern einen fürchterlichen Fehler begangen hatte. Ich hätte bei Haremhab bleiben und ihn mit allen Mitteln davon überzeugen sollen, Tut umzubringen. Auch in diesem Punkt hatte Yennah bemerkenswerterweise recht gehabt, obwohl ich immer noch nicht glauben konnte, daß sie tatsächlich den Mut und die Dreistigkeit besessen hatte, mir diesen Vorschlag zu machen.

Bring Tut um. Spätestens an diesem Punkt hatte ich gewußt, daß sie wirklich eine griechische Prinzessin war. Nur jemand, der bei Hofe aufgewachsen war, konnte die Situation so schnell erfassen und ohne Umschweife die Lösung dafür finden.

Den vergangenen Tag mit Haremhab hatte ich sinnlos vergeudet, und jetzt war es zu spät. Er würde inzwischen noch tiefer in der Wüste im Manöver stecken, und bis ich ihn gefunden hatte, würde es – selbst wenn er sich überzeugen ließe – schon zu spät sein, um einen Plan zu entwerfen, der wenigstens etwas Aussicht auf Erfolg versprach. Ich versuchte mich mit dem Gedanken zu trösten, daß es vermutlich auch gestern schon zu spät dafür gewesen war, aber ganz sicher bin ich mir nicht.

Eine Sache konnte ich allerdings tun. Ich konnte mein Wort halten, was das Begräbnis meiner Männer betraf, die Houy zweifellos gerade aus dem Wüstensand grub. Bevor sich der Tag dem Ende zuneigte, würde Houy mit seiner traurigen Last in Theben angekommen sein. Er hatte recht, daß es einen Präzedenzfall schaffen würde, aber das machte nun nichts mehr. In ein paar Tagen würde sich mein ganzes Leben ohnehin unwiederbringlich verändert haben, ob nun in die eine oder andere Richtung. Ich überlegte kurz, ob ich vielleicht mein eigenes Haus der Ewigkeit für die Reise meiner gefallenen Soldaten ins Jenseits zur Verfügung stellen sollte. Wenn man bedenkt, wie stümperhaft die Inschriften meines Neffen waren, wäre es vielleicht eine exzellente Lösung, die Inschriften auf diese Weise neu einmeißeln zu lassen. Auf der anderen Seite würde ich mein Haus der Ewigkeit vielleicht schon in ein paar Tagen selbst brauchen. Miese Orthographie und schlechte Grammatik hin oder her, jetzt war gewiß nicht der richtige Zeitpunkt für eine Überarbeitung.

Ich konnte nicht umhin, bei der endgültigen Lösung dieser Frage eine hinterhältige Genugtuung zu empfinden. Echnaton hatte einen Onkel gehabt, der, um es mal grob auszudrükken, ein unfähiger, herrischer, arroganter, unausstehlicher und aufgeblasener Narr gewesen war. Ich könnte seinen Namen aus *seinem* Haus der Ewigkeit tilgen und statt dessen die Namen meiner Männer einmeißeln lassen. Ich würde ihn einfach aus seinem Haus entfernen und meine Männer dort begraben lassen. Geschähe ihm recht. Wenn es je einen Mann gegeben hatte, der ein Weiterleben in Luxus nicht verdient hatte, dann dieser unausstehliche Onkel. *(Anmerkung des Übersetzers: Das Tilgen von Namen auf Grabmälern zum Zwecke der Weiterverwendung war im alten Ägypten durchaus nicht ungebräuchlich. Es gibt wenige schriftliche Hinweise auf die möglichen Gründe, aber basierend auf archäologischen Ausgrabungen, könnte man davon ausgehen, daß es sich oft um eine Form der Rache an den Verstorbenen handelte. In anderen Fällen war es wohl einfach nur praktisch gewesen. Wir mögen diese Vorgehensweise vielleicht nicht schicklich finden, doch es handelt sich schließlich nicht um unser Zeitalter, sondern Ejes.)*

Nachdem ich nun schon mehrfach versagt hatte, sah ich diese Reise nach Karnak mit wenig Hoffnung entgegen. Wie standen die Chancen, etwas Sinnvolles zu erfahren? Sehr schlecht. Aber ich mußte ja wenigstens *irgend etwas* tun, und mir war nichts anderes eingefallen als dieses hirnlose Befragen von Verdächtigen auf meiner Liste, immer in der Hoffnung, daß einem von ihnen, wie sich Haremhab ausgedrückt hatte, das Wort »Dummkopf« auf die Stirn gemalt stand. Wie sehr wünschte ich mir einen Präzedenzfall, nach dem ich mich würde richten können, der mir zeigte, wie ein anderer, dem ein solches Rätsel gestellt worden war, es gelöst hatte. »Keine Folter! Keine Folter! Keine Folter!« Immer wieder gingen mir Tuts Worte durch den Kopf, als würden sie ewige Verdammnis verkünden.

Mir graute es vor diesem Tag. Ich bin ein zutiefst religiöser

Mensch – ich glaube, das habe ich Ihnen schon gesagt –, und Karnak erfüllte mich mit Respekt und lähmender Furcht. Moment mal! Ich bin kein Feigling! Was immer Sie sonst von mir halten mögen, ein Feigling bin ich nicht. Mein etwas übergewichtiger Körper ist mit Narben, die mir feindliche Krieger zugefügt haben, übersät. Genug, um meine Tapferkeit zu beweisen.

Völlig unbewußt berührte ich in diesem Moment die vernarbte Wunde an der Innenseite meines linken Arms. Man spürte immer noch den Wulst, der kurz über meiner Armbeuge begann und sich bis zur Achsel zog. Es war eine alte Wunde, die nicht sehr gut vernarbt war. Ich konnte mich glücklich schätzen, daß sie überhaupt geheilt war, wenn man bedenkt, wie tief das Schwert des Gegners in mein Fleisch eingedrungen war.

Er war Hethiter gewesen und ein tapferer dazu. Jener Tag liegt nun schon fast dreißig Jahre zurück, und dennoch erinnere ich mich an den Mann, als sei ich ihm gerade begegnet. Er war riesig. Ein wahrer Hüne. Halten Sie das jetzt bitte nicht für eine der klassischen Kriegsübertreibungen. Er war fast dreißig Zentimeter größer als ich, und ich bin schon nicht klein. Er war auch jünger, muskulös, trug eine gute Rüstung, und in seinen Augen spiegelte sich der Blutrausch des wahren Kriegers. Aber auch ich war an jenem Tag äußerst temperamentvoll gewesen.

Er war irgendeine Art von Anführer – ob von einm Zug oder einem Regiment, weiß ich nicht, doch er trug ein hethitisches Rangabzeichen in Form eines Medaillons um den Hals, und sein von der Sonne zerfurchtes Gesicht war das eines Mannes, dem andere in den Tod folgen würden. Mein Streitwagen stand in der Vorhut des Regiments, das ich immer anführte. Ich höchstpersönlich. Staubwolken waberten unter meinem Streitwagen hoch, und ich konnte das gnadenlose

Donnern der Hufe meiner Kavallerie hören, die hinter mir auf den Boden stampften und einem einzigen Mann folgten, wohin der seinen Streitwagen auch lenkte. Ich hielt direkt auf die Karosse des verfeindeten Königs zu. Seine berittene Leibwache brach los, um uns zu schlagen. Jeder von ihnen war bereit zu sterben, um seinen Monarchen zu retten; das ist allerdings auch ihre Pflicht. Ich befand mich Auge in Auge mit dem Elitekorps der Hethiter, den Bodyguards des Königs, jeder einzelne handverlesen.

Sie griffen an und ließen dabei diesen mörderischen, wilden, kriegerischen Schrei los, der einem das Blut in den Adern gefrieren läßt. Ich sah sein Gesicht nur einen Moment lang, doch die Erinnerung daran ist mir für immer in mein Gedächtnis geäzt. Ich werde es auf meiner Reise in die Ewigkeit bei mir tragen, noch in Millionen von Jahren werde ich dieses Gesicht sehen. Jede Nuance des Antlitz', jedes kleine Detail dieses feindlichen Gesichts, selbst die Härchen, die aus seinen aufgeblähten Nasenlöchern sprossen.

Ohne Gnade hieb er mit seinem Säbel auf mich ein. Im ersten Moment glaubte ich fest, er habe mir den linken Arm vom Körper abgetrennt. Und im gleichen Augenblick drang auch schon meine Lanze in sein Auge ein. Mit ungeheurer Wucht prallten unsere Schlachtrösser aufeinander, und dieser Aufprall drückte die Lanze nur noch tiefer in seinen Schädel hinein, bis sie durch den Rückenschild seines bronzenen Helms hindurch wieder austrat. Bevor die Schlacht vorbei war, hatte ich so viel Blut verloren, daß ich den Tod nahen sah, doch seltsamerweise verspürte ich keinen Schmerz, solange der Feind noch das Schlachtfeld beherrschte.

Ja, ich habe feindlichen Soldaten Auge in Auge gegenübergestanden, ich habe ihre Gesichter gesehen und habe mehr als einen mit einem Schlag meines Schwertes oder einem Stoß meiner Lanze getötet. Doch Mut in der Schlacht ist eine Sache. Mut den Göttern und ihren Geheimnissen gegenüber ist etwas ganz anderes. Ich glaube mit meinem ganzen Herzen an unsere alten ägyptischen Götter, und Karnak ist das Heiligste der Heiligtümer, Karnak ist Heimstätte des Amun. Karnak ist sein Reich, und er vollführt seine Wunder in seinem Göttlichen Haus, seinem Haus des Lebens. Ich habe seine Wunder mit meinen eigenen Augen gesehen, und kein Mann, der je eines miterlebt hat, würde an der Existenz Amuns und seiner göttlichen Macht irgendwelche Zweifel hegen. Schutzsuchend umklammerte ich mein Amulett. Sollte es sich tatsächlich herausstellen, daß der Hohepriester Aanen verantwortlich für den Mordanschlag war, dann wußte ich, daß mir mein kleines Amulett nicht würde helfen können. Nicht gegen die Mächte, die Aanen befehligte. Aber außer Mutters Amulett besaß ich nicht das Geringste, was mir hier vielleicht hätte helfen können.

Sie kennen natürlich Karnak. Wie sollten Sie auch nicht? Auf der ganzen Welt gibt es kein Großes Haus, das diesem vergleichbar wäre. Seine Größe ist unvorstellbar: jeder Mann, der seinen Hof betritt, schrumpft plötzlich zu einer Fliege, einer Schmeißfliege, einer Mücke. Voller Stolz darf ich Ihnen sagen, daß ich in meiner Funktion als Großwesir persönlich für viele der kunstvollen, detailreichen Arbeiten an diesem grandiosen Bauwerk verantwortlich bin und daß ich persönlich jeden Stein geprüft, jede Hieroglyphe nachgelesen und jede Statue, ob groß oder klein, freigegeben habe, um sicherzustellen, daß sie fehlerlos und perfekt sind. Sie kennen mich mittlerweile gut genug, um zu wissen, daß ich nur ein Mensch bin und mit vielen Fehlern behaftet; vielleicht sogar mit mehr Fehlern als die meisten anderen Menschen. Oder vielleicht bin ich auch nur ehrlicher als die meisten anderen Menschen. Aber als es um Karnak und die heilige Residenz des Verborgenen ging, nahm ich die Aufgabe körperlich und seelisch gereinigt in Angriff. Bevor ich den heiligen Bereich betrat, säuberte ich meinen Körper siebenmal. Meine Seele reinigte ich durch Fasten und Gebete, damit dieses große Unterfangen, das auf meinen Befehl und von eigener Hand durchgeführt wurde, dem Großen Herrn Amun gefallen möge. *(Anmerkung des Übersetzers: Eje spricht die Wahrheit. Die Erweiterung und Verschönerung des wunderbaren Tempels von Karnak ist größtenteils sein Werk.)*

Ich erreichte die äußeren Bezirke des Tempelbereichs und hielt an der Sphinxallee an. Dort nahm ich meine Kopfbedekkung ab und legte eine Minute des respektvollen Schweigens ein. Es war ein heißer Tag – welcher Tag im Tal der Könige ist das nicht? Doch trotz der unerbittlichen Hitze begann ich plötzlich zu zittern. Meine Haut wurde kalt und feucht. Ich spürte – was genau? Irgend etwas. Eine Vorahnung, wenn Sie so wollen. Das Gefühl, als würde mir nur hier die Lösung zu meinem Rätsel offenbart werden. Dieses Gefühl, diese Wahrnehmung, diese vage, noch nicht in klare Gedanken zu fassende Ahnung kam überraschend, wenn man bedenkt, daß ich zu Beginn der Reise ganz gegenteilige Gefühle gehegt hatte, der Überzeugung gewesen war, daß auch diese Reise zu nichts führen würde.

Wie Sie wissen, liegt der Tempel von Karnak ungefähr sechs Meilen vom königlichen Palast entfernt, wenn man die ganzen Kurven der Straße dorthin einrechnet. Diese Reise durch die breiten, schönen Straßen von Theben war eine wahre Freude, besonders, wenn man sie mit den Strapazen verglich, die ich bei meinem gestrigen Ausflug in die Wüste zu erdulden gezwungen war. Heute würde weder meine Würde noch mein Körper leiden müssen. Ich konnte stehend in meinem Streitwagen reisen, und die sechs Meilen waren keine so beträchtliche Reisedistanz, als daß es für meine Füße eine wirkliche Strapaze gewesen wäre. Ich reiste mehr oder weniger allein; nur vier Männer meiner Kavalleriegarde begleiteten mich. Die Schrecken Karnaks waren anderer Natur als die, die Haremhab verbreiten konnte: Vier Begleiter sollten für Karnak ausreichen. Sie hatten eher zeremoniellen Charakter, aber zumindest vier mußten es meiner Meinung nach schon sein, um meine Würde und meinen Rang nach außen zu wahren.

Da ich Ihnen gegenüber ehrlich bin, sollte ich vielleicht zugeben, daß die Begegnung mit Haremhab am Vortag ein Schmusen mit einem Kätzchen war, verglichen mit dem, was mir heute bei Aanen bevorstand. Der Hohepriester läßt mir vor Angst das Blut in den Adern gefrieren. Nicht, weil er mir körperlich überlegen wäre. Ich könnte ihn wie vertrocknete Papyrusstauden zerbrechen. Was mich so ängstigt, ist das, was er ist, und das, was er zu tun imstande ist.

Ich mag ihn schon nicht als Mensch, doch er in seiner Funktion als Hohepriester Amuns läßt mich in seiner Gegenwart vor Angst erbeben. Sollte er wirklich der Schuldige sein; sollte er wirklich Echnaton umgebracht haben, dann hatte er sich zu diesem Zweck der Magie und der Zauberformeln bedient, und dann hätte nichts auf der ganzen Welt den Pharao retten können. Doch trotzdem mußte ich so viel wie möglich in Erfahrung bringen, und sollte Aanen dafür gesorgt haben, daß Echnaton sein Haus der Wahrheit *(Anmerkung des Übersetzers: sein Grab)* betreten mußte, dann würde Tut entscheiden müssen, wie nun weiter verfahren werden sollte.

Ich drängte die Pferde vorwärts durch das Große Tor, vorbei am Heiligen See den Säulenhof hinunter, bis ich das Heiligste erreicht hatte. Hier mußten die Pferde zurückbleiben. Überall sah ich das Werk meiner eigenen Hände. Alles erstrahlte in neuem Glanz, und ich betete, daß Amun mit dem Ergebnis genauso zufrieden sein möge wie ich. Stolz las ich die fehlerfreien Hieroglyphen, die tief in den Sandstein eingemeißelt waren und in den heiligen Blau-, Grün- und Rottönen verkündeten, daß es Eje war, der Großwesir Echnatons und Tutanchamuns, der veranlaßt hatte, daß dieser großartige Tempel erweitert wurde, zum größeren Ruhme der Götter.

Ich spürte ein ganz befremdliches Gefühl der Zeitlosigkeit, der Nicht-Realität. Ich fühlte mich leicht wie eine Feder, als ob ich schwimmen würde. Die große Tür zum Sanktuarium baute sich vor mir auf. Ich muß sie nicht beschreiben. Sie haben sie ja selbst schon gesehen, alles vergoldet, geschnitzt, atemberaubend in seiner Größe, der geflügelte Gott blickt gelassen und entspannt hinunter auf seine Untertanen und schafft eine äußerst bemerkenswerte Stimmung des Friedens, der Ruhe. Jeder, der hier steht, spürt plötzlich eine völlige Reinigung seiner selbst, und ohne daß er daran denkt, ohne daß er es überhaupt spürt, umgibt ihn der Geist der Ewigkeit, als hätten seine allumspannenden Schwingen ihn bereits aus den Sorgen dieser Welt in die Vollendung der nächsten getragen. Es waren meine Arbeiter, die diese Tür angefertigt hatten!

Genau hier, daran dachte ich plötzlich, war Tut, noch ein Kind, im Alter von zehn Jahren zum König gekrönt worden. Die Feierlichkeiten hatte ich organisiert. Hier erhielt er den Krönungsnamen Neb-cheperu-Re, auch wenn er für mich immer Tut bleiben wird. Ich sehe ihn noch, wie er da stand, nackt bis zur Taille, mit bloßen Füßen, nur mit einem einfachen, gefältelten Lendenschurz bekleidet. Das Innere des Tempels war damals in schlechtem Zustand, denn trotz der Armeen von Architekten und Handwerkern, die ich mit der Aufgabe betraut hatte, war nicht ausreichend Zeit für eine vollständige Renovierung geblieben. Die Krönung mußte jedoch unbedingt schnell vor sich gehen. Nur so konnten Haremhab und ich unsere Macht konsolidieren.

Ich hatte angeordnet, jedes Zeichen, jede Hieroglyphe und jedes Abbild des verhaßten Echnaton zu entfernen. Die Steinmetze arbeiteten vom Morgengrauen an, bis das letzte Licht des Tages verloschen war, und am Tag der Krönung schien es, als habe der Pharao Echnaton nie existiert. Die Zeichen an den Wänden und Pylonen waren ungelenk und häßlich, doch jede Spur von Echnaton, alle seine Namen, alle seine Bildnisse waren verschwunden, auf daß sie nie wieder den mächtigen Amun verärgern, beleidigen oder in den Schmutz ziehen konnten.

Noch heute, acht Jahre später, sehe ich vor meinem inneren Auge die Prozession der Priester, begleitet von den höchsten Würdenträgern des Hofes, vorbeiziehen. Natürlich war Eje einer der wichtigsten. Und Haremhab. Die Priester des Tempels führten den Pharao in die Mitte eines flachen Teiches, den er für den Reinigungsritus betrat. Dabei hielten sie ihre geschorenen Köpfe zu Boden und die Augen zur Seite gewandt, um nicht zufällig in die des Pharaos zu blicken. Vier Priester standen an den vier Kardinalspunkten und erinnerten damit an die Teilung der Welt in vier Gebiete, so wie es unsere alte Liturgie überliefert. Sie trugen alle unterschiedliche Masken. Einer verkörperte Toth mit seinem Ibisschnabel, ein anderer den falkenköpfigen Horus, der dritte Seth mit seinem geschwungenen Maul und den eckigen Ohren und der vierte den anderen Falkengott Dunawy.

Nach vielen Taufen und rituellen Waschungen setzte dann der Priester Inmutef eine Krone nach der anderen auf Tuts Haupt, die weiße Mitra, die Krone der Zwei Mächtigen, die Atef-Krone des großen Gottes Re und, und, und, um damit zu symbolisieren, daß er der Auserwählte Amuns sei. Für diese Handlung trug Inmutef eine Perücke aus geflochtenem Haar, das zu einer Seite gebunden war, und ein schweres Leopardenfell, das ihn von Kopf bis Fuß bedeckte.

Die Zeremonie dauerte den ganzen Tag. Es war äußerst anstrengend, doch jedem Gott mußte gehuldigt werden, und so ging die Sonne bereits langsam unter, als Tut endlich die fünf Namen erhielt, die ihm von den Schreibern des Lebenshauses zugedacht worden waren. Und endlich hatte Ägypten seinen neuen Pharao, seinen neuen König des Nordens und des Südens.

Ich hing hier keineswegs irgendwelchen unnützen Tagträumen nach. Sollte ich bei meinem Auftrag versagen – mir blieben ja nur noch drei Tage –, dann konnte ich zwischen zwei gleich verrückten Möglichkeiten wählen. Ich konnte mein Versagen zugeben und mein Schicksal erwarten, in der Hoffnung, daß es nur Verbannung und nichts Schlimmeres wäre. Oder ich konnte den Pharao töten, und mit Glück, Mut und Geschick würde ich dann hier noch ein zweites Mal stehen. Doch in diesem Fall würden alle Kronen, eine nach der anderen, auf *meinen* Kopf gesetzt werden.

Tief in Gedanken versunken, verharrte ich in meinem Streitwagen und senkte den Kopf zum Gebet. Meine Lippen bewegten sich stumm, während ich das zeitlose Gebet an den großen Gott Amun murmelte, bevor ich mich tiefer in sein innerstes Heiligtum wagte.

Völlig ohne Vorwarnung fühlte ich plötzlich einen starken Schlag gegen meine Brust. Seine Wucht ließ mich nach hinten schnellen und beinahe aus dem Wagen kippen, hätte ich nicht instinktiv nach den Zügeln gegriffen. Mein Fahrer schrie warnend auf, doch viel zu spät, als daß es mir noch etwas genützt hätte. Ich schnappte nach Luft, doch es dauerte einige Augenblicke, bis ich wieder einigermaßen durchatmen konnte. Die Faust Amuns hatte mich getroffen.

»Herr!« schrie mein Fahrer. »Ist etwas passiert? Seid Ihr verletzt? So redet doch!« Auf seinem Gesicht las ich ernste Besorgnis, aber ich wußte nicht, ob das Sorge um mein Leben war oder Sorge um die mögliche Strafe dafür, daß er seiner Pflicht, mich zu bewachen, nicht nachgekommen war.

»Nichts passiert«, erwiderte ich japsend, obwohl ich mir nicht ganz sicher war. Meine Stimme klang rauh. »Was war das denn gerade?«

»Ihr wurdet angeschossen, Herr. Ein Pfeil. Hier, seht nur!« Mein Fahrer verließ seinen Posten an der rechten Seite des Wagens und sprang gelenkig zu Boden. Er griff nach dem gebrochenen Schaft eines riesigen Pfeiles und reichte ihn mir. Ich untersuchte ihn sorgfältig.

»Keiner unserer üblichen Militärpfeile oder, Artouf?«

Nun betrachtete auch Artouf eingehend den Pfeil. »Nein, Herr. Auf keinen Fall. So einen Pfeil habe ich noch nie gesehen.«

Er vielleicht nicht, ich allerdings schon. Es handelte sich um einen Pfeil, wie er zu zeremoniellen Zwecken verwendet wird. Er war sehr lang, sehr dick und am Ende mit Falkenfedern befiedert. Ein Pfeil aus den Köchern der Palastwache. Nicht meiner Kavalleriegarde, sondern Haremhabs Infanterie! Hätte ich unter den Roben nicht meinen Harnisch getragen, hätte er mich glatt durchbohrt. Wer immer diesen Pfeil abgeschossen hatte, mußte über starke Arme und gute Augen verfügen, denn der Bogen war sicherlich bis zum äußersten gespannt gewesen. Meine Brust schmerzte immer noch von der Wucht des Aufpralls.

Mein erster Gedanke war Haremhab. Wer sonst? Doch sofort begriff ich, daß er nicht zwangsläufig etwas damit zu tun haben mußte, wenn eine seiner Palastwachen es auf mein Leben abgesehen hatte. Das bewies gar nichts. Erst recht, wo Haremhab mitten in der Wüste steckte und ich hier. Ich konnte mir nicht vorstellen, woher er hätte wissen sollen, daß ich den heutigen Tag in Karnak zubringen würde. Allerdings setzte das wiederum voraus, daß sich Haremhab tatsächlich noch im Lager befand und nicht heimlich nach Theben zurückgekehrt war.

Nein, jeder meiner potentiellen Feinde – außer Yuti vielleicht, und auch er besaß die Mittel für eine Bestechung – hätte diesen Angreifer dingen können. Was mich genauso störte wie der Mordversuch als solcher, war, daß jemand in meinem Palast, in meinem Stab, mich verraten hatte. Denn nur daher konnte die Information über meinen heutigen Aufenthaltsort stammen. Dieser Gedanke war ernüchternd; allerdings waren meine Gedanken generell schon so nüchtern, wie es überhaupt möglich war.

Ich hielt den gebrochenen Pfeil fest in meiner Hand und versuchte, aus dem geborstenen Schaft mehr herauszulesen. Leider vergeblich. Ich winkte Artouf zu mir. Verständlicherweise näherte er sich mir nur zögernd. Waren in diesem Heiligsten der Heiligtümer vielleicht noch weitere Angreifer versteckt, die mit gezogenen Schwertern und gespannten Bogen hinter den Säulen auf uns warteten? Gut, wenn wir hier den Tod finden sollten, dann geschähe es zumindest am besten Ort der Welt. Immerhin waren wir im Heiligsten der Heiligtümer!

Ich holte tief Luft und ging entschlossenen Schrittes nach vorn. Als ich gerade durch die Tür das Innere des Tempels betrat, spürte ich jemanden hinter mir. Ich hatte nichts gehört, ich wußte einfach nur, daß da jemand war. Fast gegen meinen Willen drehte ich mich um, und da stand Aanen, in vollem Staat. Er hatte mir einen gehörigen Schrecken eingejagt, das kann ich Ihnen sagen. Wie hatte er das bloß gemacht? Ich hatte keine Schritte gehört, kein Rascheln von Gewändern, gar nichts. Und trotzdem stand er da. Vielleicht begreifen Sie nun, warum mich dieser Mann nervös macht.

Wie ich schon sagte, Aanen war schmallippig und blickte griesgrämig drein, so griesgrämig, daß es eines meiner Steinmetze bedurft hätte, ihm ein Lächeln ins Gesicht zu hauen. Er war ausgesprochen groß – größer sogar als Haremhab – und ausgesprochen dünn. Er besaß noch sein volles Haupthaar, und darauf war ich mehr als neidisch, doch selbst sein Haar, das mit Pomade eng an den Kopf frisiert war, wirkte kantig und furchteinflößend. Er trug keinen Bart und seine dunklen Augen lagen in tiefen Höhlen. Die tiefblaue, fast schwarze Farbe, mit der er sie mandelförmig umrandet hatte, ließ seine Augen fast unsichtbar werden. Wenn man sich unter einem Hohepriester die fleischgewordene Rache der Götter vorstellte, dann war Aanen genau der Richtige dafür. *Ich* jedenfalls hatte Angst vor ihm.

In seiner rechten Hand trug er den mit Edelsteinen besetzten Amtsstab, seine linke war mit Goldringen an jedem Finger, Daumen inklusive, beladen. Die teuren Gewänder und die hohe Qualität seiner Juwelen bezeugte, daß es durchaus auch diese Welt belohnte, wenn man der Liebling Amuns war.

»Na, Eje«, sagte er ohne jedes einleitende Wort, »bist du hier wegen dieser Echnaton-Sache?« Man hätte erwarten können, daß seine Stimme einen düsteren Klang hatte. Überhaupt nicht. Sie war tief und melodisch – woher er sie nahm bei einer so schmalen Statur, war mir ein Rätsel –, und wenn er an den hohen Feiertagen die heiligen Psalme sang, glaubte man, Gottes Stimme zu hören.

»Du bist sehr gut informiert, Aanen. Ich freue mich ebenfalls, dich zu sehen.«

Diese kleine Spitze ignorierte er. »Dieser Tage kannst du dich nirgendwohin begeben, ohne daß jedermann genauestens über deine Schritte informiert wäre. Du bist die beste Unterhaltung, die Theben seit Jahren hatte. Die Leute – selbst die einfachen Leute – schließen schon Wetten ab, wie die Sache für dich endet.«

»Sicherlich wetten alle, daß ich Erfolg haben werde.«

»Es steht drei zu zwei, daß du nächste Woche um diese Zeit nicht mehr unter den Lebenden weilen wirst.«

Aanen lächelte nicht bei diesen Worten. Aanen lächelte nie. Und Späße machte er erst recht nicht. Wenn er sagte, es stünde drei zu zwei gegen mich, dann stand es drei zu zwei gegen mich.

»Vielen Dank, daß du mir das gesagt hast, Aanen. Ich denke, ich sollte wohl auch eine Wette abschließen, wenn ich wieder in Theben bin.«

»Ich schlage vor, alles zu verwetten, was du besitzt. Du hast sowieso nichts mehr zu verlieren.«

Ich dachte über seine Bemerkung nach. Der Mann hatte recht.

Er redete weiter. »Schade, daß du nicht gestern gekommen bist. Der Pharao war hier. Er hätte sicherlich gerne einen Rapport gehört, aus deinem eigenen Munde. Was du so herausgefunden hast, falls du etwas herausgefunden hast. Er und Yuti und ich kamen nach dieser höchst amüsanten Audienz mit dir direkt hierher – es ist das Buto-Fest, weißt du. Zwar nur ein unbedeutender Feiertag, aber der Pharao kommt an jedem Feiertag hierher. Er ist einer der treuesten Anhänger meiner Gemeinde.«

»Ist Yuti auch schon wieder nach Theben zurückgekehrt?«

»Nein. Er ist noch hier. Heute jährt sich der Todestag seines Vaters. Yuti ist ein treuer Sohn. Er verbringt diesen Tag mit Gebeten und Opfern für die Seele seines Vaters. Dieser Brauch wird nicht mehr so treu verfolgt wie noch vor einigen Jahren. Schade. Jeder will nur noch Geld scheffeln. Keiner will sich mehr einen Tag freinehmen, um für die Erlösung der Seele seines Vaters zu beten.« Na, wenigstens etwas. Jetzt, wo ich die Zeit bald in Stunden anstatt Tagen zählen konnte, mußte ich wenigstens nicht noch umständlich nach Yuti suchen. Yuti war hier. Und Tut nicht – auch das war Glück. Nach allem, was mir in den letzten Tagen widerfahren war, hatte auch ich das Recht auf ein wenig Glück.

Ich hatte Dutzende von Fragen an Aanen. Woran er sich bezüglich der Ereignisse um Echnatons Tod noch erinnern konnte. Was er vielleicht über diesen Vorfall wußte, der gerade erst passiert war. Das heißt, diese Dinge wollte ich ihn fragen. Leider kam etwas ganz anderes heraus, als ich den Mund aufmachte. Bis zum heutigen Tage weiß ich nicht, warum ich sagte, was ich sagte. Denn was ich sagte, war: »Aanen, ich habe da einen . . . einen Freund, der ein schwerwiegendes Problem hat. Vielleicht kannst du ihm dabei helfen. Er hat da diese Hauptfrau, mit der es gewisse Schwierigkeiten gibt, und nun fragt er sich, ob es nicht eine vom Tempel abgesegnete Möglichkeit gibt, wie er . . .« *(Anmerkung des Übersetzers: An diesem Punkt folgt eine lange und umständliche Erklärung Ejes. Das Wort, nach dem er suchte, heißt »Scheidung«. Aber zum damaligen Zeitpunkt war es in Ägypten nicht möglich, sich von einer Hauptfrau scheiden zu lassen, nachdem sie Kinder geboren hatte.)*

Aanen dachte über meine Frage nach. Ich stand bloß da, wie vom Donner gerührt. Was war passiert? Verstehen Sie jetzt, was ich meine, wenn ich von magischen Kräften spreche? Ich war gerade vom Pfeil eines Meuchelmörders getroffen worden, ich hatte dringende Fragen an Aanen zu richten, auf die ich mir erhellende Antworten erhoffte, und was frage ich ihn? Der Verborgene kannte Gedanken, von denen ich selbst nicht einmal wußte, daß ich sie hatte, und Aanen konnte in meine Seele spähen.

Und noch ein anderer finsterer Gedanke machte sich breit. Besaß Yennah vielleicht noch andere magische Kräfte, von ihren offensichtlichen, körperlichen mal abgesehen? Ich schwöre, ich hatte nie ernsthaft erwogen, nicht eine Sekunde lang, mich von Tej zu trennen. Doch plötzlich sprang mir diese Frage aus dem Mund. Ich spürte, wie mir das Blut in den Kopf schoß und ich beinahe ohnmächtig wurde.

Völlig ungerührt dachte Aanen über diese Frage lange und ausgiebig nach. Er erweckte nicht den Eindruck, als fände er sie seltsam. »Ein – Freund, sagtest du? Du fragst für einen Freund? Eine ungewöhnliche Frage. Ich werde mich ihr widmen.«

13 Vierter Tag – Am Nachmittag

Aanen legte die Fingerspitzen aneinander, so daß sie einen kleinen Bettempel ergaben, während er weiter über meine Frage nachdachte. Über *meine* Frage? Was da aus meinem Mund gekommen war, daran hatte ich in diesem Moment doch überhaupt nicht gedacht. Scheinbar doch. Sonst hätte ich es wohl nicht gesagt. Wie kann ich etwas denken, ohne mir dessen bewußt zu sein? Das ist ein wahres Rätsel. Amun der Allwissende lebt hier in diesem Tempel, und wieder einmal konnte ich mich nur in Ehrfurcht vor seinen unglaublichen und geheimnisvollen Kräften verneigen.

»Die Frage, die du mir auf Bitten deines Freundes stellst, ist eine ungewöhnliche«, sagte Aanen dann und fiel wieder in nachdenkliches Schweigen, auch wenn sich seine Stirn dabei nicht in Falten legte. Er schaute mich an, genauer gesagt, er schaute in mich hinein, durch mich hindurch, über mich hinaus. Sein eines Auge schielte ein wenig, so daß er den unheimlichen Eindruck erweckte, mit einem zu reden, ohne daß man selbst anwesend war.

»Ist Ehebruch vorgefallen?« fragte er mit salbungsvoller Stimme.

»Das weiß ich nicht genau«, murmelte ich und schaute dabei an ihm vorbei, »ich soll nur diese Frage aurichten.«

»Im Falle eines Ehebruchs wäre es gar kein Problem. Auf Ehebruch steht bei Frauen die Todesstrafe. So wäre das Problem schon gelöst. Natürlich weißt du das selbst, du bist ja Oberster Richter. Ich nehme mal an, daß dein Freund eine göttliche Lösung anstelle einer zivilen sucht. Manche Männer sind so. Es macht einen besseren Eindruck, wenn es von den Göttern besiegelt wird, wenn es vom Tempel abgesegnet ist.«

Seine Lippen wurden noch etwas schmaler. »Bei Ehebruch

geht es nur noch darum, was man bevorzugt. Steinigen. Vergiften. Bei lebendigem Leib in der Wüste begraben. Das liegt ganz beim Ehemann. Ich persönlich würde mich für Steinigen entscheiden. Honoriert unsere alten Sitten. Aber ich würde diese Meinung nie anderen aufzwingen wollen.« Diesen letzten Satz sagte er in einem frömmelnden, selbstgerechten Ton, den ich ganz besonders unangenehm fand. Ich hatte keine Schwierigkeiten damit, *was* er gesagt hatte; dieser schmierige, heilige, unerträgliche Ton war es, der mich aufbrachte.

Ich sagte nichts weiter, denn ich hatte das Thema ja sowieso nicht ansprechen wollen. Aber Aanen hatte sich richtig für die Frage erwärmt und war nun nicht mehr zu bremsen.

»Wenn allerdings kein Ehebruch begangen wurde, ist die Sache schon viel schwieriger. Ich nehme mal an, daß das bei deinem Freund der Fall ist, denn sonst hätte er mir die Frage ja gar nicht erst stellen müssen. Wenn es also nicht um Ehebruch geht, geht es um eine andere Frau. Das ist meistens das Problem. Und dein Freund scheint zu den Großen des Reiches zu gehören, denn sonst könnte er die andere ja auch zu einer Zweitfrau, Konkubine oder Geliebten machen. Was auch immer.«

Solange Aanen noch mit der Hingabe eines Hundes an diesem Knochen nagte, konnte ich genausogut versuchen, soviel wie möglich zu dem Thema in Erfahrung zu bringen. Es konnte ja nicht schaden, oder? Also blieb ich weiter stumm, denn ich spürte, er würde auch ohne ermutigende Reaktion meinerseits beim Thema bleiben wollen. Wobei ›spüren‹ wohl das falsche Wort ist. Ich *wußte*, daß er sich davon nicht würde abbringen lassen. Wie alle Priester konnte auch ihn nichts davon abbringen, angeberisch seine Gelehrsamkeit unter Beweis zu stellen. Wäre ich plötzlich in einer Rauchwolke verschwunden, so hätte ihn das auch nicht weiter gestört; er hätte so lange weitergeredet, bis alles zu dem Thema gesagt war, was er wußte.

»Weißt du«, fuhr er wie erwartet fort, »ich hatte schon mal so einen Fall. Das ist schon einige Jahre her. Es ging um eine illustre Persönlichkeit hoher Abstammung. Ich habe damals ungeheuer viel Material über dieses Thema gesammelt.«

Plötzlich explodierte etwas wie ein heißer Lichtstrahl in meinem Hirn. »Echnaton!« rief ich. »Du hast dich damals wegen Echnaton damit beschäftigt!« Was immer mich ursprünglich auch bewegt haben mochte, diese Unterhaltung anzufangen, nun schien sie Früchte zu tragen.

Doch es wäre besser gewesen, den Mund zu halten. Diese Unterbrechung, zumal es um ein so heikles Thema wie den früheren Pharao ging, würde Aanen möglicherweise dazu bewegen, seine Abhandlung augenblicklich zu beenden. War Echnaton wirklich der Grund für Aanens Nachforschungen gewesen, dann könnten diese Informationen von großer Bedeutung für mich sein. Doch ungebeten war meinem Mund sein Name entsprungen. Eigentlich bin ich nicht der Mann, der etwas sagt, ohne nachzudenken. Außerdem hat mich die Erfahrung gelehrt, daß es besser ist, seine Gedanken zu ordnen, bevor man sie anderen mitteilt. Die Kräfte Amuns schienen also weiterhin am Werk zu sein.

Welch schreckliche Situation – nicht in der Lage zu sein, seine innersten Gedanken zu verbergen, auch wenn man es unbedingt will. Was würde mir wohl als nächstes entschlüpfen? Allein der Gedanke daran machte mich schon nervös.

Aanen war sichtbar zusammengezuckt. Er warf mir einen tiefgründigen Blick zu – sein eines Auge zumindest. Das andere verfehlte mich knapp. »Ich weiß, daß du im Moment völlig in der Klärung von Echnatons Tod aufgehst, Eje«, sagte er dann betont ruhig und langsam und war ganz offensichtlich völlig verblüfft von meiner mit Sicherheit richtigen Einschätzung. »Du kannst wahrscheinlich an gar nichts anderes mehr denken. Aber du solltest keine voreiligen Schlüsse ziehen.«

»Es ist Echnaton! Ich weiß, daß es Echnaton ist!« Natürlich wußte ich es nicht. Oder doch? Aanens plötzliche Verwirrung jedenfalls festigte meine Meinung.

»Wirklich, Eje, du weißt genau, daß ich dir nicht mehr darüber sagen darf. Diese Art der Information unterliegt der Immunität. Du willst doch bestimmt nicht, daß ich meinen Eid verletze und sündige?« Am liebsten hätte ich ihm seine feine Patriziernase kaputtgehauen. Er war so ölig, als wolle er sich gleich in eine schmierige Pfütze auflösen.

»Ich muß es aber wissen!« fauchte ich. »Mir bleibt keine Zeit mehr. Was du weißt, könnte von höchster Bedeutung für mich sein.«

Aanen wußte genau, worüber ich redete, doch er schüttelte nur den Kopf. »Ich wünschte wirklich, Eje, dir mehr sagen zu können. Aber du weißt so gut wie ich, daß es unmöglich ist.«

Ich erwiderte seinen Blick, wobei ich darauf achtete, nicht selbst zu schielen anzufangen. Ich wollte so bewußt, konzentriert und bedeutungsvoll blicken, wie überhaupt möglich. »Ich verstehe, Aanen«, sagte ich dann ruhig. »Wirklich, ich weiß, in welcher Lage du dich befindest. Du bist natürlich gezwungen, solche Angelegenheiten auf sich beruhen zu lassen. Deine Rechtschaffenheit beeindruckt mich. Deshalb laß uns jetzt einfach über etwas anderes reden. Ich war schon eine Weile nicht mehr in Karnak. Mir war gar nicht bewußt, wie viele Restaurierungsarbeiten und Verschönerungen in letzter Zeit ausgeführt wurden, die jetzt zusätzlich zu denen, die ich ursprünglich angeordnet hatte, den Tempel verschönern. Eine wahre Pracht! Allerdings kann ich mich nicht daran erinnern, eine entsprechende Neuveranlagung dazu in den Steuerrollen gesehen zu haben. Das ist ja, wie du weißt, ein Bereich, der mir untersteht. Ich werde die Angelegenheit gleich nach meiner Rückkehr nach Theben überprüfen. Dem Schatzamt«, und dabei schaute ich ihn so eindringlich an, wie es mir möglich war, »fehlt nämlich eine bedeutende Einkommensquelle. Ich werde den Schätzer aufspüren und streng bestrafen müssen.«

Aanen schaute mich an. Ich schaute Aanen an. Das taten wir mehrere Minuten lang.

Aanen gab als erster nach. »Nun gut«, sagte er äußerst zögerlich und mit einem Gesichtsausdruck, der pure Abscheu verkündete, »vielleicht kann ich etwas allgemeiner fortfahren. Ohne Namen zu nennen, meine ich. Verstehst du?«

»Ich verstehe.«

»Jedenfalls kam also diese hochgestellte Persönlichkeit mit der gleichen Frage zu mir, die dein Freund mir durch dich stellt.«

Ich war äußerst gespannt. »Gehe ich recht in der Annahme, daß es in dem Fall keinen Ehebruch gegeben hatte?«

»Seltsamerweise doch.«

»Das verstehe ich nicht.«

»Diese sehr hochgestellte Persönlichkeit hatte mehr als genug Beweise für Ehebruch. Seine Frau – natürlich kann ich auch ihren Namen nicht nennen – schien die Neigung zu haben, das Lager mit nahezu jeder Person zu teilen, solange sie nur ein Mann war. Basierend auf den Beweismitteln und Beschreibungen dieser sehr hochgestellten Persönlichkeit, würde es mich auch nicht überraschen, wenn ihre Vorlieben sogar über männliche Geschöpfe hinausgingen.«

»Nun«, sagte ich nachdenklich und kratzte mich am Kopf, »wo lag das Problem?« Daß ich mich am Kopf kratzte, dürfen Sie wörtlich nehmen. Wie Sie wissen, bin ich fast glatzköpfig. Mein kleiner Fingernagel war eingerissen, und ich kratzte mich versehentlich so heftig, daß ich mir ein wenig die Haut aufritzte.

»Na ja«, sagte Aanan langsam und dehnte dabei jedes Wort, »diese ... hochgestellte Persönlichkeit war in einer wirklich schwierigen und peinlichen Lage. Hätte er sie wegen Ehebruchs exekutieren lassen, dann hätte diese Strafe zugleich die Frage aufgeworfen, ob seine Kinder überhaupt ehelich waren. Und in seiner Lage war das unmöglich. Es hätte den Thr . . . es wäre einfach unmöglich gewesen. Sein ganzes Ansehen wäre zerstört gewesen. Seine ganze Würde mit einem Mal dahin. Mehr kann ich nicht sagen.«

Nofretete! Mit hundertprozentiger Sicherheit! Es mußte Nofretete gewesen sein. Und ich hatte vielleicht tatsächlich einen Weg entdeckt, der mich zum verborgenen Schatz führte.

Angespannt trat Aanen von einem Fuß auf den anderen, doch ich hütete mich, etwas zu sagen. »Also«, begann er dann wieder, »du wirst verstehen, in welchem Dilemma er sich befand. Er wollte sich ihrer entledigen, und deshalb suchte er mich auf. Er wollte einen Ratschlag, wie es am besten zu bewerkstelligen sei. Dazu kam noch eine andere Sache. Dieser Mann besaß einen sanftmütigen Charakter. Trotz ihrer vielen Vergehen und Verbrechen wollte er seine Frau nicht wirklich umbringen. Es hätte ihm völlig ausgereicht, wenn er sie ins Exil hätte schicken können. Aber er wollte ihr auf jeden Fall den Titel der Hauptfrau nehmen. Das hätte sie in ihrer Eitelkeit zutiefst gekränkt und sie aller ihrer Privilegien beraubt. Soviel Strafe sollte schon sein, seiner Meinung nach.«

»Und was konntest du für ihn tun?«

»Gar nichts, fürchte ich. Normalerweise gibt es in solchen Situationen irgendeinen Ausweg. Man muß ihn nur finden, das ist der Trick dabei. Hier in Karnak bewahren wir sehr alte Tempelaufzeichnungen auf. Anfangs dachte ich, man müsse nur diese studieren und würde dann irgendwann auf einen Präzedenzfall stoßen, der einem für dieses Problem eine Lösung anbietet. In so einem Fall sollte man den Göttern gegenüber sehr respektvoll sein. Sich einer Hauptfrau zu entledigen ist fürwahr eine schwerwiegende Angelegenheit. Viele Schwüre wurden abgelegt, viele Zeremonien abgehalten. Mit der eigenen Frau unglücklich zu sein ist deshalb immer noch besser, als einen Gott unglücklich zu machen.«

Ich verstand, was er meinte.

»Und was hast du herausgefunden?«

»Nichts. Gar nichts. Es war eine sehr schwierige und aufwendige Arbeit, die an uns herangetragen worden war. Entsetzlich zeitaufwendig. Wir waren in den Aufzeichnungen erst dreihundert Jahre weit gekommen, als diese hochgestellte Persönlichkeit verstarb. Das beendete natürlich die ganze Sache auf einen Schlag. Nur die Rechnung ist noch offen. Wir sind bis heute noch nicht für diese Arbeit bezahlt worden.«

Ich versuchte, die Fassung wiederzugewinnen, aber es gelang mir nur schlecht. Echnaton hatte einen gesetzmäßigen Weg gesucht, um Nofretete loszuwerden, und dann war er gestorben! Und weil er starb, bevor der Tempel einen solchen Weg gefunden hatte, wurde Nofretete weder ihrer sozialen Stellung noch des prestigeträchtigen Titels der Königinmutter beraubt. Faszinierend!

Aber noch während ich diese Informationen überdachte, legte sich meine Hochstimmung bereits wieder. Ich klopfte alle diese Angaben noch einmal ausführlich ab. War diese Entdeckung wirklich so bedeutsam? Nofretete hatte doch selbst zugegeben, mit diesem unterbelichteten Tölpel Antef ein Komplott geplant zu haben. Es hätte nur Wochen später stattfinden sollen, nur kurze Zeit, nachdem unsere »hochgestellte Persönlichkeit« verstarb. Jedes Komplott braucht Mitverschwörer, und je mehr Leute davon wissen, desto mehr können auch darüber reden. Aber warum sollte man das Risiko eines Komplotts eingehen, wenn es viel einfacher und sicherer war, die betreffende Person einfach zu vergiften?

Gute Frage. Ich wünschte, ich hätte eine Antwort darauf. Doch alles in allem schien es so, daß Nofretete auf jeden Fall *irgend etwas* hatte tun wollen, um nicht das Risiko einzugehen, den Rest ihres Lebens in einer Lehmhütte irgendwo in der Wüste Nubiens verbringen zu müssen, wo ihr anstelle eines blendend aussehenden Kommandanten nur Skorpione Gesellschaft leisteten. Grund genug für eine Verzweiflungstat. Grund genug für sie, zuzuschlagen, ob nun mit Gift oder mit einem Staatsstreich.

Aanen nahm das Gespräch wieder auf. »Wenn dein Freund daran interessiert ist, können wir die Recherchen wieder aufnehmen.« Ganz offensichtlich war ihm nicht aufgefallen, daß ich jegliches Interesse an dem Thema verloren hatte. »Aber ich sollte dich lieber gleich warnen. Die Kosten dafür werden sehr hoch sein. Und natürlich müßten wir ihm auch die bis jetzt geleistete Arbeit in Rechnung stellen.«

»Natürlich«, murmelte ich geistesabwesend.

Ohne dabei seinen Tonfall oder seinen Gesichtsausdruck zu verändern, sagte Aanen mit dieser erhabenen Stimme: »Du magst mich nicht, Eje, oder?«

»Soll ich ehrlich darauf antworten? Nein.«

Aanen seufzte und legte seine Fingerspitzen erneut zu dieser Gebetspose zusammen. »Wie schade«, flüsterte er. »Jeder Mensch hat den Wunsch, gemocht zu werden. Dennoch danke ich dir für deine Ehrlichkeit.«

»Ich befinde mich schließlich in einem heiligen Tempel.«

»Ach so. Natürlich. Aber ich hoffe, daß du mich wenigstens respektierst, wenn du mich schon nicht magst.«

Ein seltsames Gespräch. Aber bislang war diese ganze Unterhaltung mit Aanen höchst seltsam verlaufen, besonders was diese Frage anbelangt, die ich überhaupt nicht hatte stellen wollen.

»Ich fürchte, Aanen, wo du schon fragst, daß ich auch auf diese Frage mit Nein antworten muß. Ich gebe bereitwillig zu, daß ich dein Amt fürchte, deine Fähigkeit, die unerschöpflichen und geheimnisvollen Mysterien zu bemühen und für deine Zwecke zu gebrauchen, und daß du mit den Göttern höchstpersönlich redest. Aber ich würde nicht sagen, daß ich dich respektiere.« Dabei schüttelte ich nachdrücklich den Kopf.

Nun sah er wirklich verletzt aus. »Es tut mir leid, das hören zu müssen. Daß man nicht gemocht wird, gut, das kann man ertragen. Jeder hat eben eine andere Veranlagung, eine andere Persönlichkeit. Wir sind, wer wir sind. Aber nicht respektiert zu werden, das ist etwas ganz anderes. Jeder Mann kann sich Respekt verdienen, sowenig man ihn persönlich vielleicht auch mag.«

»Warum stellst du mir diese Fragen?«

Aanen dachte einen Moment lang nach. »Ich bin nicht sicher. Ich hatte es überhaupt nicht vor. Ich wollte dich eigentlich etwas ganz anderes fragen, aber das kam dabei heraus.«

Sie dürfen mir glauben, diese Situation kannte ich! Ich hätte allerdings angenommen, Aanen sei gegen die übernatürlichen Kräfte immun, wo er doch Hohepriester war und fast die ganze Zeit hier in Karnak zubrachte.

»Passiert dir das oft?« fragte ich mit wirklichem Interesse.

»Nicht oft. Manchmal. Wir befinden uns hier im mächtigsten Tempel des mächtigsten Gottes des Universums. Und nirgendwo ist die Macht dieses Gottes so groß wie in seinem eigenen Haus. Vielleicht hat Amun auf die Menschen, die durch die Tore seines Hauses schreiten, einen Einfluß, den wir nicht begreifen können; vielleicht kann er hier in seinem Haus die Wahrheit aus unseren Herzen und unseren Gedanken locken, ohne daß wir es wollen.« *(Anmerkung des Übersetzers: Vielleicht konnte er das tatsächlich. Oder vielleicht sind normale Menschen, selbst Tempelpriester, geneigt, in Anwesenheit ihres Gotttes mit Dingen herauszuplatzen, die sie eigentlich lieber für sich behalten würden. Vielleicht ist da unbewußt die Furcht am Werk, die Götter würden ihre Gedanken kennen und sie offen aussprechen. Das wäre die einfache, die moderne Interpretation. Der Übersetzer würde al-*

lerdings lieber glauben, daß dieses Phänomen tatsächlich ein Werk der Götter war. Im alten Ägypten sind viele Dinge geschehen, die man sich bis heute nicht erklären kann.)

»Da ich nun schon einmal ein Thema angesprochen habe, das man der sozialen Gepflogenheiten wegen normalerweise nicht aufbringen würde, würde ich wenigstens gerne in Erfahrung bringen, was du gegen mich hast.«

Ich schaute Aanen an. Er schien es wirklich wissen zu wollen. Ich mußte eine Weile über diese Frage nachdenken. Es war in der Tat eine interessante Frage. Dann antwortete ich wahrheitsgemäß: »Weil du so ein Heuchler bist.«

Nun dachte Aanen nach. »Ah«, sagte er dann einfach. »Ah.« Und einige Augenblicke später: »Ist das nicht ungefähr so, als würde eine Viper eine Kobra als Schlange beschimpfen?«

Dieser Angriff kam unerwartet und machte mich daher um so wütender. »Du wagst es, mich einen Heuchler zu nennen? Mich? Den Großwesir von Ägypten? *Ich* habe meinen Eid nicht gebrochen. *Ich* habe meine Götter nicht verraten, um meinen Posten als Hohepriester nicht zu verlieren. Du hingegen scheinst deine Götter so leicht zu wechseln wie deine Kleider. Ich aber kämpfe für das, woran ich glaube!«

»Ach, tust du das, Eje? Wirklich? Wie schön für dich. Wenn das wirklich wahr ist, wieso sind dann auf unzähligen Säulen und Statuen in Theben und Amarna und Memphis und überall im Land diese überschwenglichen Lobhudeleien auf Echnaton zu lesen, die ihn als den wundervollsten Herrscher in der ganzen Geschichte Ägyptens preisen, der je die Doppelkrone getragen hat? Es sind so viele, daß es wohl nie gelingen wird, sie alle zu tilgen, obwohl du dir die größte Mühe gibst. Komischerweise sind diese ganzen kriecherischen Widmungen von einem gewissen Eje unterzeichnet. Eje, Großwesir von Ägypten.«

»Das ist etwas ganz anderes«, erwiderte ich beleidigt. »Ich

bin kein Hohepriester. Ich bin nur ein einfacher Regierungsvertreter.«

»Und du hast Echnaton wirklich für ein so wunderbares Wesen gehalten?« Aanen ließ nicht locker. »Immerhin behaupten das alle deine Inschriften. Sei ehrlich, Eje, hier im Tempel des Verborgenen. Als Echnaton an der Macht war, gehörtest du da nicht zu seinen eifrigsten Anhängern?«

Leider ja. Doch das würde ich unter keinen Umständen zugeben. Wenn es irgendwie ging. »Natürlich. Ich konnte mit Echnaton nichts anfangen. Wer konnte das schon? Aber was machten diese paar Inschriften schon für einen Unterschied? Das ist eben der Brauch und fertig. Außerdem wäre ich ohne Echnaton, ohne seine Heirat mit meiner Tochter, ein Niemand gewesen.« Und warum hatte ich das gerade gesagt? Gedacht hatte ich es jedenfalls nicht. Was ging hier eigentlich vor?

»Ah, natürlich«, kommentierte Aanen, gar nicht unfreundlich. »Deine hohe Position. Glaube mir, das verstehe ich völlig.«

»Aber ich war wenigstens kein Hohepriester«, schoß ich zurück, doch so richtig in Fahrt war ich schon nicht mehr. »Von Hohepriestern erwarten wir ein bißchen mehr. Wir erwarten, daß sie sich einer größeren Wahrheit verpflichtet fühlen. Wir Hofbeamte hingegen sind draußen in der Realität zu Hause. Es liegt in der Natur unserer Aufgabenbereiche, daß wir kompromißbereit sind, daß wir zu geben und zu nehmen verstehen. Aber du, du warst Hohepriester Amuns. *Amuns*! Und als dann Echnaton seine Häresie beging, da wurdest du ganz lässig einer seiner Jünger und hast einfach als Hohepriester von Aton weitergemacht. Als Echnaton dann starb, bist du einfach wieder zu Amun übergewechselt. Für einen Priester hast du einen erstaunlich flexiblen Glauben!« Der letzte Satz war nicht nett, ich weiß, aber kein Mann schätzt es, wenn seine Ehre angegriffen wird, besonders von jemandem, der noch weniger Ehrgefühl an den Tag legt als man selbst.

»Ah«, sagte er wieder. »Also das ist es. Das übliche. Priester sollen rein sein, ohne Sünde, bereit, als Märtyrer für ihren Glauben zu sterben. Das ist wohl auch richtig so. Aber im Grunde sind wir auch nur Menschen. Ich gebe zu, daß ich die Mutprobe nicht bestanden habe, als es darum ging, ob ich Aton als den einzigen Gott Ägyptens anerkenne oder das Amt des Hohepriesters, das für mich alles bedeutet, aufgebe. Die meisten Ägypter haben damals diese Mutprobe nicht bestanden.

Und noch etwas anderes solltest du bedenken. Überlege doch mal, was ich durch die Konversion zu Aton erreichen konnte. Du kennst doch noch diese schrecklichen Zeiten, als dieser Mann die Zerstörung aller Götter außer Aton befahl, aller Götter, die uns seit Millionen von Jahren beherrschen. Genau der Götter, die uns das Wissen vermittelten, das Ägypten zu einer großen Nation gemacht hat. Hätte ich das Amt des Hohepriesters nicht angetreten, hätte es ein weniger Geeigneter getan. Erinnere dich, Eje, er wollte ja nicht nur die Götter zerstören, sondern auch die Art und Weise, wie wir an sie herantreten. Vor Echnaton konnte jeder Mann direkt mit den Göttern Kontakt aufnehmen. Echnaton verlangte plötzlich, daß Aton nur durch ihn angesprochen werden sollte. Die Macht des Pharaos als Mensch und Gott ist ohnehin schon groß genug. Aber als Torwächter zu dem einzigen Gott, zu dem niemand Zugang haben darf außer durch ihn? Dabei reden wir über völlig neue Dimensionen der Macht! In Echnatons Händen hätte das vielleicht nicht viel verändert. Der Mann war gütig und freundlich. Sein einziger Fehler war, daß er völlig verrückt war. Aber stelle dir diese Machtkonzentration in den Händen eines Nachfolgers vor! Was wäre wohl dann aus Ägypten geworden?«

»Willst du mir etwa damit sagen, Aanen, daß du von ganzem Herzen an die alten Götter glaubst und kein Opportunist bist?« Ohne es zu wollen, begann ich ihn besser zu verstehen.

»Genau das will ich damit sagen. Ich habe so meine Fehler, und das gebe ich auch zu. Aber damals habe ich unsere alten Gottheiten geschützt, so gut ich konnte. Ich habe das Buch der Toten auswendig gelernt. Versuch das mal bei Gelegenheit – es ist eine eher umfangreiche Lektüre. Auch viele andere Schriften habe ich auswendig gelernt; den Göttern sei Dank, daß ich mich mit dem Auswendiglernen leicht tue. Heimlich habe ich die alten Riten und Zeremonien vollführt und so viele alte Bilder gerettet, wie ich nur konnte. Ich habe den Priestern, die vom alten Glauben nicht abgefallen waren, viele der entsprechenden Zeremonien beigebracht. Und dann habe ich einfach gewartet, daß der Sturm sich legte. Was er ja irgendwann auch tat.«

Ich nickte zustimmend und hob meine Hand andeutungsweise zu einem ehrerbietenden Gruß. »Wenn das wirklich so ist, muß ich meine Worte von eben zurücknehmen.«

»Dafür danke ich dir. Und ich nehme meine Worte zurück.« Ich nickte wieder, um ihm zu zeigen, daß ich seine Entschuldigung akzeptiert hatte, obwohl er im Gegensatz zu mir wenig Grund hatte, seine Einstellung zu ändern.

»Die Götter existieren«, fuhr er mit fester Stimme fort. »Ohne die Götter hätte nichts auf dieser Erde einen Sinn oder eine Bedeutung. Wir haben Jahrmillionen gebraucht, um sie und ihre Geheimnisse zu verstehen. Langsam und unter Schmerzen haben wir durch Zeichen und Omen gelernt zu deuten, welche Götter die Liebe und welche den Haß regieren, welche den Himmel und welche die Erde und unseren gesamten Tagesablauf. Dieses Wissen hat sich nur ganz allmählich verbreitet. Die Götter sind unsterblich und haben es deshalb nicht eilig damit, uns ihre Wahrheiten zu offenbaren. Wie viele tausend Jahre sind wohl vergangen, bis wir die Katzengöttin Bastet und ihren Sohn, den krokodilköpfigen Min, den Hüter der Fruchtbarkeit, verstanden haben? Wer von uns hat als erster die Geheimnisse von Osiris erkundet, wer die Gebete erkannt, die gesprochen werden mußten, damit uns Seth zuhört? Und dieses ganze Wissen, das so sorgfältig von zahllosen Generationen angesammelt wurde, wollte Echnaton mit einer Handbewegung zerstören. Ja, ich war jung und ehrgeizig und ja, es ist wahr, ich zitterte vor Angst bei dem Gedanken, meines hohen Postens enthoben werden zu können, doch gleichzeitig spürte ich, daß mir die Götter dieses Schicksal mit Absicht zugedacht hatten. Ohne mich wäre unsere althergebrachte Religion verschwunden und unser geliebtes Ägypten für immer zerstört worden.«

Er lächelte bescheiden. Es war das erste Mal, daß ich ihn lächeln sah. Doch es verschwand schnell wieder von seinem Gesicht.

»Genug davon«, sagte er. »Ich weiß wirklich nicht, wie wir überhaupt auf dieses Thema gekommen sind. Wir haben dir Essen zubereitet. Hättest du Lust, mir im Hof Gesellschaft zu leisten? Es ist schade, daß der Pharao nicht länger bleiben konnte. Es wäre schön gewesen, wenn er mit uns gemeinsam hätte essen können. Ich genieße seine kurzen Besuche sehr. Er ist ein sehr religiöser Mensch, weißt du, und er besitzt einen scharfen Verstand. Wenn wir bei unseren Gesprächen auf Detailfragen zu sprechen kommen, muß ich mich immer richtig anstrengen.«

War er ehrlich? Stimmte das wirklich, daß er Tuts Anwesenheit *genoß*? Ich mußte die Wahrheit herausfinden. »Aanen, jetzt mal ehrlich. Nur zwischen dir und mir. Was hältst du wirklich von Tut? Vergiß mal, daß ich sein Großvater bin. Vergiß, daß er der Pharao ist. Was hältst du *wirklich* von ihm?«

»Ich mag ihn«, antwortete er knapp, und in seiner Stimme schwang nicht der leiseste Hauch von Ironie. »O ja, er ist noch jung. Wie alle jungen Männer muß auch er noch mehr Schliff bekommen, mehr Reife, aber im großen und ganzen halte ich ihn für einen prächtigen Pharao.«

Aanen entging mein ungläubiger Gesichtsausdruck nicht, und er hielt die Hand hoch, bevor ich etwas erwidern konnte. »Eje«, fuhr er fort, »laß uns ganz ehrlich sein, hier in Amuns Tempel. Ziehst du aus der Lage nicht einen ziemlichen Vorteil? Tut ist doch längst in dem Alter, wo er allein regieren kann. Es besteht also eigentlich kein Bedarf mehr für einen Regenten, zumindest kein gesetzlicher. Ich weiß, daß der Hunger nach Macht das stärkste aller Gelüste ist, ein Hunger, der nie gesättigt werden kann. Aber du und Haremhab, ihr hättet längst zurücktreten sollen. Daß Tut dich in diese unmögliche Lage gebracht, dir dieses unlösbare Problem übertragen hat, das ist, ganz ehrlich, zum größten Teil deine eigene Schuld. Du wirst die Regentschaft irgendwann abgeben müssen. Ich für meinen Teil glaube, daß du schon zu lange damit gewartet hast. Wenn du mit Tut Probleme hast, kannst du ihm nicht die Schuld dafür geben.«

Aanen hatte recht. Haremhab und ich hatten unsere Regentschaft bereits bis zum äußersten ausgedehnt, aber trotzdem immer noch keinen Weg gefunden, abzudanken, ohne uns zugleich in Gefahr zu bringen. Keiner würde ohne den anderen zurücktreten, und keiner traute dem anderen genug, um im Falle eines gemeinsamen Rücktritts nicht zu befürchten, daß der andere doch versuchen würde, die Macht durch Verrat ganz an sich zu reißen. Es steckte mehr als nur ein Körnchen Wahrheit in Aanens Worten. Vielleicht verbarg sich hinter meinen Animositäten Tut gegenüber mehr als nur etwas Selbstrechtfertigung. Aber trotzdem, ich konnte den Jungen einfach nicht leiden.

»Hat Tut mit dir darüber gesprochen, als er hier war? Hast du mir vielleicht irgend etwas noch nicht gesagt? *Irgend etwas?*«

Aanens Mundwinkel verzogen sich zu einem schiefen, amüsierten Lächeln. »Nein, Eje, wir haben über dieses Thema keine Vertraulichkeiten ausgetauscht. Ich habe dir das doch schon versichert. Aber auch ich habe Augen, die sehen, was außerhalb des Tempelbezirks vor sich geht. Die Situation bei Hofe ist mir also keineswegs unbekannt. Doch ich halte kein Wissen vor dir zurück. Nun, wie wäre es denn jetzt mit einem gemeinsamen Mahl?«

»Vielen Dank«, erwiderte ich hastig. »Vielen Dank für dein nettes Angebot, aber ich habe ein paar äußerst anstrengende Tage hinter mir. Wenn es dir nichts ausmacht, würde ich gerne nur einen einfachen Imbiß zu mir nehmen und mich dann ein wenig ausruhen. Ich habe eine Proviantkiste dabei.«

Zu meiner Verwunderung lachte Aanen los. Er platzte fast vor Lachen. Sein tiefer Bariton hallte noch in den hintersten Säulengängen wider. »Glaubst du wirklich, ich würde versuchen, dich zu vergiften? Hier? Im Hause Amuns? Glaubst du wirklich, ich hätte es nötig, dich zu vergiften? Ich kenne genügend alte Zaubersprüche, um dich erblinden zu lassen, unfruchtbar zu machen, krank werden zu lassen oder zu töten. Hättest du Lust auf eine kleine Kostprobe?«

»Nein, danke, Aanen«, antwortete ich hastig und spürte, wie die Härchen an meinen Armen zu Berge standen. »Das wird nicht nötig sein. Aber vielen Dank für dein Angebot.« Trotzdem zog ich es vor, meine eigenen Speisen zu essen, und sagte ihm dies so diplomatisch wie möglich.

»Wie du willst«, lenkte Aanen ein. »Aber es ist wirklich zu schade. Ich kann dir mein Wort als Hohepriester Amuns darauf geben, daß nichts, was aus meiner Küche kommt, dir schaden wird. Aber sicherlich ist auch deine Küche sehr gut, und das Essen wird dir munden. Wenn du es schon mitgebracht hast, solltest du es auch verzehren. Es ist eine Sünde, Essen verkommen zu lassen, wo so viele Menschen auf der Welt Hunger leiden.«

Und dann nahmen wir unser etwas seltsames Mittagessen

ein; er aß seine Speisen und ich meine. »Bist du sicher«, fragte ich nach einer kleinen Pause, »daß sich Yuti noch in Karnak aufhält?«

»Natürlich. Möchtest du ihm einen Besuch abstatten?«

»Wie lange wird er denn bleiben?«

»Mindestens bis morgen. Sein morgendliches Bad wird er definitiv nicht verpassen wollen. Wo wir gerade davon sprechen, soll ich dir heute abend einige Tempeljungfrauen für dein Bad schicken? Du wirst sie ganz reizend finden. Darauf gebe ich dir mein Wort.«

Nun, »Jungfrauen« war wohl das falsche Wort; »Gespielinnen« hätte es besser getroffen. Aber ich wußte, daß sie in der Tat atemberaubend sein würden. Nur das Beste war gut genug für Karnak, den Tempel des Verborgenen.

Trotzdem lehnte ich ab. Nach Oudah und Yennah war mein Bedarf an Frauen fürs erste gestillt. Genug war genug, vor allem in meiner momentanen Situation. Ein schönes, ruhiges, entspannendes Bad ohne jegliche Anstrengung, das wäre genau das Richtige. Fast war ich erleichtert, mein Bad hier nehmen zu können. In meinem eigenen Palast würde Yennah, sosehr es mich auch nach ihr gelüstete, eine größere Herausforderung sein, als ich im Moment annehmen konnte.

Aber bei dem Gedanken, diesen armseligen kleinen Yuti von Tempeljungfrauen verwöhnt zu sehen, mußte ich trotzdem laut loslachen. Aanen wollte wissen, was so komisch sei. Ich sagte es ihm. »Ich kann es mir einfach nicht vorstellen«, gluckste ich. »Yuti, gebadet und bedient von wunderschönen Weibern. Diese armen Dinger. Das muß ja schrecklich für sie sein. Und für Yuti auch, wenn sie, kreischend vor Abscheu, davonrennen, sobald er nach ihnen grapscht.«

Aanen hob eine Augenbraue. »Eje, ich kann dir versichern, daß das überhaupt nicht der Fall ist. Ganz im Gegenteil, die Mädchen lieben ihn. Sie führen richtige Kämpfe aus, welche als erste sein Lager teilen darf. Sie schmollen und heulen und zerkratzen sich die Gesichter, wenn sie nicht Teil seiner Dienerschaft sein können. Es ist wirklich höchst bemerkenswert.«

Das konnte ich wirklich nicht glauben. Einige Dinge sind und bleiben unmöglich, selbst hier in Karnak. »Yuti?! Reden wir über denselben Yuti? Yuti, den Hofarzt? Yuti, den Glatzkopf mit dem dicken Hintern und den halbblinden Augen? Dieser männliche Fehlschlag? Mit seinen vorstehenden Zähnen und seiner zuckenden Nase sieht er aus wie ein Kaninchen, besitzt allerdings nicht annähernd so viel Charakter.«

»Na ja, Eje, du weißt doch bestimmt, was das hervorstechendste Merkmal bei Kaninchen ist.«

Das war das Komischste, was Aanen an diesem Tag sagen sollte. Die ganze Sache war mysteriös, unvorstellbar und, wenn ich ganz ehrlich sein soll, zutiefst erniedrigend. Tief in meinem Herzen – gar nicht *so* tief, eher gefährlich nahe an der Oberfläche – wußte ich, daß Tempelmädchen, ob sie nun Hetären waren oder nicht, sich keineswegs darum reißen würden, mit *mir* ins Bett zu gehen. Was konnte Yuti also haben, das ich nicht besaß? Die Frauen hatten sich nie um mich gerissen, es sei denn, sie wollten etwas von mir, und das zählt nicht.

Noch ein Rätsel. Und eines von der richtig schlimmen Sorte. Konnte es wirklich möglich sein, daß Frauen Yuti attraktiver fanden als mich? Das war ja wunderbar. Genau das Richtige in meiner jetzigen Situation. Weitere Erniedrigungen, noch mehr Rätsel, als hätte ich nicht sowieso schon mehr als genug um die Ohren.

14 Vierter Tag – Am Abend

Nach dem gemeinsamen Mittagessen, währenddessen ich versuchte, mit dem unmöglichen Bild von Yuti als Liebesgott zurechtzukommen, verließ ich meinen Gastgeber und verbrachte den Nachmittag damit, in meiner riesigen Tempelanlage herumzulaufen. Genau so sah ich Karnak. Es war mein Tempel. Wohin ich auch blickte, mein Name war als der des Architekten und Erbauers eingemeißelt. Da ich nun schon mal hier war, inspizierte ich meine Arbeit, genauer gesagt, die meiner Handwerker und Steinmetze, mit kritischem Blick, und was ich sah, gefiel mir außerordentlich gut. Die Qualität der Arbeiten war hervorragend, und der Verborgene würde noch in einer Million Jahren mit Stolz in diesem Haus residieren. Und mein Name würde zusammen mit seinem überdauern.

Ich konnte mir ein Lächeln über die Verbesserungen, die über das hinausgingen, was ich angeordnet hatte, nicht verkneifen. Trotz des wahren Stromes an geschmolzenem Gold, den ich in diese Anlage hatte fließen lassen, war es wohl immer noch nicht genug gewesen. Aber nichts ist je genug, denke ich. Überall in dieser riesigen Tempelanlage entdeckte ich Arbeiten, die ich nicht autorisiert hatte, Arbeiten, die vom Schatzamt des Tempels bezahlt worden waren und somit nicht in den Steuerunterlagen auftauchten. Hätte ich nicht meinen eigenen Palast ebenfalls für eine lächerlich geringe Summe eingeschätzt, wäre ich wohl empört über derlei Verhalten gewesen.

Es war unhöflich, Aanen allein zu lassen, doch ich brauchte Zeit für mich selbst. Ich hatte viele Ermittlungen angestellt, doch nun, da mir die Zeit durch die Hände rann, wurde ich immer verzweifelter. Wie ich die Sachlage auch betrachtete, welcher zusätzlichen Informationshäppchen ich auch habhaft werden konnte, ich war immer noch weit von einer Antwort entfernt. Ich wußte, daß mein Pharao mich aus dem Amt zwingen wollte; vielleicht wollte er auch meinen Kopf. Und jemand anders schien ebenfalls meinen Kopf zu wollen. Er schien nicht abwarten zu können, ob sich die Dinge nicht möglicherweise dank dem Pharao von selbst erledigten. Nein, dieser Jemand war mehr als ungeduldig. Der Mordversuch mit Hilfe der armen Oudah war fehlgeschlagen. Der Pfeil, dessen Wucht ich noch immer in meiner Brust spürte, hatte mich auch nicht ins Jenseits geschickt. Aber Versuche dieser Art ließen sich sicherlich wiederholen – mit Sicherheit würden sie das – und vielleicht auf eine Weise, gegen die meine ganze Schlauheit nichts ausrichten konnte, gegen die meine Wachsamkeit nicht ankam. Macht ist reine Illusion. Als Großwesir verfügte ich über enorme Macht; als Ko-Regent von Ägypten war niemand mächtiger als ich. Und dennoch: Selbst ein Sklave kann einen König töten. Das war in der Vergangenheit bereits passiert, und es konnte wieder passieren.

Oudah hatte es versucht. Für mich blieb sie die »arme Oudah«, denn ich war sicher, daß sie keine persönlichen Ressentiments gegen mich gehegt hatte. Ich glaube sogar, daß sie unsere Zusammenkunft nach einem etwas zögerlichen Beginn genossen hatte. Zumindest hoffte ich das, denn das war ja ihre letzte Erfahrung in diesem Leben gewesen. Nein, Oudah war von jemandem in eine unmögliche Lage gebracht worden, der mächtig genug war, um sie mit Drohungen einzuschüchtern, Drohungen, die glaubhaft genug waren, um sie dazu zu bringen, seinen Befehlen zu folgen. Seinen oder ihren? Irgendwo im Hinterkopf saß der Gedanke, daß es Oudah vielleicht verhältnismäßig egal gewesen war, ob ich starb oder nicht, aber darum ging es jetzt nicht.

Der Pfeil, der mein Leben ausgelöscht hätte, wenn ich nicht die Umsicht besessen hätte, unter meinen Prachtgewändern verborgen, eine Rüstung zu tragen, war auf seine Weise sogar noch besorgniserregender. Ganz offensichtlich hatte jemand meine Macht in meinem Palast mit unübertrefflicher Leichtigkeit unterwandert, so daß jede meiner Bewegungen nun sofort gemeldet wurde. Selbst in meinem eigenen Palast stand ich unter Überwachung.

Über die Sache mit dem Sandsturm konnte man spekulieren, aber wie ich es auch betrachtete, war doch jeder der letzten drei Tage für mich mit Lebensgefahr verbunden gewesen. Was würde wohl der morgige Tag bringen? Oder heute abend, wo wir schon beim Thema sind? Wie wachsam und aufmerksam ich auch sein mochte, mit wie vielen Wachposten ich mich auch umgab, wer immer mir nach dem Leben trachtete, würde damit eher Erfolg haben als ich mit der Aufklärung des angeblichen Mordes an Echnaton. Der Gedanke hinterließ einen unangenehmen Geschmack im Mund.

Ich entschied mich dafür, früh zu Bett zu gehen und meine Abendmahlzeit allein einzunehmen. Auf leichte Konversation, besonders mit Aanen, verspürte ich nicht die geringste Lust, und außerdem mußte ich meine Gedanken für mein morgiges Treffen mit Yuti ordnen. Mein Bad nahm ich mit Hilfe von männlichen Bediensteten und versuchte dabei vergeblich, mir vorzustellen, wie gut entwickelte, leidenschaftliche Frauen sich gegenseitig bekämpften, nur um Yuti verwöhnen zu dürfen! Wenn mir nicht ausgerechnet Aanen diese Geschichte erzählt hätte, hätte ich sie für einen schlechten Witz gehalten.

In dieser melancholischen Stimmung machte ich mich für die Nacht fertig und bat die Diener, die Lampen in meinem Gemach nicht zu löschen. Ich habe leider eine ziemlich schwache Blase und wollte nicht mitten in der Nacht auf dunklem, unbekanntem Terrain nach Erleichterung suchen. Wahrscheinlich ist diese Schwäche die Folge von lebenslangem gutem Essen. Oder es ist eine ganz normale Alterserscheinung.

Es war natürlich nicht das erste Mal, daß ich in diesem wundervollen Tempel übernachtete. Doch die vorigen Male wurde noch gebaut, und obwohl wie üblich Gottesdienste abgehalten wurden, war mir Karnak eher wie eine Großbaustelle erschienen und nicht wie eine heilige Stätte. Das war jetzt anders. Der Tempel war fertiggestellt und gehörte nun Amun allein. Ich muß jedoch zugeben, daß es mich immer noch beschäftigte, wie es dem Verborgenen gelungen war, heute so meine Zunge zu lockern.

Als ich mich nun in meiner Schlafkleidung auf meine Ruhestatt bettete, trat plötzlich Yennah ungebeten in meine Gedanken. Ihre herrlichen Formen und ihr bezauberndes Gesicht erschienen verführerisch vor meinem inneren Auge. Ich versuchte sie aus meinem Kopf zu verdrängen, doch das gelang mir nicht. Als sie ihre langen, weichen, wohlgeformten Arme nach mir ausstreckte, spürte ich Interesse in mir aufsteigen. Ich konnte einfach nicht aufhören, an sie zu denken; ich sehnte mich danach, sie zu . . . sie zu . . . ich versuchte, das Wort »besteigen« aus meinem Gedächtnis zu streichen. Ich sehe mich als kultivierten Mann. Es kommt nur ganz selten vor, daß ich besagtes Wort denke; laut sagen würde ich es nie. So etwas zu denken, hier in diesen heiligen Hallen, im höchsten Tempel des Amun, war ein grauenvolles Sakrileg. Aber diese Gedanken waren da – ungebeten.

Wie gelingt es einem, Gedanken aus seinem Kopf zu streichen, bevor man überhaupt merkt, daß man sie gedacht hat? Hastig erhob ich mich, sank auf die Knie, berührte mit meinem Kopf den Boden und erbat demütig Amuns Vergebung. Amun kannte alle meine Gedanken. Ich brauchte jede Hilfe, die ich nur kriegen konnte. Das letzte, was ich wollte, war, den Allmächtigen zu verärgern, indem ich sein heiliges Haus mit derlei unreinen Phantasien verseuchte. Der Druck, der dank Tuts unmöglich zu lösenden Aufgabe auf mir lastete und diese wiederholten Mordversuche trieben mich augenscheinlich in den Wahnsinn. In den letzten drei Tagen hatte ich mich so manches Mal nicht wiedererkannt. Irgendwo in den äußersten Ecken meines Verstandes begann ich mich wohl schon langsam aufzulösen. Zumindest empfand ich es so.

Ich kehrte ins Bett zurück, zutiefst bedrückt ob der möglichen Konsequenzen meiner unpassenden Gedanken und der Tatsache, daß ich sie überhaupt gehabt hatte. Plötzlich sah ich nahe der geschlossenen Schlafzimmertür ein Kätzchen liegen, das mit seinen Pfötchen spielte. Seltsam. Wie war es dahin gekommen?

Es war ein süßes kleines Ding, pechschwarz bis auf einen weißen Fleck an seinen Vorderpfötchen. Hellwache lebendige Augen. Es guckte mir neugierig ins Gesicht, nahm seine Augen gar nicht mehr von mir. Sein Blick war etwas beunruhigend, so direkt, ohne Gemütsregung, so ganz und gar nicht, wie ich es von Kätzchen gewöhnt war.

Während es mich weiter fixierte, sah ich plötzlich aus den Augenwinkeln, wie sich etwas bewegte. Und da, in der Ecke des Zimmers, saß ein Babykrokodil. Das war nun überhaupt nicht niedlich. Ich hasse Krokodile. Habe sie schon immer gehaßt. Hier ging etwas äußerst Seltsames vor sich. Wie hatte das kleine Krokodil in mein Zimmer gelangen können? Und wie war das Kätzchen hereingekommen? Es gab nirgendwo sichtbare Löcher in den Wänden. Der ganze Tempel ist mehr oder weniger brandneu, und wenn ich mich überhaupt auf etwas verlassen kann, dann darauf, daß meine Arbeiter ihre Pflichten mit Sorgfalt erledigen. Ich gebe gerne zu, daß ich bei königlichen Palästen oder Verwaltungsgebäuden schon mal hier und da die eine oder andere Einsparung vornehme – warum ist man Großwesir, wenn man nicht nebenbei noch die eine oder andere Münze einnehmen kann – aber beim Bau eines heiligen Tempels? Niemals! Dafür verehrte ich die Götter viel zu sehr, und dafür fürchtete ich sie auch zu sehr. Wenn es um die Erbauung von Tempeln ging, habe ich niemals meine Privatschatulle durch schlechte Arbeitsqualität und Bestechungsgelder von Zulieferern gefüllt. Ich wußte zu gut, was die Götter mit mir anstellen konnten, wenn sie wollten. Für alle Ewigkeit den Zorn eines Gottes auf sich zu ziehen, dazu waren meine Nerven nicht stark genug.

Das beantwortete allerdings nicht die Frage, wie diese Tiere in mein Zimmer gelangen konnten. Was um alles in der Welt taten sie hier? Ich wollte gerade aufstehen, um nach Schlupflöchern zu suchen, als das Kätzchen zu meinem großen Schrecken zu wachsen begann. Und wenn ich »wachsen« sage, dann meine ich auch wachsen. Es wurde größer und größer und größer. Ich kroch zurück ins Bett und starrte wie gelähmt auf dieses Schauspiel. Es dauerte nur einige Sekunden, bis ich zu meinem sprachlosen Entsetzen erkannt hatte, wer da vor mir stand.

Es war Bastet – die Göttin Bastet. Mit ihrem Katzenkopf und ihrer menschlichen Gestalt stand sie drohend vor meinem Bett. Ihre Katzenaugen brannten hell, und ihre Zunge schnellte mir bedrohlich entgegen, hungrig fast. Unterhalb der Taille trug sie ein hauchdünnes Nichts; oberhalb war sie lediglich mit einer Perlenkette bekleidet, die sie um den Hals trug. Mir war sofort klar, daß sie eine Göttin war. Sie hatte schöne Brüste. Männer achteten auf solche Dinge, selbst in den unmöglichsten Situationen. Wäre sie nicht aus unerfindlichen Gründen so ausgesprochen wütend auf mich gewesen und hätte sie diese scharfen Zähne nicht gehabt, dann hätte man sie als ein ausgesprochen attraktives Wesen beschreiben können. Ihr Katzenkopf störte mich nicht sehr – der Kopf ist normalerweise nicht der Körperteil, der mich bei Frauen am meisten interessiert. Und da Katzen ja nicht für ihre Plauderkunst bekannt sind, könnte sich diese besondere Erscheinung als höchst angenehm erweisen.

Trotzdem schreckte ich ungewollt zurück. Obwohl sie durchaus attraktiv war, gefiel mir die Art nicht, in der sie mich fixierte. Trotzdem konnte ich den Blick nicht von ihr wenden. Diese Göttin – diese Bastet – hatte eine schöne Figur, aber ich habe schon bessere gesehen. Yennah zum Beispiel. Natürlich sind solche Dinge subjektiv und eine Frage des persönlichen Geschmacks, aber man sollte doch annehmen dürfen, daß eine Göttin über eine wesentlich bessere Figur als eine Sterbliche verfügt. Der Zeitpunkt für diese Überlegungen war reichlich schlecht gewählt, aber ich konnte nichts dagegen tun. Bastet knurrte und fauchte, und dabei machte sie mit ihren Händen drohende, kratzende Bewegungen in meine Richtung. Ihre Arme und Hände waren die eines Menschen, doch ihre Fingernägel waren außergewöhnlich lang und scharf. Sie sahen so aus, als könnten sie meine Haut wie Messer zerschneiden.

Meine ganze Aufmerksamkeit war auf Bastet konzentriert. Das Babykrokodil hatte ich völlig aus den Augen verloren. Das war ein Fehler gewesen, denn es wuchs ebenso. Je größer es wurde, desto fieser und bedrohlicher wurde es. Und ich wußte, wer es war, ohne Frage. Min. Es war der Gott Min, und er zeigte mir seine ganze Macht. Gut, schon als Baby wirken Krokodile nicht so niedlich, daß man sie unbedingt in den Arm nehmen und streicheln will. Aber sich plötzlich einem ausgewachsenen Ungeheuer gegenüber zu sehen, einer Gottheit mit dem Kopf eines Krokodils und dem muskulösen Körper eines mächtigen Mannes, ist eine Situation, in der einen kaum etwas beruhigen kann. Das Gefühl extremer Bedrohung und Lebensgefahr wird noch beklemmender, wenn man gleich zwei hungrigen Bestien gegenübersteht, die einen mit offensichtlicher Feindseligkeit und großem Appetit anstarren.

Als sich Min mir näherte, vergaß ich mit einem Schlag Bastet. Min war ekelhaft, besaß keinerlei einnehmende Eigenschaften. Seine riesigen, blutunterlaufenen Augen glupschten mich in fast obszöner Weise an. Er sabberte. Er geiferte.

Er strahlte nicht das geringste Mitleid aus. Seine Arme waren riesig und äußerst kräftig, sein massiver Oberkörper glänzte feucht und war mit Schuppen bedeckt. Wenn man überhaupt etwas Positives über ihn sagen konnte, dann, daß er lächerlich kurze Beine hatte. Mit Glück konnte ich vielleicht schneller laufen als er, aber nur, wenn ich einen Weg aus diesem Zimmer fand, bevor sich Bastet mir in den Weg stellte.

Ich war, das muß ich zugeben, panisch. Ich atmete nur noch in kurzen, unregelmäßigen Abständen. Zwar trug ich einen kurzen scharfen Dolch am Gürtel, doch es war völlig überflüssig, ihn zu ziehen. Damit würde ich diese Erscheinungen nur noch mehr verärgern. Ich wußte weder, was ich tun sollte, noch, warum mir dies überhaupt passierte.

Ich war regelrecht sprachlos. Ich wollte schreien, um Hilfe rufen, doch meine Worte blieben mir im Hals stecken. Gelähmt sah ich zu, wie sich die beiden Kreaturen näherten. Ich wollte weglaufen, doch meine Füße waren wie festgenagelt.

Plötzlich erstrahlte mein Zimmer, das die Lampen vorher nur matt erhellt hatten, in einem seltsamen, fast überirdischen Glanz. Ich war geblendet und hielt mir die Hände vor die Augen, um sie vor dieser flirrenden Helligkeit zu schützen, die mein Augenlicht zu zerstören drohte.

Doch für den Bruchteil einer Sekunde konnte ich im Kern dieses grellen Scheins die Gestalt des Sonnengottes Re-Harachte ausmachen. Viel konnte ich über sein Äußeres nicht sagen, denn er strahlte zu hell, um ihn direkt anzusehen. War er gekommen, um mich zu beschützen oder mir endgültig den Garaus zu machen?

Das sollte ich nie erfahren, denn kaum, daß er erschienen war, stürzte sich Min auf ihn. Min fraß ihn. Es war ein ekliger Anblick. Krokodile sind sowieso nicht für ihre Tischmanieren berühmt, und bei diesen grauenvollen knackenden und schmatzenden Kaugeräuschen lief es mir eiskalt den Rücken herunter. Binnen Sekunden war Re-Harachte in Mins geräumigem Magen verschwunden. Mit jedem Bissen wurde es etwas dunkler im Raum, und ich konnte die Hände wieder von meinen Augen nehmen. Ich sah zu, wie mehr und mehr von Re in Mins Maul verschwand, bis auch das letzte Häppchen vertilgt war und der Raum wie zuvor nur noch von den Öllampen erhellt wurde. Min grinste mir triumphierend zu, während die letzten Überreste von Re aus seinem Maul hingen und von seinem Kinn tropften.

Es dauerte ein paar Sekunden, bis sich meine Augen wieder an das schwache Licht der Öllampen gewöhnt hatten. Glücklicherweise hatten sich weder Bastet noch Min bislang von der Stelle gerührt. Aber unglücklicherweise hatte ich immer noch keine Ahnung, wie ich mich aus dieser Situation befreien sollte. Wenn ich gar nichts tat, war ich verloren, doch mein Gehirn hatte das Denken einfach eingestellt. Als ich wieder normal sehen konnte, bemerkte ich, daß Bastet eine Wasseruhr und Min eine Sonnenuhr in der Hand hielt. Seltsam. Irgendwie registrierte ich diese Dinge zwar, doch sie schienen keine Bedeutung zu haben.

Und dann machten beide einen Schritt auf mich zu. Ich sprang aus dem Bett und preßte mich gegen eine Wand. Meine Füße hatten sich endlich dazu entschlossen, sich zu bewegen, doch wohin, das wußten sie noch immer nicht. Wieder kamen die beiden Gestalten näher, langsam, bedächtig. Sie schienen nicht die geringste Eile zu haben. Mit dem Rükken an der Wand klebend, schlängelte ich mich davon. Ich entdeckte ein Schlupfloch, ich sah meine Chance, und ich ergriff sie. Meine Schlafzimmertür war von innen verschlossen. Mit einer hastigen Armbewegung schob ich den Riegel hoch, riß die Tür auf und flüchtete wild schreiend den Korridor hinunter. Dabei fiel mir auf, daß ich ein ziemliches Tempo an den Tag legte, dafür, daß ich mich in letzter Zeit nicht sehr viel bewegt hatte – eine zugegebenermaßen reichlich irrelevante Beobachtung in einer solch kritischen Situation. Aber ich hatte dennoch, um es mal kraß auszudrücken, vor Angst schlichtweg die Hosen voll.

Meine Flucht brachte Bastet und Min erst so richtig in Rage. Min schien besonders pikiert. Ich empfehle keinem, sich von einem Geschöpf wie Min verfolgen zu lassen, besonders, wenn es wütend ist. Ich hatte gehofft, daß er von Re-Harachte gesättigt war, aber er war offenbar nur als Vorspeise gedacht gewesen. Das krokodilköpfige Ungeheuer stürzte mir nach, jagte mich den Korridor hinunter und schrie dabei mit wütender, tiefer Stimme: »Ungerecht! Ungerecht! Ungerecht!«

Und plötzlich schoß ich im Bett hoch. Ich war schweißgebadet. Meine Nachtgewänder und die Laken waren durchnäßt. Mein Herz pochte so wild, daß ich es gegen meine Rippen klopfen hörte. Ich atmete schwer und sog begierig die Luft ein. Am ganzen Körper zitterte ich unkontrollierbar.

Es dauerte einige Zeit, bis ich mich davon überzeugt hatte, daß Bastet und Min tatsächlich verschwunden waren. Es war alles nur ein Traum gewesen. Ein Traum? Ein Alptraum! Und zwar einer, den ich nie vergessen würde.

Ich schnappte noch immer nach Luft. Ich fühlte mich ziemlich schlecht. Es dauerte mindestens fünf Minuten, bis mein Herz wieder normal schlug. Ganz allmählich beruhigte ich mich wieder. Ich war zwar immer noch durcheinander, aber zumindest verhältnismäßig ruhig. Daß dieser Traum eine Bedeutung hatte, daß er sich direkt auf die Aufgabe, die Tut mir gestellt hatte, bezog, dessen war ich mir sicher. Aber was bedeutete er? Ergab er wirklich einen Sinn? Ich dachte so intensiv darüber nach, wie ich nur konnte. Die Wasseruhr in Bastets Hand und die Sonnenuhr in Mins? Sollte das heißen, daß mir die Zeit davonlief? Vielen Dank, das wußte ich auch ohne Alptraum!

Es hilft nichts, sagte ich mir nach einer halben Stunde konzentrierten Nachdenkens. Diesen Traum würde ich nicht selbst entschlüsseln können. Ich brauchte einen Traumdeuter.

Vielleicht einen von diesen Hebräern? Ich glaubte mich erinnern zu können, daß ein Bursche namens Jesaf oder Josef oder so vor langer, langer Zeit einen Traum des Pharaos interpretiert hatte. Irgendwas mit dicken und dünnen Kühen. Mein Traum war wesentlich besser als seiner. Aber konnte ich diesen Hebräern trauen? Würden sie mir die richtige Interpretation liefern? Ich war sicherlich nicht gerade ihr Lieblingsägypter, nach dieser Ziegelsteinsache. Es würde ihnen wahrscheinlich einen besonderen Spaß bereiten, mich mit ihrer Interpretation meines Traumes auf direktem Weg in mein Haus der Ewigkeit zu bringen.

Wer dann? Wie wäre es mit Aanen? Ja, wie wäre es mit ihm? Er stand in dem Ruf, der beste Traumdeuter Ägyptens zu sein. Sicherlich zu Recht. Das war schließlich eines der Dinge, für die Hohepriester bezahlt wurden. Und ich befand mich gerade mit ihm im selben Tempel. Aber was, wenn er Echnatons Mörder war? Auch nach unserer heutigen Unterredung war er noch genauso verdächtig wie jeder andere. Vielleicht hatte er zunächst gedacht, Echnatons Regentschaft einfach aussitzen zu können, sich dann jedoch dafür entschieden, sie zu einem vorzeitigen Ende zu bringen. Und wenn das der Fall war und mein Traum entsprechend Aanen als den Schuldigen hinstellte, was würde er tun, da ich ihm in seinem eigenen Tempel völlig ausgeliefert war?

Nein, ich mußte jemand anderen nehmen. Den Hebräern konnte ich nicht trauen und Aanen ebensowenig. Aber wem dann? Genau das, was ich brauchte. Noch ein Problem.

Dieser Tempel, den ich da gebaut hatte, war ein ziemlich gruseliger Ort, das kann ich Ihnen sagen. Erst diese befremdlichen Gespräche mit Aanen, die mir Dinge entlockten, die ich gar nicht sagen wollte, und dann das. Es war ein Fehler gewesen, sich nicht schon am Nachmittag mit Yuti zu treffen und anschließend von hier zu verschwinden. Nun gut, daran war nun nichts mehr zu ändern.

Ich konnte nicht wieder einschlafen. Ich zwang mich dazu, den Alptraum aus meinen Gedanken zu verdrängen. Es hatte keinen Sinn, weiter darüber nachzudenken; mir fehlten einfach die traumdeuterischen Fähigkeiten. Meine Macht als Großwesir war zwar bedeutend, aber weltlich. Was den Bereich des Metaphysischen anbelangt, so besaß ich nicht mehr Kompetenz als der niedrigste Sklave in meinem Palast.

Da ich ohnehin nicht mehr schlafen konnte, dachte ich noch einmal über meine Worte nach, die mich heute morgen selbst befremdet hatten. Wollte ich mich wirklich, ernsthaft und ehrlich von Tej trennen und statt ihrer Yennah zur Hauptfrau nehmen? Ich konnte es kaum glauben, aber es schien so zu sein. Tej und ich waren vierzig Jahre verheiratet, so ungefähr jedenfalls. Vierzig Jahre. Ich fühlte mich wohl mit ihr, wie mit einer gut eingetretenen Sandale. Ich vertraute ihrem Ratschlag. Ich wußte, daß sie immer zu mir halten würde. Konnte ich das gleiche über Yennah sagen? Mit Sicherheit nicht. Nie. Sie hatte sich schon jetzt als ehrgeiziges, rücksichtsloses und äußerst unangenehmes Biest gezeigt. Unwiderstehlich zwar, aber dennoch äußerst gefährlich. Ich wollte sie immer noch, ich war besessen von diesem Körper, obwohl ich bisher nie der Typ Mann gewesen war, der sich solchen Obsessionen hingibt. In meinem Kopf lagen die Dinge ganz klar. Da sah ich Yennah als die, die sie wirklich war. Aber das half nichts. Diese irrationale Lust würde, das wußte ich, verpuffen, sobald ich Yennah gehabt hatte. Sie war noch ein Kind; wir hatten keinerlei Gemeinsamkeiten. Aber das zu wissen war völlig nutzlos, solange ich unter dem Fieberwahn litt, sie besitzen zu müssen.

Na ja, wenn das erst einmal vorüber war, wenn ich das alles ordentlich hingekriegt hatte – wenn! –, dann würde ich mich mit Tej aussöhnen. Sie hatte diese Behandlung in keinster Weise verdient. Ich würde zum königlichen Goldschmied gehen und das prächtigste Halsband in ganz Ägypten für sie bestellen, prächtiger selbst als der Schmuck, den Tut für seine Königin Anchesenamun anfertigen ließ. Reue kommt Männer immer teuer zu stehen.

Trotz meiner ganzen Ängste, die mit diesem Traum hochgekommen waren, brauchte ich dringend ein paar Stunden Schlaf, auch wenn die Vorstellung, daß die Ungeheuer dann vielleicht zurückkamen, keine sehr beruhigende war. Ich hätte nach Yuti schicken können, um mir ein Schlafmittel mischen zu lassen. Doch lieber eine schlaflose Nacht mehr, als etwas schlucken zu müssen, dessen Zusammensetzung mir unbekannt war. Und Aanen wollte ich erst recht nicht um eine Einschlafhilfe bitten.

Ich rief meine Diener und ließ mir von ihnen einen noch ungeöffneten Krug Wein aus meinem mitgebrachten Proviant bringen. Den Verschluß inspizierte ich sehr genau, um wirklich sicher zu sein, daß nicht an dem Siegel herummanipuliert worden war. Zufrieden damit, daß das Siegel, das mein persönliches Zeichen trug, unversehrt war, öffnete ich den Krug und leerte ihn, ohne mich zuvor mit der Suche nach einem Weinglas aufzuhalten, in einem Zug.

Binnen fünfzehn Minuten zeigte der Wein Wirkung, und ich fiel in einen tiefen, ungestörten Schlaf. Den brauchte ich wirklich dringend.

15 Fünfter Tag – Am Morgen

Am nächsten Morgen erwachte ich, überrascht darüber, daß ich überhaupt hatte schlafen können. Sehr erholt fühlte ich mich allerdings nicht. Ich hoffte sehr, daß der Gott Amun, der mir diesen Traum geschickt hatte, keine Veranlassung sähe, ihn zu wiederholen. Oder einen vergleichbaren nachzuschieben. Ich konnte mich nur zu gut an ihn erinnern. Und ich verspürte nicht das geringste Bedürfnis, noch einmal von Dämonen gejagt zu werden. Normale Träume vergißt man, sobald man erwacht; dieser hatte sich auf ewig in meine Erinnerung eingebrannt.

Natürlich tüftelte ich immer noch an einer möglichen Deutung, kam jedoch dabei keinen Schritt weiter. Der Krokodilgott Min hatte mich verfolgt, mich als Mittagessen auserkoren und fortwährend »Ungerecht! Ungerecht! Ungerecht!« geschrien. Was sollte das bedeuten? Wenn hier einer das Recht hatte, »Ungerecht« zu schreien, dann doch höchstens ich! Ich mußte ein Kapitalverbrechen aufklären, ohne die Folter anwenden zu dürfen. Ich war derjenige, der von göttlichen Dämonen gejagt worden war. Ich kam mit diesem Traum einfach nicht weiter. Und auch sonst steckte ich fest.

Ich entschloß mich, das Frühstück ausfallen zu lassen, denn ich verspürte nicht den geringsten Hunger. Außerdem frühstücke ich ohnehin selten, und jetzt, wo jederzeit ein erneuter Mordanschlag erfolgen konnte, wäre es reiner Wahnsinn gewesen, irgendwo außerhalb meines eigenen Palastes etwas zu mir zu nehmen. Und selbst dort konnte ich mich nicht mehr sicher fühlen.

Es war der Morgen des fünften Tages. Ich griff nach dem Bronzespiegel und betrachtete prüfend mein Gesicht. Was mir da entgegenblickte, war höchst unbefriedigend. Glücklicherweise ist es ja bei uns Mode, sich die Augen zu bemalen. Meine Augenlider hingen schwer herunter, die Tränensäcke waren angeschwollen: Es würde sehr viel kunstvolle Schminke brauchen, um das alles zu verbergen. Bildete ich mir das nur ein, oder war ich tatsächlich gealtert? Und von den Augenringen abgesehen, hatten meine Augen nicht einen seltsamen, leicht benommenen Ausdruck? So vage und dümmlich dreinblickend? Jedenfalls sagte mir dieser Blick in den Spiegel, daß alles seine Grenzen hatte. Sehr viel mehr würde ich nicht mehr ertragen können.

Leider konnte ich mir das im Moment nicht aussuchen. Ich mußte einfach hinnehmen, was mit mir passierte. Ich wußte nicht, ob ich mir wünschen sollte, daß mir mehr Zeit blieb, denn eigentlich war ich inzwischen in dem Stadium angekommen, wo ich die Sache nur noch hinter mir haben wollte.

Mit großer Feierlichkeit, heiligem Ernst und so konzentriert wie möglich vollzog ich das Ritual des dreifachen Bades und legte dann meine Festgewänder an. Jeden einzelnen Schritt dieses Rituals versah ich getreu den Vorschriften. Nichts war wichtiger als das. Heute würde ich Amun huldigen, der mich aus der Gefahr retten würde, wenn es auf dieser Welt überhaupt eine Macht gab, die mich retten konnte. Und wenn ich erwartete, daß Amun mich schützte, war es nur gerecht, daß ich jeden einzelnen Schritt beachtete, jedes der Gebete sprach und jede Opfergabe auf die korrekte Weise darbrachte.

Ich betrat das Sanktuarium in meinen safrangelben und maronenbraunen Gewändern, die im zarten Licht des frühen Tages schimmerten. Aanen erwartete mich schon. Bei Tagesanbruch aufstehen war für ihn Routine. Sein Gewand übertraf meines, so wie der Glanz der Sonne den des Mondes übertrifft. Es bestand aus einem schimmernden, fast unsichtbaren Material, dessen Farbe sich bei jeder Bewegung seiner vollständig eingehüllten Arme veränderte. Das Gewand war über und über mit Stickereien bedeckt – ich sah die Sonne, den Mond, die Sterne, die Sternzeichen und die Bildnisse der Götter. Aanens kantiges Gesicht hatte einen düsteren, ahnenden Ausdruck angenommen, so wie es sich für einen Mann geziemt, der seinen Glauben mit äußerster Ehrlichkeit und Ernsthaftigkeit ausübt; wie ich es im übrigen auch tue.

Das heilige Innere des Sanktuariums meines Herrn Amun ist aufs prächtigste vergoldet, kunstvoll verziert und völlig leer. Nirgendwo existiert ein Bildnis, nur detailreiche, wunderbare Schnitzereien und geometrisch anmutende Verzierungen. An diesem heiligen Ort lebt der Verborgene, der Allmächtige, der Allwissende, und nur die frömmsten seiner Priester und die ranghöchsten Männer des Hofes überleben das Betreten dieser geheiligten Räume.

Der Tempelchor stimmte einen Gesang an, die göttliche Messe zu Ehren Amuns, und die Stimme Aanens erhob sich klar über alle anderen. An einem Ort wie diesem ist es schier unmöglich, nicht zu spüren, wie unser althergebrachter Glaube unsere Seelen zu reinigen vermag. Voller Ehrfurcht hörte ich, wie diese wunderbare Stimme sich so tief, so elegant, so kraftvoll erhob und dabei jedes einzelne goldene und mit Email verzierte Panel im Inneren dieser heiligen Stätte zum Schwingen brachte. Und dann spürte ich, wie der große Gott Amun von seinem Haus Besitz nahm. Er war hier, zusammen mit mir in diesem Raum, und als die feierlichen Worte der heiligen Messe gesprochen wurden, fühlte ich, wie sich mein Geist öffnete, um den Segen meines Herrn zu empfangen.

Ehrerbietig fiel ich auf die Knie und berührte mit meiner Stirn den glänzenden Boden. »O Herr, o Amun«, betete ich. »Sei Du mit mir in diesen Tagen, da ich auf die Probe gestellt werde. Wächter der Wahrheit, erhalte mich. Heiliger Beschützer, gib mir Weisheit. Du Kenner der Herzen, mache, daß Dein Traum mir klar und deutlich wird. Gib mir die

Weisheit, die ich brauche, um zum vollständigen Verstehen zu gelangen. Und wenn meine eigene Klugheit dazu nicht ausreicht, dann schicke mir jemanden, der mir hilft, zu verstehen, o Du Bewahrer aller Geheimnisse. Und wenn ich mich als unwürdig erweise, dann, Allmächtiger, rette mich und meinen Namen, auf daß er nicht von diesem heiligen Tempel, an dem ich so lange zu Deinem ewigen Ruhme gearbeitet habe, getilgt werde. Wenn alles scheitern sollte, dann erlaube meinem Namen, hier in Deinem Tempel weiterzuleben, damit, wenn in einer Million Jahren Menschen hier zum Gebet kommen, sie meinen Namen sehen können, den Namen des Mannes, der Dein Heim zu Deiner ewigen Anbetung geschaffen hat.«

So betete ich fast eine Stunde lang ohne Pause, ohne hochzublicken, wohl wissend, daß mein Schicksal und mein Leben von der Aufrichtigkeit meiner Worte abhingen.

Endlich erhob ich mich. Ich hatte meinen Amtsstab nicht bei mir, und deshalb half mir Aanen hoch. Er blickte tief in mich hinein. Seine dunklen, nachdenklichen Augen schienen in meine Seele dringen zu wollen. »Du hast sehr überzeugend gebetet, Eje, und Amun wird dich erhören. So sagt es Aanen, Sein Hohepriester; so sagt es Aanen, der Bewahrer Seiner geheiligten Mysterien.«

Mit diesen Worten verließen wir ernst und feierlich das Sanktuarium, und plötzlich verspürte ich eine Leichtigkeit in meinem Herzen, wie ich sie nicht mehr gekannt hatte, seit Tut mir seine kleine Überraschung aufs Auge gedrückt hatte – und das schien nun schon eine Ewigkeit zurückzuliegen. Ich war gereinigt, ich war wieder im Besitz meiner Kräfte. Ich fühlte mich glücklich und heiter. Ich hatte mein Schicksal in bessere Hände gelegt und würde dem Herrn vertrauen, wie immer er auch entschied.

»Möchtest du jetzt mit Yuti sprechen?« fragte der Hohepriester in einem, da nun die Messe vorbei war, wesentlich weniger heiligen Tonfall.

»Ja. So schnell wie möglich.«

»Er nimmt gerade sein Frühstück ein. Möchtest du ihm dabei Gesellschaft leisten?«

Ich folgte Aanen, der mich nun in Begleitung seines Gefolges zu den Speiseräumen führte. Ich erwähnte nicht, daß ich es vorzog, nichts zu essen, aber auch Aanen kam nicht auf dieses Thema zu sprechen.

Yuti saß an einem kleinen verzierten Tischchen und beendete gerade sein Morgenmahl. Ich brauche den Tisch nicht zu beschreiben – alles hier in Karnak ist prachtvoll, und selbst ein kleines, einfaches, völlig normales Frühstückstischchen ist noch ein wahres Kunstwerk.

Ich warf einen Blick auf Yuti und schüttelte den Kopf. Er war genau, wie ich ihn in Erinnerung hatte. Dicker Hintern und Glatze. Seine schwachen, kurzsichtigen Augen blickten mich etwas vage an und versuchten angestrengt, etwas zu erkennen, und seine vorstehenden Schneidezähne vermittelten diesen kaninchenähnlichen Eindruck, den jeder, der ihn kennt, wiedergibt, um ihn zu beschreiben. Ach ja, ein Albino war er auch, und in dieser Blässe lag etwas Ungesundes. Seine Haut war glatt und fast wie die einer Frau, sein Körper irgendwie wabbelig. Ja, das war Yuti, wie ich ihn kannte.

Aanen bedeutete mir, Platz zunehmen. »Ich lasse euch nun allein, Eje«, sagte er gebieterisch. »Ich nehme an, du möchtest ungestört mit Yuti sprechen, und ich verspüre keinerlei Bedürfnis, mich in eure Vertraulichkeiten einzumischen.« Er verschwand aus dem Raum, und sein Gefolge kam ihm nach einer knappen Handbewegung in perfektem Gleichschritt nach.

Ich sah mir Yuti noch einmal genauer an. Es war schier unmöglich sich vorzustellen, daß diese einsame und verlassene Ausgabe eines Mannes der beste Arzt von ganz Ägypten war.

Yuti war die Art von Mann, die eine Plauderei genoß, und ich wollte, daß er sich in meiner Gegenwart wohl fühlte. Also redeten wir fast eine Stunde lang über Triviales, bis ich das Gefühl hatte, Yuti wäre entspannt genug für eine richtige Unterhaltung. Diese Ähnlichkeit mit einem Kaninchen ließ die Vermutung aufkommen, er würde beim ersten Anzeichen einer unangenehmen Wendung des Gesprächs aufspringen und davonhoppeln.

Ich konnte es mir nicht verkneifen, zunächst ein Thema zur Sprache zu bringen, das eigentlich nicht viel zur Sache tat. »Yuti«, fragte ich und wartete wirklich neugierig und begehrlich auf seine Antwort, »ich habe gehört, daß deine Macht über die Frauen des Tempels schier grenzenlos ist. Leider habe ich selbst kein solches Talent. Sag mir doch netterweise, wie machst du das? Natürlich bleibt das unter uns. Niemand wird die Antwort erfahren.«

Yuti errötete, von den Zehenspitzen bis hin zu seiner kahlen Schädeldecke. Er strahlte wie der Sonnenaufgang. »Es ... es ...«, stotterte er, und dabei zuckte seine Nase ganz nervös, »es ist nur etwas, worüber ich ein paar Kenntnisse erworben habe, das ist alles.« Er hatte furchtbar zu schwitzen begonnen und wischte sich die Stirn mit seiner Serviette trocken. »Ich würde lieber nicht darüber reden.«

Aber ich wußte, daß er es tun würde, wenn ich darauf bestand. Und das tat ich. Yuti war der Typ von Mensch, der in Gegenwart einer Autorität sofort einknickt. Er besaß weder die Macht noch die Kraft, dagegen zu bestehen. Ich wußte, daß seine Nervosität in meiner Anwesenheit – ich war schließlich der Großwesir – ständig zunehmen würde. Wenn ich überhaupt hoffen durfte, irgendwelche wichtigen Hinweise zu erhalten, dann von diesem Mann, dem die Fähigkeit zu lügen völlig abging und dem gleichermaßen die Fähigkeit fehlte, einer anderen Person, besonders einer hochrangigen, zu signalisieren, daß bestimmte Dinge sie einfach nichts angingen. Irgendwie tat er mir leid, aber auf seine Gefühle Rücksicht zu nehmen war ein Luxus, den ich mir nicht leisten konnte. Was immer ich auch wissen wollte, Yuti würde es mir verraten, egal, um welches Thema es ging.

»Kenntnisse erworben? Das ist ja interessant«, sagte ich ungerührt. Auch wenn es vom eigentlichen Thema ablenkte, so wollte ich doch mehr über seine bemerkenswerten Kenntnisse in Erfahrung bringen. »Vielleicht könntest du mir da etwas beibringen. Ich muß zugeben, eine solche Instruktion könnte ich gut gebrauchen.«

Er blickte einem nie in die Augen, wenn er es vermeiden konnte. So auch jetzt, und man spürte deutlich, wie unangenehm ihm diese sehr persönliche Frage war. »Nun, vielleicht habe ich mich da nicht ganz richtig ausgedrückt«, murmelte er dann. »Es hat eigentlich nichts mit lernen zu tun.«

Ganz offensichtlich suchte er verzweifelt nach einem anderen Thema. Ich hingegen war ganz und gar nicht bereit, dieses hier fallenzulassen, bevor ich nicht eine Antwort hatte. Mit Glück würde ich noch lange genug leben, um Yutis Lehren in die Praxis umzusetzen.

»Wenn man es nicht erlernen kann, was ist denn dann dein Geheimnis? Was immer es auch ist, jeder Mann in Ägypten würde seinen gesamten Besitz dafür hergeben.« Das war kaum übertrieben.

»Es hat mit meiner Arbeit als Arzt zu tun.« Yuti seufzte resigniert und versuchte, wenigstens etwas Würde zu bewahren. Er betupfte wieder seine Stirn, und sein Gesicht wurde noch roter, falls das überhaupt möglich war. Jetzt tat er mir richtig leid, aber nicht leid genug, um das Thema fallenzulassen.

»Und?«

Ich wartete. Er wartete. Die ganze Sache ging mich wirklich nichts an, aber es war eine Gelegenheit, die ich einfach nicht auslassen konnte. Ich würde die Antwort schon aus ihm herauskriegen.

»Es ist eigentlich gar nichts. Eher ein Unfall. Ein Teil meiner Pharmakopöe. Nichts weiter.« Der Mann fühlte sich so unbehaglich wie ein im heißen Fett zappelnder Fisch. Und wahrscheinlich war ihm auch ebenso warm.

Aber wenn er dachte, mich mit solch gebildeten Worten abschrecken zu können, nun, das war eine vergebliche Hoffnung. »So eine Art Medizin, meinst du? Ein Rezept? Ein Medikament oder eine Droge?«

»Ja und nein«, murmelte der Arzt. »Es ist ... es ist einfach nur ein Abfallprodukt.«

»Ein Abfallprodukt? Von was denn?«

»Eher eine Nebenwirkung. Das wäre wohl präziser. Eine gut verträgliche Nebenwirkung.«

»Daß jede Frau auf der ganzen Welt, die du haben willst, sich nach deinem Körper verzehrt, das nennst du eine *Nebenwirkung*? Nebenwirkung von was denn, Mann?« Jedem anderen Mann in Ägypten würde ich nicht glauben, was ich da hörte. Jedem, außer Yuti. Dieses lächerliche, zitternde, kleine Kaninchen besaß etwas, für das Könige ihre Krone hergeben würden, und für ihn war es nicht mehr als eine Nebenwirkung, fast etwas Beschämendes.

»Gut, wenn du es unbedingt wissen willst«, murmelte er, flüsterte er fast mit gesenkten Augen. »Es ist die Nebenwirkung eines Mittels, das ich zur Heilung der Wassersucht entdeckt habe.«

»Du leidest unter Wassersucht?«

»Nicht stark, aber immerhin.« Er wurde schon wieder rot.

»Und du hast dir diese Medizin selbst verschrieben?«

»Irgend jemand muß sie ja testen.« Er hob den Kopf, und zum ersten Mal hatte seine Stimme einen trotzigen Anflug. »Ich bin Wissenschaftler, wie du weißt. *Irgend jemand* muß es ausprobieren.«

»Wenn du Freiwillige brauchst, hier sitzt einer vor dir. Ich teste das Zeug und gebe dir einen umfassenden wissenschaftlichen Bericht.«

Ja, ich bin ein Lüstling. Aber nur wenige Männer, wären sie ehrlich, würden etwas anderes von sich selbst behaupten. Wieso hatte es dieses Mittel vor dreißig Jahren noch nicht gegeben? Damals hätte ich es wirklich gebrauchen können!

Yuti reagierte nicht, also bohrte ich weiter. »Ist es ein Pulver?«

Er nickte wieder.

»Wie wirkt es?«

»Das weiß ich noch nicht«, murmelte er und sah sich dabei hektisch um, als suche er nach einem Schlupfloch. »Ich habe meine Forschungen noch nicht abgeschlossen. Normalerweise wirken Pulver dieser Art auf die Frau. Sie nimmt es ein, und es löst in ihrem Körper eine starke Reaktion aus. Meine Entdeckung war rein zufällig. Wirklich. Es funktioniert wohl so, daß, wenn der Mann das Pulver einnimmt, es die Frau ist, die völlig elektrisiert wird. Und dieses spezielle Pulver funktioniert ohne zusätzliche Zaubersprüche und Beschwörungen. Es könnte sein, daß es mit dem weiblichen Geruchssinn zu tun hat. Bisher weiß ich nur, daß es irgendwie funktioniert. Und daß es außerdem tatsächlich gegen Wassersucht hilft.«

»Ich hätte gerne eine Probe davon.«

»Leidest du denn unter Wassersucht?«

Ich hätte lügen können, tat es aber nicht. »Nicht unbedingt.«

»Dann kann ich es dir nicht verschreiben.«

»Ich muß es haben!«

Mit erstaunlicher Resolutheit schüttelte Yuti den Kopf. »Ich bin Arzt, kein Scharlatan. Und übrigens auch kein Hurenbock.« Die Vehemenz, mit der er das vorbrachte, verschlug mir den Atem. »Ich kann dir das Medikament nicht verschreiben. Ich habe einen medizinischen Eid geschworen. Ich würde dir ja gerne helfen, aber es geht nicht.«

Da hatte ich wohl den einzigen Bereich erwischt, in dem

ihn sein Mut nicht verließ, sein Berufsethos. Dafür mußte ich ihm Bewunderung zollen. Ich hatte zwar nicht vor, das Thema ganz fallenzulassen, aber widerstrebend entschied ich doch, es fürs erste ruhen zu lassen. Ich wollte nicht, daß sich seine überraschend heftige Reaktion auf das Thema übertrug, das ich nun anzuschneiden gedachte und das für mich von viel größerer Wichtigkeit war. Diese andere Sache konnte warten.

»Du kennst die Aufgabe, die Tut mir gestellt hat?« fragte ich unvermittelt. Yuti sah plötzlich unglaublich erleichtert aus.

»Selbstverständlich. Ich war in der besagten Nacht auch anwesend.«

»Ja, natürlich. Jedenfalls würde ich gerne mit dir darüber reden. Mit dir, dem besten Arzt Ägyptens.« Ich dachte, ein paar Schmeicheleien würden mir vielleicht weiterhelfen, und abgesehen davon, war es die Wahrheit. »Ich bin der Meinung, daß du der einzige bist, der mir wirklich wichtige Hinweise liefern könnte.«

»Ich werde alles tun, um Euch zu Diensten zu sein, Großwesir.«

»Eine sehr patriotische Einstellung. Sag, Yuti, welche Erfahrungen hast du mit magischen Zaubersprüchen und Formeln? Können sie einen Mann wirklich umbringen? Genauer gesagt, können sie auf große Entfernung den Tod über einen Menschen bringen? Und«, fügte ich noch hinzu, »wer hätte deines Wissens nach, wenn überhaupt, genug Macht, einen Wüstensturm zu beschwören?«

Yuti legte eine Pause ein und überdachte seine Antwort sorgfältig. »Ganz verstehen tue ich es nicht«, sagte er endlich, »aber nach meinen Beobachtungen scheint es so zu sein, daß diese Beschwörungen tatsächlich sehr effektiv sein können, wenn das Opfer darüber Bescheid weiß. Wenn das der Fall ist, scheint eine solche Beschwörung auch auf große Entfernung wirksam zu sein. Ahnt das Opfer hingegen nichts davon, ist es dagegen gefeit. Die Erfolgsrate sinkt drastisch.«

»Und wie lange braucht eine Beschwörung normalerweise, um wirksam zu werden? Angenommen, das Opfer ist sich dessen bewußt?«

»Sieben Tage, zehn Tage. Manchmal auch länger.«

»Und zwei Tage? Wäre das auch möglich?«

»Zwei Tage?« Yutis glatte Stirn legte sich in Falten, während er nachdachte. »Vielleicht. Eher nicht. Ich habe noch nie davon gehört. Das Minimum, von dem ich gehört habe, sind vier Tage. Das soll aber nicht heißen, daß es unmöglich ist. Vorausgesetzt, ein erfahrener Zauberer ist am Werk.«

»Und ein Tag? Ein einziger Tag? Um einen Kamsin zu beschwören?«

»Davon habe ich wirklich noch nie gehört. Selbst Aanen könnte das wahrscheinlich nicht.«

Noch eine Sackgasse. Der Kamsin war wohl wirklich reiner Zufall gewesen.

Yuti schien die Enttäuschung auf meinem Gesicht nicht entgangen zu sein. »Es tut mir leid, daß ich dir keine große Hilfe bin. Es ist wirklich schade, daß dir der Pharao die Folter verboten hat. Das würde deine Arbeit sicher sehr erleichtern. Wirklich. Irgenwie finde ich das nicht einsichtig.«

Ich auch nicht. »Danke für dein Mitgefühl, Yuti. Ich bin froh, daß du meine schwierige Lage verstehst. Ich weiß wirklich nicht mehr, was ich tun soll. Aber ich hätte noch ein paar Fragen, wenn du nichts dagegen hast. Du warst doch dabei, als Echnaton starb, oder?«

»Ja. Und ich will jetzt weder lügen noch heucheln. Ich war mehr als entzückt darüber.«

Ich zog eine Augenbraue hoch.

»Dieser Mann hat meinen Sohn umgebracht, meinen einzigen Sohn. Er hat meinen Paheri getötet, meinen Jungen, meinen einzigen Jungen.« Seine Augen füllten sich mit Tränen, und ich wandte mich rasch ab. »Du kennst die Geschichte wahrscheinlich. Jeder in Theben kennt sie. Ganz Ägypten kennt sie. Ich flehte ihn an, Paheri vom Militärdienst zu befreien. Unsere Familie ist nicht kämpferisch veranlagt. Keiner von uns. Wir dienen unserem Land besser mit unserer Intelligenz, mit unserem medizinischen Wissen, das seit Anbeginn der Zeit vom Vater an den Sohn weitergegeben wurde. Welchen Nutzen hatte der Pharao denn von einem weiteren Speerwerfer? Aber er wollte einfach nicht hören, und Phaheri starb. Schlimmer noch, er starb in Schande. Der Mann hat unsere Familie ruiniert. Nun werden wir aussterben. Echnatons Ende hat mir nicht den geringsten Gram bereitet.«

»Ja, Yuti«, sagte ich leise, »ich habe von dieser Geschichte gehört.«

»Und das ist noch nicht alles«, sagte er, als redete er mit sich selbst. »Von der anderen Sache wissen die Leute bloß nicht: Es war nicht nur Paheri. Auch Chamartea. Meine Schwester Chamartea. Der Pharao hätte jede Frau in ganz Ägypten haben können. Jede. Und wen nahm er sich? Ausgerechnet Chamartea. Nicht zur Frau, nicht als Konkubine, noch nicht mal als Geliebte. Er nahm sie einfach so. Er wollte sie gar nicht wirklich. Sie war nicht hübsch, eher das Gegenteil, aber sie war ein Engel. Er nahm sie sich, einfach weil er der Pharao war. Um zu zeigen, welche Macht er besaß. Aus einer Laune heraus. Sie wurde schwanger.« Yutis Gesicht war von großem Schmerz überzogen. »Mit dieser Schande konnte sie nicht weiterleben. Sie hat sich umgebracht.« Er hielt inne, sammelte sich und redete weiter. »Nein, ich verspürte nicht die geringste Zuneigung zu Echnaton. Wenn er tatsächlich ermordet wurde, dann applaudiere ich dem Mörder. Das sage ich ganz offen. Sein Sohn Tut, das ist eine ganz andere Sache. Tut ist ein prächtiger Junge, und Ägypten kann froh sein, daß er auf dem Thron sitzt.«

Das war mein Enkel, über den er da sprach. Und ich bezweifle, daß Yuti diese Verbindung selbst überhaupt herstellte. Er wirkte nicht wie die Sorte Mensch, die sich der Vorteile familiärer Verbindungen bewußt war.

»Du bewunderst Tut wirklich?« fragte ich und versuchte, nicht zu erstaunt zu klingen.

»Natürlich. Er hat mich und meine Familie immer mit dem größten Respekt behandelt. Er fördert meine wissenschaftlichen Forschungen auf dem Gebiet der Medizin und ermutigt mich, neue Ärzte in den Heilkünsten auszubilden. Er verehrt unsere alten Götter zutiefst. Er hat den Wohlstand wieder ins Land gebracht und die zivile Ordnung. Möge er ewig leben.«

Ich seufzte tief. Also so dachten die Leute! Begriff Yuti denn gar nicht, daß *ich* es gewesen war, der den Wohlstand und die zivile Ordnung ins Land zurückgebracht hatte? Wußte er denn nicht, daß *ich* es gewesen war, der einen leeren Staatssäkkel und ein durch Kriege geschwächtes Land übernommen und es soweit wiederhergestellt hatte, daß es zumindest dem Anschein nach wieder über seine frühere Großartigkeit verfügte? Gut, Haremhab war daran auch nicht ganz unbeteiligt, doch das meiste Lob gebührte mir. Trotzdem war ich überrascht, daß Tut Yuti gut behandelte. Vielleicht hatte mein Enkel auch Seiten, die ich nicht kannte. Aber das war jetzt nicht wichtig. Ich mußte mich um andere Dinge kümmern.

»Hast du Echnaton ermordet?« fragte ich ganz direkt. Dabei setzte ich meine anklagendste Miene auf und blickte ihm so grimmig in die Augen, wie ich nur konnte. Bei diesem Blick waren schon etliche Verbrecher in die Knie gegangen. Ich hoffte, daß dieser direkte, völlig überraschende Angriff ihn aus der Bahn werfen oder zumindest verwirren würde. Leider nicht.

Yuti lächelte sein gütiges Kaninchenlächeln. »Da du mich nicht foltern kannst, würde selbst ein Yuti nie so dumm sein, diese Frage mit ja zu beantworten. Aber ich wünsche dir von Herzen alles Gute bei deinen Nachforschungen.«

Soviel zu Yuti. Meine Hoffnung, ihn so unter Druck setzen zu können, daß er etwas Bedeutendes von sich gäbe, war zunichte. Ich sah keinen Grund, die Sache noch weiter zu verfolgen. Er hatte mir alles gesagt, was er mir sagen wollte, und das war wesentlich weniger, als ich gehofft hatte.

Als ich gerade gehen wollte, ließ mich eine völlig unerwartete Bemerkung von ihm abrupt innehalten. »Und ich hoffe, daß es Königin Anchesenamun wieder besser geht.«

Unpassenderweise fiel mir dazu als erstes ein, daß er unsere Familienstruktur also offenbar durchaus kannte und trotzdem das über Tut gesagt hatte. Bemerkenswert. Aber sehr schnell wurde mir bewußt, daß es darum jetzt gar nicht ging. Mein nächster Gedanke galt dann auch gleich meiner Enkelin. »Was sagst du da?« knurrte ich. »Was ist los mit Königin Anchesenamun?«

Er schaute mich entschuldigend mit seinen wässrigen Augen an. »Oh, das tut mir leid. Ich dachte, du wüßtest das. Sie ist krank.«

»Ernsthaft krank?«

»Ich glaube nicht. Zumindest nicht mehr. Es tut mir leid, daß ich nicht bei ihr sein kann, aber Tut bestand darauf, daß ich ihn hierher begleite. Ich habe sie in die Hände meines Lehrlings gegeben. Ein sehr guter Junge«, fügte er hastig hinzu, »er hat wirklich Begabung. Er wird einmal ein besserer Arzt sein als ich. Ich hatte nur Zeit für eine oberflächliche Untersuchung, bevor ich abreisen mußte. Für eine genaue Diagnose war keine Gelegenheit.«

»Was hat sie?«

»Fieber. Hohes Fieber. Es kam ganz plötzlich in der Nacht nach der Audienz, und gegen Morgen war sie schon schwerkrank. Ich habe angeordnet, daß Wenamum – mein Lehrling – Tag und Nacht bei ihr bleibt und daß niemand außer ihm und den vertrauenswürdigsten Dienern ihr Zimmer betritt. Ich meine, wirklich niemand. Auch nicht ihre Mutter. Ich hätte auch dem König den Zutritt verboten, aber er war ja hier mit mir in Karnak, also war das nicht notwendig.«

»Geht es ihr inzwischen wieder besser?«

»Ja. Sie ist auf dem Weg der Besserung, wie ich höre. Ich bekomme täglich einen Bericht von Wenamun. Ihr Fieber ist fast weg.«

»Warum hast du diese Isolation befohlen?«

»Nur eine Vorsichtsmaßnahme. Ich habe viel gelernt im Dienste bei der königlichen Familie.«

»Glaubst du, daß man ihr Gift gegeben hat?«

»Nein. Zumindest nicht vorsätzlich. Es ist eher eine Lebensmittelvergiftung.«

»Ist außer ihr noch jemand erkrankt?«

»Nein, aber so ist das manchmal bei Lebensmittelvergiftungen. Es kann sein, daß nur ein ganz geringer Teil des Essens verdorben war. Jedenfalls wird sie bald wieder gesund sein.«

Ich schüttelte voller Abscheu den Kopf. Meine kleine Ankie, krank, wirklich krank, und ich war so mit diesem absurden Theater beschäftigt, daß ich noch nicht einmal die Zeit hatte, von ihrer Krankheit zu erfahren.

Ich warf einen Blick auf die Sonnenuhr im Hof. Zeit zu gehen. Die Stunden wurden immer kostbarer. Ich verabschiedete mich von Yuti, doch vorher gelang es mir noch, ihm etwas sehr Wertvolles zu entlocken.

16 Fünfter Tag – Am Nachmittag

Auf dem Weg zurück zu meinem Palast hielt ich beim teuersten Goldschmied von Theben. Ich hatte eigentlich keine Zeit dafür, aber ich wollte etwas für Tej bestellen, bevor ich es wieder vergaß. Sie hatte es mehr als verdient – und nicht nur wegen Yennah. Vierzig Jahre Ehe zählen am Ende doch etwas. Ich brauchte fast eine Stunde, bis ich genau das Armband gefunden hatte, das ich wollte. Ich habe einen sehr guten Geschmack. Der Goldschmied versicherte mir, daß das Armband, das ich ausgewählt hatte, wesentlich geschmackvoller sei als alles, was der Pharao selbst besaß. Zum Teufel mit den kleinlichen Eifersüchteleien des Pharao, dachte ich und orderte sofort. Mein Goldvermögen würde sich dadurch spürbar verringern, aber wie Tej mir immer wieder sagte, ich besaß sowieso mehr als genug.

Meine schreckliche Mission verdrängte bald wieder alle anderen Gedanken aus meinem Kopf. Die Ironie – die schreckliche Ironie – war, daß ich alle Verdächtigen auf meiner Liste jetzt mehr bewunderte als vorher. Haremhab. Nofrete. Aanen. Yuti. Ich hatte natürlich noch keine Gelegenheit gehabt, mit meiner süßen Ankie zu reden, aber von ihr schlecht zu denken war ohnehin unmöglich. Die ganze Situation spottete jeder Beschreibung. Wer immer Echnaton umgebracht hatte, hatte Ägypten damit einen großen Gefallen getan und Tut mit Sicherheit auch. Es war schwer sich vorzustellen, daß der Mörder tatsächlich beabsichtigt hatte, auch Tut einen Gefallen zu tun, aber das war ein unvermeidliches Nebenprodukt. Wenn ich meine Mission erfolgreich beenden will, dann muß ich den Mörder entlarven. Was dann passiert, ist jetzt schon klar. Der Schuldige wird nicht, wie er es verdient hätte, in den Rang der Unsterblichkeit erhoben werden, sondern einen Tod erleiden, wie ihn sich nur Tut ausdenken kann. Wenn ich jedoch versage oder ich zwar die Identität des Mörders in Erfahrung bringe, sie aber vor Tut verheimliche, dann ist mein eigenes Leben wahrscheinlich verwirkt. Mein Vermögen, mein Rang, alles. So wie dieses Drama sich entwickelte, wurde mir immer klarer, daß das Ende sich viel komplexer gestalten sollte, als ich geglaubt hatte und die Konsequenzen aus Tuts kleinem Kinderspiel wohl weitreichender und unerwarteter sein würden, als er und ich je geahnt hätten.

Wie auch immer, mir blieben nur noch zwei Tage. Hatte ich auch nur die geringste Chance, sowohl Echnatons Mörder als auch mich selbst zu retten? Eine komische Frage, ich weiß. Einen Mörder zu retten. Aber das Opfer schien den Tod viel eher verdient zu haben als der Täter. Verkehrte Welt! Warum hatte Tut die Sache nicht einfach auf sich beruhen lassen? Oder beging ich schon wieder den Fehler, ihn zu unterschätzen? Ließ ich mich von meiner Abneigung gegen ihn zu sehr beeinflussen? Sein Spielchen war möglicherweise viel cleverer, als ich mir je hätte träumen lassen. Wenn sich das bewahrheiten sollte, dann würde Tut vielleicht doch ein herausragender Pharao werden, sobald er die nötige Reife erlangt hatte.

In meinem Palast angekommen, steuerte ich direkt auf meine Gemächer zu. Ich brauchte Ruhe und Zeit zum Nachdenken. Vielleicht meinen Sie, ich hatte inzwischen genug Zeit zum Nachdenken gehabt. Nun, leider nicht. Ich bin eben ein alter Mann. Und wenn jemand versucht, Sie umzubringen, weil Sie ein Problem lösen wollen, und jemand anderer Sie sicherlich umbringen wird, wenn Sie es nicht lösen, dann kann so eine Sache schon einmal von einem Besitz ergreifen.

Ich hatte erst wenige Minuten auf meinem Bett gelegen, als Yennah plötzlich, ohne zu klopfen, eintrat. Ich war verärgert. Ich war nicht verärgert. Bei Seth, für ein Mädchen, das noch nicht einmal fünfzehn war, war sie einfach hinreißend.

In jeglicher Hinsicht. Jetzt, wo sie wieder in Fleisch und Blut vor mir stand, war sie noch viel verführerischer als in meiner überhitzten Phantasie. Aber wie hatte sie so leicht hineingelangen können? Immerhin standen zwei Wachen vor meiner Tür. Das war eine ernste Angelegenheit. Wenn sich Yennah so leicht an ihnen vorbeischmuggeln konnte, dann würde das auch jemand anderem gelingen.

Sie kam auf mich zu. Dieses Selbstbewußtsein und diese Haltung waren einfach höchst erstaunlich bei einem so jungen Ding. »Ich bin so froh, daß du wieder da bist«, gurrte sie, und ihre rauchige Stimme ließ mich erschaudern. »Ich habe dich vermißt, Eje. Wirklich.« Mit ihrer Hand, die so weich war wie eine Rosenblüte, strich sie zärtlich über mein Gesicht. Ich war überhaupt nicht in der Stimmung für so etwas. Aber Sie wissen ja selbst, wie Männer sind. Eine Sekunde später war ich sehr wohl in Stimmung.

Ich wollte sie erst fragen, wie sie so problemlos hatte hineingelangen können, doch eigentlich wußte ich die Antwort. Bestimmt wußte jeder davon, daß – wie soll ich es formulieren –, daß dieses Mädchen mir nicht völlig egal war. Es ist wirklich faszinierend, das zu beobachten. Sobald Frauen das Gefühl haben, in irgendeiner Art von Beziehung zu stecken, beginnen sie sofort, alles für selbstverständlich zu halten, und jeder andere im Palast genauso.

»Bist du denn nicht glücklich, mich zu sehen?« fragte sie kokett und versuchte dabei völlig ungekünstelt zu wirken, was ihr aber nicht ganz gelang. »Ich habe den Wachen gesagt, daß du mich sofort nach deiner Rückkehr zu sehen wünschst, und – hier bin ich.« Sie kicherte.

Ja, ja. Hier bin ich, der Großwesir von Ober- und Unterägypten, und da ist sie, ein Sklavenmädchen. Aber allein aufgrund einer reinen körperlichen Leidenschaft glaubt sie, zwischen ihrem Rang und meinem hin und her pendeln zu können. Und zwar, wann und wie es *ihr* beliebt, nicht etwa, wann und wie es *mir* beliebt. Und die Wächter, die natürlich den Palastklatsch kennen, haben sie ohne Fragen einfach durchgelassen. Was wäre, wenn sie in den Falten ihres Gewandes ein Messer verborgen hielte? Diese Wachen würden von mir ganz schön was zu hören kriegen. Da gibt man sich alle Mühe, strikte Sicherheitsvorkehrungen durchzusetzen, und dann hängt das eigene Leben letztendlich von einigen Männern ab, die gar nicht Wachen wären, wenn sie für einen besseren Beruf genug Verstand besäßen.

»Du hast nicht das Recht, solche Anweisungen zu treffen«, sagte ich in vorwurfsvollem Ton. »Wegen dir werden diese Männer ernsthafte Schwierigkeiten bekommen.«

Völlig überflüssig, solche Ermahnungen. Sie ignorierte mich einfach. Sie fixierte mich mit ihren unglaublichen, fast violetten und mit starker Schminke betonten Augen und kam noch näher, und dabei rieb ihre rechte Brust gegen meinen Arm. Sie streichelte unentwegt mein Gesicht. Ihr Parfüm durchdrang den Raum, ihr natronduftender Atem berührte meine Nase, als sie mir einen zarten Kuß auf die Wange gab, so zart wie Papyrus im Frühling, so zart, daß ich gar nicht wußte, ob er überhaupt mein Gesicht berührt hatte.

»Hast du etwas herausgefunden?« fragte sie, und ihr Lächeln wurde noch lässiger. »Irgend etwas?«

»Worüber?«

»Du weißt schon. Ach, sei doch nicht so gemein. Du weißt genau, was ich meine.« Dabei schmollte sie äußerst hübsch, und ihre Unterlippe schob sich spielerisch enttäuscht nach vorne. Ich spürte, wie sich ihre Brust gegen meinen Arm hob und senkte und sah, wie sich die Locken ihres phantastischen goldenen Haares auf ihren Schultern drehten und wendeten. Yennah war unglaublich. Ich wußte genau, was sie damit beabsichtigte, aber trotzdem ließ es mich nicht unbeeindruckt. Wo lernen die das bloß alle? Und das in dem Alter?

»Ich habe schlechte Nachrichten für dich, mein Liebes«,

sagte ich sehr langsam und genoß in gewisser Weise, es ihr nun heimzahlen zu können. »Ich habe ausführlich mit dem Hohepriester Amuns gesprochen, und niemand, selbst ein Pharao nicht, kann sich seiner Hauptfrau ohne triftigen Grund entledigen. Ehebruch wäre eine Möglichkeit, doch darauf gibt es bei Tej keinen Hinweis. Ich fürchte, es geht einfach nicht. Aus. Ende.«

Wieso beredete ich das überhaupt mit ihr? Warum gab ich ihren Launen nach? Die Trennung von Tej war allein ihre Idee gewesen. Und hier saß ich und tat so, als würde ich ernsthaft darüber nachdenken. Und dann diese seltsamen Vorkommnisse in Karnak. Was war hier eigentlich los? War ich auf einen Pfad entsandt worden, dem ich eigentlich gar nicht folgen wollte, von einem zielbewußten, klugen Mädchen, das wußte, welche körperliche Macht es über mich besaß und wie es diese zu ihrem Vorteil ausnutzen konnte? So etwas zu erkennen ist eine Sache; dem zu widerstehen etwas ganz anderes. Wahrscheinlich spricht man deshalb von Versuchung.

Diese unwillkommene Nachricht ließ Yennah erneut schmollen, doch diesmal war es keine Koketterie. Sie dachte einen Augenblick nach. Für einen – wenn auch äußerst kurzen – Augenblick bekam ich einen Eindruck von der wahren Yennah; ein eiskalter Ausdruck war auf ihr wunderhübsches Gesicht getreten. Dann hatte sie sich wieder in der Gewalt, und ihre Züge glätteten sich wieder zu einer sanften und honigsüßen Fassade.

»Gut«, sagte sie mit bewundernswerter Ruhe, »wenn es nicht geht, dann geht es eben nicht. Ich bin mir sicher, daß du die Frage von allen Seiten beleuchtet hast.« Man konnte glauben, sie hätte die Nachricht recht gut aufgenommen, hätte ich nicht bemerkt, daß ihr die Züge für einen Moment entgleist waren.

»Von allen Seiten«, bestätigte ich. »Wir haben mehrere Jahrhunderte nach Präzendenzfällen durchforstet. Nichts.«

Leicht und anmutig wie eine Katze schlüpfte sie aus ihrem Gewand. Ihr Körper schimmerte, und gegen meinen Willen riß ich meine Augen vor Bewunderung weit auf. Sie schmiegte sich wieder an mich, und ihre Finger gingen auf Entdeckungsreise. »Wenn dieser Weg nicht möglich ist, vielleicht gibt es einen anderen«, flüsterte sie mir ins Ohr und schmiegte sich dabei noch enger an mich.

»Welchen denn?« fragte ich und versuchte ziemlich erfolglos, mich nicht ablenken zu lassen.

»Es gibt immer einen Weg.« Ihre rauchige Stimme klang bedeutungsschwer. »Wenn man etwas wirklich will, gibt es immer einen Weg. Besonders für einen Großwesir. Wenn du etwas wirklich willst, dann tust du es auch.«

Ich wollte nicht glauben, was ich da gerade gehört hatte. Ich schnellte von meinem Lager empor und schob sie brüsk zur Seite. Meine Hand hinterließ einen Abdruck auf ihrer Haut, und die Berührung durchzuckte meinen Körper wie ein Blitz. »Willst du damit vorschlagen«, brüllte ich los und hoffte, mich mit diesem Ton auf andere Gedanken zu bringen und sie gehörig einzuschüchtern, »daß ich Tej umbringe? Die Frau, mit der ich seit vierzig Jahren verheiratet bin? Das ist unerhört!«

»Das habe ich nicht gesagt.«

»Das brauchst du auch gar nicht. Es ist auch so klar, was du damit gemeint hast.«

»DAS HABE ICH NICHT GESAGT.«

»Das ist völlig nebensächlich. Es wird jedenfalls nie passieren. Ich sollte dir deinen Hintern verdreschen und dich den Wachen zu ihrer Unterhaltung vorwerfen!«

Meine Wut war echt. Dieses Mädchen war unglaublich. Und ich hatte immer gedacht, der ägyptische Hof sei korrupt. Wie mußte es erst am korinthischen Hof sein, wenn dieses noch nicht mal fünfzehnjährige Ding so ruhig und leidenschaftslos den Mord an meiner Hauptfrau vorschlagen konnte?

Yennah tat, als sei meine ablehnende Reaktion auf ihren Vorschlag nichts als ein geringfügiger Rückschlag, eine Laune von mir, auf die man zu einem späteren Zeitpunkt noch einmal zurückkommen würde. Sie hatte das Gesicht und den Körper einer Göttin, aber einen unbeugsamen Willen, der so hart war wie Bronze. Nichts brachte sie aus der Fassung. Eine wahrlich makellose Schönheit, kokett, aber mit dem Herz und der Leidenschaft einer Tigerin.

»Laß uns nicht streiten«, schnurrte sie. »Wir wollen uns nicht streiten. Du sollst nur ein bißchen nachdenken. Mehr will ich doch gar nicht.« Sie stand vor mir, die Schultern leicht nach hinten geschoben. Wirklich höchst entzückend. »Ich wäre eine viel bessere Hauptfrau als Tej. Tej ist alt. Sie ist müde. Sie hat keinen Ehrgeiz mehr, was dich betrifft. Sie begnügt sich damit, ihre Tage hier zu verbringen, eingeschlossen in diesen Palast. Sie tut nichts und zieht dich mit in die Isolation, bis sich zum Zeitpunkt deines Todes schon niemand mehr an dich erinnern kann. Ich bin nicht so, Eje. Ich habe genug Ehrgeiz für zwei. Du brauchst nicht die Nummer zwei im Lande zu sein. Wirklich nicht. Du könntest genausogut die Nummer eins sein. Außerdem hast du sowieso keine Wahl. Ich habe es dir bereits gesagt, und du weißt genau, daß ich recht habe. Du wirst entweder Pharao, oder du stirbst. Und viel Zeit bleibt dir nicht mehr.«

Eine politische Unterhaltung mit einer splitternackten Schönheit zu haben ist eine heikle Sache. Jedes ihrer Worte war eine Unverschämtheit, aber ich merkte, wie sich mein Denken langsam verabschiedete. Es war die bizarrste Situation, in der sich der Großwesir von Ägypten je befunden hatte. Würde irgend jemand, wäre er in meiner Situation, diese nackte Verführerin aus dem Raum weisen? Ich denke, nein.

Es war alles äußerst anstrengend. Es wäre zum Lachen gewesen, wenn nicht gerade ich derjenige gewesen wäre, der in diesem Dilemma steckte. Ich begehrte Yennah. Yennah begehrte mich. Falsch. Jennah begehrte die Macht, und um die zu bekommen, brauchte sie mich. Sie engagierte sich dabei in bemerkenswerter Weise, das muß man ihr lassen. Sie hatte einen konkreten Schlachtplan im Kopf. Ihr scharfer Verstand kam stets sofort zum Kern der Sache. Das muß ich zugeben.

Nur einen Hauch von Verärgerung zeigend, kehrte sie zum Thema zurück. »Letztendlich geht es doch nur darum: Entweder bringst du Tut um oder er dich. Ob dir das nun gefällt oder nicht, du weißt, daß ich recht habe. Du brauchst einfach nur jemanden wie mich, damit dir das alles klar wird.«

»Ich bin kein Königsmörder!«

»Dann bist du ein Selbstmörder!« Sie drückte sich eng an mich und begann, meine Gewänder auszuziehen. Ich hielt sie nicht davon ab, und bald war ich nackt wie sie. Den hübscheren Anblick von beiden bot allerdings sie.

Ich griff nach ihr, und die Palastintrigen waren mir plötzlich völlig egal. »Noch nicht jetzt, Herr«, flüsterte sie. »Noch nicht. Laß uns die Sache noch mal überdenken. Ich bin nicht nur ein albernes, kleines Mädchen. Ich bin viel mehr. Hör auf mich. Tej hat dir deine Kraft geraubt. Ich kann sie dir zurückgeben. Zusammen können wir dieses Land regieren, es herrlich regieren. Aber wir müssen handeln – und zwar schnell. Tej hat dir deinen Entscheidungswillen geraubt. Sie hat dich viel zu früh zu einem alten Mann gemacht. Durch mich wirst du wieder jung. Alles, was du tun mußt, ist handeln – und zwar schnell.«

Unter größter Anstrengung zwang ich mich, die Situation näher zu beleuchten. Ihr ging es einzig und allein um Macht. Mein Verstand hatte längst abgedankt, und ich verfolgte geradezu zwanghaft ein ganz anderes Ziel. Offensichtlich hatten wir beide ganz gegensätzliche Dinge im Sinn.

Ungeduldig, wie ich war, zwang ich mich, die Konversation noch für einige Minuten aufrechtzuerhalten. »Yennah«, sagte ich und war bemüht, sie nicht zu verärgern, ihr aber dennoch den Sachverhalt klarzumachen, »du bist wirklich hinreißend. Aber du bist noch nicht einmal fünfzehn. Ich weiß mehr über solche Dinge als du.« Ich legte ihr die Hände um die Taille und zog sie fest an mich. Sie versuchte nicht, sich zu wehren. Es war ein wunderbares Gefühl. Doch nun konnte mir ihre honigsüße Stimme direkt ins Ohr flüstern.

»Ich weiß mehr über Staatsangelegenheiten, als du dir überhaupt vorstellen kannst. Vielleicht bin ich noch jung, aber ich habe mein ganzes Leben in einem königlichen Palast verbracht. Das habe ich dir schon einmal gesagt. Ich habe dir auch gesagt, daß ich nicht Yennah heiße – diese Dummköpfe, die du hier beschäftigst, konnten meinen Namen nur nicht aussprechen. Mein wirklicher Name ist Helena. Ich bin eine richtige Prinzessin. Zu regieren ist mir vorbestimmt. Ich will hier regieren, in Ägypten, dem mächtigsten, fortschrittlichsten, kultiviertesten Land der Erde. Ich will zusammen mit dir regieren. Wir wären ein phantastisches Team! Deine Erfahrung, dein Wissen, deine Intelligenz und mein Ehrgeiz, Tatendrang und – ich zögere nicht, es auszusprechen – meine Schönheit, damit können wir Ägypten zum Herrscher über alle Länder des Großen Grüns machen. Wir müssen nur zugreifen. Tut läßt dir sowieso keine Wahl. Du weißt es. Ich weiß es.« Sie kuschelte und schmiegte ihren hinreißenden Körper an meinen, und meine Reaktion darauf wurde immer sichtbarer. Dieses Mädchen war höchst überzeugend.

»Tut hat dir einen riesigen Gefallen getan«, fuhr sie fort. »Die Chance hast du schon immer gehabt. Jetzt aber zwingt er dich dazu, sie endlich zu ergreifen. Denk doch mal nach, Eje. Schlag zu! Mach dich zum Pharao! Werde unsterblich! Werde selber zum Gott. Sei nicht mehr nur sein Wesir. Sei nach deinem Tod ein Gott. Welcher richtige Mann würde da nicht zugreifen?«

Ich glaube nicht, daß ich einen Ton herausgebracht hätte,

selbst wenn ich gewollt hätte. Es war auch nicht nötig. Sie führte die Unterhaltung recht gut allein. Und vieles machte Sinn. »Ich will deine Königin werden«, sagte sie inbrünstig. Ihre unglaublichen violetten Augen schimmerten. »Ich bin nicht geboren worden, um Sklavin zu sein. Ich bin dazu geboren, Königin zu sein! Und wäre mein Schiff nicht gekapert worden, dann würde mich mein Vater jetzt in diesem Moment an Minlos verheiraten und mich damit zur Königin machen. Aber die Götter wollten, daß ich hierher kam, und dachten mir ein anderes, viel bedeutenderes Schicksal zu, als einen Felsen inmitten von Griechenland zu regieren. *Hier* liegt meine Bestimmung. Und deine. Wir können Ägypten zu einem Reich machen, wie es die Welt noch nicht gesehen hat. Jetzt ist unser Augenblick gekommen, Eje, und wir müssen ihn nutzen. Zusammen. Die Götter geben den Sterblichen nur einmal im Leben eine solche Chance.«

(Anmerkung des Übersetzers: Ich war so in diese Bildhaftigkeit des Kapitels vertieft, daß ich beinahe den schlimmsten Schnitzer meiner akademischen Karriere begangen hätte. Fast hätte ich den Absatz über »Minlos« überlesen, dem König eines kleinen Staates in Griechenland. Aber irgendwie schien das Wort doch in mein Unterbewußtsein gedrungen zu sein, denn ganz aufgeregt kehrte ich einige Sätze weiter plötzlich wieder zu diesen Zeilen zurück. Ich schaute mir die Hieroglyphe sehr genau an, doch mehr als »Minlos« konnte ich daraus nicht entziffern. Aber dieses hinreißend schöne Wesen hatte ihren Namen mit Helena angegeben. War es möglich, daß dieser König, der darauf wartete, sie zu heiraten, Menelaos war? Für jemanden, der sein ganzes Leben mit dem Studium der alten Kulturen verbracht hat, selbst wenn er so ausgebrannt war wie ich, wäre die Möglichkeit, ein Manuskript ausgegraben zu haben, das die tatsächliche Existenz von Königin Helena von Troja belegt, aufregender und bewegender als alles andere in meinem Leben. Und wenn Yennah

und Helena tatsächlich identisch gewesen sein sollten, kann man auch zu gut verstehen, wieso Eje so von ihr beeindruckt war. Dafür könnte man ihn zugleich bemitleiden und beneiden.)

»So einfach ist das nicht«, konnte ich gerade noch hervorbringen, »einen Staatsstreich zu planen. Das braucht Zeit, die nötigen Mittel und eine umfangreiche Organisation. Mir verbleiben nur noch zwei Tage, und Haremhab hat eindeutig die Übermacht; seine Infanterie ist wesentlich größer als meine Kavallerie. Es geht um mehr als bloß den Tod eines Königs. Und außerdem«, fügte ich hastig hinzu, »möchte ich dich daran erinnern, daß ich bisher zu gar nichts zugestimmt habe. Der König ist immerhin mein Enkel.«

Yennah – Helena – zog mich näher heran, und ihre Lippen spielten mit den meinen, während ihre Zunge die meine suchte. Für ein so junges Mädchen konnte sie das atemberaubend gut. »Beim letzten Mal hast du eine Kostprobe bekommen«, flüsterte sie. »Dieses Mal bekommst du mehr. Nicht alles. Aber mehr.«

17 Fünfter Tag – Am Abend

Mach, daß du diese griechische Schlampe los wirst! Ich weigere mich, sie noch eine Minute länger unter meinem Dach zu beherbergen! Keine Minute länger!«

Ich bin seit über vierzig Jahren mit Tej verheiratet, doch noch nie hatte ich sie so wütend gesehen. »Welche Schlampe?« fragte ich vorsichtig.

»Das weißt du genau!«

»Ach, *die*!«

Wunderbar. Genau das, was ich jetzt brauchte. Ich mußte wichtige Dinge mit Tej besprechen; sie ist die einzige Person, auf die ich mich immer verlassen kann. Doch bevor ich überhaupt nur den Fuß in ihr Schlafgemach setzen konnte, bekam ich diese reizende Begrüßung. Nur gut, daß das Armband noch nicht fertig war. Dies wäre wohl nicht der richtige Moment gewesen, um es ihr zu überreichen.

»Ich weiß alles. Alles! Und diese griechische Hure verläßt sofort meinen Palast!« Tej meinte es ernst. Ich kannte diesen Gesichtsausdruck.

»Du wiederholst dich!« Das brachte sie auch nicht in bessere Stimmung. Sie sprang wahrhaftig auf und nieder, und da sie im rechten Zeh Gicht hatte, wußte ich, wie schmerzhaft das war. Ihr Gesicht war verzerrt, und sie spuckte die Worte nur so heraus. Die Hände hatte sie zu Fäusten geballt, und ihr ungekämmtes Haar flog ihr in Strähnen ins Gesicht, als sie auf mich zustürzte, als wollte sie mich schlagen. Lieber den krokodilsköpfigen Min als Tej, wenn sie eine dieser Launen hat. Gott sei Dank sind sie selten.

Ich kannte den Grund für ihre Wut, ohne daß sie ihn ausgesprochen hatte. Aber sie war nun nicht mehr zu bremsen. Ich mußte es über mich ergehen lassen, wie man einen Sandsturm über sich ergehen läßt. Ich wußte, daß es dabei nicht um körperliche Lust ging. Das war Tej völlig egal. Sie wollte sogar, daß ich mir junge Mädchen nahm, je jünger, desto besser, damit ich sie in Ruhe ließ. Nein, darum ging es hier definitiv nicht.

»Dein Yennah-Flittchen versucht, meinen Platz einzunehmen, *meinen Platz* – nach vierzig Jahren! Vierzig Jahren!«

Sie haben wahrscheinlich schon bemerkt, daß Tej zu Wiederholungen neigt, wenn sie wütend ist. Ich schloß ermüdet die Augen und wartete auf die nächste Attacke. Die würde mit Sicherheit kommen.

»Du kriechst vor ihr! Unterwürfig! Wenn sie es dir befehlen würde, dann würdest du auf allen vieren vor ihr kriechen, mit einer Leine um den Hals. Wenn es ihr beliebte, würdest du bellen wie ein Hund. Du, der Großwesir von Ägypten, als Schoßhund dieser Sklavenschlampe! Es ist eine Schande. Und glaube bloß nicht, daß das keiner im Palast weiß. Jeder weiß es!«

Tejs Bild war recht phantasievoll und, offen gestanden, durchaus anregend. Ich dachte an Helena, an eine Leine, daran, vor ihr zu kriechen – vielleicht auch eine Peitsche? Aber eine solche Reaktion hatte Tej garantiert nicht beabsichtigt.

Zum Glück konnte sie meine Gedanken nicht lesen, zumindest nicht genau.

»Es ist schlimm genug, daß du dich selbst erniedrigst. Das ist deine Sache. Aber mich? Mich zu erniedrigen? Das ist etwas anderes. Ich weiß genau, daß du dieser Schlampe versprochen hast, sie würde Hauptfrau werden. Hauptfrau? Nun, *ich* bin deine Hauptfrau, falls du das vergessen haben solltest. Ich habe es jedenfalls nicht vergessen. Und dagegen kannst du oder diese Schlampe überhaupt nichts machen!«

Man könnte für diese ganze ermüdende Veranstaltung Helenas Jugend und Indiskretion verantwortlich machen, wenn man es sich leicht machen wollte. Aber Tatsache ist: auch wenn sie doppelt so alt wäre, das Resultat wäre das gleiche. Obwohl Frauen durchaus ihre Vorzüge haben: eines gelingt ihnen einfach nicht, nämlich ihre Zunge im Zaum zu halten. Die Götter haben sie so geschaffen. Helena war es einfach nicht gelungen, ihre ehrgeizigen Pläne für sich zu behalten. Sie *mußte* ganz einfach mit jemandem darüber reden. Natürlich unter dem Siegel der Verschwiegenheit. Und Minuten später hatte es der ganze Palast gewußt, und damit auch Tej.

Ich war nicht besonders gerne in der Gesellschaft der sonst so fügsamen Tej, wenn sie einen dieser Wutanfälle bekam. Manchmal waren sie unbegründet. Diesmal nicht. Aber wieso ließ sie das alles an mir aus? Ich hatte noch nicht einmal mit Helena geschlafen. Technisch gesehen jedenfalls. Und darum ging es ja ohnehin nicht. Das war alles Helenas Schuld. Konnte ich etwas dafür, daß sie diese ehrgeizigen Pläne hatte? Ich hatte sie in keinster Weise dazu ermuntert. Na ja, immerhin war ja der Kaufvertrag für sie auf meinen Namen ausgestellt, also war ich wohl wirklich der einzige, an dem Tej ihre Wut auslassen konnte.

Sie nun zu beruhigen würde nicht leicht sein. Ich konnte im Grunde nur warten, bis sie sich abgeregt hatte. Aber dennoch mußte ich es zumindest versuchen. »Hör mal, Tej«, sagte ich so beruhigend wie möglich, aber dieser Tonfall brachte sie noch mehr auf die Palme, »niemand kann dich als Hauptfrau ersetzen. Das weißt du. Und selbst, wenn ich es könnte; ich würde es nicht wollen. Yennah ist noch ein Kind – unreif, unbeständig. Du weißt, wie junge Mädchen sind. Den Kopf voller wilder Ideen und verrückter Träume. Immer in einer Traumwelt lebend. Warum nimmst du das so ernst? Sie ist nur eine Sklavin, und mehr wird sie niemals sein. Du hast den Blick für die Proportionen verloren! Das ist alles überhaupt kein Grund, sich so aufzuregen.«

»Und was für ein mieser Großvater bist du eigentlich?«

schrie sie wütend. Ihr linkes Auge begann zu zucken, so aufgebracht war sie.

Was sollte das denn nun wieder? Ihr plötzlicher Wechsel des Themas hatte mich vollends verwirrt.

»Du weißt genau, was ich meine«, tobte sie. »Du konntest es ja gar nicht abwarten, nach Hause zu kommen und deine kleine Griechin zu besteigen. Und zur gleichen Zeit liegt unsere kleine Ankie auf dem Totenbett.«

»Ankie liegt im Sterben?« explodierte ich, plötzlich außer mir vor Besorgnis. »Ankie stirbt? Mir war gesagt worden, es ginge ich wieder gut.«

»Na ja«, sagte Tej schmollend und drehte den Kopf weg. »Zumindest hätte sie sehr gut im Sterben liegen können. Aber dich interessiert das überhaupt nicht. Das einzige, was du wolltest, waren schmutzige Spielchen mit dieser Yennah. Du hast noch nicht einmal nach Ankie gefragt. Und sowas nennt sich Großvater.«

»Ich habe nicht gefragt, weil ich dachte, sie sei wieder gesund. Tej, ich werde langsam ernsthaft böse.« Dabei setzte ich ein strenges Gesicht auf. Ich bin hier der Mann. Frauen haben kein Recht, so mit ihren Ehemännern zu reden. Nicht in Ägypten. Ich war ja gerne bereit, ein paar Zugeständnisse für die vierzig Jahre zu machen, aber genug ist genug.

»Tej, ich bin hier, weil ich deine Hilfe brauche. Wenn du dich mit mir streiten willst, laß es uns auf später verschieben. Wenn ich dann noch bereit dazu bin. Aber jetzt habe ich überhaupt keine Zeit dafür. Ich habe nur noch für eine Sache Zeit. Mir bleiben nur noch zwei Tage. Genau zwei Tage. Und ich weiß immer noch nicht, wer Echnaton umgebracht hat. Ich weiß noch nicht einmal sehr viel mehr als zu Beginn meiner Nachforschungen.«

»Du hast mit allen gesprochen und trotzdem nichts herausgefunden?«

»Nicht viel jedenfalls. Ich sage dir, was ich herausgefunden habe. Vielleicht hast du ja eine Idee.« Ich war froh, daß sie bereit war, das Thema zu wechseln. Die Aussicht, daß ich in zwei Tagen verbannt oder getötet werden könnte, ließ selbst Tej erkennen, welches Thema absolute Priorität hatte. So unterließ ich es auch, sie darauf hinzuweisen, daß ich noch keine Möglichkeit gehabt hatte, Anchesenamun zu besuchen. Sie erinnern sich, Tej weigerte sich ja beharrlich, sie oder Nofretete überhaupt zu den Verdächtigen zu rechnen. Ich sah keinen Grund für einen weiteren Streit, bloß weil ich in diesem Punkt anderer Meinung war.

»Gut. Erzähle mir, was du in Erfahrung bringen konntest.« Gott sei Dank hatte sie die Angelegenheit mit Yennah fürs erste fallengelassen. »Von Anfang an. Und was du in Karnak herausgefunden hast. Versuche, nichts auszulassen. Du kennst dich ja. Die Details überfliegst du. Aber manchmal liegt genau darin der Schlüssel.«

Ich fügte mich. Tej ist ein helles Köpfchen. Präziser Verstand. Hervorragende Intuition. Sie kann Dinge aus der Luft greifen, Nuancen und Feinheiten sehen und spüren. Ich würde nicht mein Geld damit verdienen wollen, sie an der Nase herumzuführen. Selten entgeht ihr etwas, und Lügner erkennt sie blitzschnell. So schnell wie eine Kobra zuschlägt. Man sollte Tej *niemals* an der Nase herumführen.

Ich ging alles mit ihr durch. Das dauerte. Sie stellte Fragen, bohrte nach, bohrte mehr, fragte weiter. Aber das war schon in Ordnung. Ich brauchte jede erdenkliche Hilfe, die ich kriegen konnte.

Die meinem Gefühl nach wichtigste Information hob ich mir für den Schluß auf. »Ich hatte letzte Nacht einen Traum, einen sehr seltsamen. Ich kann ihn nicht deuten. Kennst du noch gute Traumdeuter in Theben, außer den Hebräern?« Ich wußte, daß sie sich mit solchen Dingen viel besser auskannte als ich.

»Ein Traum? Das könnte etwas bedeuten. Erzähle ihn mir.«

Tej hatte schon früher gelegentlich Träume deuten können. Ich hätte ihr sowieso davon erzählt, aber plötzlich erkannte ich, daß meine Hauptfrau wahrscheinlich die beste Traumdeuterin war, die ich finden konnte. Sie hatte es schon verschiedentlich unter Beweis gestellt, daß sie eine Begabung dafür hatte, und außerdem war in Theben sicherlich niemand stärker motiviert als sie.

»Es war alles unglaublich real«, begann ich. »Du weißt ja, wie Träume manchmal sein können. Sie fühlen sich an wie ein Traum. Dieser nicht. Ich war mehr als verblüfft, denn ich hätte schwören können, daß ich gar nicht eingeschlafen war.«

»Also, was passierte in diesem Traum?«

»Nun, ich war gerade dabei, mich zur Ruhe zu betten. Die Lampen brannten noch, und plötzlich sah ich ein Kätzchen auf dem Boden liegen.«

»Ein Kätzchen?«

»Ja.«

»Welche Farbe?«

»Schwarz. Pechschwarz. Mit einem bißchen Weiß an den Vorderpfoten.«

Tej dachte darüber nach. »Farben können durchaus wichtig sein. Weiter.«

»Ich schaute es an, und plötzlich glitt ein Babykrokodil durch den Raum auf das Kätzchen zu.«

Tej verzog das Gesicht. »Ich hasse Krokodile. Hatte das etwas Besonderes an sich?«

»Nein. Zumindest anfangs nicht. Ich fragte mich, woher diese Tiere kamen und wollte den Raum nach Schlupflöchern absuchen. Ich wollte sichergehen, daß meine Arbeiter ihre Aufgabe gut erledigt hatten.«

»Und? Hast du?«

»Was?«

»Den Raum inspiziert?«

»Nein. Ich hatte keine Zeit dafür, denn das Kätzchen begann plötzlich zu wachsen. Und wie! Innerhalb weniger Augenblicke, direkt vor meiner Nase. Plötzlich war es kein Kätzchen mehr, sondern Bastet. Genau wie ihre Statuen. Genau wie die Bilder in den Tempeln. Ich erkannte sie sofort. Der Katzenkopf, der Frauenkörper. Sieht man ja nicht alle Tage, sowas.«

»Hatte sie irgend etwas Ungewöhnliches?«

»Eine klasse Figur.«

»Männer!« Tej spuckte dieses Wort förmlich aus. »Das hört wohl erst auf, wenn ihr im Grabe liegt.«

»Jedenfalls, mir gefiel nicht, wie sie mich anblickte.«

»Was meinst du damit?«

»Na ja. Laß es mich so sagen: Als Maus hätte ich mir große Sorgen gemacht.«

»Sie sah also nicht glücklich aus?«

»Genau.«

»Und dann?«

»Dann wird das kleine Krokodil plötzlich zu Min. Voll ausgewachsen. Krokodilskopf, Männerkörper. Wenn Blicke töten könnten, läge ich jetzt schon in meinem Haus der Ewigkeit.«

Tej blickte mich unverwandt an. Ich fuhr fort. »Und etwas war seltsam. Bastet hielt eine Wasseruhr in der Hand. Min eine Sonnenuhr. Das muß etwas bedeuten. Aber was?«

Tej zuckte mit den Schultern. »Wie soll ich dir das sagen können, solange du nicht zu Ende erzählt hast?«

Damit hatte sie nicht unrecht. »Also. Wir waren also zu dritt im Raum. Ich war –« ich wollte lieber nicht zugeben, welche Angst ich verspürt hatte. »Ich war ein wenig besorgt. Mir gefiel gar nicht, wie sie mich ansahen. Plötzlich war der Raum dann mit Licht erfüllt und Re-Harachte erschien. Ich war immer noch besorgt, denn ich wußte nicht, ob er auf meiner oder ihrer Seite war. Aber das war auch egal, denn Min fraß ihn sofort auf. Ein äußerst ekelhafter Anblick. Ich möchte das gar nicht im Detail erzählen.«

»Erzähl trotzdem davon. Es könnte wichtig sein.«

Bei den folgenden Details wurde Tej etwas blaß um die Nase, wollte die Geschichte aber trotzdem hören. »Nun war ich also mit Bastet und Min wieder allein. Daß sie nicht auf meiner Seite standen, war klar. Es gelang mir, an der Wand entlang Richtung Tür zu gleiten, sie zu entriegeln und den Korridor hinunter zu rennen. Daß ich ihnen entkommen konnte, machte sie erst richtig wütend. Sie verfolgten mich, und Min schrie ständig: ›Ungerecht! Ungerecht! Ungerecht!‹«

»Das war aber wirklich ein schlimmer Traum!«

»Habe ich dir doch gesagt. Du kannst dir gar nicht vorstellen, wie schrecklich Mins Stimme klang. Ich würde es gerne nachmachen, aber ich kann es nicht. Min ist ein Gott, und Götter haben furchtbare Stimmen, besonders wenn sie wütend sind.«

»Und dann?«

»Nichts. Ich erwachte. Und ich sehe jetzt alles noch genauso deutlich vor mir wie gestern nacht. Jedes Detail. Jede Einzelheit.«

»Das bedeutet etwas.« Ich sah, wie Tej immer nachdenklicher wurde.

»Normale Träume kommen vom Magen oder wenn wir Blähungen haben. Und an diese Träume erinnern wir uns nicht. Träume, an die wir uns erinnern, als seien sie wirklich passiert, werden von den Göttern geschickt. Sie bedeuten etwas.«

»Und was?«

Sie zuckte wieder mit den Schultern. »Das weiß ich noch nicht. Ich werde darüber nachdenken. Ich kenne mich mit Träumen aus. Erst vor ein paar Monaten hatte Tanara – du kennst sie, sie ist die Frau deines Fußpflegers –, sie hatte diesen Traum und ich kann dir sa–«

Abwehrend erhob ich die Hand. »Tej, nicht jetzt. Wir haben keine Zeit dafür. Würde es dir etwas ausmachen, dich nur mit meinem Traum zu beschäftigen?«

»Schon gut. Bin schon dabei.« Sie seufzte und warf mir dann einen scharfen Blick zu.

»Eje?«

»Ja?«

»Diese Schlampe hat zu verschwinden.«

18 Sechster Tag – Am Morgen

Es war ein wunderbarer Moren, einfach perfekt. Klar und wolkenlos. Angenehm kühl. Doch eine Stunde später würde die Sonne schon so hoch stehen, daß es sehr heiß werden würde. Jeder Tag in Theben ist so.

Ich machte mich für meinen Gang zum königlichen Palast fertig. Mein Herz war schwer. Vielleicht habe ich tatsächlich ausgedient. Ich bin ein alter Mann. Ich habe Ägypten gut gedient und auch mich selbst nicht zu kurz kommen lassen. Alle Menschen beschreiten irgendwann einmal den Weg zum Haus der Wahrheit. Wäre es nicht besser, ich befände mich schon in meinem? Mit unbeschädigtem Ruf und ohne die Sorge, daß ein rachsüchtiger Pharao meinen Namen aus allen meinen Arbeiten tilgen könnte?

Vielleicht bin ich auch nur griesgrämig. Ich kann mich nicht erinnern, wann ich das letzte Mal gut geschlafen habe. Wenn das hier vorbei ist, ist ein Urlaub fällig. Ein Urlaub in meiner Villa am Strand des Großen Grüns. Der Gedanke hob meine Stimmung, aber nur unwesentlich.

Meine Laune besserte sich erst, als ich an mein erstgeborenes Enkelkind dachte, an meine kleine Ankie, die ich jetzt besuchen würde. Obwohl der königliche Palast nahe bei meinem liegt, sehen wir uns nur selten. Selbst wenn ich mich im königlichen Palast aufhalte, sehe ich sie nicht oft. Meistens hält sie sich abgeschirmt im Haremsbereich auf, und meine wichtigen Geschäfte, ich gebe es zu, verhindern oft, daß ich ihr noch einen Besuch abstatte. In meinem jetzigen melancholischen Zustand empfand ich echtes Bedauern über diese verpaßten Gelegenheiten. Tag für Tag habe ich Zeit verschwendet und Möglichkeiten ungenutzt gelassen. Und plötzlich erreiche ich den Punkt, an dem Zeit kostbarer wird als Gold und muß erfahren, daß mein Vorrat fast aufgebraucht ist.

War es wirklich möglich, daß Ankie ihren Vater umgebracht hatte? Schwer vorstellbar. Trotzdem mußte ich es in Erwägung ziehen. Sie hätte die Möglichkeit dazu gehabt, wie alle anderen, hinter denen ich her war. Und sie hätte einen triftigen Grund gehabt. Nicht nur das generelle Wohl Ägyptens, eigentlich schon Grund genug, sondern ihr eigener Status stand auf dem Spiel. Anchesenamun wäre Königin von Ägypten geworden. Tut war damals noch ein Kind; sie hätte die Staatsführung an sich reißen können.

Die Sache hatte nur einen Haken. Echnaton *war* gestorben, und Anchesenamun *war* Königin von Ägypten geworden. Doch sie hatte ihre untergeordnete Stellung akzeptiert, wie es ihrem Geschlecht geziemt, war passiv geblieben und hatte keinen Versuch unternommen, in die Geschicke des Staates einzugreifen. Selbst mit Haremhab und mir als Ko-Regenten hätte sie irgend etwas unternehmen können, um Einfluß zu gewinnen. Ich konnte mich jedoch nicht an eine einzige solche Begebenheit erinnern. Wer auch immer Echnaton umgebracht hatte, ich hoffte sehr, daß es Ankie nicht gewesen war.

So wie ich meine Enkelin kenne, hätte sie als einzige aus dem Kreis der Verdächtigen ein so schreckliches Verbrechen nicht aus Eigennutz, sondern zum Wohle des Landes und seines leidenden Volkes begangen. Ankie ist großzügig, freundlich und von Grund auf gut, hat viel Herz und einen guten Charakter, so, wie man es nur selten bei Menschen antrifft, zumindest nicht bei denen, die ich im Verlauf meines Lebens kennengelernt habe. Ich konnte mir Ankie einfach nicht dabei vortellen, wie sie entweder höchstpersönlich jemanden umbrachte oder durch einen Mittelsmann umbringen ließ. Aber wenn man bedenkt, wie sehr Echnaton in die Geschicke seines Landes eingegriffen, wieviel Leid und Elend er über Ägypten gebracht hatte und wie verdorben er in seiner Aton-Besessenheit gewesen war . . . Wenn tatsächlich Ankie für seinen Tod verantwortlich war, würde sie, wenn man sie nach dem Motiv fragte, schlicht und einfach antworten: »Ich habe es für Ägypten getan.«

Ich begab mich so früh wie möglich zum königlichen Palast, wobei ich es jeodch nicht versäumte, Ankies Morgentoilette einzukalkulieren. Entgegen Tejs Vorwurf machte ich mir sehr wohl große Sorgen um meine Enkelin. Was war vorgefallen? Wieso war sie so krank geworden, gleich nach der Audienz, und zudem als einzige? Wollte jemand sie vergiften? Warum? Wie Sie merken, dachte ich in jenen Tagen ziemlich viel an Gift. Nachdem mir eine scheinbar unschuldige Hand einen vergifteten Becher gereicht hatte, war das wohl nur zu verständlich.

Anchesenamun begrüßte mich liebevoll, indem sie sich in meine Arme warf, mich an sich drückte und mein Gesicht mit Küssen bedeckte. Aber anders als bei Nofretete war dies ein spontaner Ausdruck ihrer familiären Zuneigung zu mir, mehr nicht. Man hörte am Klang ihrer Stimme, wie sehr sie sich über mein Kommen freute, eine Freude, die ich selbst bei Tej nicht kenne. Meine kleine Ankie ist sehr hübsch und mit fünfundzwanzig Jahren eine reife Frau. Ihr Haar ist dunkel, dicht und glänzend, ihre dunklen Augen funkeln voller Lebendigkeit. Obwohl sie eine erwachsene Frau ist, erinnert sie in ihrer Energie und Frische immer noch an ein junges Mädchen. Zumindest wenn sie gesund ist.

Obwohl Helena Ankie rein optisch hinter sich läßt, bräuchte sie bei einem Vergleich der inneren Werte gar nicht erst anzutreten. Meine Ankie gehört zu den Wesen, die mit wirklicher Herzenswärme gesegnet sind. Jeder liebt sie – Mann und Frau, Regierungsmitglieder, Handwerker, Diener. Nie sagt sie etwas Unfaufrichtiges. Sie hat ein glückliches Herz, und das ist ein Gottesgeschenk, das nicht mit Gold aufzuwiegen ist.

Ich schob sie vorsichtig weg, um sie mir näher anschauen zu können. Sie schien wieder gesund zu sein, etwas blaß vielleicht noch. Ihre Augen waren weniger glänzend als sonst, aber auch das hielt ich für eine vorübergehende Folge ihrer Krankheit.

Dann bemerkte ich, daß sich ein Mann im Zimmer befand. Er stand ruhig in einer Ecke und machte weder Anstalten, meine Aufmerksamkeit auf sich zu ziehen noch sich zu uns zu gesellen. Wahrscheinlich Yutis Assistent. Er stellte sich nicht vor, was sich für seine niedere Stellung auch nicht geziemt hätte. Ich beschloß, ihn fürs erste zu ignorieren.

»Wie geht es dir, Ankie?« fragte ich. Keine besonders originelle Frage, aber ernst gemeint.

»Ganz gut, Großvater.« Jetzt musterte sie mich prüfend. »Du siehst müde aus. Bitte setz dich. Ja, richtig müde. Und abgespannt. Du mußt mehr auf dich achten. Du bist schließlich der einzige Großvater, den ich noch habe.«

Das Schöne daran ist, daß ich sicher sein kann, daß ihre Sorge um mich ernst gemeint ist. Wie oft kann ein Mann das schon behaupten?

Sie wartete nicht auf eine Reaktion, denn sie wußte wohl, daß sie recht hatte. »Großvater«, sagte sie dann, »ich weiß, warum du so erschöpft bist. Es ist alles Tuts Schuld. Diese ganze Sache ist mehr als dumm, anders kann man es einfach nicht nennen. Ich habe gebettelt und gebeten, daß er dir sagt, daß er nur Spaß damit gemacht hat, nach all den Jahren Echnatons Mörder finden zu wollen. Wenn es überhaupt einen Mörder gibt, übrigens etwas, das mir nie in den Sinn gekommen ist, bevor Tut damit anfing. Es ist gräßlich von ihm, und das habe ich ihm auch gesagt. Er sollte aber auch ohne mein Zureden wissen, daß du für diese Art von Spielchen langsam zu alt wirst.«

Sie selbst hatte das Thema angeschnitten; also ergriff ich dankbar die Gelegenheit. »Ankie«, sagte ich und haßte mich beinahe dafür, denn sie mußte es fast als Verrat an ihrem Ehemann auffassen, »hat Tut dir anvertraut, worum es bei dieser Sache wirklich geht? Wenn du irgend etwas weißt, das mir weiterhelfen könnte, bitte sag es. Du hast völlig recht, die letzten Tage waren wirklich sehr anstrengend, und ich weiß nicht, wie lange ich dieser Belastung noch standhalten werde. Jede Information – und sei sie auch noch so unbedeutend – könnte interessant für mich sein.«

Sie schüttelte den Kopf. Ihre dunklen Augen trübten sich. Ich konnte es nicht ertragen, sie so traurig zu sehen, selbst wenn sie meinetwegen traurig war. »Tut erzählt mir nichts. Er besucht mich fast nie, obwohl mir das ganz recht ist. Je seltener, desto besser. Immer, wenn ich ihn etwas frage, behauptet er, ich sei zu dumm für Staatsangelegenheiten. Und es geht gar nicht darum, daß er das sagt, sondern wie er es sagt. Es wird mit jedem Tag schlimmer. Ich wünschte, ich könnte dir helfen, Großvater, wirklich. Aber ich weiß gar nichts.«

Sie senkte ihren Kopf, doch selbst wenn sie traurig war, hatten ihre Mundwinkel Schwierigkeiten, sich nach unten zu verziehen. Es war einfach Ankies Natur, fröhlich zu sein. Mit Sicherheit hatten Tut und sie nicht denselben Vater. Der Mann, der dieses herrliche Geschöpf gezeugt hatte, hätte nie Tut zustande gebracht. Und wieder beruhigte mich dieser Gedanke auf seltsame Weise.

Ich wies mit einem Kopfnicken auf den Mann im Hintergrund: »Wenamun?‹«

Sie nickte. Ihr kurzes glattes Haar wippte. Ihre Augen begannen zu leuchten, als ihr Blick auf ihm ruhte, und ihr Mund verzog sich zu dem für sie so typischen Lächeln. Ich sah ihr niedliches Profil, das keck vorstehende Kinn, die leichte Himmelfahrtsnase, den zierlichen, schmalen Körper. Wieder wallte die alte Freude in mir auf, die ich stets in Gegenwart meiner Lieblingsenkelin empfand.

»Wenamun«, sagte sie sanft, »komm bitte zu uns. Ich möchte, daß du meinen Großvater kennenlernst.«

Wenamun war ganz in Schwarz gekleidet und in jeder Hinsicht ein völlig durchschnittlicher Mann. Er kam zögernd auf uns zu und wollte dann das Ritual des Knierutschens beginnen. Ich unterband es sofort. »Das ist nicht nötig, Wenamun. Wir sind hier unter uns.« Dann drehte ich mich wieder zu Ankie. »Bist du zufrieden mit seiner Behandlung?«

»Sehr, Großvater. Eine bessere Pflege hätte ich mir nicht wünschen können. Seit Beginn der Krankheit ist er Tag und Nacht bei mir. Und meine Dienerinnen«, fügte sie hastig hinzu. »Bitte sage Yuti, wie professionell sein Assistent ist. Er kann stolz auf ihn sein. Das werde ich ihm bei Gelegenheit auch noch selbst sagen.«

Ich verneigte mich kurz vor Wenamun. »Wenamun«, und diese Worte kamen von Herzen, »ich schulde dir großen Dank für die Pflege meiner Enkeltochter. Du kannst versichert sein, daß ich dich bei erster Gelegenheit bei Yuti empfehlen werde. Aber sage mir, war Ankie wirklich in Gefahr?«

Wenamun nickte ernst. »Ja, das war sie. Direkt im Anschluß an die Audienz wurde sie krank. Ihr Fieber stieg sehr hoch, und keines meiner Medikamente schlug an. Ich bin nur ein Lehrling, und meine Erfahrung ist natürlich noch begrenzt. Unter uns gesagt – und ich hoffe, ich bringe mich damit nicht in Schwierigkeiten –, finde ich, daß Yuti hätte hier sein sollen, aber Tut wollte es nicht. Aber die Götter sind gütig zu einem so guten Menschen wie Königin Anchesenamun, und ich fand schließlich die richtigen Gesänge, mit deren Hilfe ich ihr Fieber senken konnte. Yuti hätte sicherlich alles viel, viel schneller gemacht.«

»Vermutest du Gift?«

Wenamun sah völlig geschockt drein. »Gift? Wer würde denn die Königin vergiften wollen?«

»Das ist jetzt nicht die Frage. Ich will nur wissen, ob es grundsätzlich möglich wäre.«

Er überdachte die Frage. »Möglich? Ich denke schon. Wenn

ich Yuti sehe, werde ich ihn fragen. Er hat viel mehr Erfahrung als ich. Manches Gift verursacht hohes Fieber. Aber es gibt auch so viele natürliche Ursachen für hohes Fieber, daß es mir schwerfällt, Gift als Ursache zu sehen. In meiner Erfahrung – obwohl ich noch mal betonen muß, wie begrenzt sie ist – litt die Königin an einer Krankheit, die einen normalen Ursprung hatte. Kein Gift wirkt so, wie die Krankheit der Königin verlaufen ist, zumindest soweit ich weiß.«

»Ich danke für deine Einschätzung, Wenamun. Nun sage mir noch, bist du wirklich die ganze Zeit bei der Königin gewesen?«

Nun war der Mann wirklich geschockt. »Natürlich, Herr! Sie ist die Königin von Ägypten. Wie könnte ich sie auch nur für eine Sekunde allein lassen, bevor sie nicht völlig wiederhergestellt ist?«

»Und ihre Dienerinnen? Haben sie sich ihr genähert? Mit ihr gesprochen? Sie berührt?«

»Nein. Erst als sie schon fast wieder gesund war. Glaubt mir, Herr, als die Königin so krank war, wollte sie mit niemandem sprechen, auch mit mir nicht. Ich habe persönlich die Zubereitung ihrer Speisen überwacht, hier in diesem Gemach, und habe nur Zutaten geduldet, die leicht verdaulich sind. Die Dienerinnen badeten sie von Zeit zu Zeit in kaltem Wasser und kühlten ihr die heiße Stirn. Mehr nicht. Sie sprachen nicht mit ihr und gaben ihr auch keine Speisen oder Getränke. Und«, dabei klang seine Stimme bitter, »der König war nicht einmal bei ihr oder ließ zumindest nach ihrem Zustand fragen. Wahrscheinlich ist es sehr riskant, das zu sagen, aber ich kann nicht verstehen, wie jemand diese Frau vernachlässigen kann, nachdem er einmal ihre Bekanntschaft gemacht hat.«

Wenamun hatte wirklich Glück im Leben. Nur eine halbe Minute später betrat Tut ohne Ankündigung das Zimmer. Wäre er etwas eher gekommen, würde Wenamuns Kopf nun einen Torpfosten des Palastes zieren. Vor Schreck hatten wir alle nach Luft geschnappt, als Tut hereinkam, aber scheinbar hatte er es nicht bemerkt.

»Und wie geht es dir heute morgen, Ankie?« knurrte er. Die Frage war ganz offensichtlich nur rhetorisch gemeint, denn er drehte sich im gleichen Moment zu mir, ohne die Antwort abzuwarten. »Und du, Großvater? Wie geht es dir? Gut, nehme ich an.« Dann legte sich seine Stirn in tiefe Falten. »Aber ich bin enttäuscht von dir. Sehr enttäuscht.« Seine verschlagenen Augen verengten sich zu kleinen Schlitzen. Man merkte, daß er dieses Gespräch zu genießen plante. Seine Kleidung war äußerst lässig, was bei ihm selbst in seinem eigenen Palast äußerst selten war, und ohne seine Prachtgewänder wirkte er noch kleiner. Er versuchte, sich einen Bart stehenzulassen; na, endlich wuchs da überhaupt etwas. Aber dieser Bart trug nichts zur Verbesserung seines Erscheinungsbilds bei. Dünn und armselig hing er von Mund und Kinn herab. Er wäre besser beraten, ihn abzurasieren. Und seine Stimme ging mir auf die Nerven. Oder vielleicht lag es nicht an seiner Stimme, sondern an meiner Einstellung zu ihm.

»Großvater«, sagte er wieder, und es klang wie eine Provokation. Er gehörte zu der Sorte Menschen, die »Guten Morgen« sagen, und man möchte ihnen für den Tonfall, in dem sie es sagen, eins auf die Nase geben. »Großvater, du hast es versäumt, mich zu informieren. Ich habe keinerlei Berichte erhalten. Nicht einen einzigen. Ich hatte erwartet, täglich über den Stand deiner Untersuchungen informiert zu werden.«

»Ich bedaure, Majestät (Leben! Gesundheit! Kraft!)« – wie zögerlich mir diese rituellen Worte über die Lippen kamen –, »ich bedaure, Euch auch nur im geringsten enttäuscht zu haben. Aber die Zeit war einfach zu knapp, wie Ihr Euch sicher denken könnt. Und außerdem habe ich ohnehin wenig von Bedeutung zu berichten.«

Er schaute mich mit süffisanter Schadenfreude an. »Also hast du versagt?« Er genoß es. Was hatte er vor? Diese Ungewißheit machte mich fast wahnsinnig.

»Mir verbleibt noch ein Tag«, erwiderte ich etwas brüsk. Wir waren nicht bei Hofe, und in dieser zwanglosen Situation war ich nicht bereit, vor ihm zu kriechen. Mehr als das notwendige Minimum an Höflichkeit, das ihm als König zustand, würde er nicht zu hören bekommen. »Sogar etwas mehr als ein Tag«, setzte ich hinzu. »Und einige meiner Untersuchungsergebnisse sind durchaus vielversprechend. Da mein Bankett morgen abend stattfindet, hatte ich gedacht, Eure Hoheit (Leben! Gesundheit! Kraft!) würden meinen Bericht lieber als kleine Überraschung präsentiert haben. Natürlich ist für Unterhaltung anderer Art bestens gesorgt, doch ich hatte eigentlich gehofft, daß mein Bericht der Höhepunkt des Abends werden würde. Ich möchte Euch die Spannung nicht verderben, indem ich heute schon etwas preisgebe.«

Tut überlegte. In diesen bösartigen Augen las ich Vorfreude über meine bevorstehende öffentliche Blamage. »Du hast recht, Eje. Da das Bankett morgen abend ist, kann ich auch noch einen Tag warten. Aber nur einen. Enttäusch mich nicht, Eje. Ich erwarte ein Ergebnis.« Seine Stimme klang drohend. »Auch wenn du mein Großvater bist, so können doch auch andere Männer Großwesir sein. Vergiß das nie.«

Er war offenbar wirklich bereit, die Macht allein zu übernehmen. Noch nie während der gesamten Regentschaft hatte er so mit mir gesprochen. Ich hätte nicht überrascht sein dürfen, aber es traf mich wie ein Schock. Ich hatte Tut schon häufiger mit anderen so sprechen hören, doch ich war nie zuvor die Zielscheibe gewesen. Er wußte, daß seine Wünsche immer meiner Zustimmung – der des Regenten – bedurften, und hatte deshalb bisher mir gegenüber seine Zunge stets im Zaum gehalten. Ich hätte diese kleine Kröte schon vor Jahren beseitigen sollen, als es noch möglich war, selbst wenn Haremhab dann vielleicht Pharao geworden wäre. Es wäre zwar eine unnatürliche Handlung gewesen, den eigenen Nachwuchs umzubringen, aber ich hätte es tun sollen. Jetzt war es zu spät dafür.

Tut wandte sich zum Gehen, doch ich hatte noch ein Anliegen. »Göttlicher Herrscher (Leben! Gesundheit! Kraft!), ich hätte noch eine Bitte. Ich werde gleich zum meinem Palast zurückkehren, um die letzten Vorbereitungen für das Bankett zu überwachen. Könnte ich dann Narmer mitnehmen?«

Tuts Augen verengten sich. Das taten sie häufig. Er schien jeden und alles zu verdächtigen, egal, worum es ging. Er wartete lange mit der Antwort. Dann fragte er nur: »Narmer? Warum Narmer?«

»Narmer ist der Beste seiner Zunft. Deshalb dient er Euch. Seine Geschmacksnerven sind so fein, daß sie ein Salzkorn in einer Schaufel Pfefferkörner ausmachen würden. Ich möchte, daß dieser Abend perfekt wird – für Euch, für meine Gäste, für meinen eigenen guten Namen. Und nur Narmer kann garantieren, daß alles absolut perfekt zubereitet wird. Ich würde ihn nur für den Rest des Tages und für morgen benötigen. Für diese Gefälligkeit wäre ich Euch ewig dankbar.«

Tut überlegte. Ich wußte, daß sein Instinkt ihm sagte, nein zu sagen; zu den wenigen Freuden in seinem Leben gehörte es, die Hoffnungen anderer Leute zunichte zu machen. Aber diesmal ging es auch um die Qualität der Speisen, die er selbst zu sich nehmen würde.

»Na gut, Eje«, sagte er zögerlich. »Aber er kehrt sofort nach dem Servieren des Mahls wieder in meinen Palast zurück.«

»Selbstverständlich.«

Nun verließ Tut endgültig den Raum. Ich war äußerst froh darüber. Floß wirklich etwas von meinem Blut in seinen Adern? Ein entmutigender Gedanke. Aber ich wußte, daß Tej mir immer treu gewesen war. Also mußte ich damit leben.

Wenn ich gerecht bin, muß ich zugeben, daß meine Animositäten Tut gegenüber sicherlich auch darin begründet lagen, daß ich immer gewußt hatte, daß ich ihm die Macht eines Tages würde übergeben müssen. Nüchtern betrachtet hatte Tut mehr Grund, eine Abneigung mir gegenüber zu empfinden, als umgekehrt, denn schließlich war ich derjenige, der ihm seinen legitimen Anspruch auf den Thron vorenthielt. Vielleicht hatte ich das Spiel wirklich zu lange gespielt, und nun bekam ich die Quittung dafür. Hätte ich an Tuts Stelle überhaupt so lange gewartet?

Ich wandte meine Aufmerksamkeit wieder Ankie zu, in der Absicht, sie nun auf ähnliche Weise wie die anderen Verdächtigen zu befragen. Aber als ich sie so ansah, konnte ich es einfach nicht über mich bringen. Wenn sie den Mord begangen hatte, mußte ich es auf eine andere Weise herausfinden.

»Wenamun möchte sicherlich, daß du ruhst, bis du völlig wiederhergestellt bist, also gehe ich jetzt lieber. Es ist immer eine große Freude, dich zu sehen, und eine noch größere Freude, zu sehen, daß es dir wieder besser geht. Ich möchte dich nur um einen Gefallen bitten, Ankie. Könntest du Narmer bitte wissen lassen, daß ich seine Dienste benötige? Er soll sich vor Sonnenuntergang in meinem Palast einfinden.«

»Natürlich, Großvater. Schon erledigt.« Sie hüpfte spielerisch auf mich zu und gab mir einen zarten Kuß auf die Wange.

Ankie. Kleine Ankie. Ich wußte nicht, warum ich auf dieser Welt war, doch wenn aus meinem Blut eine Anchesenamun werden konnte, hatte ich meinen Sinn und Zweck auf Erden schon erfüllt.

Ich verabschiedete mich und verließ den königlichen Palast. Wie ich meine prahlerischen Reden beim Pharao einlösen sollte, wußte ich nicht. Aber das war auch egal. Sollte ich versagen, würde Tut schon wissen, was er als nächstes tun würde.

Zu diesem Zeitpunkt konnte ich nicht ahnen, als wie wichtig sich die Bitte um Narmers Dienste erweisen würde; daß mein Leben von diesem Mann mit seiner feinen Zunge abhängen würde, daß mein Stolz, der Horde verwöhnter Adliger und Aristokraten, die sich morgen abend in meinem Palast einfinden würden, perfekte Speisen vozusetzen, gleichzeitig auch mein Schicksal verändern sollte. Die Götter. Oh, Ihr Götter! Wie seltsam laßt Ihr doch unser Leben verlaufen!

19 Sechster Tag – Am Nachmittag

Den Kopf voll wirrer Gedanken, kehrte ich in meinen Palast zurück. Mein Kopf war so voll, daß ich für jeden neuen einen alten verdrängen mußte.

Sobald ich durch die Palasttür trat, zuckte ich zusammen. Ich wußte, daß irgend etwas nicht stimmte, ganz und gar nicht stimmte. Man entwickelt eben dieses Gespür für Dinge, die im eigenen Haus vor sich gehen.

Sentib, mein erster Diener, kam auf mich zugerannt. Er rang die Hände und schien vor Angst völlig durcheinander zu sein. »Herr!« schrie er. Das allein war schon ungewöhnlich, denn Sentib schrie für gewöhnlich nie, mochte man ihn auch noch so provozieren. »Was sollen wir bloß tun? Was sollen wir bloß tun?«

Ich wollte gar nicht wissen, was ihn so ängstigte. Aber es blieb mir keine Wahl. »Sentib, was ist los? Worum geht es?«

»Das Bankett! Die Herrin! Am frühen Nachmittag hat sie sich in ihre Gemächer zurückgezogen und weigert sich seitdem, sie wieder zu verlassen. Es liegen noch Tausende von Entscheidungen an. Alles muß noch koordiniert werden. Diese Aufgabe übernimmt die Herrin sonst immer selbst. Allein kann ich es nicht. Aber sie will ihre Gemächer nicht verlassen und redet mit niemandem. Und wir haben nur noch so wenig Zeit! Was sollen wir bloß tun?« Der arme Mann klammerte sich förmlich an mich vor Verzweiflung, und plötzlich war er der Tropfen, der das Faß zum Überlaufen bringt. Anders gesagt, das war zuviel für mein überlastetes Hirn.

Finden Sie es maßlos, wenn ich an dieser Stelle noch einmal darauf hinweise, was ich in den letzten Tagen alles um die Ohren hatte? Seit dieser schicksalhaften Audienz bei Tut muß ich mit Schreckgespensten wie öffentliche Erniedrigung, erzwungene Amtsniederlegung, Verstümmelung meines Körpers oder sogar Tod leben. Wissen Sie, es sind eigentlich nie die großen Dinge, durch die man aus dem Gleichgewicht gebracht wird. Bis jetzt habe ich ganz gut durchgehalten, wie ich finde. Aber das war zuviel. Tej macht bei jeder noch so nebensächlichen gesellschaftlichen Verpflichtung ein Riesentheater. Dies sollte nun ein Staatsbankett werden, ohne Frage das Wichtigste in meinem Leben, und Tej ließ mich einfach im Regen stehen.

Damit konnte ich nicht umgehen. Es war einfach zuviel. In einem Wutanfall, in einer wahren Wutexplosion, die völlig unerwartet kam, schlug ich Sentib mit dem Handrücken ins Gesicht. Der arme Mann fiel stumm auf die Knie und sackte dann zu Boden.

Ich bin keineswegs stolz darauf, aber es ist nun einmal passiert. Als er zu mir hochblickte, sah er so verletzt und überrascht aus, daß ich seinen Gesichtsausdruck wohl mit ins Grab nehmen werde. Ich konnte einfach nicht glauben, was ich da gerade getan hatte. Es ist eine eherne Regel, daß ich mich nie bei der Dienerschaft entschuldige, mochte ich auch manches Mal noch so im Unrecht gewesen sein. Aber dies war so untypisch für meinen Charakter, so völlig spontan, so absolut ungerecht, daß ich eine Ausnahme machen mußte. Ich wußte einfach nicht, was über mich gekommen war. Ich erkannte mich selbst nicht wieder.

Im nächsten Moment reichte ich Sentib die Hand und half ihm hoch. Ich konnte ihm kaum ins Gesicht sehen. »Sentib«, flehte ich fast, »bitte vergib mir. Das wollte ich nicht. Es ist unentschuldbar. Es ist nicht dein Fehler. Ich werde es wiedergutmachen, sobald das Bankett vorbei ist. Ich versichere dir, es wird nie wieder vorkommen.«

Sentib schaute mich an, schmerzerfüllt, sprachlos. Aus seinem Mund kam Blut, und ich reichte ihm eines meiner Taschentücher, um es zu stillen. Ich kann nur froh sein, daß die Kraft in meinem Arm nicht mehr die gleiche ist, wie in meiner Jugend, denn sonst hätte die Wucht des Schlages Sentib den Kopf halb abgeschlagen.

»Setz dich und erhole dich einen Moment«, sagte ich. »Ich werde die Herrin finden und alles in Ordnung bringen. Nimm dir etwas Wein, den guten, den wir auch dem König servieren. Es tut mir so leid, Sentib.« Ich wußte nicht, was ich tun oder sagen sollte. Er warf mir noch so einen furchtbaren Blick zu, wie ein Lieblingshund, der ohne Grund von seinem Herrn ausgepeitscht worden war. Ich war einfach sprachlos über mein eigenes Verhalten.

Dann stürmte ich in Tejs Gemächer. Alle Vorhänge waren zugezogen, keine Lampe brannte. Ich kam abrupt zum Stehen, denn ich mußte mich im Dunkeln erst zurechtfinden. Nach einer Weile konnte ich Tej ausmachen, wie sie in der Ecke kauerte, die Arme um die Knie gelegt, sanft hin und her schaukelnd. Ein tiefer, jammernder Ton drang aus ihrem Mund. Mir lief es eiskalt den Rücken hinunter. Ich hatte diesen Laut nur einmal gehört, damals, als unser Sohn starb – das muß so fünfunddreißig Jahre her sein. Ich sah, daß sie geweint hatte, bis keine Tränen mehr kamen, aber ihre Augen weinten immer noch, und dieser untröstliche Ton kam aus ihrem Mund.

Ich wußte nicht, was ich sagen sollte. Die ganze Wut von vorhin war verflogen. Ich hatte sie anschreien wollen, doch nun sagte ich einfach nur: »Tej?«

Sie antwortete nicht.

»Tej?«

»Geh weg.«

Noch leiser. »Tej, ich kann nicht weggehen. Was ist los?«

Irgendwo fand sie ein neues Reservoir an Tränen, und ich wartete mehrere Minuten, bis ich einen erneuten Anlauf nahm. »Tej. Bitte sag, was los ist. Was immer passiert ist, du mußt dich zusammenreißen. Es geht um unser Leben. Wir haben nicht die Zeit dafür. Und denke daran: Wir sind königlichen Blutes, und wir müssen auch so handeln. Das ist der Preis, den wir zahlen müssen.«

Im nachhinein klingen diese Worte ziemlich unsinnig, aber sie halfen. Tej blickte mich an, und ich fühlte grenzenloses Mitleid mit ihr. Sie war völlig am Boden zerstört. Ein dumpfes Gefühl in meinem Magen sagte mir, daß es eine grauenvolle Nachricht sein mußte, eine, die sie fast ins Grab gebracht hätte.

Sie blickte mich an, doch ihre Augen waren leblos, ausgebrannt, als sei ihre Seele ausgelöscht worden.

»Ich weiß, wer es getan hat«, flüsterte sie so leise, daß ich sie kaum verstand. »Ich weiß, wer Echnaton umgebracht hat. Es war Tut. Ich weiß, wer dich vergiften wollte. Es war Nofretete.«

Diese Worte kamen völlig tonlos aus ihrem Mund. Jetzt war ich derjenige, dem fast die Sinne schwanden. Tut und Nofretete. Mein eigenes Fleisch und Blut! Auch wenn ich die Möglichkeit, daß Nofretete daran beteiligt war, immer in Betracht hatte ziehen müssen, ließ mir diese nüchterne Erklärung, sie hätte mich vorsätzlich ermorden wollen, augenblicklich das Blut aus dem Schädel weichen. Mir wurde schwindelig, ich sackte auf einen Stuhl und muß wohl einige Momente lang bewußtlos gewesen sein.

Aber mein Gehirn arbeitete offenbar weiter. Wenn Tut mich hätte umbringen wollen, hätte mich das nicht weiter überrascht. Aber ich stand so unter Schock, daß der Gedanke, daß ein Zehnjähriger seinen eigenen Vater umgebracht haben sollte, völlig absurd erschien. Doch ich ahnte, daß es die Wahrheit war. Tej würde sich in solche Dingen nie irren. Wenn sie sagte, es war Tut, dann war es Tut. Und der Gedanke, daß die eigene Tochter einen vergiften wollte, ist eigentlich zu schmerzhaft, als daß man ihn ertragen könnte. Doch genau das wurde nun von mir verlangt.

Ich stellte die unvermeidliche Frage: Woher weißt du das?«

»Dein Traum«, sagte sie monoton. »Dein Traum. Ich habe ihn interpretiert.«

Ich sagte nichts, denn ich wußte, daß sie fortfahren würde. »Ich wollte vorhin wie üblich ein Nachmittagsschläfchen halten, nur ein paar Minuten. Ich weiß, daß es unendlich viel zu tun gibt, aber deshalb brauche ich diese Nickerchen um so dringender. Und dabei wurde mir alles klar.«

»Du hast Antworten auf meinen Traum geträumt?«

»Natürlich nicht!« knurrte sie. Für diesen Tonfall würde ich sie sonst zur Rechenschaft ziehen, aber jetzt war ich heilfroh, daß sie überhaupt eine Reaktion zeigte.

»Sondern?«

»Ich hatte mich hingelegt. Und plötzlich war ich so entspannt, daß mein Kopf ganz frei war. Irgendwie hielt ich einen Gedankenzipfel in der Hand und zog und zerrte, und dann fügte sich alles weitere wie ein Puzzle zusammen.«

Sie verstummte, doch ich unterbrach ihre Gedanken nicht. Die nächsten Worte kamen so leise, daß ich sie nur mit Mühe verstand. »Die Sache mit den Göttern hat mich darauf gebracht. Bastet und Min. Warum gerade die beiden? überlegte ich. Es gibt viele Götter, die in einem Mutter-Sohn-Verhältnis stehen. Und dann fing ich an nachzudenken. Bastet und Min, Mutter und Sohn. Welche Mutter und welcher Sohn sind in deiner Liste der Verdächtigen? Nofretete und Tut. Das sind die einzigen.«

Jetzt konnte sie nicht mehr aufhören zu reden. »Bastet und Min. Katze und Krokodil. Es gibt so viele Götterpaare, aber du träumst von Katze und Krokodil. Eine Katze ist eine perfekte Beschreibung Nofretetes, und Tut . . .«

»Ein Krokodil?« fragte ich nach, obwohl ich viel zu erledigt für einen klaren Gedanken war. »Dein Tuttilein ein Krokodil?«

»Bitte nicht, Eje. Bitte. Es ist sowieso schon mehr, als ich eigentlich ertragen kann. Ich bin seine Großmutter. Tief in meinem Herzen wußte ich immer, daß mit Tut etwas nicht stimmt. Seltsam ist er, fast ohne menschliche Züge. Aber er ist mein Fleisch und Blut. Und deines. Ich suchte nach Entschuldigungen. Erklärungen. Es liegt an Nofretetes Erziehung, sagte ich mir. Diese ganzen Privilegien. Das wird sich ändern, dachte ich, er wird reifer werden. Er braucht nur etwas Zeit. Aber tief in mir spürte ich immer, daß da etwas ganz Dunkles war. Ich habe ihn zwar Tuttilein genannt, aber das hatte nie viel mit meinen wirklichen Gefühlen für ihn zu tun.« Ein weiterer kurzer Tränenausbruch folgte. Sie wischte ihr Gesicht mit dem Handrücken trocken.

»Weiter, Tej, ich höre zu.«

»Ich wollte nicht darüber nachdenken. Wollte die Gedanken nicht weiterverfolgen. Aber sie kamen automatisch. Und ich wußte, daß ich recht hatte. Binnen einer Minute, ach, weniger, hatte ich den Traum verstanden.«

Vielleicht hatte Tej ihn verstanden, ich jedenfalls noch nicht. »Jedes einzelne Versatzstück war eine Erklärung für das nächste«, sagte sie. »Re-Harachte. Wie offensichtlich! Der Sonnengott! Aton! Echnaton! Und der Krokodilgott fraß ihn auf. Tut hat ihn umgebracht. Was sollte es sonst bedeuten?«

Irgendwie wußte ich, daß sie recht hatte.

»Und die Wasseruhr? Und die Sonnenuhr?«

»Die wichtigsten Beweise überhaupt. Denk doch mal nach, Eje! Du hast mit Nofretete über deinen Verdacht gesprochen, in der Hoffnung, daß sie es weitertratscht und sich der Verdächtige dann aus lauter Angst irgendwie verrät. Und es hat funktioniert. Nofretete hat sich verraten. Sie muß es gewesen sein. Zeit! Darum ging es. Und es war Bastet, die die Wasseruhr hielt. Bastet war Nofretete, der die Zeit zwischen den Händen zerrann.«

Ich war verblüfft. »Verstehe ich nicht.«

»Aber das *mußt* du doch sehen! Es war nicht genug Zeit! Nichts verbreitet sich schneller als Klatsch und Tratsch, doch selbst der braucht seine Zeit. Wieviel Zeit lag zwischen deinem Gespräch mit Nofretete und der Sache mit Oudah? Vier Stunden? Höchstens!«

Ich dachte darüber nach. Sie hatte recht.

»Also!« rief sie triumphierend. Ihre Stimme klang nun wieder etwas lebendiger. »Haremhab konnte es nicht gewesen sein; der war in der Wüste bei seinen Truppen. Wie hätte er dort davon hören sollen? Tut und Yuti und Aanen waren in Karnak. Selbst wenn sie ihnen ein galoppierendes Pferd hinterhergeschickt hätte, es hätte zu lange gedauert. Die einzige, die Zeit genug hatte, Oudah so in Angst und Schrecken zu versetzen, daß sie versuchte, dich zu vergiften, war Nofretete.«

Sie hatte den Namen Anchesenamun noch nicht erwähnt. Offensichtlich klammerte sie sich an den Gedanken, daß Ankie es einfach nicht gewesen sein konnte. Oder durfte. Aber Tej hatte recht. Ankie hatte schwerkrank im Bett gelegen, und niemand hatte mit ihr gesprochen. Aus welchen Gründen auch immer, Nofretete war in Panik geraten und hatte mich umzubringen versucht. Aber warum? War sie an Tuts Mordkomplott beteiligt?

»Und was ist mit diesem ›Ungerecht! Ungerecht! Ungerecht!‹?«

»Das weiß ich nicht. Noch nicht. Aber bald wird alles klar sein. Es wird bestimmt noch mehr kommen. Bei deinen Nachforschungen hast du viele Einzelheiten zusammengetragen, und dann schickten dir die Götter den Traum, um dir zu zeigen, wie die Details zusammenpassen. Was ›Ungerecht‹ nun bedeutet, ist im Grunde völlig egal. Mir jedenfalls. Meine Tochter, mein Enkel . . . Mörder! Ich will nicht mehr leben!«

»Tej, du hast keine Wahl. Wir beide haben keine Wahl. Wir müssen auch an Ägypten denken. Und an Ankie. Wir müssen uns zusammenreißen. Mit einem Gott verwandt zu sein ist furchtbar. Wir müssen uns wie Ehrenmänner benehmen. Nichts auf dieser Welt ist umsonst: Wir müssen den Preis dafür zahlen, und heute ist er so hoch wie nie.«

Tejs Interpretation meines Traums war fehlerlos. Jetzt begriff ich alles, auch wenn ich noch nicht akzeptieren konnte, daß ein Zehnjähriger seinen Vater umbringt. Sie hatte sich nicht geirrt, das wußte ich intuitiv. In solchen Dingen hatte Tej immer recht. Doch was ich nun brauchte, waren Beweise, nüchterne Fakten, und ich wußte noch nicht, woher ich die nehmen sollte. Aber immerhin war ich in den letzten Minuten einen riesigen Schritt weitergekommen.

»Fakten, Tej, ich brauche Fakten. Ich weiß zwar noch nicht genau, was ich mit diesen Beweisen anfangen werde, aber ich brauche sie und zwar schnell.«

»Dann schicke nach Yuti und Narmer.«

Natürlich! Was würde ich ohne Tej bloß machen?

»Echnaton wurde vergiftet, ganz klar. Yuti kennt sich mit Giften aus; er ist Arzt. Vielleicht hatte sogar er irgendwie seine Hände im Spiel. Und Narmer war für die Zubereitung und das Vorkosten von Echnatons Speisen verantwortlich. Und seit Echnatons Tod behandelt ihn Tut wie ein Familienmitglied. Dabei behandelt er noch nicht einmal wirkliche Familienmitglieder wie Familienmitglieder. Die Wahrheit mußt du dir bei Narmer holen.«

»Wie?«

»Foltere ihn.«

»Aber –« Und dann schrien wir beide simultan: »Ungerecht! Ungerecht! Ungerecht!«

Und dann hatte ich wenigstens einmal die Sachlage eher durchschaut als meine Hauptfrau. Ich würde die Informationen, die ich brauchte, ohne Folter von Narmer bekommen. Doch was ich vorhatte, war in der Tat ungerecht.

Narmer befand sich bereits in meinem Palast, während Yuti entweder noch in Karnak weilte oder wieder bei Tut im königlichen Palast. Eine der Vergünstigungen, die meine Stellung als Großwesir mit sich bringt, besteht darin, zu jeder Tages- und Nachtzeit nach Leuten schicken zu können. Ich schickte meine zwei schnellsten Streitwagen zu Yuti, in beide der möglichen Richtungen, und innerhalb von wenigen Stunden stand er vor mir. Meine Vermutung, er sei bei Tut, hatte sich angenehmerweise als richtig erwiesen, denn es hätte wesentlich länger gedauert, ihn von Karnak aus in meinen Palast zu bringen.

Yuti war sichtbar nervös, als ihn meine Wachen zu mir zerrten. Seine Kriecherei vor mir war höchst erbärmlich; normalerweise hätte ich den Anblick seines hochgereckten enormen Hinterteils äußerst erheiternd gefunden – jetzt nicht. Die Sonne war noch nicht untergegangen, und obwohl die Fahrt relativ kurz gewesen war, hatten sich auf seiner Albinohaut rote Flecken ausgebreitet. Er sah wirklich erbärmlich aus.

Ich ließ ihn weiter kriechen. »Ich brauche Antworten von dir, Yuti, und zwar schnell.«

»Ich werde alles tun, was ich kann.«

»Ich kann dich nicht hören.«

»ICH WERDE ALLES TUN, WAS ICH KANN.«

»Schon besser. Was weißt du über Gifte?«

»Gifte?«

»Ja. Welche Arten gibt es?«

Er schien zu überlegen, allerdings konnte ich ja sein Gesicht nicht sehen. »Im großen und ganzen«, sagte er dann, »gibt es zwei Arten von Gift. Gift, das in den verschiedenen Schichten der Erde vorkommt. Wie Arsen. Diese Gifte sind – von Ausnahmen abgesehen – die schnellwirkenden. Die auf Pflanzen basierenden Gifte wirken langsamer.«

Plötzlich fiel es mir wie Schuppen von den Augen. Die Unterredung mit Nofretete, die schon Monate zurückzuliegen schien. Und jetzt, da ich wußte, daß Tut seinen Vater umgebracht hatte, sprang mir des Rätsels Lösung förmlich ins Gesicht. »Yuti«, fragte ich erwartungsvoll, »gibt es auch giftige Pilze?«

»Nicht in Ägypten«, antwortete er. »Aber jenseits des Großen Grüns wächst eine seltsame Pflanze. Sie heißt Cortinarius.«

»Ein Pilz?«

»Ein äußerst schmackhafter. Sagt man. Ich habe aus verständlichen Gründen noch nie davon gegessen.«

»Wie lange dauert es, bis er wirkt?«

»Das kommt auf die Dosis an. Einen Tag. Manchmal zwei. Es gibt kein Gegenmittel. Dieses Gift greift alles an. Bei Autopsien hat man schwere Schäden an fast allen Organen festgestellt; innere Organe, Herz, Leber, selbst die Genitalien sind geschädigt. Ich habe selbst noch keinen solchen Fall gesehen, aber es reicht schon, davon zu hören, um einen langanhaltenden Eindruck davon zu bekommen.«

»Und sie sehen wie ganz normale Pilze aus?«

»Experten können sie auseinanderhalten. Vor allem die Experten in den Ländern jenseits des Großen Grüns, denn dort kennt man die Gefahren dieses Pilzes. Hier in Ägypten hingegen wachsen keine Giftpilze.«

»Also, dann warst du derjenige, der Narmer gesagt hat, wonach er suchen soll, als Tut ihn über das Große Grün schickte, um Delikatessen für seinen Vater zu besorgen!« brüllte ich und gab ihm einen saftigen Tritt mitten in den breiten Hintern.

»Nein, Herr, nein!« jammerte er zum Herzerbarmen. »Ich weiß nicht, was Ihr meint, aber ich spreche nie mit Narmer. Warum sollte ich? Er ist doch bloß ein Hofdiener. Man würde mich nie rufen, um ihn zu behandeln. Wie sollte ich überhaupt Kontakt mit ihm haben?«

Ich hatte alles gehört, was ich hören wollte. Meine Intuition oder was auch immer sagte mir, daß Yuti nicht gelogen hatte und er nichts mit Echnatons Tod zu tun hatte. Trotzdem ließ ich ihn in eine Kammer sperren, bis ich sicher sein konnte, alle Fakten beisammenzuhaben. Man kann ja nie wissen.

Und wieder dankte ich der göttlichen Vorsehung. Narmer befand sich bereits unter meinem Dach. Glück für mich. Pech für ihn.

Ich war nämlich nicht in bester Laune, als meine Wachen den Mann hereinschleiften, und hatte weder Zeit noch Neigung, um den heißen Brei herumzureden. Dafür hatte ich einige Vorkehrungen getroffen. Ich wollte die Wahrheit. Jetzt. Ich wußte zwar, wer es wie getan hatte, aber ich wollte Beweise. Besonders zimperlich würde ich mit Narmer nicht umgehen, um sie zu bekommen.

Ich mochte diesen Mann nicht, obwohl ich kaum je einen Gedanken an ihn verschwendet habe. Er war Tuts Diener und vorher Echnatons Diener gewesen, aber Diener sind normalerweise unsichtbar. Jetzt schaute ich ihn mir genauer an. Meine Abneigung erfuhr dabei möglicherweise eine gewisse Verstärkung, denn das war das erste Mal, daß ich überhaupt Grund hatte, Narmer wahrzunehmen. Und obwohl er auf dem Weg zu mir ein bißchen grob angefaßt worden war, wirkte er nach wie vor leicht arrogant. Es war die Arroganz eines kleinen Mannes, der sein ganzes Leben im Dienste von Königen verbracht hat und der nun glaubt, deren Aura habe irgendwie auf ihn abgefärbt. Wohl deshalb konnte ich ihn nicht leiden.

Er kroch noch nicht einmal vor mir. Genaugenommen war das jetzt auch nicht nötig, aber trotzdem drückte ich seine Stirn auf den Boden. Ich wollte diese Sache so schnell wie möglich hinter mich bringen.

»Gut, Narmer«, sagte ich ohne jede Einleitung. »Sag mir,

wie ihr es gemacht habt. Tut und du. Alles. Wie habt ihr seinen Vater umgebracht?«

»Eure Hoheit, ich weiß nicht, wovon Ihr redet!« antwortete er ungerührt. »Ich bin doch nur ein Diener«, fuhr er fort, und dabei zitterte seine Stimme noch nicht einmal, »ich weiß von solchen Dingen nichts. Ich habe niemanden getötet. Ich habe auch keine Beihilfe geleistet. Und der frühere großartige Pharao ist eines natürlichen Todes gestorben, soweit ich weiß.«

»Ich habe keine Zeit für diesen Quatsch, Narmer, und ich sage dir das nicht noch einmal. Sag mir, was du weißt, oder ich werde dich dazu zwingen.«

Ich könnte schwören, ein unterdrücktes Kichern gehört zu haben. Der Mann hatte Mut. »Das könnt ihr gar nicht!« sagte er ganz ruhig und hob auch noch den Kopf von den Fliesen. »Ihr dürft keine Folter anwenden. Das weiß jedes kleine Kind in Theben. Selbst die Bauern auf dem Feld wissen es. Wenn das der Pharao erfährt – und er wird es erfahren –, würde ich um nichts auf der Welt in Euren Sandalen stecken mögen.«

Ich zog Narmer an den Haaren vom Boden hoch. Er japste, halb vor Verblüffung und halb vor Schmerz. Diese gewalttätige Seite an mir kannte er bisher noch nicht. Ich nahm einen gefährlich gebogenen und gefährlich scharfen Bronzerasierer und fuchtelte ihm damit unter der Nase herum. »Du weißt, was das ist, oder? Du weißt, was man damit tut?« Seine aufgerissenen Augen verrieten mir, daß er es wußte. Mit diesem Messer kastriert man Pferde.

Ich nahm es und schlitzte ihm langsam und genüßlich von oben nach unten seinen Rock auf, der plump zu Boden fiel. Sein Lendenschurz ging den gleichen Weg. Nun stand Narmer splitternackt vor mir, und es gibt wohl nichts Demütigenderes für einen Mann, als einem anderen nackt gegenüberzustehen. Die mentale Überlegenheit, die ich nun hatte, wollte ich so weit wie möglich ausreizen.

Die Furcht in seinen Augen war fast greifbar. »Das ist Wahnsinn!« kreischte er. »Ich war dabei, als der Pharao seinen Befehl erteilte. Er wird Euch zerstören! Es ist ein Befehl des Pharaos. Das könnt Ihr nicht machen! Es ist un–«

»Ungerecht!« rief ich begeistert. Für einen Moment schien ich etwas meinen Verstand verloren zu haben. »Ungerecht! Ungerecht! Ungerecht!« sang ich.

Narmer brach der Schweiß aus. Kalter Schweiß, denke ich mal, doch genau weiß ich es nicht, denn ich steckte Gott sei Dank nicht in seiner Haut. »Narmer, ich habe keine Zeit für lange Erklärungen, und einem Diener brauche ich ohnehin nichts zu erklären. Du wirst mir einfach nur alles sagen, was du weißt. Jetzt.«

Ich hob das Messer an sein Gesicht, zog seine Zunge aus dem Mund und hielt das Messer nur ein, zwei Zentimeter entfernt. Doch dann ließ ich es wieder sinken. »Ach, nein«, sagte ich, als würde ich mit mir selbst reden. »Nein. Deine Zunge ist ein nationales Gut. Genausowenig wie ich die Gesichter der Götterstatuen zerstören könnte, könnte ich dir dieses wunderbare Instrument herausschneiden.«

Ich blickte an ihm herunter. Nackt war der Mann ein ziemlich komischer Anblick. Mein Messer glitt nach unten. »Das jedoch«, und dabei deutete ich auf den Teil seiner Anatomie, für den solche Messer gemacht sind, »ist weniger besonders. Höchstens besonders klein, falls ich das so sagen darf.« Ich riß ihn erneut an seinen Haaren hoch, so daß wir uns direkt in die Augen blickten. »Ich sage es dir in aller Deutlichkeit: Du erzählst mir jetzt in dieser Sekunde, was ich wissen will. Alles. Die ganze Wahrheit. Wenn nicht, und falls du eine halbwegs annehmbare Singstimme hast, werde ich dich direkt von hier aus zu Aanens Tempelchor schicken. Einen guten Sopran kann er bestimmt noch gebrauchen.«

Narmer brauchte keine Sekunde zu überlegen. »Nun gut«, schluckte er, und dabei traten seine Augen vor Angst fast aus den Höhlen. Er wußte, daß ich es ernst meinte. »Ich sage Euch alles. Nur nehmt dieses verfluchte Ding weg.«

»Gut. Rede.«

»Es war alles Tuts Idee. Er hatte von den Pilzen gehört und ließ mich über das Große Grün fahren, um sie für ihn zu finden. Ich war Echnatons Diener, doch Tut brachte Nofretete dazu, sich eine List auszudenken, damit ich lange genug wegkonnte. Wie er sie überzeugt hat, davon habe ich keine Ahnung. Ich bin nur ein Diener. Ich tue, was mir gesagt wird.«

Das kam überraschend. »Königin Nofretete hatte nichts damit zu tun?«

Er schüttelte den Kopf.

»Bist du sicher?«

»Natürlich. Gut, nicht *absolut* sicher. Aber soweit ich weiß, wußte Königin Nofretete nichts davon.« Was sie jedoch wußte, war, daß Echnaton Pilze liebte, und so freute sie sich, daß Tut sich so große Mühe machte, seinen Vater zu überraschen. Aber sie wußte natürlich nicht, wie groß die Überraschung für Echnaton wirklich sein würde.

Aber warum hatte sie dann mich vergiften wollen? Seltsam. Aber das war jetzt unwichtig. Mit der Frage hatte ich mich später noch zu befassen.

»Und weiter?«

»Ich brachte diese besonderen Pilze mit, und Tut ließ sie mich auf dem Teller des Pharaos anrichten. Echnaton war, wie ihr wißt, ein Gourmet. Doch kleingeschnitten unterschieden sich diese Pilze kaum von anderen. Und Echnaton konnte in der Küche auch nicht überall gleichzeitig sein. Es war eigentlich einfach. Ich wußte, welcher Teil der Pilze eßbar war. Den aß ich. Er aß den Rest. Und Tut hielt sein Versprechen, das er mir gemacht hatte. Ich bin der reichste Diener Ägyptens und obendrein in vertrauliche Dinge eingeweiht.«

Na, wunderbar. Da hatten sich ja zwei gefunden.

Nun hatte ich also die Antwort und den Beweis. Doch wie

würde ich ihn einsetzen? Wie bringt man einen Pharao vor Gericht? Und Beweise hin oder her, wie verhindert man, daß ein Pharao einem einfach den Garaus macht? Ein ziemliches Problem. Und mal wieder mußte ich ganz allein damit fertig werden.

»Narmer«, sagte ich und ließ ihm Zeit, seinen Körper (ich wollte ihn nicht länger sehen) mit den Überresten seines Gewands notdürftig zu verhüllen, »meiner Meinung nach hast du ein ziemliches Problem am Hals. Das Bankett ist für morgen abend geplant. Ich werde teilnehmen, der Pharao auch. Du mußt morgen genau das bezeugen, was du mir eben gestanden hast. Natürlich wird es daraufhin eine Konfrontation zwischen dem Pharao und mir geben, aus der nur einer siegreich hervorgehen kann. Du scheinst ein intelligenter Mann zu sein. Ich denke, du machst dir jetzt schon Gedanken, wo deine Interessen liegen sollten. Ich kann dir versichern, daß sie bei mir liegen. Falls du noch irgendwelche Zweifel haben solltest, nun, meine Lage ist so verzweifelt, daß ich absolut nichts zu verlieren habe. Hör zu, was ich dir jetzt sage. Erstmal werden dich von diesem Moment an zwei bewaffnete Wärter auf Schritt und Tritt bewachen. Dann werden sich während des Banketts viele bewaffnete Männer, als Gäste verkleidet, unter die Geladenen mischen. Solltest du auch nur den geringsten Versuch unternehmen, mit dem Pharao in Kontakt zu treten, wird dir die Kehle durchgeschnitten, als seist du ein Täubchen. Und da du sie nicht erkennen wirst, wirst du auch nirgendwo Schutz finden. Tut mag der Pharao sein, doch was dich angeht, bin *ich* im Moment dein Pharao. *Ich* habe Macht über dich, nicht Tut. Und eines verspreche ich dir hoch und heilig: Wenn ich überlebe, überlebst du auch. Ich werde dir keinen Schaden zufügen. Nun überlege es dir gut.«

Ich ließ ihn wegbringen und gab strengste Anweisungen, ihn keine Sekunde unbeaufsichtigt zu lassen und sämtliche scharfen Gegenstände von ihm fernzuhalten. »Ungerecht! Ungerecht! Ungerecht!« sang ich. Ich war unheimlich stolz darauf, die Wahrheit herausgefunden zu haben (bis auf die Sache mit Nofretete), ohne mein Versprechen dem König gegenüber brechen zu müssen. Ich hatte Tut versprochen, niemanden zu foltern. Ich hatte allerdings nie versprochen, nicht mit Folter zu *drohen*.

(Anmerkung des Übersetzers: Wenn Sie es unglaubwürdig finden, daß der zehnjährige Tut tatsächlich den Mord an seinem Vater plante und ausführte, nun, ungefähr dreizehn Jahrhunderte später tat Caligula das gleiche mit seinem Vater Germanicus. Caligula war sieben.)

20 Sechster Tag – Am Abend

An diesem Abend hatte ich noch viel zu erledigen, und obwohl ich nun die Antwort auf einige Dinge besaß, waren andere noch immer ungeklärt. Wenn Nofretete an dem Mord an Echnaton nicht beteiligt gewesen war, warum hatte sie mich dann umbringen wollen? Und wenn Tut der Mörder war, warum hatte er selbst mich diese Nachforschungen anstellen lassen? Und die wichtigste Frage: Was sollte ich jetzt tun? Denn für Tut, egal, was ihm dabei im Hinterkopf herumschwirrte, war es anfänglich ein Spiel gewesen – und das war es jetzt nicht mehr. Ich konnte nicht so tun, als hätte ich nichts herausgefunden, denn dann mußte ich Narmer freilassen, den Tut garantiert lautstark zurückfordern würde. Stürbe Narmer in meiner Obhut, würde das ziemlich unangenehme Fragen aufwerfen, mit denen ich mich keineswegs beschäftigen wollte. Und Versagen vorzutäuschen würde außerdem bedeuten, daß ich dann Tut ausgeliefert war.

Wenn ich Tut nicht sagen konnte, daß ich den Mörder seines Vaters *nicht* gefunden hatte, dann konnte ich ihm nur sagen, ich hätte ihn gefunden. Und diese Aussage barg eine noch größere Gefahr. Tut hatte, ohne mit der Wimper zu zucken, seinen Vater getötet; also würde er erst recht nicht zögern, wenn es bloß um seinen Großvater ginge. Die Sache hatte sich zu einem Duell auf Leben und Tod zwischen Tut und mir entwickelt. Und er hatte alle Vorteile auf seiner Seite – bis auf einen. Ich wußte es; Tut noch nicht. Und noch etwas sprach für mich: Mein eiserner Wille und mein Mut. Für Tut war ich immer eher der Höfling gewesen, der bemüht ist, jeder seiner Launen nachzugeben. Die Risiken, die ich eingegangen war, um den Schaden seiner verrücktesten und gefährlichsten impulsiven Handlungen in Grenzen zu halten, kannte er nicht. Er hatte nie die Wunden an meinem Körper gesehen, die mir feindliche Speere und Schwerter geschlagen hatten. Welches Spiel er auch immer spielt, er glaubt, er sei unverwundbar. Aber er unterschätzt mich.

Auf der anderen Seite ist es geradezu lebenswichtig, daß ich Tut nicht unterschätze. So groß meine Abneigung ihm gegenüber auch ist, einen Mangel an Intelligenz kann ich ihm nicht vorwerfen – oder Gerissenheit, was für einen Pharao vielleicht die noch wichtigere Eigenschaft ist. Tut ist schlau. Dieses groteske Spiel, das er mit mir spielt und das dazu dient, mich in mein eigenes Verderben rennen zu lassen, ist der beste Beweis dafür.

Jetzt, da ich den Namen meines Gegners kenne, muß ich mich in seine Gedanken hineinversetzen und zu erahnen versuchen, was er als nächstes tun wird. Wenn das möglich ist. Mein erster Schritt war, einen Boten zu Houy zu schicken, denn ich mußte unbedingt meine Kavallerie hier in meinem Palast aufstellen.

Ich hatte an diesem Abend viele Aufgaben zu erledigen, aber die unangenehmste nahm ich mir zuerst vor. Das war ich Tej schuldig. Ich haßte den Gedanken, aber ich würde Helena aus meinem Palast verbannen müssen. Tej verdiente wenigstens so viel Respekt. Wenn sie nicht gewesen wäre, wüßte ich immer noch nichts. Sie hatte das Rätsel gelöst, zum größten Teil jedenfalls. Während ich darüber nachdachte, ging ich in meiner Erinnerung vierzig Jahre zurück und dachte an die Tej von damals, ein Mädchen, nur wenig älter als Helena jetzt. Und genauso schön. Na ja, man sollte bei der Wahrheit bleiben. In ihrer Jugend war Tej zwar sehr attraktiv gewesen, aber nie mit Helena zu vergleichen.

Aber eines Tages würde Helena wie Tej sein. Nur mit dem Unterschied, daß Tej noch immer ein goldenes Herz hat. Trotz der Leidenschaft, der Lust, der Begierde, die ich für Helena empfand, sah ich sie dennoch als das, was sie war. Diese

Kindfrau war intelligent, wußte, was sie wollte und wie sie es kriegen konnte, und obwohl sie das Kätzchen spielte, war sie ein Raubtier. Helena war einfach kein guter Mensch. Und wenn ich zwischen Tej und Helena als Hauptfrau wählen sollte, mußte ich einfach die altbewährte Zuneigung, Liebe und Loyalität einer rein körperlichen Leidenschaft vorziehen. Besonders da Helena mir ziemlich deutlich zu verstehen gegeben hatte, daß es nur einen Weg gab, um sie zu bekommen.

Ich muß zugeben, daß diese ziemlich bizarre teilweise Erfüllung meiner Lust für Helena am Vortag mich nur noch mehr lechzen ließ. Trotzdem mußte ich reinen Tisch machen, also tat ich das lieber gleich. Wenn ich überhaupt etwas über Frauen wußte, dann, daß Tej und Helena nicht länger unter einem Dach schlafen konnten, egal, wie groß mein Palast auch war. Ganz abgesehen davon, daß ich selbst erst wieder ruhig schlafen würde, wenn eine von beiden gegangen war.

Ich ließ Helena zu mir rufen. Sobald ich sie sah, wußte ich, daß diese Sache noch schwieriger werden würde, als ich geglaubt hatte. Als sie den Raum betrat, war ihr ganzer Körper eine wellenartige, hüftschwingende Bewegung, die mich alle rationalen Gedanken auf einen Schlag vergessen ließ. Bei jedem Gott Ägyptens, war sie nicht einfach phantastisch? Sie trug ein hauchdünnes wogendes Kleid, das sie vom Kopf bis zu den Zehen bedeckte und gleichzeitig alles sehen ließ. Es war rosa. Glaube ich zumindest, denn der Stoff war so dünn, daß man ihn kaum sah. Um den Hals trug sie einen wunderbaren goldenen Reif aus der Werkstatt des besten Goldschmieds in Theben. Sie fragen sich vielleicht, wieso ein Sklavenmädchen sich solche Dinge leisten kann. Ich habe wahrscheinlich vergessen – oder, um ehrlich zu sein, es ist mir zu peinlich gewesen, es zuzugeben –, Ihnen zu sagen, daß ich ihr gegenüber recht großzügig gewesen war. Dazu neigen ältere Männer nun einmal in Beziehungen zu Frauen, die ihre Töchter oder sogar ihre Enkelinnen sein könnten. Und um eine Rebellion der anderen Sklavinnen zu vermeiden, mußte ich auch zu ihnen großzügig sein, denn sie würden dann im Gegenzug wiederum nett zu Helena sein. Je großzügiger ich zu Helena war, desto großzügiger war ich auch zu ihnen, und um so größer mußte ihr Interesse sein, Helena gut zu behandeln. Ich wollte gar nicht wissen, was mich dieses griechische Mädchen schon gekostet hatte. Und trotzdem hatte ich sie noch nicht wirklich gehabt. Na ja, schon unsere Vorfahren pflegten zu sagen, die schlimmsten Narren sind die alten Narren, und wenn ich nicht der lebende Beweis dafür bin, wer sonst?

»Eje, ich bin so glücklich, daß du mich hast rufen lassen«, gurrte Helena mit dieser rauchigen Stimme. Sie wußte genau, wie sie ihre hinreißende Figur am besten zur Geltung bringen konnte, und schwang provokant die Hüften, während sie sich mir näherte. »Ich habe dich so vermißt! Warum vernachlässigst du mich?« Ihre Zunge befeuchtete ihre Lippen, langsam, sorgfältig, einmal, zweimal, dreimal. In einer Ecke meines Gemaches steht eine Statue des männlichen Gottes Seth. Nervös warf ich ihm einen Blick zu; hatte er sich etwa gerade bewegt?

Ich konnte nicht anders. Ich mußte einfach ihr Gesicht berühren. Dieses makellose, perfekte Gesicht. Ja, perfekt ist das einzige Wort, was zutrifft. Und glauben Sie nicht, ich übertreibe; ich habe mehr als genug Frauen in meinem Leben gehabt.

Helena nahm meine Finger und küßte voller Leidenschaft meinen Handrücken. Wie die Flügel eines Kolibris schnellte ihre Zunge über meine Haut. Sie warf mir einen so feurigen Blick zu, daß ich erwartete, meine Gewänder würden in Brand geraten. Wenn ich es mir recht übelegte . . . soviel hatte Tej nun auch wieder nicht getan. Gut, sie hatte meinen Traum interpretiert. Aber ich wäre wenig später sicher auch selber auf die Lösung gekommen. Wäre ich nicht so beschäftigt gewesen und so erschöpft, hätte ich ihn längst vor ihr gedeutet! Und schließlich hatte *ich* doch die ganzen Einzelteilchen dieses Puzzles zusammengestellt, oder? Ich hatte die Fakten gesammelt, und die Götter hatten *mir* diesen Traum geschickt. Jeder hätte das tun können, was Tej getan hatte.

Helena ergriff meine andere Hand und drückte sie zart an ihre Brust. »Eje«, flüsterte sie zärtlich, »du hast darüber nachgedacht, oder? Worüber wir gesprochen hatten? Bestimmt hast du dir etwas überlegt. Hättest du das hier nicht lieber jede Nacht – lieber als das, was du im Moment hast?«

Helena weiß, was sie will, und sie weiß, was sie wert ist. Ich schüttelte den Kopf und zog meine Hand zurück. »Helena, laß mich dich das gleiche fragen. Schau mich an. Schau mich an und sage mir, ob das nicht genau das ist, was du willst.« Ich entledigte mich meiner Gewänder und stand nun splitternackt vor ihr, wie ich hoffte, in der Pose eines unwiderstehlichen Satyrs. »Sag es. Du willst mich. Bedingungslos. Du willst einfach nur mich. Sag es.«

Sie blickte mich völlig verblüfft an. Und plötzlich fiel sie über mich her. Ich konnte sie nicht aufhalten und hatte es auch gar nicht vor. Die Einzelheiten des Geschehens werde ich nicht beschreiben, nur soviel: Nach einigen Minuten, das sage ich hier nicht ohne Stolz, waren meine Gelüste für Helena nicht länger nur teilweise befriedigt.

Wir lagen zusammen auf dem Bett, und ihre leidenschaftlichen Küsse bedeckten meine Wangen, meine Lippen, meine Brust . . . Ich hatte einen schweren Tag hinter mir und diese Entspannung redlich verdient.

Am liebsten ließe ich Sie in dem Glauben, daß Helena mich plötzlich, nachdem sie mich hatte näher kennenlernen können, unwiderstehlich fand. Daß sie ihr aufreizendes Spiel mit mir einfach aufgeben mußte, obwohl sie damit die Chance vertat, Hauptfrau zu werden, weil ich in ihr unerträgliche Feuer der Leidenschaft entfacht hatte.

Die Wahrheit ist jedoch, daß Yutis Arznei gegen die Wassersucht wohl auch eine gewisse Rolle spielte. Sie werden sich erinnern, daß er sich ursprünglich geweigert hatte, dieses Mittel zu einem anderen Zwecke als dem der Bekämpfung der Wassersucht zu verordnen. Denn Yuti, der sonst so sanft, so lammfromm, so gehorsam war, legte unverrückbare Prinzipien an den Tag, sobald es um seine Berufsehre ging.

»Yuti«, hatte ich ihn im Anschluß an unsere Unterhaltung in Karnak gefragt, »ich hätte wirklich gerne etwas von diesem Pulver. Natürlich aus rein medizinischen Gründen.«

Er warf mir einen Blick zu, der wohl völlige Verachtung ausdrücken sollte, aber eher dem eines mit Näschen und Öhrchen zuckenden Kaninchens ähnelte. »Ich habe dir eben bereits gesagt, daß das nicht möglich ist, auch wenn ich es bedaure.« Selbst seine Ablehnung hatte etwas Passives. »Ich muß meinem Eid gehorchen. Ich darf diese Medizin nur zu ihrem eigentlichen Zweck verschreiben.«

»Woher willst du denn wissen, daß ich nicht unter Wassersucht leide?«

Er blickte mich prüfend an, als wolle er mich im nächsten Moment von Kopf bis Fuß untersuchen. »Das hast du mir gerade selbst gesagt. Ich kenne mich mit Wassersucht aus; ich leide schließlich selbst darunter. Und nur deshalb nehme ich diese Medizin.«

Naürlich! Ich dachte an die Tempelmädchen, die sich um das Privileg stritten, ihm beim Baden behilflich zu sein. Aber vielleicht war das ein hinterhältiger Gedanke. So wie ich Yuti kannte, litt er womöglich tatsächlich unter Wassersucht.

»Die Krankheit könnte bei mir im Anfangsstadium sein.«

Er warf mir einen mißtrauischen Blick zu. Ich nutzte meinen Vorteil aus. »Du bist Arzt, Yuti, ein Heiler. Du hast einen Eid geschworen, deinen Mitmenschen zu helfen. Wenn dieses Mittel meine Symptome heilen kann, bevor sie wirklich schwerwiegend werden, dann wäre das doch das Beste, was du als Arzt erreichen kannst. Oder willst du warten, bis ich völlig aufgeschwemmt und behindert bin, bevor du mir diese Gnade erteilst?«

Er dachte sorgfältig nach. Dann kam er näher, schob meine Augenlider auseinander, tastete meinen Körper ab und drückte an meinen Gliedern herum.

»Wassersucht?« fragte er mißtrauisch. »Du hast Symptome der Wassersucht?«

»Je mehr ich darüber nachdenke, desto sicherer bin ich.«

»Fühlst du dich morgens schlaff? Ist dir übel?«

»O ja!« log ich.

»Mußt du dich des Nachts oft erleichtern?«

»Allerdings.« Das war nicht gelogen.

»Kurzatmig?«

»Ständig.«

»Schwitzt du außergewöhnlich stark?«

»Wie ein Schwein.«

»Seit wann hast du diese Symptome?«

»Es scheint sich noch im Anfangsstadium zu befinden, wie ich schon sagte. Aber ohne Behandlung wird es sich bestimmt sehr schnell verschlimmern.«

»Na gut«, seufzte er und reichte mir ein Päckchen seines magischen Pulvers. »Nimm das eine Woche lang und komm dann in meine Praxis.«

»Danke, Yuti!« sagte ich voller Inbrunst und Überschwang. »Du bist ein ehrenwerter Mann und eine Zierde deines Standes.«

Ich wollte so schell wie möglich fort, diese Aussicht aufs Paradies festumklammert in der Hand, doch er rief mich noch mal zurück. »Großwesir«, sagte er förmlich, »nachdem Ihr es eingenommen habt, müßt Ihr mindestens zwei Stunden im Schatten bleiben. Sonst wird Eure Haut fleckig und juckt.«

So war ich also in den Besitz dieses Zaubermittels gekommen, das Helena in absolute Ekstase geraten ließ. Allerdings hatte Yuti auch mit seiner Warnung vor den Nebenwirkungen recht behalten. Ich hatte nicht mehr daran gedacht, mich in der Sonne aufgehalten, und kurze Zeit später juckte es mich am ganzen Leib. Aber das ging glücklicherweise bald wieder vorüber.

Jedenfalls hatte Yutis Medizin großen Einfluß auf meine Beziehung mit Helena, obwohl ich sicherlich mit etwas mehr Zeit auch ohne dieses Pülverchen zum Ziel gekommen wäre. Ich habe Erfahrung auf diesem Gebiet, und deshalb überraschte es mich nicht im geringsten, daß ich nun, da ich sie besessen hatte, nicht mehr von ihr besessen war. Verstehen Sie mich bitte nicht falsch. Weitere Episoden dieser Art hätte ich sicherlich nicht als unangenehm empfunden. Aber diese kopflose, unbegrenzte, allumfassende und alles verzehrende Leidenschaft, die war weg. Das war sicherlich auch besser so, denn dieser Frau eine Nasenlänge voraus zu sein war für jeden Mann mehr als eine Herausforderung. Und um ganz ehrlich zu sein, fand ich jetzt, da meine Leidenschaft für sie abgekühlt war, die lässige Art, mit der sie mir den Mord an Tej schmackhaft machen wollte, auch nicht mehr so berauschend.

Ich schob sie weg und griff nach meinen Gewändern. Was ich zu sagen hatte, ließ sich besser aus einer bestimmten Entfernung sagen und bedurfte außerdem aller Würde, die ich auftreiben konnte. Es ist fast unmöglich, männlich, entschieden und dominierend zu wirken, wenn man nackt und etwas zusammengeschrumpft auf einem Bett liegt.

»Helena«, sagte ich mit einer Stimme, die gleichzeitig Zärtlichkeit und Strenge ausdrücken sollte. »Ägypten ist kein Ort für dich. In deinen Adern fließt königliches Blut, doch es ist das Blut Griechenlands. Es wäre besser für dich, wenn du in dein Heimatland zurückkehrst und dich dort auf die Suche nach dem dir zugedachten Schicksal machst. Geh zurück nach Korinth, wo deine Familie vor Freude über deine gesunde

Rückkehr in Tränen ausbrechen wird; wo du die Gesellschaft deiner Verwandten und all derer, die dich lieben, genießen kannst. Heirate deinen Minlos, werde Königin von Lacadaemon und gib dein Blut an zukünftige Generationen von tapferen griechischen Kriegern weiter, so wie es dir die Götter vorbestimmt haben.«

Glücklicherweise sind meine Griechischkenntnisse gering, denn der Wortschwall, der nun von ihren Lippen kam, hätte mich sicherlich nicht sehr erfreut. Helena wußte, daß meine wohlgesetzten Worte nichts anderes bedeuteten, als daß ich sie aus meinem Bett warf.

(Anmerkung des Übersetzers: Lacadaemon! Eje erwähnt Lacadaemon! Das ist der Beweis! Helena, die Frau des ›Minlos‹ – Menelaos –, Königin von Lacadaemon, die Schönste aller Schönen, sie hat tatsächlich gelebt! Diese Entdeckung wird mir eine perfekte Reputation verschaffen. Meine Kollegen werden vor Neid erblassen. Wunderbar! Natürlich werden sie herummäkeln, sie werden jeden Beweis in kleinste Teile zerfetzen. Na, viel Glück dabei. Was können sie schon groß dagegen sagen? Daß die »Ilias« behauptet, Helena sei die Tochter des Zeus gewesen und nicht die Tochter von Jason, dem König von Korinth? Natürlich. Die »Ilias« behauptet auch, daß Leda ihre Mutter war, und deren Ehemann wiederum war Tindareos, König von Sparta. Es wäre schön, auch dafür handfeste Beweise vorweisen zu können, aber man kann eben nicht alles haben. Helenas deutliche Äußerung zu ihrer Abstammung festigt nur den Beweis ihrer tatsächlichen Existenz. Und auch der Zeitpunkt paßt – die Historiker sind sich darüber einig, daß der Trojanische Krieg ungefähr mit der Regentschaft Tuts zusammenfiel. Das Leben hört nie auf, einen zu verblüffen. Ich wollte einen Pharao ausgraben und fand dabei Helena von Troja! Anfangs war ich bei Ejes überschwenglicher Beschreibung von Helenas Schönheit skeptisch gewesen, doch jetzt glaube ich, daß er eher ein Meister der Untertreibung war.)

21 Der letzte Tag

Ich fühlte mich grauenvoll, als ich am nächsten Tag nach weniger als zwei Stunden Schlaf erwachte. Diesmal war es jedoch nicht die Schlaflosigkeit, die mich wach gehalten hatte, sondern die vielen Dinge, die ich in der Nacht noch zu erledigen gehabt hatte. Ich warf mir im Spiegel einen Blick zu. Riesige Ringe unter den Augen. Teigige Haut. Erschlaffte Kinnmuskeln. Müde schüttelte ich den Kopf. Vielleicht sollte ich mir wegen Tut gar keine Sorgen machen. Wenn das so weiterging, würden mich Streß, Frauen und Schlafmangel ins Grab befördern, bevor Tut selbst dazu kam.

Mein Palast summte vor Aktivität. Für ein Staatsbankett mit allen Details und Feinheiten reichten meine normalen Bediensteten bei weitem nicht aus, und Aushilfskräfte wurden bereits sorgfältig unter die Lupe genommen. Ich versuchte, Tej aus dem Weg zu gehen; es war erstens ihr Aufgabenbereich, und ich war zweitens ganz krank vor Sorge um sie. Äußerlich hatte sie sich gefangen und hielt die Dinge fest in der Hand. Sie rief, sie ermahnte, sie tadelte, sie erteilte Befehle. Doch ihre Augen waren tot. Tej lebt eigentlich für solche repräsentativen Aufgaben, aber heute war das anders. Doch sie kannte ihre Pflichten und wußte, was von ihr erwartet wurde. Tej war kein Feigling, mochte kommen, was wollte.

Was mir fehlte, war Zeit. Wieder einmal arbeitete sie gegen mich. Das geht im Grunde allen Menschen so, doch ich meine das nicht philosophisch. Ursprünglich glaubte ich, Zeit für die Suche nach einem Mörder zu brauchen. Nun brauche ich Zeit, um auszutüfteln, wie ich diesen Mörder umbrachte, bevor er mich umbrachte. Aber ich hatte so gut wie keine mehr. Mein Kopf fühlte sich an, als sei er mit Schafwolle ausgestopft. Ich war unfähig, klar zu denken. Obwohl dieser Tag so unglaublich wichtig war, konnte ich mich kaum wach halten. Alles holte mich nun auf einen Schlag ein, leider einen Tag zu früh.

Meine Pläne entsprangen reiner Verzweiflung. Sollte nur ein Detail fehlschlagen, konnte ich mich gleich von meinem Kopf verabschieden. Hätte ich bloß noch genügend Zeit, um Haremhab zu kontaktieren! Mit seinen Truppen und meinen würden wir Tut entmachten können. Natürlich nur, wenn wir genug Vertrauen in den anderen hatten. Hatten wir aber nicht. Aber wenn ich Haremhab bloß dazu bewegen könnte, mir zu helfen, Tut loszuwerden, bevor Tut ihn beauftragte, mich zu eliminieren. Gedanken wirbelten in meinem Kopf herum, alte Ideen, ohne Sinn und Zweck; selbst die neuen waren nicht brauchbar. Ich wußte gar nicht, warum ich überhaupt noch darüber nachdachte. Ich hatte doch schon Pläne gemacht und bereits alles dafür in die Wege geleitet. Ich konnte ohnehin gar nicht mehr zurück.

Eine Einladung des Großwesirs zu einem Staatsbankett kommt einem Befehl gleich. Keiner der Eingeladenen würde es wagen, nicht zu erscheinen; es sei denn, er war schon auf dem Weg zu seinem Haus der Ewigkeit. Oft erschienen sie selbst dann, wenn sie schwerkrank waren, und in solchen Fällen hätte ich, wenn ich es vorher gewußt hätte, auf ihrem Fortbleiben bestanden, denn sie verdarben den anderen Gästen den Appetit, und außerdem steckten sie sich oft noch bei ihnen an.

Nervös sah ich auf die Wasseruhr. Das Wasser schien mit sturzbachartiger Geschwindigkeit zu laufen. Also kontrollierte ich ständig, ob sie überhaupt richtig funktionierte. Meine Pläne, mein Leben, alles hing von der Genauigkeit dieser Uhr ab.

Details. Davon gab es reichlich. Sie bezogen sich auf das Bankett, und unvernünftigerweise ließ ich mich durch sie ablenken. Ich war auf meine Bankette stolz und verlangte von meinem Stab, daß auch die kleinsten Kleinigkeiten auf ihren perfekten Ablauf hin überprüft wurden. Die Repräsentationsräume meines Palastes glänzten bereits, obwohl wahre Hundertschaften von Dienern noch auf den Knien putzten und scheuerten. Reihe an Reihe waren neue Lampen aufgestellt worden, viele von ihnen große Kandelaber, die, wenn der Zeitpunkt gekommen war, die große Bankethalle in ein solch helles Licht tauchen würden, daß man meinen könnte, die Sonne sei an diesem Tage nicht untergegangen.

Meine eigenen Vorbereitungen verschlangen Stunden, und auch wenn ich sie als verschwendete Zeit sah, waren sie doch notwendig. Mein Friseur machte mich mit seinem Lockenstab, mit dem er jede einzelne Locke meines Bartes schmerzhaft bearbeitete, bevor er dann die gesamte Pracht in Form eines Spatens stutzte, völlig nervös. Tej hatte schon oft den Vorschlag gemacht, ich solle mir Haupthaar und Bart schwarz färben. Das hätte mich wohl in der Tat jünger gemacht, aber es erschien mir so weibisch. Mein Fußpfleger bearbeitete meine Füße, und darüber war ich froh, denn ich hatte mir bei der ganzen Rennerei durch den Palast überall Blasen gelaufen. Mein Masseur war ein Geschenk Gottes, denn meine Nackenmuskeln waren so verspannt, daß sie einen Kiesel hoch in die Luft hätten schleudern können. Überflüssig zu erwähnen, daß ich auch gebadet und abgerieben wurde, bis meine Haut fast wund war. Mein Körper wurde von Kopf bis Fuß mit wohlriechenden Essenzen eingesalbt, wobei ich allerdings nicht feststellen konnte, ob diese Arbeit von weiblichen oder männlichen Händen besorgt wurde. Meine Augen wurden mandelförmig geschminkt; allerdings hätte man sich bei diesen Augenringen den Strich am unteren Lid auch schenken können. Das wenige Haar, das mir verblieb, wurde sorgsam gekämmt und mit Pomade in Form gebracht. Ich nahm vielleicht etwas zuviel Natron gegen Mundgeruch, und dann war ich bereit zum Ankleiden.

So sorgenbelastet ich auch war, ich mußte trotzdem auf mein Äußeres achten. Ich bin Eje, der Großwesir von Ägypten. Falls das meine letzte Nacht auf Erden werden sollte, wollte ich zumindest für meinen großartigen Auftritt in derselben in Erinnerung behalten werden. Mein Sklave brachte mir meine Stiefel, purpurrot, butterweich, verziert mit Goldschnallen und fein gewebten Goldbändern, die die Stiefel im Zickzack von der Sohle bis zum Schaft umhüllten. Ich wählte eine Tunika, deren Goldbrokat mit Halbedelsteinen bestickt war, und darüber ließ ich einen schwarzen Umhang legen, dessen schwere Ärmel in elegante Falten fielen. Um den Hals trug ich ein seidenes Tuch, das meinen dunklen Teint gut zur Geltung brachte. Als Kopfbedeckung wählte ich einen weißen Turban aus, an den ich einen perfekt geschliffenen Rubin steckte. Ein Sklave legte mir meine Lieblingshalskette aus massivem Gold und Rubinen um, und von einem Tablett wählte ich für jeden meiner Finger einen mit Edelsteinen besetzten Ring aus.

Dann besah ich mich im Spiegel. Konnte es sein, daß ich etwas übertrieben hatte?

Ich warf einen erneuten Blick auf die Wasseruhr. Bald würden die ersten Gäste eintreffen. Wie es der Brauch war, begab ich mich zum Portal, um sie persönlich zu begrüßen. Pünktlichkeit war für jeden höchstes Gebot – den Pharao natürlich ausgenommen. Und selbst der würde kaum mit Verspätung erscheinen, da er wußte, daß das Essen auf den Punkt genau zubereitet wurde und nur einige Minuten Verzögerung schon bedeuteten, daß es nicht mehr ganz perfekt war. Denn gutes Essen wartet auf niemanden, noch nicht einmal auf den Pharao.

Während ich so auf meine Gäste wartete, fühlte ich mich mehr als unbehaglich. Die Hauswache war zwar etwas verstärkt worden, aber dennoch viel zu klein. Es beunruhigte mich vor allem deshalb, weil diese Männer nicht als Soldaten ausgebildet worden waren, sondern als Ordnungspersonal. Aber aus meiner Kavallerie, die den königlichen Palast bewachte, hatte ich niemanden abziehen können, denn das hätte Tut sofort stutzig gemacht. Selbst eine nennenswerte Vermehrung des Ordnungspersonals wäre ihm aufgefallen, egal, woher sie kamen. Pharaos lernen schnell, allem gegenüber mißtrauisch zu sein. Nun kamen die ersten Sänften in Sicht, eine kunstvoller und prächtiger als die andere. Lange vergoldete Tragegriffe ragten seitlich heraus; das Holz der Kabine war sorgfältig lackiert und poliert und trug eine vergoldete Hieroglyphe, die über Namen und Rang des Inhabers Auskunft gab.

Jede Säfte wurde von acht, manchmal sogar zwölf Trägern getragen. Sie waren alle einheitlich herausgeputzt und von gleicher Größe. Jeder Gast versuchte, den anderen mit seinem Gefolge auszustechen. Man sah großgewachsene Nubiersklaven mit geölten Körpern, nackt bis zur Taille, nur bedeckt mit einem Lendentuch aus Goldbrokat und einem Turban aus dem gleichen Material, auf den Amethyste aufgestickt waren. Man sah Ägypter vom unteren Nil in weißen Tuniken, die mit silbernen und schwarzen Streifen versehen waren und mit silbernen Stirnbändern, von denen vergoldete Pfeile in sämtliche Richtungen ragten. Man sah von Kopf bis Fuß in Schwarz gekleidete Numidier, die gekreuzte Gürtel aus Rhinozerosleder trugen, das mit goldenen Münzen verziert war. Und man sah dunkelhäutige zypriotische Sklaven, aufs prächtigste in den Uniformen der Tempelwachen ähnelnden Kostümen herausgeputzt, mit vergoldetem Brustharnisch und vergoldetem Helm, an dem ein Busch von Pferdehaar wippte. Jedes Gefolge repräsentierte den Rang und den Reichtum seines Besitzers. Es war ein atemberaubender Anblick. Schade, daß ich nicht in der Stimmung war, ihn zu genießen.

Meine Gäste waren mächtige Männer, die Elite von Theben, der großartigen Hauptstadt Ägyptens. Luxus, Ruhm, Macht, Sklaven, Frauen, Kunstverständnis, ein sorgloses Leben, ein kultiviertes Leben – all das erwartete man von ihnen. Sie waren Mitglieder der Artistokratie und bewegten sich mit einer Sicherheit, die man nicht erlernen kann, sondern die einem in die Wiege gelegt werden muß.

Ich begrüßte jeden einzelnen, wußte aber selbst nicht genau, was ich zu ihnen sagte. Das Geschwätz, das man gemeinhin als Konversation bezeichnet. Der eine oder andere warf mir einen befremdeten Blick zu. Vielleicht hatte ich ihm eine völlig unpassende Antwort auf eine gestellte Frage gegeben. Ich hörte offen gestanden gar nicht hin.

Endlich waren die letzten Gäste eingetreten und steuerten in der großen Eingangshalle auf die mit Speisen aus ganz Afrika beladenen Tische zu. Diese Häppchen sollten sie bis zur Ankunft des Pharaos bei Laune halten.

Jetzt begannen diese unangenehmen Minuten, die ich von jedem meiner Staatsbanketts kannte, bei denen der König persönlich anwesend war. Zwar wußte ich meine Gäste mit Speisen und Getränken gut versorgt, aber für mich, da ich nun wartend draußen herumstand und nicht wußte, wann genau der Pharao kommen würde, schien die Zeit überhaupt nicht zu vergehen.

Nocheinmal ging ich im Geiste den ganzen Plan durch, obwohl das jetzt eigentlich überflüssig war. Ich konnte ohnehin nichts mehr ändern. Ich konnte nur noch das Ergebnis abwarten.

Wieviel Zeit mochte vergangen sein? Fünfzehn Minuten? Zwanzig? Ich wußte es nicht genau. Aber als ich den Pharao schließlich kommen hörte, ahnte ich, daß sich das Verderben näherte.

Erst entfernt, dann immer näher kommend, hatte ich dieses Geräusch sofort erkannt. Ich bin ein alter Soldat. Ich kenne das Geräusch von marschierenden Truppen. Schritt-*Krach*-Schritt-*Krach*-Schritt-*Krach!* Der ägyptische Militärparademarsch. Nur unsere Armee hat diesen Schritt. Man hebt das linke Bein ausgestreckt hoch. Dann läßt man es zu Boden sausen, und während das rechte Bein nun den nächsten Schritt macht, schlägt man mit dem Bronzeschwert gegen den Metallrand des Schildes. Schritt-*Krach*-Schritt-*Krach*-Schritt-*Krach!* Mein Herz sank mir tief in die wunderschönen Purpurstiefel.

Mein geübtes Ohr erkannte, daß es nicht die königliche Garde war, denn die ergab allenfalls eine Kompanie. Was hier kam, war jedoch mindestens ein ganzes Regiment.

Einige Minuten später hatten sich meine schlimmsten Befürchtungen bestätigt. Der Kopf des Regiments tauchte auf, angestrahlt von Fackeln, die an den Flanken reitende Soldaten trugen. An der Spitze ritt Haremhab auf einem pechschwarzen Hengst, so schwarz wie Tuts Seele. Er trug eine blütenweiße Paradeuniform, und an Tunika und Hals hingen alle militärischen Auszeichnungen seiner langen und herausragenden Karriere. Normalerweise war Haremhab ein derartiger Pomp völlig gleichgültig. Meistens bequemte er sich nicht einmal in den Offiziersanzug, sondern trug die schmutzige sackartige Uniform der Feldsoldaten. Aber nicht heute abend. Wenn ich bis dahin noch Zweifel an Tuts Absichten gehegt hätte, nun, der unaufhaltsame Aufmarsch von Haremhabs hervorragend gedrilltem Regiment hätte sie sofort ausgeräumt.

Tut selbst wurde in der Mitte des Regiments von sechzehn Männern auf einer unbeschreiblich prachtvollen Sänfte getragen. Natürlich hatte sein Gefolge viel herrlicher zu sein als das jedes seiner Untertanen.

Mein Verstand setzte aus. Mein Palast sollte von einem ganzen Regiment von Elitesoldaten des Königs umstellt werden. Man wollte mich gefangennehmen!

Mit erhobenem Schwert in der Rechten und einem triumphalen Grinsen auf dem Gesicht galoppierte Haremhab auf mich zu. Er hatte zuerst zugeschlagen. Er war mir zuvorgekommen. Direkt vor mir hielt er seinen Rappen an.

Ich riß mich zusammen. Auf keinen Fall würde ich ihm die Freude machen, überrascht oder bekümmert zu blicken. Ich sah zu ihm hoch und grüßte ihn wie einen alten Soldatenkameraden. Er verdiente es, selbst wenn er mein Feind, mein Gegner war. Er war eine prächtige Erscheinung und verkörperte alles, was ein Soldat haben sollte.

Er blickte von seinem Pferd herunter, und seine Augen glänzten siegessicher. Auch er salutierte und glitt elegant vom Pferd. »Willkommen, General«, sagte ich höflich und versuchte, dabei nonchalant zu wirken, als fände ich das alles völlig normal. »Willkommen in meinem Haus. Es ist mir immer eine große Ehre, dich zu Gast zu haben.«

»Danke für die Einladung, Eje. Ich freue mich immer, einen Abend mit dir verbringen zu können.« Er grinste noch breiter. »Ich würde es sehr zu schätzen wissen, wenn du meine Männer in deinem Palast aufnehmen könntest. Ich erwarte natürlich nicht, daß du sie verpflegst. Aber auf Befehl des Königs sollen sie innerhalb der Palastmauern untergebracht werden.«

Ein Regiment innerhalb meines Palastes! Nun war alles vorbei. Das schien es sowieso zu sein, aber dieser Anweisung konnte man sich auf keinen Fall widesetzen.

»Selbstverständlich würde ich mich glücklich schätzen, meinem Pharao diesen Gefallen tun zu können«, erwiderte ich in formellem Ton. »Aber ich wußte ja nicht, daß ich von so vielen seiner wundervollen Soldaten beehrt werden würde. Bei sechshundert heute abend hier speisenden Gästen, fürchte ich, wird innerhalb des Palastes nicht genug Platz für so viel unerwarteten Besuch sein. Würde vielleicht auch eine Hundertschaft ausreichen?« Ich warf einen vielsagenden

Blick auf mein Wachpersonal, aber es waren wohl nicht mehr als vierzig Männer. Schlechte Karten.

Auch Haremhab musterte sie kurz. Es war offensichtlich, daß einhundert Elitesoldaten ein leichtes Spiel mit ihnen haben würden, vor allem, da vor den Toren der Rest des Regiments wartete. »Mit mir kann man reden, Eje. Der König hat nicht ausdrücklich gesagt, daß das ganze Regiment gemeint ist. Ich lasse die anderen draußen.« Und mit einer weit ausholenden Geste befahl er nun tatsächlich, meinen Palast dicht zu umstellen.

Ich neigte demütig den Kopf und nahm mein Schicksal an. Die Götter hatten es so gewollt.

Tut war mittlerweile ebenfalls bei mir angekommen und erhob sich königlich aus seiner Sänfte, gefolgt von Nofretete und Anchesenamun.

(Anmerkung des Übersetzers: Sie trugen dem Anlaß gemäße, königliche Prachtgewänder und ihre Insignien. Eje beschreibt jedes einzelne Kleidungsstück und jedes Schmuckstück im Detail. Die Beschreibung geht über viele Seiten.)

Sofort fiel ich demütig auf die Knie und gab in dieser absurden Position, wie es das Ritual verlangte, meiner überschwenglichen Freude Ausdruck, daß jemand, der so unbedeutend war wie ich, in meinem so bescheidenen und einfachen Heim von einer so hochgestellten Persönlichkeit beehrt würde. Tut sagte dazu gar nichts, und da meine Stirn am Marmorboden klebte, konnte ich auch seinen Gesichtsausdruck nicht sehen. Eine unerhört lange Zeit ließ er mich knien, ein weiteres Indiz dafür, daß die Frage nicht war, ob ich in Schwierigkeiten steckte oder nicht, sondern wie tief ich in Schwierigkeiten steckte.

Endlich ließ Tut mich aufstehen. Leider trug ich bei dieser Gelegenheit meinen Amtsstab nicht bei mir und empfand es als äußerst schwierig, mich aufzurichten. Er lachte nur freudlos, als er meinen Bemühungen zusah. »So ganz taufrisch bist du nicht mehr, Großvater, oder?« Seine Stimme klang ölig und drohend zugleich. »Na ja«, setzte er nach, »das wird bald nicht mehr von Bedeutung sein.«

Die Botschaft war nicht gerade subtil.

Ich führte Tut und Haremhab in die Große Halle, wo die Gäste nun beim Trommelwirbel und dem Schmettern der Trompeten sofort auf die Knie fielen. Nofretete und Anchesenamun folgten uns, ihrem Rang entsprechend. Mit einer nonchalanten Bewegung hieß Tut die Gäste, sich zu erheben, und alle kamen dieser Aufforderung nur zu gerne nach. Einhundert Wachen hatten in Zweierreihen mit uns die Halle betreten und stellten sich mit gezogenen Schwertern, gespreizten Beinen und wachem Blick entlang der Wände auf. Die Gäste warfen einander nervöse Blicke zu; auch für sie war das eine neue Erfahrung. Wahrscheinlich überlegte jeder einzelne, ob er sich durch diese ungewöhnlich starke Präsenz an Sicherheitspersonal persönlich bedroht fühlen sollte.

Tej weiß, wie man solche Banketts aufzieht, doch dieses Mal hatte sie sich selbst übertroffen. Lotusbäume standen in großen, bronzenen Kübeln zu beiden Seiten der Bankethalle, und der schwere Duft ihrer hellorangenen Blüten durchzog die abendliche Luft mit einer sinnlichen Schwere. Zwei lange, schmale und flache Spiegel, die in der Mitte des Raumes angebracht waren, reflektierten die kunstvollen Deckengemälde und trennten optisch die unzähligen Tische und Tafeln des Banketts. Der Boden drehte und bewegte sich fast durch die vielen in den Terrazzoboden eingelassenen schimmernden Mosaike mit Jagd- und Kampfszenen, mythologischen Figuren und Göttern. Die Wände hatte Tej mit großen Gemälden und Wandteppichen, von denen einige mit Gold gewirkt waren, dekorieren lassen. Die Künstler hatten sechs Tage lang Tag und Nacht an diesen Kunstwerken gearbeitet, die sofort nach meiner Einladung in Auftrag gegeben worden waren. Jeder dieser Teppiche war also neu und stellte eine Szene aus dem Leben des Pharaos dar. Tut warf einen Blick darauf und war sichtlich erfreut. Das konnte ich ihm nicht zum Vorwurf machen – immerhin hatten wir sie nur deshalb in Auftrag gegeben, um ihm zu schmeicheln.

Das Geplauder der Gäste machte es fast unmöglich, eine Unterhaltung zu führen, ohne dabei zu brüllen. Die Frauen hatten sich, was ihre Kleidung anging, selbst übertroffen, wenn man bedenkt, daß auch ihnen dafür nur sechs Tage Zeit zur Verfügung gestanden hatten. *(Anmerkung des Übersetzers: Wieder geht Eje hier sehr ins Detail. Er erwähnt also auch die Kegel aus duftendem Material, die die Frauen auf dem Kopf trugen und die sich im Verlauf des Abends auflösten und dabei einen süßen Duft verbreiteten.)*

Sklavinnen in peinlich sauberen safranfarbenen Roben reichten Tabletts mit Trinkgefäßen – natürlich aus purem Gold –, die mit den besten Jahrgängen, die ich jenseits des Großen Grüns hatte auftreiben können, gefüllt waren. Die Sklavinnen kamen aus den verschiedensten Ländern; manche waren so braun wie Mandeln, andere so hellhäutig wie Balsam, andere schwarz wie Pech, wieder andere hellbraun und einige aus Tscherkassien stammende so hellhäutig, daß sie das Licht zu reflektieren schienen.

Manche waren von ihren Eltern verkauft worden, weil sie zu arm waren, um sie selbst ernähren zu können, andere waren beim Würfelspiel an Matrosen gefallen, andere waren Gefangene eroberter Städte, wieder andere waren frühere, inzwischen für das Gewerbe zu erschöpfte Hetären, und noch andere waren einfach von Sklavenhändlern gestohlen und auf Auktionen verkauft worden.

Die jüngsten unter ihnen, die es sich erlauben konnten, trugen ihre Brüste kühn unbedeckt. Sie reichten Tabletts mit Käse, kleinen gefüllten Würstchen, die im Rauchfang zart geworden waren, rundes Fladenbrot, das pikant gewürzt und mit Fischeiern dekoriert war, gebratene Schwalbenschenkel in Knoblauchbutter, in Ringel geschnittene Gurken, mit Kastanienmus und Honig gefüllte Selleriestangen, mit Paprika gewürzte rohe Austern in der Schale und Eier, Eier jeder Farbe und Beschreibung – Hühnereier (eine Seltenheit), Enteneier, Fasaneneier, Pfaueneier, Seemöweneier, Schwaneneier –, in der Schale gekocht, die dann mit einem feinen Muster verziert worden war. Es gab jede erdenkliche Fleischspeise, von Hirschfleisch über Straußenfleisch, Giraffenfleisch, Eulenfleisch und Löwenfleisch. Ich fand, es war auf jeden Fall genug, damit sie bis zum Hauptgang durchhielten.

In prächtige Gewänder gekleidete Zauberer wandelten durch die Menge der Gäste. Sie zauberten Tauben aus dem Nichts und ließen vergoldete Stöcke in Rauchwolken verschwinden. Ein Orchester, das ich persönlich zusammengestellt hatte, spielte Lieder, die von Liebe und Einsamkeit handelten; ob viele der Gäste ihnen tatsächlich zuhörten, wage ich allerdings zu bezweifeln.

Der Geräuschpegel stieg stetig, denn jeder Gast mußte seine Stimme immer mehr erheben, um über diesen Klangteppich hinweg noch Gehör zu finden.

Mein erster Diener bat die Gäste, ihre Plätze einzunehmen. Sein gebieterisches, hochnäsiges Auftreten half ihm dabei; mit einer Handbewegung konnte er die Aufmerksamkeit eines ganzen Raumes auf sich ziehen. Das Orchester stimmte die königliche Hymne an, und alle fielen erneut auf die Knie. Tut, Nofretete und Anchesenamun nahmen ihre Ehrenplätze ein.

Die Gäste erhoben sich wieder, und der Assistent des ersten Dieners betrat den Raum mit einem aufrecht hängenden Skelett, dessen an einer Stange befestigte Knochen lose baumelten. »Wie ihr jetzt seid«, sprach er und tat, als würde das Skelett sprechen, »so war ich auch einmal. Wie ich jetzt bin, so werdet ihr einst sein. Also eßt, trinkt und genießt das Leben, denn morgen werden wir tot sein.« Diesen Spruch wieder-

holte er viele Male, während er einmal durch die ganze Bankethalle ging, bevor er diese dann mit seinem schrecklichen Relikt wieder verließ.

Ich weiß nicht, was ich von dieser Sitte halten soll. Die Botschaft ist eindeutig, aber ob man dadurch tatsächlich fröhlicher wird, wage ich zu bezweifeln.

Meine Diener, alle in prächtige, nachtschwarze, gegürtete Tuniken gekleidet, kümmerten sich nun um die Gäste. Die züngelnden Flammen der zahllosen Fackeln spiegelten sich auf ihren silbernen Brustharnischen. Die am Rand mit Edelsteinen verzierten Teller glänzten. In den dazu passenden Trinkgefäßen schimmerten die köstlichsten Getränke der Welt: das Beste aus roten und weißen Trauben, aus Beeren und aus exotischen Früchten und verwöhnte den Gaumen eines jeden Gastes. Für die Damen wurden die Getränke natürlich sehr verdünnt; nicht aus Geiz, sondern um ihre Tugend und ihren Anstand nicht in Gefahr zu bringen.

Das Angebot an Speisen war, wenn ich das sagen darf, mehr als ausreichend. Sie wurden auf jeder Servierplatte wie ein Kunstwerk angerichtet, das man gar nicht zerstören mochte. Durch Kopfnicken zeigten die Gäste ihre Wahl an. Es gab dicke Scheiben Elefantenfleisches, gebraten und gut gewürzt; saftige Steinbockbraten, der durch die Beigabe von zerstoßenem Pulver der Hörner noch aromatischer gemacht worden war; Wild in einer Sauce aus Zwiebeln und Kräutern; gebackenes Geflügel in großer Auswahl: Schwan, Gans, Ente, Huhn, Fasan, Pfau, Albatrosse, alle mit einer würzigen Brotmischung gestopft; Salate, allein durch die Mischung schon ein Augenschmaus: Gurken, Radieschen, Kohl, Blumenkohl, Lauch, Sellerie, vermischt mit Olivenöl und leicht mit Knoblauch gewürzt.

Unauffällig mischten sich Dienerinnen unter die Geladenen, spielten die Leier und sangen Liebesballaden, die manchen Gast zu Tränen rührten, wenn er sich durch eine Stro-

phe besonders angesprochen fühlte. Ja, ich weiß schon, wie man Gesellschaften gibt.

Einer der wichtigsten Augenblicke des Abends rückte näher. Nur ich wußte davon und hielt wortwörtlich die Luft an. Wie es der Brauch vorschrieb, hatte Tut weder Speisen noch Getränke zu sich genommen, bevor er nicht seinen Ehrenplatz eingenommen hatte. Doch nun war er bereit zu essen, aber natürlich würde er keinen Bissen anrühren, bevor der überaus vertrauensvolle Narmer nicht alles vorgekostet hatte.

Als ich ihn mir (war das wirklich erst gestern?) auslieh, hatte ich noch keine Ahnung gehabt, wie wichtig seine Rolle sein würde. Ich hatte nur jemanden haben wollen, der gut abschmecken kann.

Was würde Narmer tun? Es ließ sich nicht vermeiden, daß er das Essen von Tut vorkostete. Kurz vor dem Bankett hatte ich jedoch noch eine letzte Unterredung mit ihm gehabt. Ich tat alles in meiner Macht Stehende, um ihn davon zu überzeugen, daß ihm kein anderer Ausweg blieb und er nichts zu verlieren hatte. Widestrebend hatte ich ihm sogar große Teile meines Plans entdeckt, damit er Grund genug hatte, auf meiner Seite zu bleiben, bis der Abend vorüber war. Er mußte nur seinen Mund halten, weiter nichts.

Aber würde er das? Er wußte, daß ich bewaffnete Männer unter die Gesellschaft gemischt hatte, die ihm auf einen Fingerzeig von mir die Kehle durchschneiden würden. Aber dann war plötzlich die Königsgarde in den Bankettsaal einmarschiert. Vielleicht würde er nun mit allem herausplatzen und dann hinter dem Rücken des nächsten Soldaten Schutz suchen? Und was sollte ich dann tun? Abwarten!

Narmer näherte sich dem König. Mir brach der Schweiß aus; verstohlen tupfte ich ihn mit einem Taschentuch ab. Narmer nahm den Teller aus der Hand des Dieners entgegen und schaute ihn genau an. Dann nahm er seinen eigenen Sil-

berlöffel und probierte. Der Gaumen eines ausgebildeten Vorkosters ist unglaublich. Er tut natürlich viel mehr, als nur das Essen zu kosten und für gut zu befinden. Es sei denn, er fällt sofort tot um. Doch die meisten Gifte wirken nicht so schnell. Aber sie verändern den natürlichen Geschmack der Speisen. Entdeckt der Vorkoster auch nur die geringste geschmackliche Veränderung, wird er das Gericht sofort zurückgehen lassen. Vorkoster sind die motiviertesten aller Diener – man denke nur an die möglichen Konsequenzen!

Ich weiß nicht, ob die Ewigkeit genauso lange dauern wird wie dieser Moment. Narmer gab das Essen mit einem Nicken frei, sprach jedoch kein Wort. Der König war zufrieden und begann mit seiner Mahlzeit. Narmer verließ seine Seite, und mein Herz schlug wieder ruhig.

Bald war auch das Dessert gereicht, und auf ein kaum sichtbares Nicken meinerseits hin räumten Diener die Tische ab. Immer wieder blickte ich nervös auf die Wasseruhr. Die nächsten Minuten würden mein Schicksal entscheiden.

Tut erhob sich aus seinem Sessel, und sofort versank der Saal in völliges Schweigen. An seinem Gesicht konnte ich sehen, daß er diesen Augenblick sehr genoß. In einem Anfall von gespielter Tapferkeit hatte ich dieses Bankett angekündet, bei einer Audienz, die schon tausend Jahre zurückzuliegen schien. Tut war eindeutig hoch erfreut, denn die Aufgabe, die er mir gestellt hat, war schlichtweg unlösbar, und er genoß schon jetzt die Aussicht auf meine völlige Erniedrigung vor der Aristokratie Thebens, die ich zu allem Überfluß persönlich dazu eingeladen hatte. Das war Tuts Vorstellung von Spaß.

Er trug Krummstab und Geißel bei sich, die Insignien seiner Macht, und kreuzte sie nun in der üblichen Weise vor der Brust. »Wir danken dir, Wesir«, sagte er mit Grabesstimme, »für deine in ganz Ägypten unübertroffene Gastfreundschaft.«

Ich bedankte mich für das Kompliment mit einem Nicken.

»Doch nun sind die sieben Tage, die dir für die Entdekkung des Mörders meines Vaters gegeben waren, vorüber. Und so lautete mein Befehl: Mein Wesir muß diese Aufgabe lösen, um weiterhin mein Vertrauen zu genießen. Hast du weiterhin mein Vertrauen, Eje?«

Ich warf einen kurzen Blick auf Haremhab, der diesen Moment ebenfalls sehr zu genießen schien. Er war ein prächtiger Krieger, doch gegen Tuts Falschheit würde er nicht bestehen. Kam ich zu Fall, würde auch er sehr schnell zu Fall kommen. Ich wußte das, Haremhab leider nicht.

Ich schritt auf den Tisch des Königs zu, jedoch ohne die üblichen Verbeugungen zu machen. »Ja, Pharao. Das habe ich. Ich habe den Mann gefunden.«

»Mazel tov«, erwiderte der sarkastisch. Wieder eine Spitze, meine Mißerfolge beim Umgang mit den Hebräern betreffend. Aber ich merkte, daß ich ihn etwas aus der Fassung gebracht hatte.

Ich blickte ihm direkt in die Augen und sah zu meiner Befriedigung ein leichtes Aufflackern von Überraschung und Angst. Plötzlich nahm er seine Geißel und schlug mir ins Gesicht.

»Du wagst es?« schrie er. »Du wagst es, dich mir nicht auf Knien zu nähern? Das Wort Pharao auszusprechen, ohne mir gleichzeitig Leben, Gesundheit und Kraft zu wünschen?«

»Ja, Tuttilein«, und dieses Wort dehnte ich genüßlich in die Länge, »denn du wirst nie mehr Leben, Gesundheit oder Kraft besitzen.«

Meinen Gästen verschlug es ob meiner unglaublichen Unverschämtheit hörbar den Atem. Haremhab zog sein Schwert, machte einen Schritt auf mich zu und hielt dann plötzlich inne. Meine Diener hatten die große Tür zur Halle hin geöffnet. Hereinmarschiert kam meine abgesessene Ka-

vallerie, in Zweierreihen, mit gezückten Schwertern und entschlossenem Gesichtsausdruck.

Das war der Moment. Jetzt konnte alles passieren. Ich hatte die vergangene Nacht nicht sinnlos verschwendet. Nachdem ich Helena den Po getätschelt und sie zurück in ihr Zimmer geschickt hatte, hatte ich mich den wirklich wichtigen Geschäften gewidmet. Ich hätte sofort Verdacht erregt, wenn ich die königliche berittene Garde aus dem Königspalast abgezogen hätte, doch im Gegensatz zu Haremhabs Soldaten war der Großteil meiner Truppen rund um Theben stationiert, nicht draußen in der Wüste. Und diese hatte ich kommen lassen. Houy, mir wie immer treu ergeben, hatte seinen Auftrag genau erfüllt, und es war ihm gelungen, während der Nacht fast ein halbes Regiment in den Palast zu schmuggeln. Ein Palast ist groß. Meiner erst recht. Er hat viele Zimmer. Die Aktion hatte zwar ein paar Probleme mit sich gebracht, aber das ließ sich nicht ändern. Jeder Diener, der die Soldaten gesehen hatte, mußte sofort abgesondert werden. Geheimhaltung war alles. Da viele Männer meiner Kavallerie in den Räumen der Dienerschaft untergebracht wurden, mußten eben viele Diener abgesondert werden. Tej drehte beinahe durch, denn dadurch verlor sie viele ihrer erfahrensten Kräfte.

Ein weiteres Problem waren die sanitären Einrichtungen. Der Palast war darauf nicht vorbereitet, daß so viele Männer ihre Notdurft verrichten mußten, und da sie die Räume nicht verlassen durften, würde eine Renovierung dringend notwendig sein. Aber diesen Preis war ich gerne bereit zu zahlen.

Mein halbes Regiment war Haremhabs Hundertschaft zahlenmäßig ungefähr fünf zu eins überlegen. Dazu kam der Überraschungseffekt. Aber Überraschung hin oder her, Haremhab war ein Kämpfer. Was würde er tun?

Aufgeregt blickte ich wieder auf die Wasseruhr. Alles hing davon ab. Eine identische Uhr hatte ich Oberst Macramun gegeben. Und als sich die beiden Seiten nun in der Großen Halle

mit gezückten Schwertern gegenüberstanden, hörte ich zu meiner großen Erleichterung das Geräusch, das ich auch hören mußte, wenn ich eine Chance haben wollte, hier heil herauszukommen: das Donnern von Pferdehufen und das Läuten von Glocken. Die Wasseruhren stimmten perfekt überein. Amun sei gepriesen.

Das donnernde Geräusch der Pferdehufe hallte von den Wänden wider. Es waren unverkennbar meine berittenen Männer. Um den Gegner einzuschüchtern, hatte ich Macramun befohlen, alle Glocken, derer er habhaft werden konnte, an die Hälse der Pferde zu hängen. Das Klappern der Hufe, das Klingen der Glocken – diese Überraschung reichte aus, um Haremhabs Männer völlig zu demoralisieren. Außerdem waren sie bei weitem in der Minderheit. Meine gesamte Kavallerie hatte sich um den Palast zusammengezogen, ein Regiment nach dem anderen. Haremhabs Hundertschaft innerhalb des Palastes war in der Minderheit; der Rest seines einzigen Regiments draußen ebenfalls. Ich kontrollierte die Situation. Zumindest im Moment.

Die Gäste verfielen in Panik, doch ich ließ die Türen schließen und bat sie unter vielen Entschuldigungen zurück auf ihre Plätze.

Dann wandte ich mich wieder Tut zu, dessen Gesicht aschfahl geworden war. Ich ging zu Haremhab, und mit einem Ausdruck sowohl des Triumphes als auch des Bedauerns – denn er war mein Freund gewesen – bat ich ihn um sein Schwert. Er salutierte mit einem bitteren Lächeln, das ich mit einem Nicken quittierte. Nofretete und Anchesenamun blieben sitzen, sprachlos und mit weit aufgerissenen Augen.

Ich bat um Ruhe, die mir sofort gewährt wurde. »Dieser Mann«, rief ich, »befahl mir, den Mörder seines Vaters zu finden. Ich habe ihn gefunden. Hier«, sagte ich und deutete dramatisch auf Tuts Brust, »ist er!«

Ich muß Tut Respekt zollen. Er mag verschlagen sein,

schmierig, eine Natter, aber ein Feigling ist er nicht. Er starrte mich an, erhob sich zu seiner vollen Größe und war mit jedem Zoll ganz Pharao.

»Glückwunsch, Großvater«, sagte er gelassen. »Ich hätte es nie für möglich gehalten. Ich hätte auf Nofretete hören sollen. Sie hat mich davor gewarnt. Aber als mir damals die Idee kam, Ägypten von meinem Vater zu befreien, hat auch jeder andere davon profitiert. Ich war erst zehn Jahre alt, aber ich sah, was er dem Land antat. Ich war der einzige, der bereit war, etwas dagegen zu unternehmen, obwohl ich noch ein Kind war. Natürlich«, plötzlich erschien auf seinem Gesicht das ehrlichste, netteste Grinsen, das ich je bei ihm gesehen hatte, »wurde ich so auch Pharao. Aber soweit ich weiß, hat sich niemand von euch darüber beschwert. Dem Land geht es wieder gut, die Priester Amuns sind wieder in Amt und Würden. Die alten Götter werden wieder verehrt. Wo ist das Problem?«

Ich schaute Nofretete an. Sie erwiderte meinen Blick, kalt, ausdruckslos. »Etwas verstehe ich nicht«, und das meinte ich wirklich sehr ernst, »wenn du mit Echnatons Tod nichts zu tun hattest, warum um alles in der Welt hast du mich umzubringen versucht?«

Sie erhob sich. In ihrem weichfließenden, pechschwarzen Gewand sah sie wirklich königlich aus.

»Ich habe Tut gewarnt, dich nicht zu unterschätzen«, antwortete sie mit ruhiger Stimme. »Ich wußte, daß sein Plan albern und überflüssig war, aber du kennst ja Tut. Er wollte nicht hören. Er ist mein Sohn, doch längst aus dem Alter heraus, wo Söhne auf ihre Mütter hören. Er hat sich wirklich auf heute abend gefreut. Aber ich kenne dich zu gut, Eje. Ich hatte große Angst davor, daß es so kommen würde, wie es nun tatsächlich gekommen ist. Ich wußte zwar nicht, wie du es anstellen würdest, aber ich wußte, es würde dir gelingen. Ich habe Tut geraten, dich gleich umzubringen, wenn er dich

loswerden wollte. Aber er wollte nicht hören. Falls so etwas wie jetzt geschehen würde, was würde dann aus mir? Wieder Exil, wie damals, als Echnaton mich beiseite schob? Tut ließ mich zumindest bei allem dabeisein und gab mir einen Teil der Macht. Und was mache ich nun ... falls du mich nicht exekutierst? Was kann ich noch vom Leben erwarten? Wenn eine Person einmal königliche Macht in Händen hatte, was bleibt ihr dann noch, wenn sie ihr wieder genommen wird?«

Ich war völlig entsetzt. Ein Dolch bohrte sich tief in meine Brust. »Nofretete«, schrie ich, und diesmal schrie ich wirklich, »du bist meine Tochter. Ich bin dein Vater. Du hättest mich für dieses kleine bißchen Macht umgebracht?«

Sie hob stolz ihren Kopf, ganz Königinmutter von Ägypten. »Ja. Ich habe es versucht. Und Tutanchamun hat seinen Vater umgebracht. Hat jemand«, und das kam mit eisiger Stimme, »je behauptet, wir seien eine liebende Familie?«

Ich schaute Nofretete an, mein Töchterchen, das zu meinen Füßen zu spielen pflegte und auf meinen Schoß hüpfte, wenn es Angst hatte oder müde war. Plötzlich war ich zu müde, viel zu müde, um noch mehr davon zu hören.

Nach dem, was ich gerade hatte hören müssen, wünschte ich, Oudahs Glas bis zur Neige geleert zu haben.

Dann wandte ich mich mit letzter Kraft an den Pharao. »Hat dir das Essen geschmeckt?«

Tut ist alles mögliche, aber nicht dumm. »Was meinst du, Großvater?« fragte er mißtrauisch.

»Die Pilze, Tut. Mochtest du die Pilze?«

Seine Augen weiteten sich.

»Weißt du, es gibt Pilze, die man an einem kühlen und völlig dunklen Ort fast unbegrenzt lagern kann. Du solltest Narmer mal danach fragen. Er brachte mehr als genug von seiner Reise über das Große Grün mit und hat sie auf deinen ausdrücklichen Befehl hin bis heute aufbewahrt. Mit der Zeit werden sie sogar noch wirksamer. Haben sie dir geschmeckt?«

Tut warf mir einen Blick voller Bösartigkeit zu und glitt dann plötzlich von seinem Stuhl. »Leben! Gesundheit! Kraft!« rief er sarkastisch. Sein Gesicht wurde bleich, und er brach zusammen.

Ich ließ Nofretete nicht töten, doch ich schickte sie, wie sie befürchtet hatte, ins Exil. Und ich erzwang von ihr die Namen der Diener, die ihr meinen Aufenthaltsort verraten hatten. Na gut, ich bin eben ein Weichling. Ich habe noch nicht einmal die Diener getötet. Natürlich mußten sie leiden, aber sie starben nicht. Auch Haremhab tötete ich nicht. In diesem Moment hatte ich ihn zwar völlig in meiner Gewalt, aber so etwas ist einfach nicht mein Stil. Er war mein Feind, aber eigentlich nur aus dem Grund, weil wir beide genauso viel Ehrgeiz besaßen. Ich wußte zwar, daß wir uns mindestens noch einmal als Gegner gegenüberstehen würden, doch ich konnte kein Verbrechen entdecken, das seinen Tod gerechtfertigt hätte. Er hatte lediglich den Befehlen seines Pharaos gehorcht. Das würde ich auch von jedem meiner Generäle erwarten.

Wie er mir, nachdem ich ihm gestattet hatte, zu seinen Truppen zurückzukehren, wieder als Gegner gegenüberstand, wie ich noch ein Rätsel lösen mußte, um selbst Pharao von Ägypten zu werden, das ist eine andere Geschichte, die auf einer anderen Schriftrolle steht.

Ende von Rolle eins.

(Anmerkung des Übersetzers: Ich konnte der Versuchung nicht widerstehen und öffnete die nächste Rolle, bevor ich diese fertig übersetzt hatte. Sie birgt ebenfalls ein unglaubliches Dokument und wird unser Verständnis von der Flucht der Hebräer aus Ägypten bedeutend erweitern, sobald ich sie eines Tages sorgfältig übersetzt haben werde. Eje lebte zu einer wirklich bemerkenswerten Zeit.)